리치
거지빌라

나주희 소설

북시그니처

리치거지빌라

리치거지빌라

나주희 소설

북시그니처

차례

9 —	1 · 가난동 거지빌라
31 —	2 · 이상한 이웃, 이상한 여자
47 —	3 · 그날의 기억
73 —	4 · 맛있는 김밥 가족
97 —	5 · 너와 나
139 —	6 · 이웃이 된다는 것
165 —	7 · 당신을 만난 건 행운입니다
253 —	8 · 그녀의 왼손 새끼손가락
297 —	9 · 파이터
391 —	10 · 복수는 하나님의 것
415 —	11 · 여디디야

1

가난동 거지빌라

1. 가난동 거지빌라

아름다울 가(佳), 난초 난(蘭), 가난동. 그곳엔 난초가 많아 등산객 외에도 난초 애호가들에게 유명한 가난산이 있다. 어스름이 시작되면 산봉우리가 투구를 쓰고 칼을 찬 장군처럼 보여 장군산이라고 불리기도 한다. 산을 오르려면 가난동 골목 초입에서 100m 정도 뻗은 오르막길을 올라와야 하지만, 중앙으로 길게 조성된 꽃정원을 따라 걷다 보면 짙은 향기에 취해 어느새 거지(巨指)빌라를 마주하게 된다. 주인의 아호(雅號)를 따서 이름 붙여진 이곳은 1968년 무렵 신고전주의 양식으로 건축되었다. 하얀색 외관과 아치형 창문은 마치 프랑스 대저택 '바가텔 성'을 연상케 했고 가난산과 어우러져 아름다운 풍광을 그려냈다. 가난산 등산로 입구는 이 거지빌라로부터 시작되었다. 언제부턴가 사람들은 가난산, 꽃정원, 거지빌라를 가난동 삼명소라고 불렀다.

모처럼 거지빌라 옥탑방 마당에 놓인 평상이 가득 찼다. 3층 세입자들과 옥탑방 세입자 한주의 수다가 밤과 함께 깊어 갔다.

"내가 아주 큰맘 먹고 보내주는 거야. 형은 그냥 좀 친한 형이 아니란 말이야. 나란 말야. 형은……."

기타는 취기가 살짝 오른 채 말했다.

"야, 억수로 고맙데이. 보내줘가꼬. 우짜든동 니는 형이 못한 거 꼭 해라. 알았제. 흐흐흐……."

한주는 과자를 입안에 툭 넣으며 괜스레 팔을 뒤로 뻗어 하늘을 올려다보았다. 검은 하늘에 총총 박혀 있는 별처럼 그도 빛나고 싶었다. 그는 사투리를 걸쭉하게 쓰는 트로트 가수 '고한주'로 활동했지만 이렇다 할 성과도 인지도도 없었다. 스물다섯에 고향 성주에서 상경해 10년이 흘렀는데 다시 하경하는 신세가 되었다. 특별히 실용음악을 전공한 기타와는 서로 격려하고 때로는 경쟁도 했기 때문에 그의 섭섭한 마음이 더 아리게 다가왔다.

"더 좋을 수도 있어요. 어쨌든 고향 가면 농사지을 땅도 있는 거니까. 농부가 된 형도 응원할 거예요."

"그래, 도연이 말이 맞다. 우리 아부지가 참외 농사하느라 평생을 보낸 땅 아이가. 그걸로 자식들이 묵고 살았꼬. 인자는 내 차롄가 싶다. 기다리봐라. 내년 여름에 참외 한 상자 딱 보내주께."

"형, 제가 참외 요리 한번 개발해 볼까요?"

"참외를 깎아 묵지 요리를 한다꼬. 야아, 인마 천잰데? 역시 블루 호텔 요리사는 뭐가 달라도 다르다카이."

호텔 얘기가 나오자 성유의 표정이 갑자기 어두워졌다.

"뭐야, 그럼 난 참외에 그림이라도 그려야겠네. TV에서 봤는데 포장 상자도 잘 디자인하면 도움이 된다고 그랬어요."

"그게 뭔 말이고?"

"그러니까 상자에 형 얼굴을 캐리커처로 그려 넣고 '고한주 참외'라고 딱 써 놓으면 소비자가 더 신뢰한다는 거예요. 명품 참외를 만드는 거죠."

"내 얼굴, 내 이름을 걸고 농사짓는단 말이제. 캬아. 듣기만 해도 멋지다, 멋져. ……근데 앞으로 우리나라 미술계를 빛낼 작가님께서 꼴랑 참외 상자에 그림을 그린다고. 에이, 그거는 아이다."

한주는 손사래를 쳤지만 귀가 솔깃해지는 제안이었다.

"괜찮아요. 저 요즘 양말 디자인도 하는데."

"뭐? 양말? 니 취직했나."

"네. 해 보니까 재밌더라고요."

"도연아, 있잖아. 형은 맘이 좀 안 좋다. 그 큰 상을 받은 놈이 뭐가 아쉬워서. 니 돈 필요하나?"

"그쵸. 돈도 필요해요. 그것보다 지금은 이것저것 다 해보고 싶어요. 그니까 도구가 좀 바뀐 것뿐이에요. 종이 대신 양말로요."

한주는 강산이 한 번 변할 동안에도 여전히 틀 속에 갇혀있는 자신을 발견할 수 있었다. 미술관에 멋지게 걸려 있는 그림이 아닌 삶 속에서 향유하는 그림의 가치는 몰랐다. 반짝이는 재킷을 입고 면면촌촌으로 트로트를 부르며 폼나게 살고 싶었지만, 지금은 오히려 참외 농사가 천직일지도 모른다는 생각이 들었다. 그동안 네 명의 동생과 친구도 얻었으니 허송세월한 것은 아니라고 위로하면서 말이다.

"참, 진우는 다음 달 전역 아이가. 말출 나올 때도 됐제."

"그러네요. 진우도 여기 단골인데."

기타는 마당을 한번 쓱 둘러보며 말했다.

"니 친구 중에 여기 들어올 사람 없나."

"있긴 한데 보증금이 문제죠."

"빨리 알아봐라. 혹시 할배가 세입자 구할라."

옥탑방 마당은 3층 세입자들의 훌륭한 놀이터였다. 연습실이자 카페, 식당, 헬스장, 포장마차, 때로는 캠핑장이 되던 곳이었다.

"아이고 마, 내가 진짜 갈 때가 됐는갑다. 주인 할배까지 다 생각이 나노. 요즘 1층에 불 켜진 걸 못 봤다. 무슨 농장에 계신다고 하던데…… 혹시 집을 정리하실 생각이신가. 2층 꼬맹이들 봐서라도 지금은 안 그랬으면 좋겠는데. 느그가 자주 좀 챙기라."

"저도 그러고 싶은데 양말 공장이 바빠져서……."

"내가 있잖아. 당분간 집에서 곡 작업할 거야."

"그래. 기타가 수고 좀 해라. 애들이 무슨 죄고. 승우 생각만 하면 아직도 속이 안 편타. 얼마나 놀랐으면 밤마다 오줌을 싸겠노. 진짜 슈퍼 우먼 씨 없었으면 큰일 날 뻔했데이. 내가 그분 보면 막 엎드려 절이라도 하고 싶다 참말로. 하여튼 그 개노무 자슥 내 손에 걸리기만 해봐라 그냥 확 마!"

"장우 형이 깨어나면 형부터 찾을 텐데."

"그러니까 기타 니가 바로 콜하라꼬. 열 일 제쳐 두고 올라갈 테니까. 장우야, 토끼 같은 승우, 시우가 안 보고 싶나. 나도 이제 내려가는데 우짤라고 누워만 있노."

한주는 허공을 보며 말끝을 흐렸다.

"장우 형을 봐서라도 여길 다른 사람한테 뺏기면 안 되는데. 맞아! 장 소장님이 있었지!"

기타는 한 달 전부터 '싱싱노래자랑'에 나가고 싶다고 레슨비부터 들이민 장 소장이 떠올랐다.

"장 소장님은 와."

"봐봐요. 사람들이 이 집을 보려면 어디로 가겠어요?"

"그거야 사랑 부동산이지."

"바로 그거예요. 그때 장 소장님이 약을 딱 치면?"

"약이라꼬?"

"옥탑방을 지킬 약이죠. 예를 들면 귀신이 나오는 집, 또 뭐가 나오더라…… 아! 쥐, 바퀴벌레, 뱀. 마지막 한 방으론 하루걸러 강력 범죄가 발생하는 동네. 어때요?"

기타는 알 없는 안경테를 올리며 눈에 힘을 주고 말했다.

"마, 그건 빼라."

한주는 강력 범죄라는 소리에 마뜩잖은 표정을 지었다.

"그럼, 하는 수 없지. 내가 이런 말까진 안 하려고 했는데 전에 살던 총각이 여자한테 100번 차인 아주 재수 없는 집."

"뭐라카노! 듣기만 해도 재수 없다."

"그래 기타야. 형 억울하게. 100번 아니고 97번."

도연의 말이 끝나기가 무섭게 한주의 복수가 시작되었다. 그들은 서로 뒤엉켜 엎치락뒤치락하며 작은 소동을 이어갔다. 동생들의 합공으로 불리해진 한주는 슬리퍼도 신지 않은 채 빠져나와 옥상 난간에 기대어 섰다. 고단한 서울살이 10년을 한 몸같이 버텨 준 옥탑방, 가난산, 샹젤리제 거리, 꽃 정원, 골목…… 눈이 가는 대로 심장의 속도도 빨라졌다. 오늘따라 옥탑방 마당의 줄 조명이 까만 하늘 아래에서 더 빛나고 있었다.

"겨울만 되면 꽃 정원이 금가루 뿌린 것처럼 반짝반짝할 긴데…… 언제 또 볼 수 있겠노. 할배가 할매 보라고 이래 정성을 들여놨는데, 할매는 좀 더 사시지 뭐가 그리 바쁘다고 먼저 가셨을까이. 덕분에 서울 사람들도 눈 호강 마이 했데이. 내가 보기에 거지 김영모 할배는 만인의 로맨티스튼기라."

"뭘 아쉬워해, 형은. 겨울에 올라오면 되지."

기타는 난간에 기대어 가쁜 숨을 쉬며 말했다.

"그라까 기타야. 여는 암만 봐도 샹제리제 거리를 닮았데이. 내 사마, 빠리 하나도 안 부럽다."

"그래도 난 빠리 가서 버스킹 하고 말거야."

"그라지 말고 저기 저 벤치 있는 데서 함 해봐라. 내가 동전이 많아서 다 던져 주고 갈란다."

"됐어, 형. 난 유로가 더 좋거든."

"그래. 유로든 뭐든 돈 마이 벌어라. 돈이 최고다. 동네 사람들이 가난동 땅도 다 할배 꺼라 카더라. 여기는 한마디로 리치거지빌란기라."

"하여튼 형은 이름도 잘 지어. 샹젤리제 거리도 가난동에 갖다 붙이더니 여긴 또 언제 리치거지빌라가 됐대?"

"방금 말하다가 지었다 아이가."

"리치거지빌라라…… 가만, 훨씬 좋은데? 형이 그동안 지어준 이름 중에 이게 제일 맘에 들어."

"아, 내가 작명가를 했어야 했나."

"귀는 또 얼마나 팔랑거리는지 뭔 말을 못 해요."

도연은 티격태격하는 두 사람을 보며 왠지 모르게 쓸쓸한 기분이 들었다. 한주가 없는 거지빌라는 상상만 해도 심심한 곳이 돼 버렸다.

"가난산 장군아! 네가 뒤에서 듬직하게 지켜줘서 고맙데이! 쌍제리제 거리야! 또 보자."

한주 또한 감정을 주체할 수 없었는지 가난동을 향해 느닷없이 소리 질렀다.

"아니, 형은 무슨 말을 해도 욕같이 들려. 쌍, 쌍제리제가 뭐야. 노래할 때도 가사 전달 잘 하라고 그렇게 얘기했는데."

"쌍제리제 좋잖아. 입에도 착착 붙고. 가만 보자, 우리 성유는 아까부터 와 말이 없노. 형이 가는 게 그래 섭섭나. 얼굴 좀 피라."

"성유 말고 형이나 얼굴 펴. 그 얼굴에 술도 못 먹지, 취미는 십자수지. 생긴 거랑 완전 딴판이야."

기타는 한주에게 면박을 주며 말했다.

"내 얼굴이 어때서!"

"또 한 번 붙을까요. 형?"

"으으응. 안 해도 된다. 기타야, 마 참아라."

그는 난간에 기대어 깊은숨을 들이마셨다. 가난동의 정취가 그의 가슴으로 파고들었다.

  사랑 부동산 장 소장은 손님 없는 사무실에 앉아 TV 리모컨을 눌렀다. 그의 손은 DBS 뉴스 채널에 와서야 멈췄다. 한 주간의 이슈를 심층적으로 보도하는 프로그램인 '기자 정신'의 첫 소식은 '빨간 리본'이었다. 일지매의 매화 가지처럼 그들이 다녀간 자리에 항상 놓여 있다는 빨간 리본. 이 단체에 대해 밝혀진 것은 없지만 떨어진 빨간 리본을 추적한 결과 절실히 도움이 필요한 곳에만 나타난다고 한다. 또한 신출귀몰하고 독특한 활동 때문에 많은 사람들이 열광하고 있는데, 그 독특함 중에 하나가 물품 일부를 명품으로 지원하는 것이었다. 사람들은 그것을 올해의 선물이라 부르며 해마다 관심을 가지고 지켜보았다.

  사실 대중들이 처음부터 '빨간 리본'의 활동을 반긴 건 아니었다. 5년 전, 이웃돕기에 쓰인 패딩이 '루호' 제품인 것을 알고 가품 논란이 일었던 적이 있었다. 한 시사 프로그램에서 이탈리아 본사까지 가서 취재한 결과 진품으로 확인되었지만 논란은 여전히 가라앉지 않았다. 가품이 아니라서 다행이었지만, 이번엔 명품이라는 것이 문제시되었다. 그러나 '루호'의 제페토 회장이 "그들 덕분에 우리 '루호'가 진정한 명품이 되었다"라고 해서 화제가 되었고, 그 후 해마다 오뜨 꾸뛰르 쇼에서 '빨간 리본'만을 위한 신상을 선보였다. 무엇보다 무상으로 한국의 '빨간 리본'에 지원하게 되면서 국내에서도 새롭게 재조명되기 시작했다. 해마다 소비자들은 응원의 의미로 '루호'의 판매량을 올리고 있었다.

"저 괴짜들이 크리스천이면 딱인데……."

장 소장은 화면을 응시한 채 중얼거렸다.

두 번째 소식은 2주 전에 일어난 가난동 칼부림 사건이었다. 피의자 김 씨의 어머니가 피해자가 끼어들지만 않았어도 아들이 칼을 쓰진 않았을 것이라고 항변하고 있었다. 소파에 기대 있던 장 소장은 등을 세우고 리모컨으로 소리를 높였다. 그는 정신 질환을 이유로 선처를 호소하는 피의자의 어머니보다 피해자를 탓하는 기자의 말에 화가 치밀었다.

"아이, 뭐? 경찰이 올 때까지 기다려? 애가 죽게 생겼는데 그걸 말이라고 해? 그 새끼 눈깔 돌아간 거 보지도 못했으면서 뭐라고 씨불이는 거야 대체. 아침부터 신경질 나게시리."

장 소장은 그날의 기억이 떠올랐는지 금세 흥분이 되었다.

마지막으로 앵커는 자주당 최지 후보의 지지율이 40%를 돌파했다는 소식을 전했다. 여기에는 장인인 한고그룹 장현성 회장과 관련이 있었다. 장 회장은 초호화 빌라 '포르마 가난'이 성공을 거두자, 가난동 일대에 '한고타워' 건립을 결단하고 쪽방촌부터 매입하기 시작했다. 그러나 그는 철거민 세 명의 잇따른 자살 사건으로 사회적 공분이 거세진 데다, 최 후보가 녹음 파일을 공개하면서 매우 난처한 상황에 놓였다.

장 회장(이하 장): 뭐 이 새끼야! 네가 뭔데 건방지게. 다시 입 놀려봐, 어! 너 뭔가 착각하고 사는 것 같은데 내 새끼는 장지현이지 네가 아니란 말이야! 내 딸 하고 결혼했다고 뭐라도 된 줄 아나 본데, 난 내 것만 소중해. 김 실장! 그거 가져와.

  김 실장(이하 김): 네, 회장님. ……여기 있습니다.

  장: 너 이 새끼 어릴 때부터 고상한 척하는 거 재수 없었어. 네가 잘나서 우리가 대통령 만들려고 하는 거 같지? 주제도 모르는 새끼. 예전에 니 아버지 밑에 있던 내가 아니란 말이야. 어디서 갑질이야, 갑질은. 네가 대통령이 돼도 넌 바지 대통령이야. 다 내가 필요해서 내 돈이 만드는 거라고. 알았어? 이 병신 새끼야. 김 실장! 저 새끼 벽에 세워. 겁대가리 없는 새끼. 겁이 뭔지 알려줘야지 어디서…… 너 눈 똑바로 떠!

  탁!

  장: 하아. 이 새끼 봐라.

  탁!

  최지 후보(이하 최): 뭐 하시는 겁니까! 이따위 화살로 절 협박해도 달라지는 건 없습니다! 제가 여기서 물러날 거였으면! 찾아오지도 않았을 겁니다.

  장: 김 실장아, 쟤 자꾸 선 넘는다.

  퍽! 퍽! 퍽퍽!

  최: 헉, 헉, 헉…… 사람이…… 죽었어요……. 뭘 어떻게 해보려 해도 안 되는 분들이잖습니까! 재고해 주십시오.

  장: 이 새끼가 아직 덜 맞았구나. 내가 법을 어겼어, 돈을 안 줬어, 뭘 더 재고하란 말이야! 나라 경제가 이렇게 어려운데 노인네 쉰다섯 명 사정 봐주다간 3, 4년은 훌쩍 지나간단 말이다. 서둘러도 모자랄 판에! 한고 타워 경제적 가치가 5조야. 애국하는 길이

쉬운 건 줄 알아! 누군가는 희생해야 하는 거란 말이다. 이 답답아!

최: 법은! 최소한의 양심입니다. 지금도 길바닥에서 생활하고 있는 어르신들, 비어 있는 한고 연수원이라면 충분히 가능하지 않습니까! 곧 겨울입니다. 경고합니다. 계속 사람이 죽어 나가면 회장님과 인연은 여기까지입니다. 그리고 오늘 일은 그대로 회장님께 돌아갈 겁니다.

최 후보는 최씨 종가의 종손으로 어릴 때부터 국민들의 사랑을 듬뿍 받아왔다. 인하마을 학강당(鶴江堂)은 각국 정상들이 한국에 오면 꼭 들르는 곳으로, 최 후보가 십 대 시절 3개 국어를 구사하면서 손님을 맞이하던 곳이었다. 부드럽고 다정한 이미지의 그가 화살이 날아오는 상황에서도 굴하지 않는 모습을 보여준 것이 지지율에 큰 영향을 미쳤다는 것이었다.

"우리나라 최고 가문이면 뭘 해. 장인한테 저런 대접을 받고 사는데. 집안 조상님들은 뭐 하나. 해마다 젯밥은 꼬박꼬박 받으면서 종손을 저렇게 만드나. 쯧쯧쯧, 아니지. 죽으면 그만인데 무슨 헛소리야."

그는 휴대폰을 꺼내 노래방 반주를 틀고 감정 충만한 열창을 하기 시작했다.

나를 기억하나요
갑자기 찾아와서 많이 놀랐죠

돌아보니 후회만 남아
지금이라도 마음의 빚을 갚게 해 줄 순 없겠소

 박수 소리와 함께 눈을 떠보니 그의 앞에는 김영모가 서 있었다.
 "어르신! 언제 오신 거예요?"
 "복덕방이 아니라 노래방인 줄 알겠어. 싱싱노래자랑에 나가봐, 한번."
 "아유, 부끄럽습니다."
 장 소장은 뒷머리를 긁적였다.
 "별일 없지?"
 "그럼요. 저는 어르신 덕에 편안합니다. 그러잖아도 연락드릴 참이었습니다. 저기, 옥탑방 총각 이사 간 지도 좀 됐는데 집을 내놓을까요?"
 "아냐. 들어올 사람 있어."
 장 소장은 김이 좀 샜다. 간만에 건수가 생기나 기대했기 때문이었다.
 "참, 어르신 말씀대로 한고건설에서 사람들이 왔었습니다. 가난동 땅 전부를 매입하려고 하더라고요. 땅 주인에 대해서도 꼬치꼬치 묻길래 요즘 잘 안 보이신다고 대충 둘러댔습니다."
 "잘했네. 그자들 또 올 걸세. 부탁 좀 함세."
 김영모의 말이 끝나자마자 부동산 문이 열렸다. 깔끔한 정장을 입은 젊은 남자가 상자를 나르기 시작했다.

"이게 다 뭡니까, 어르신."

"어, 내가 농사지은 거. 많이 가져왔으니까 동네 사람들하고 나눠 먹게나."

"어휴, 이렇게 귀한 걸."

상자 정리가 끝난 후, 김영모는 젊은 남자와 함께 차를 타고 사라졌다. 장 소장은 시야에서 그들이 보이지 않을 때까지 도로에 서 있었다. 옥탑방의 새로운 세입자가 정해졌으니 기타에게 얼른 소식을 전해야 했다. 그는 달달한 스틱 커피를 타는 동안에도 보낸 문자에 답이 없자 통화 버튼을 눌렀다. 계속 울리는 발신음을 들으며 커피 한 모금을 입에 머금었다.

기타는 아르바이트로 실용음악 학원에서 보컬 레슨을 한다. 가수가 되기 위해 여러 번 오디션을 봤지만 여의치 않았다. 정확히는 예선 탈락 서른여섯 번. 그나마 두 번은 본선까지 갔다. 한주가 꿈을 이루지 못하고 결국 고향으로 내려가자 제일 착잡했던 사람은 기타였다. 그의 미래도 다를 바 없었기 때문이었다.

"카아…… 좋다 좋아. '인생은 아름다워'는 미화님 나이대가 제일 잘 어울려. 우리는 이런 필이 나오기가 어렵거든. 노래는 필이 중요하다고 했죠? 그런 의미에서 오늘은 백 점!"

"어머! 정말요?"

"이 감정 잊지 마시고, 연습 조금 더 하시고, 오늘 수업은 여기까지."

기타는 아르바이트 7년 경력에 이젠 중년 여성 수강생들을 잘

다룬다. 가수로 성공하지 않아도 그나마 아르바이트로 먹고살 수 있었던 것도 그들의 입소문 때문이었다.

"선생님, 이거."

미화는 기타 앞으로 갓 담은 겉절이가 든 종이 가방을 내밀었다.

"지난번에 주신 물김치도 싹 비웠잖아요. 미화님 김치는 최고야 아무튼."

그녀는 주부로서도 존재감을 인정받는 것 같아 기분이 한껏 좋아졌다.

"우리 민성이가요. 선생님이 시키는 대로 했더니 슬쩍 옆으로 오더라고요. 그래도 모른척하고 노래 연습만 했더니 제목까지 물어보는 거 있죠."

"거봐. 거리를 두라니까. 저도 사춘기 때 그랬어요."

"다 선생님 덕분이에요. 요즘은 콧구멍으로 숨이 쉬어진다니까요."

"어우, 무슨 말씀을요. 제 말 믿어주시는 우리 미화 씨 덕분이죠."

미화는 대기실 탁자 위에 가방을 올려놓고 한참 수다를 떨 기세였다. 기타가 살짝 지루해지기 시작했을 때, 그녀의 핸드백에서 진동음이 들렸다. 발신인을 확인한 미화는 현관 신발장으로 종종걸음을 쳤다.

"네, 어머님. 네네."

기타는 엘리베이터 앞에서 미화가 탈 때까지 기다렸다가 미소로 그녀를 보냈다.

"대단해. 황기타."

대기실에서 그 모습을 쭉 지켜보던 학원장 성철은 박수를 치며 말했다.

"형은 곡 작업에나 집중하시지."

"역시 인기 강사답다. 도대체 비결이 뭐야?"

"은수저 물고 태어난 원장님께서는 죽었다 깨어나도 못 하는 거. 다 버리고 나를 따르라."

맨주먹 정신. 그것은 생존에 필요한 모든 능력치를 올려 주었다. 퉁명스럽고 직설적인 기타도 싹싹하고 정을 잘 내는 성격으로 바뀌고 있었다. 휴대폰을 확인하던 그는 멍해진 머릿속을 수습하고 급히 가방을 챙겨 나왔다. 마침 정류장에는 집으로 가는 1005번 버스가 도착해 있었다. 맨 뒷좌석 창가 자리에 앉은 그는 3층 식구들에게 단체 문자를 보내기 시작했다. 주인 할아버지가 추천한 강력한 세입자 후보가 나타났다고. 어릴 때 놀았던 놀이터가 사라지는 그런 기분이랄까. 그는 버스 창문을 활짝 열었지만 답답한 마음은 여전히 풀리지 않았다.

"누구예요? 그 사람이."

기타는 부동산 문을 벌컥 열며 들어왔다.

"아이고 깜짝이야. 나도 몰라. 궁금하면 영감님한테 전화라도 해보든가."

친구를 겨우 꼬드겨 한시름 놓았더니 다 된 밥에 재가 뿌려졌다. 재를 걷을 수 있는지 직접 확인해 보기로 했다. 그는 휴대폰에서 나오는 신호음에 바짝 귀를 기울이며 연신 입술을 깨물었다.

―기타 총각?

"네. 잘 지내셨죠? 요즘 통 안 보이셔서 걱정했습니다."

―그랬어? 나는 잘 있지.

"다름이 아니라 옥탑방에 들어올 친구가 있어서 연락드렸습니다."

―어쩌나. 거긴 이미 예정된 사람이 있어서 말이야. 괜찮으면 내가 다른 곳을 알아봐 주지.

"아뇨, 괜찮습니다. 거지빌라 4층이 필요한 거라서요. 혹시 실례가 되지 않는다면 좀 양보해 주십시오."

―실례는 아닌데, 그 사람도 사정이 있어서 말이야. 이번에는 자네가 양보해야겠어. 걔가 고집이 세서 나도 못 이겨.

"제가 이기면요?"

―자네가? 그렇다면 기타 총각 맘대로 해. 할 수 있겠나.

"그럼요. 좀 만나게 해주십시오."

―곧 만나게 될 걸세. 좋은 결과 있길 바라네. 아주 재밌겠어. 허허허……

기타는 김영모의 웃음소리에 승부욕이 솟구쳤다. 누군지 모르겠지만 반드시 이길 것을 다짐하며 두 주먹을 불끈 쥐었다. 그는 부동산에서 나와 바로 옆 코너에 있는 편의점에 들러 과자와 맥주, 아이스크림을 샀다. 집으로 가는 오르막길은 걷다 보면 제법 운동이 된다. 그래서인지 도착할 즈음에는 잡생각도 사라지고 기분이 상쾌해졌다. 현관 우편함에서 한주의 우편물이 눈에 띄었다.

"고한주는 이제 여기 없다고요."

그는 우편물을 수북이 챙겨 들고 비닐봉지를 흔들며 계단으로 올라갔다. 3층으로 향하던 발걸음은 이내 2층 현관문 앞에 서 있었다. 벨을 누르자 아이들이 문을 빼꼼히 열고 쳐다보았다. 그는 승우의 조그만 손에 과자와 아이스크림을 건넸다. 어릴 때부터 봤으니 아주 남은 아니고 그렇다고 가족도 아니니까 이웃사촌쯤 되는 것 같았다. 그것은 혈연이나 혼인으로 맺어진 관계처럼 서로를 묶고 있었다.

"무슨 일 있으면 삼촌 불러. 알았지? 조금 있으면 엄마 오시니까 승우는 시우 잘 보고. 들어가 어서."

기타는 닫힌 문 앞에서 다시 착잡해졌다. 무거워진 발걸음으로 3층에 올라와 도어 록의 비밀번호를 눌렀다. 방 안의 공기가 아늑하게 그를 감쌌다. 남자 네 명이 사는 32평의 방 세 칸짜리 집은 도연의 손을 거치면서 모던 미드 센추리 감성을 지니게 되었다.

"그래. 오늘은 여기다."

기타는 벽에 걸린 미국 동부 지도를 뚫어지게 바라보더니 뉴욕 35번가에 빨간색 별 모양 스티커를 붙였다. 그는 지금 그곳에 서 있다. 해 질 녘 천연 조명과 3만 원을 주고 산 이케아 스탠드로 간이 무대를 만들었다. 기타를 가져와 무대 위에 선 그는 다음 오디션을 위한 자작곡 '가난동'을 흥얼거렸다. 그러자 조용했던 관객들이 모여들기 시작했다. 부엌 창으로 보이는 졸참나무는 가지를 흔들며 앞자리를 차지했고, 곧이어 멀리서 온 별들과 초승달도 점점 앞 베란다 창으로 얼굴을 내밀었다. 그렇게 그는 매일 무대 위에 올라 공연을 펼쳤다.

다음 날 아침. 낯선 남자들의 고함과 천장을 쿵쿵 울리는 소음이 잠자던 기타의 귀를 괴롭혔다.
"아이씨, 뭐야. 새벽부터."
그는 짜증을 내며 이불을 뒤집어썼다. 그것도 잠시뿐 이불을 박차고 나온 거실엔 이미 성유가 소파에 앉아 있었다.
"벌써 이사 온 거야?"
"그런 거 같은데?"
그들은 서둘러 옷을 갈아입고 4층으로 향했다. 작업 인부들이 샷시(새시) 프레임, 유리, 합판 등을 나르고 있었다. 그 사이로 40대 초반으로 보이는 작은 체구에 긴 웨이브 머리를 가진 여자가 보였다.
"저기, 저 여자가 옥탑방 새 주인인 거 같지?"
기타는 그녀를 뚫어지게 쳐다보며 말했다.
"그러네."
인기척을 느낀 여자는 곧장 그들 앞으로 걸어왔다.
"안녕하세요? 혹시 아래층에 사시는……."
"공사하시나 봐요?"
"테라스 리모델링 중이에요. 어머, 시끄러우셨나 봐요. 미안합니다."
"그럼 이미 이사가 결정된 겁니까?"
"네. 다음 주 토요일이요."

기타는 머릿속으로 전투력을 끌어올릴 방법을 찾고 있었다. 그 사이 여자 곁으로 젊은 남자가 다가왔다. 그는 잘생긴 얼굴에 셔츠 위로 상체 근육이 적당히 드러나 있어 꽤 매력적으로 보였다.

"안녕하세요. 저는 백수현이라고 합니다. 반갑습니다."

"황기타입니다."

"혹시 무슨 하실 말씀이라도."

"사실은 여기 들어올 사람이 있었는데 낙하산이 있는 줄 몰랐네요."

"그러셨군요. 어쩌나, 저희도 이 집이 꼭 필요하답니다. 도움이 못 돼서 미안해요."

여자는 그들 사이로 끼어들며 말했다.

"불쌍한 젊은 인생 한번 도와주시죠. 딱 봐도 사모님은 여유가 있어 보이시네요. 우리가 살아봐서 아는데, 여기 올라오려면 한참을 와야 해요. 게다가 이 거지빌라가 유명하긴 해도 오래됐고 산 밑이라 벌레도 장난 아닙니다. 어떨 땐 뱀도 돌아다녀요. 게다가 옆 동네는 재개발한다고 텅텅 비어서 밤엔 정말 못 다녀요. 진짜라니까요."

"저희도 알아요."

"아신다고요? 하여튼 있는 것들이 더 무섭다니깐."

기타는 그녀의 화를 올려볼 작정으로 일부러 짝다리를 건들거리며 구시렁거렸다.

"거, 것들? 지금 이거 시비 거시는 걸로 들립니다만."

여자의 목소리가 딱딱해졌다.

"시비라뇨. 혼잣말도 못 합니까?"

"뭐예요?"

"저기, 바쁘실 텐데 저흰 이만 내려가겠습니다. 가자, 어서."

성유는 기타의 팔을 잡아당기며 서둘러 내려갔다.

"나 참. 저것들 뭐야? 얘기하곤 다르잖아. 예의 바르긴 개뿔."

"할아버지가 좋은 사람들이라고 했잖아요. 오늘은 무슨 일이 있나 보지."

"아침부터 여자한테 차였나. 안 그럼 저럴 수가 없지. 초면에 건들거리는 모양 하며 난 저놈의 짝다리가 맘에 안 들어."

"왜 이러실까, 마음 넓으신 분께서."

"그치? 내가 참아야겠지?"

여자는 애꿎은 옥상 문만 노려보았다.

성유에게 끌려 집으로 들어온 기타는 소파에 털썩 앉으며 머리를 마구 비벼댔다. 딱 봐도 골치 아픈 아줌마였다.

"아줌마야?"

"눈 삐었어? 티 안 내려고 변신해도 내 눈은 못 속이지. 옆에 젊은 놈도 사실은 이거야."

기타는 새끼손가락을 까닥였다. 그들의 관계를 험담 거리로 만들어 버려야 직성이 풀릴 것 같았다.

"아주 아주 이상한 사람들이야."

2

이상한 이웃, 이상한 여자

2. 이상한 이웃, 이상한 여자

삐약 삐약 삐약 삐약……

도연은 계속해서 들리는 병아리 소리가 꿈결이 아님을 알았다. 무릎을 꿇고 엎드려 보지만 무거운 몸이 말을 듣지 않았다. 팔을 앞으로 뻗어 스트레칭을 하고서야 겨우 몸을 세워 베란다 창문을 열었다.

"깜짝 놀랐잖아, 이 녀석들."

줄에 매달려 3층까지 내려온 바구니에는 한껏 부리를 벌리고 있는 병아리 세 마리와 빨간색 카드가 들어 있었다. 도연은 창문 밖으로 머리를 내밀어 옥상을 올려다보았다. 진짜 이상한 사람들이 왔구나…….

"웬 병아리야?"

성유는 어젯밤 과음을 한 탓에 버석한 얼굴로 소파에 널브러져 물었다. 도연은 대답 대신 그의 무릎 위에 바구니를 올려놓았다. 곧바로 병아리들이 성유의 튼실한 허벅지 위로 탈출을 시도했다.

"아아아악!"

짧은 반바지를 입고 있던 성유는 처음 느껴보는 병아리 발톱에 소름이 돋았다. 탈출한 병아리들은 거실을 가로질러 방에서 나오는 기타를 향해 쪼르르 달려갔다.

"얘네들 뭐야, 왜 따라오고 난리야? 도연아, 어떻게 좀 해봐!"

도연은 겨우 웃음을 멈추고 병아리들을 하나씩 바구니에 담았다.

"됐다, 세 마리. 너 술 깼지?"

"어, 정신이 바짝 들어."

성유는 주방에서 냉수를 벌컥 들이켜며 말했다.

기타는 소파에 앉아 바구니 속에 들어 있던 카드를 꺼내 읽어보았다.

"이거 봐. 내가 이럴 줄 알았어. 아주 이상한 것들이야. 예의 없게 집들이 초대장을 당일에 주고 오라고? 우리가 뭐, 올라오라고 하면 당연히 갈 줄 아나 봐. 쳇."

기타는 심드렁한 표정으로 도연에게 카드를 건넸다.

"재밌는 사람들이네. 다들 갈 거지?"

"글쎄."

"별일들 없잖아. 가자. 어차피 자주 볼 텐데."

기타는 도연의 말을 듣고 마음을 바꿨다. 기왕 이렇게 틀어진 관계라면 본때를 보여주는 것도 나쁘지 않을 것 같았다. 그는 곧장 방으로 들어가 가장 비싼 흰 셔츠에 분홍색 스트레이트 바지를 입고 선글라스를 착용했다. 손목에 금장 시계를 차고 소매는 두 번 접었다. 돈이 조금씩 모일 때마다 명품을 하나씩 구입해둔 게 드디어 빛을 보게 되었다. 도연은 트레이닝복에 버킷햇을 썼고, 성유는 큰 덩치 때문에 즐겨 입던 검정 카라 셔츠에 검정 슬랙스를 입고 나왔다.

"가만있자, 성유가 제대로 입었네."

"내가?"

"그래 인마. 장례식 패션이잖아. 아주 좋았어."

"갈아입을까?"

"아니! 좋아. 너무 좋아. 병아리는 챙겼어?"

"그건 내가 들고 갈게."

도연은 병아리가 든 바구니와 종이 가방을 가지고 나왔다. 기타는 휘파람을 불며 4층으로 올라가 도어 록 뚜껑을 올렸다.

"비밀번호까지 알려주는 거 보면 완전 또라이 아냐? 성유야, 몇 번이야?"

"1253 샵."

"설마 이리 오삼? 역시 이상해. 아주 이상해."

기타는 연신 머리를 흔들었다.

"가만. 뭐가 또 튀어나오는 거 아냐? 다들 긴장해."

기타는 적지에 들어온 군인처럼 조심스럽게 옥상 문을 열었다. 그는 완전히 달라진 옥탑방 마당을 보며 한동안 입을 다물지 못

했다. 시멘트 바닥에는 잔디가 깔렸고 평상 대신 유리 온실과 야외 테이블이 자리 잡고 있었다. 삼각형의 캐노피 아래로 작은 연못도 보였다.

"돈지랄을 엄청 했네. 사람을 불렀으면 나와 있든가. 또 우리가 저들을 찾아오라는 거야 뭐야 진짜."

기타의 투덜거리는 소리를 들었는지 옥탑방 문이 열렸다. 샛노란 벨벳 트레이닝복에 짧은 커트 머리를 한 여자가 다가왔다.

"저 여잔 또 누구야."

기타는 선글라스 너머로 그녀를 주시하며 말했다.

"왔어? 반가워. 난 아리라고 해. 앞으로 잘 부탁해."

기타와 키는 비슷하지만 덩치는 확실히 더 큰 여자가 그의 눈앞에 서 있었다.

"아니 뭐, 반갑긴 한데 초면에 말을 놓는 건 좀 아니지 않나?"

"너도 말 놔? 친구 하자."

"친구는 그쪽이 먼저 하자고 했으니까 나중에 딴소리나 하지 마. 난 황기타야."

"한성유입니다."

"저는 차도연입니다. 진우라고 하나 더 있는데 아직 군에 있어요."

"그렇구나. 다들 와줘서 고마워. 날씨도 좋은데 저기서 밥 먹는 건 어때?"

아리는 코발트 색 파라솔이 있는 테이블을 가리켰다.

"좋죠. 여긴 빠리 노천카페 같은데요? 멋있어요."

"가봤어?"

"아뇨. TV로요. 언젠간 갈 거예요. 저, 실례가 안 된다면 질문 하나만 해도 될까요?"

도연은 모자를 벗어 테이블 위에 놓으며 말했다.

"좋아. 여러 개도 상관없어."

"저도 인테리어에 관심이 많아서요. 이 정도로 하시려면 공사비가 보증금보다 더 들었을 텐데, 굳이 이 집으로 이사 오신 이유가 있을까요?"

"세컨 집이긴 하지. 여기가."

"내 이럴 줄 알았어. 있는 사람이 더 무섭다는 말이 맞구나. 어려운 사람들 사정 좀 봐주고 살면 우리나라 더 좋은 나라 되는데 말이지."

기타는 기대한 대답이 나오자 거침없이 말했다.

"미안. 나도 너무 급해서 말이야."

"그럼 지난번에 나랑 얘기했던 여자가 여기 주인 아니었어?"

"사연이 말하는구나? 여기는 나 혼자 살 거야."

"나 참. 그럼 그 아줌마는 뭐야."

"내 불알친구. 아니 소꿉친구."

잠깐의 정적이 흘렀지만 도연의 2차 질문이 어색함을 메웠다. 그녀는 호탕하게 웃으며 이렇게 말했다.

"그 병아리 바구니? 하하하하…… 재밌잖아."

그녀는 혼자서 세 명을 상대하는 노련한 파이터 같았다.

또다시 옥탑방 문이 열렸다. 3단 이동식 트레이를 밀고 나오는 수현에게 이목이 쏠렸다. 그 옆엔 사연이 함께였다. 그녀는 기타와의 첫 만남이 떠올랐지만 애써 떨쳐내고 접대용 멘트로 너스레를 떨었다. 그 사이 수현은 테이블 매트 위에 수저를 가지런히 올리고 타락죽부터 시작해서 도가니탕, 구절판, 신선로, 민어찜, 장어구이, 전복구이, 모둠회, 송이구이, 떡갈비, 오이선을 테이블에 올렸다. 그 궁중 음식들을 보며 가장 놀란 건 요리사인 성유였다.

"그럼 맛있게들 드세요. 이만 물러갑니다."

수현과 사연은 트레이를 끌고 다시 옥탑방으로 들어갔다.

"신경 쓰지 말고 먹어. 너희 불편할까 봐 그러는 거니까."

그들은 아리를 따라 수저를 들고 눈과 손을 바삐 움직였다. 성유는 음식을 먹으면서도 요리 과정이 눈앞으로 지나가는 것 같았다.

"아까 그 친구분이 한식 요리사신 거죠?"

성유는 자신에 찬 목소리로 물었다.

"맞아."

"미리 말씀해 주셨으면 집들이 선물이라도 준비했을 텐데요."

"먼저 말하면 재미없잖아."

도연은 성유의 말을 듣고 바닥에 둔 종이 가방이 생각났다.

"그럴 줄 알고 내가 준비했지. 이거 제가 만든 거예요. 좋은 건 아니지만."

아리는 그 자리에서 종이 가방에 든 선물을 꺼냈다. 양말 세 켤레가 각각 포장 상자에 나란히 담겨 있었다. 디자이너가 눈앞에 있어서 그런지 더 특별한 선물 같았다. 그녀는 그중에서도 도시

야경이 그려진 양말을 신고 식탁 위로 다리를 들어 올렸다.

"어때. 멋지지?"

"족발은 메뉴에 없는데. 그리고 그 양말, 한국 미술대전 수상자가 만든 거야."

기타는 팔짱을 끼고 아리의 발을 노려보며 말했다.

"미안. 내가 흥분했나 봐. 성유는 요리사고, 도연이는 양말 디자이너고, 그럼 너는 가수니?"

"아직은 가수랄 것도 없어."

"가수 맞아. 어제저녁에 들었는데 진짜 죽이더라."

기타는 그녀의 말이 머릿속에서 울렸다. 진심인 것 같아 묘한 기분까지 들었다.

"난 얼마 전까지 농사를 지었는데 힘들어서 그만뒀어. 이젠 하고 싶은 거나 하고 살려고. 이렇게 좋은 걸 진즉에 할 걸 그랬어. 나도 선물이 있어. 이 테라스, 너희 거야. 비밀번호 알지? 밤이고 낮이고 상관없으니까 하던 대로 해. 난 신경 쓰지 말고."

성유와 도연은 동시에 기타를 쳐다보았다.

"어떻게 알았는지 궁금한 얼굴들이네. 사실은 장 소장님한테 물어봤어. 가끔 나도 끼워주면 좋고."

"어우, 저희야 언제든 환영입니다. 누나."

"누나?"

"이 정도면 누나라고 해야죠. 남한테 누가 이렇게 잘해줘요?"

"남이 잘해주면 의심부터 해야지. 이렇게 맘 다 줘버리면 어떡하니?"

"저도 보는 눈 있어요. 어릴 때부터 미술 한 눈이라고요."

"난 그냥 좋은 이웃으로 지내자는 것뿐이야. 오늘 이 음식도 너희에게 주는 내 마음이고."

"과분하죠. 왕족 대우는. 이거 궁중 요리잖아요."

성유는 식탁 위에 놓인 음식을 보며 말했다.

"당연하지. 얼마나 귀한 사람들인데. 이제 여기서 신나게 놀아봐."

"쳇. 뭐가 이렇게 직진이야. 사람 놀라게."

기타는 속 좁게 행동한 자신이 부끄러웠다.

화기애애한 분위기가 무르익어갈 즈음 옥탑방에서 수현과 외투를 입으며 나오는 사연의 모습이 보였다. 그들의 컨테이너가 있는 인천항에 폭발 사고가 났다고 했다. 사연은 서둘러 현장으로 가려 했지만 수현은 아리만 쳐다보고 있었다.

"넌 안 가고 뭐 해?"

"싫어요. 안 가요."

"사고 안 칠게. 너 올 때까지 아무 짓도 안 하고 얌전히 있으면 되잖아. 약속해."

"이젠 안 속아요. 저녁 손님은 또 어떻게 하시려고요. 이번엔 제 말 들으시죠."

수현도 지지 않고 맞섰다.

"저녁 손님 접대는 여기 친구들 있잖아. 그치?"

아리는 특별히 성유에게 도움을 청하는 눈빛을 보냈다.

"네. 저녁 준비는 제가 도울 테니까 걱정 말고 다녀와요."

"이분이 사고를 좀 치시나 본데 말 안 들으면 제가 꽁꽁 묶어두죠."

기타가 거들며 나섰다.

"됐지? 빨리 가."

아리는 일어나서 수현의 등을 떠밀었다.

"……그럼 잘 부탁드립니다. 동작 엄청 빠르니까 조금이라도 허튼짓하면 정말 묶어주세요."

뒤돌아서는 수현의 모습이 차가웠다. 그의 뒤로 사연이 바쁘게 따라나섰다.

"도와줘서 고마워. 신세 졌다."

"아니 무슨 사고를 쳤길래 수현 씨가 저래? 딱 봐도 작은 사고 같진 않는데? 뭘 알아야 막든 말든 하지."

"오늘은 그럴 일 없어. 정말 조용히 있을 거야."

"손님은 몇 분 정도예요?"

성유가 팔을 걷으며 말했다.

"세 명이야. 우리 2층 식구들."

"손님이 승우네였어요? 잘됐네요. 꼬맹이들 보고 싶었는데."

잠시 후 4층 벨이 울렸다. 아리가 반갑게 맞이한 그는 이벤트 업체 대표 하용수라고 했다. 곧 사다리차로 미끄럼틀, 그네, 공주방, 어린이용 바이킹, 솜사탕 기계, 슬러시 기계 등이 올라왔다. 직원들은 능숙한 손놀림으로 마당을 금세 놀이동산으로 만들어 놓았다.

"와, 대박! 이건 찍어놔야 해."

도연은 아이처럼 좋아하며 사진을 찍었다.

"사장님, 이거 어떻게 하는 거예요?"

기타는 솜사탕 기계가 맘에 드는지 이리저리 살피며 물었다.

"여기 설명서가 있습니다. 보시고 따라 해보세요. 그러면 감이 오실 겁니다."

기타는 설명서를 한참 보더니 순서대로 기계를 작동시켜 보았다. 잠시 후 솜사탕이 보이기 시작하자 나무 막대기를 휘저으며 소리를 질러댔다.

"이게 왜 이래? 어떡해! 어!"

"야, 너 그 분홍 바지 공연 때보다 솜사탕 아저씨랑 더 잘 어울려."

"내가 지금 엄청 바쁘거든 도연아? 너어, 헤드록 하나 저금이야 인마. 집에 가기만 해봐. 아이씨, 이노무 솜사탕이 막 날아다녀!"

"저기요. 이렇게 천천히, 천천히."

보다 못한 하용수는 기타의 날뛰는 손을 잡고 서서히 돌렸다.

"오오. 된다, 돼."

"잘하시네요. 그렇게 하시면 문제없을 겁니다."

그들은 마지막 작업인 대형 스크린 설치까지 마치고 빔 프로젝터를 작동시켰다. 날이 밝아서 아직은 흐릿하게 보였지만 화려한 퍼레이드 영상이 화면을 가득 채웠다.

"와아. 대박은 이게 진짜 대박이네. 스케일이 장난 아니야."

도연은 입을 쩍 벌리며 말했다.

"마음에 드세요? 리아 집사님이 아니면 생각도 못 할 일이죠. 어두워지면 볼만할 겁니다."

"리아 집사님? 누구, 저분이요?"

도연은 아리를 가리켰다.

"네. 다 된 것 같으니까 저희는 그만 가보겠습니다."

그들은 나란히 서서 하용수를 배웅하는 아리를 빤히 보았다.

"그러니까 아리가 아니라 리아라는 거잖아."

기타는 주머니에 손을 넣고 숨을 내쉬었다.

"이름을 거꾸로 말씀하신 건가? 아까 집사라고도 하지 않았어? 예전에 고양이도 키우셨나 봐. 지금은 병아리고. 병아리? 아리? 설마 노란 트레이닝복이……."

도연은 병아리 인형 탈을 들고 오는 아리를 보며 입을 다물었다.

"이거 좀 쓰게 도와줘."

"제가 해드릴게요."

성유는 탈을 받아 아리의 머리에 씌웠다.

"오, 이제 보여."

아리는 팔을 벌리고 뱅그르르 돌더니 갑자기 바닥에 철퍼덕 쓰러졌다.

"누가 이거 좀 벗겨줘!"

"빈혈 있어? 왜 이래?"

기타와 성유가 아리의 양쪽 팔을 잡고 일으켰다.

"수현 씨가 당부한 게 이런 건가."

성유는 조심스럽게 탈을 벗기며 말했다.

"아, 시원해. 답답해서 혼났네."

"그러세요? 병! 아리 씨!"

기타가 아리의 얼굴을 향해 소리쳤다.

"어? 아니 오해는 말아줘. 오늘 내가 병아리 역할을 해야 해서. 진짜 내 이름은 마리아야. 어떤 날은 아리, 어떤 날은 마리, 어떤 날은 리아. 이름이 뭐 매일 같을 필요 있어? 재밌지?"

리아는 난데없이 천진난만한 표정을 지으며 말했다.

"하하하하…… 재밌네, 재밌어."

기타의 웃음은 의외로 진심이었다.

"그치? 재밌지?"

탈을 들고 하염없이 재미를 외치는 그녀 앞에 그들의 마음도 조금씩 열리고 있었다.

드디어 약속 시간이 되자 옥상 문에서 벨 소리가 들렸다. 성유는 연습한 대로 리아에게 탈을 씌웠고, 도연은 휴대폰으로 동영상 찍을 준비를 했다. 기타가 문을 열자 나비넥타이에 정장을 입은 승우, 공주 드레스에 티아라를 쓴 시우, 새하얀 원피스를 곱게 차려입은 시하가 차례대로 입장했다.

"와아, 저것 좀 봐. 드림랜드야."

"드림랜드? 시우야, 여기는 거지빌라에만 있는 거지랜드야."

"싫은데, 거지랜드는."

시우는 기타가 지은 이름이 영 마음에 안 드는지 입을 삐죽거리며 말했다.

"시우야, 거지는 손가락 중에서 가장 큰 엄지야. 최고. 알지? 그게 거지랜드야."

시우의 얼굴에 다시 미소가 번졌다. 초대받은 꼬마 손님들의 마음은 온통 이곳에 뺏기고 말았다.

"엄마, 저기 병아리도 있어요."

시우는 신기한지 병아리 뒤를 졸졸 따라다녔다. 병아리 인형 탈을 쓴 리아도 춤을 추며 온 마당을 휘젓고 다녔다.

"저러다 또 쓰러지지. 어우, 불안해."

기타의 시선은 오로지 리아에게 쏠려 있었다.

"우와! 병아리다."

승우네 가족은 병아리가 든 바구니에서 눈을 떼지 못했다.

"너희들 병아리가 그렇게 좋아? 삼촌이 병아리랑 같이 사진 찍어줄까?"

"네, 삼촌!"

승우는 도연을 향해 한껏 소리쳤다.

"삼촌들이 우리 초대한 거예요? 난 또 누군가 했네. 고마워요."

시하의 얼굴은 감동 그 자체였다.

"아뇨. 우리도 초대받았어요."

"그럼 누가……."

"여기 큰 병아리가요. 옥탑방에 새로 이사 오신 분."

도연은 병아리 인형 탈을 쓰다듬으며 말했다. 리아는 한 손을 흔들며 폴짝폴짝 뛰다가 또다시 넘어질 뻔했지만 성유가 재빠르게 몸으로 막았다. 아이들은 그 모습이 웃긴지 계속 깔깔거렸다.

"저기, 저희 초대해 주셔서 감사해요. 그리고 오늘 처음으로 '크리스 오'에 가봤는데 정말 잊지 못할 거예요."

오늘 아침 시하는 초대자가 보내준 차를 타고 그 유명한 '크리스 오'라는 복합 뷰티 숍에서 화장과 머리를 했다. 시하를 위해 세 명의 전문가가 정성스럽게 스타일링을 해주었다. 거울 속 시하는 세상 누구보다 행복한 모습이었다. 마치 대관식을 앞둔 여왕이 된 기분이랄까. 모든 것이 완벽했다. 죽기 전에 한번은 가야 하는 여자들의 성지. 최상의 서비스와 기술은 소문 그 이상이었다.

"엄마, 이거 거기랑 똑같아요."

시우는 공주방 화장대 앞에 멈춰 섰다.

"정말 똑같네. 시우 좋아?"

"응."

징직원 한 명과 급조된 아르바이트 세 명은 손님 세 명의 입장만으로도 분주했다. 아이들과 리아는 한시도 가만있지 않고 거지랜드를 돌아다녔다. 계속 종종거리다가 가장 먼저 힘이 빠진 리아가 바닥에 벌러덩 누웠다.

"아, 배고파. 당 떨어져."

"엄마, 병아리가 배고프대요."

아이들은 재미있는 구경거리라도 있는 것처럼 병아리 인형 앞에 쪼그리고 앉았다. 리아가 탈을 벗으려고 버둥거리자 성유가 얼른 도왔다. 드디어 땀에 젖은 얼굴이 아이들을 맞았다.

"어, 병아리가…… 엄마! 엄마!"

동영상을 찍던 도연의 핸드폰 화면에서 미소 짓는 리아와 울먹이는 시하가 마주 보고 서 있었.

3

그날의 기억

3. 그날의 기억

 시하는 이레병원에서 나와 버스 정류장 앞에 섰다. 뺑소니 교통사고로 석 달째 누워 있는 남편은 오늘도 별 차도가 없어 보였다. 점점 야위어 가는 그의 얼굴이 자꾸 아른거렸다. 남편만큼이나 시하도 메말라 가는 것 같았다. 그의 손에서 나오는 온기만이 위로이자 희망이었다. 그나마 다행인 것은 동네 약국에서 보조로 일하게 된 것과 병원비 전액을 집주인인 김영모가 지원해 주고 있다는 사실이었다. 시하가 삼촌이라고 부르는 3층 세입자들도 동갑내기이지만 오빠처럼 궂은일을 대신해 줬다. 그들 덕분에 시하는 지금까지 버틸 수 있었다.

 "벌써 갔다 왔어? 남편 얼굴 더 보고 오지."

 약국 문으로 들어오는 시하에게 박 약사가 조제실에서 나오며 말했다.

"일해야죠."

"일 핑계는? 너 없이도 여태껏 잘했거든요?"

"그러면서 왜 날 보조로 쓰고 그래요?"

시하는 이제 이런 얘기도 스스럼없이 할 만큼 박 약사와 가까워졌다. 변두리 약국에서 굳이 보조가 필요 없다는 것쯤은 시하도 잘 알고 있었다.

"늙어서 그런다. 왜."

박 약사가 배시시 웃으며 말했다.

"누워만 있는데 거기 있으면 뭐 해요. 마음만 힘들어요. 먹고 살아야 하는데 그럴 팔자나 되나요?"

"또 그 소리."

"아, 알았어요. 앞으로 잘 될 일만 남았어요. 됐죠, 권사님?"

박 약사는 미혼이라 그런지 시하가 단골손님일 때부터 그 자식들을 예뻐했다. 시하도 고마운 마음에 반찬을 가져다준 것이 서로를 이렇게 묶어 놓았다.

"아기들 올 때가 됐네. 하루 중에 나는 이때가 제일 시간이 안 가더라."

그녀는 연신 시계를 쳐다보며 약국을 왔다 갔다 했다.

"그렇게 좋아요?"

"처음부터 남 같지 않더라니. 이런 게 인연인가 봐. 너 모르지? 승우가 약국 문 열고 들어올 때 봤어? 한 손으로 문을 이렇게 잡고 시우 먼저 들여보낸다? 꼴랑 아홉 살이 오빠라고. 근데 난 그 모습이 넘 감동적이야. 야야야, 내 새끼들 온다."

그날의 기억 49

투명한 약국 출입문 너머로 아이들이 보였다. 승우는 정말 박 약사가 말한 대로 시우를 먼저 들여보냈다. 시하는 박 약사와 눈을 맞추며 고개를 끄덕였다.

"오구오구 내 새끼들 왔쪄?"

박 약사는 아이들의 엉덩이를 토닥거리며 말했다.

승우는 들어오자마자 이상하게 생긴 작은 캐릭터 인형부터 시하에게 건넸다.

"이게 뭘까?"

시하는 눈앞에서 그 물건을 뚫어지게 쳐다보고 흔들어 보고 냄새까지 맡았다.

"친구가 필요 없다고 줬어요. 꼬리를 당기면 돼요."

그녀는 무심히 꼬리를 당겼다.

에에에엥! 에에에엥! 도와주세요. 도와주세요. 에에에엥!

"어우 뭐야. 왜 이렇게 시끄러워. 이거 어떻게 꺼? 어어, 웃지만 말고 응?"

"코를 눌러요. 엄마."

그녀는 서둘러 까만 코를 눌렀다.

"이게 요즘 유행한다는 그 호신 인형이구나."

"엄마가 위험할 때 이거 당기면 내가 지켜주러 갈 거예요."

"에휴. 이래서 자식 없는 사람 서럽다고 하는구나. 승우 너, 이모도 조금만 지켜주면 안 돼? 아니야, 내가 짐이 되면 안 되지. 이모는 이모가 지킬 테니까 너희들은 자아, 골라아 골라, 골라아 골라."

박 약사는 제법 능숙하게 시장 상인처럼 박수를 치며 발을 굴렀다. 아이들은 환한 미소를 지으며 캐릭터 영양제를 하나씩 집었다.

"오늘은 애들이 당첨되었구나. 아유, 귀여운 것들. 오늘 엄마랑 맛있는 거 먹으러 간다고? 이모도 가면 안 될까?"

박 약사는 최대한 애처롭게 말했다.

"그러면 약국은 누가 지켜요?"

"어, 그러니까 승우가 좋아하는 스파이더맨 있잖아. 이모랑 친하거든? 걔 불러서 약국 맡기고 우리는 놀러나 갈까?"

"그럼 난 약국에서 스파이더맨이랑 놀 거예요."

"나도 오빠."

"뭐야, 안 먹히네. 그럼 약국 문 닫고 가자. 어때?"

승우는 그제야 고개를 끄덕였다.

"좋아. 지금부터 땡땡이야. 시하야, 나갈 준비해."

박 약사는 얼른 가운부터 벗었다.

"별일이야. 이런 일 처음이죠?"

"엄마 돌아가셨을 때 빼고는."

"뭐야, 안 하던 짓 하면."

"죽을까 봐 겁나니? 이젠 좀 즐기고 살 거야. 아, 그러지 말고 우리 드림랜드나 갈까? 거기서 맛있는 것도 사 먹고."

박 약사는 준비하다 말고 아이들에게 다가가 눈높이를 맞췄다.

"가자, 응?"

"야, 신난다. 좋아요!"

승우는 제자리에서 폴짝폴짝 뛰었다.

"아주 내가 이 맛에 살지."

"못 말려 진짜. 애들 데리고 차에 먼저 가 있어요. 난 쓰레기만 버리고 갈게요."

"나도 차 안이 엉망이라 정리 좀 해야 해. 그리고 과일 가게 옥희 언니가 애들 주라고 닭강정 갖고 왔던데 냉장고에 있어. 올 때 가져와."

"네. 저도 10분 안 걸려요."

"자, 그럼 우리 병아리들 나가실까요?"

"네네 네네네!"

박 약사는 아이들과 손발이 척척 맞았다.

"아주 신나셨네. 언니가 저렇게 즉흥적인 사람이었나?"

시하는 늘 하던 일이라 손이 빨랐다. 거의 마무리를 하고 나갈 무렵 한 손님이 들어왔다.

"어서 오세요."

시하는 마음이 살짝 급해졌다. 남자는 모자를 깊게 눌러쓰고 마스크 한 장을 골랐다.

"강장제도 한 병."

그의 목소리가 거칠게 들렸다.

"네, 삼천 원입니다."

시하는 남자에게서 풍기는 음침함이 신경 쓰였다. 그는 강장제를 마시면서 지폐 세 장을 내밀었다. 그러고는 마스크를 끼고 조용히 밖으로 나갔다. 시하는 또 손님이 들어올까 봐 쓰레기봉투를 들고 서둘러 나왔다. 약국 문 앞에 손 글씨로 쓴 안내문을 붙이는 것도 잊지 않았다.

> 개인 사정으로 오늘만 일찍 문 닫아요.
> 내일은 정상 영업합니다.
> 행복한 하루 되세요.

시하는 서둘러 상가 재활용장에 들러 쓰레기를 버렸다. 그녀가 흥얼거리며 뒤돌아섰을 때 한 남자가 비석처럼 서 있었다. 누군지 단번에 알 수 있었다. 그의 음침한 표정이 그녀를 소름 돋게 했다. 갑자기 정신이 아득해졌지만 최대한 침착하게 말을 건넸다.
"약국 문이 닫혔죠? 더 필요하신 거라도……."
남자는 대답 대신 한 발짝 한 발짝 다가왔다. 먹잇감을 노리는 표범처럼 아주 천천히. 시하는 점점 다가오는 그의 얼굴을 향해 닭강정 통을 던지고 냅다 달리기 시작했다. 남자의 발소리도 빠르고 크게 들렸다. 쫓아오는 것이 분명했다. 이쪽은 쪽방촌 골목으로 사람들이 떠나고 텅 비어 있었다. 여기서 잡히면 끝이다. 사람들이 있는 곳으로 나가야 했다. 왼쪽 골목, 다시 오른쪽 골목, 시하는 이리저리 방향을 틀었다. 남자를 따돌릴 방법은 그것밖에 없었다. 큰 도로가 나올 때까지 시하는 죽어라 달려야만 했다. 어느덧 눈앞에 사람들이 지나다니는 도로가 보이기 시작했다. 드디어 좁은 골목을 벗어나 큰길로 나왔다.
"저기요!"

그때 그녀의 머리채가 잡아 당겨졌다. 거친 숨소리가 귀 뒤에서 들렸다.

"이 년이 어딜 도망가!"

"아악!"

시하는 그 자리에 주저앉고 말았다.

"도, 도와주세요. 살려주세요."

그녀는 지나가는 사람들을 향해 미친 듯이 애걸했다.

"바람나서 집 나간 년이 뭐가 어째? 위자료? 위자료는 내가 받아야지, 씨발년아!"

남자는 시하를 질질 끌고 골목으로 다시 들어가려 했다.

"아저씨! 사람 다쳐요. 말로 하세요."

지나가던 청년이 거들었다.

"네가 그 새끼구나! 두 연놈을 그냥!"

남자는 주머니에서 과도 크기의 칼을 꺼냈다. 청년은 남자의 서슬 퍼런 행동에 그만 도망쳐 버렸다.

"모르는 사람이에요. 도와주세요. 제발."

시하는 주머니를 뒤졌다. 휴대폰이 만져졌지만 그녀는 작은 호신 인형을 선택했다.

에에에엥! 에에에엥! 도와주세요. 도와주세요. 에에에엥! 에에에엥!

남자의 행패에 지나가던 사람들은 선뜻 나서지 못했다.

"아니에요. 아니라고요……"

시하의 목소리는 점점 힘을 잃어 갔다.

"엄마! 엄마아!"

귓가에 들리는 목소리는 분명 승우였다. 흐려진 눈으로 승우를 확인한 순간 시하는 온몸이 얼어붙는 것 같았다. 승우는 곧바로 남자에게 달려들었다.

"우리 엄마 놔 줘! 우리 엄마야!"

승우는 작은 주먹으로 남자의 배를 때렸다.

"이 자식이!"

"아저씨 나쁜 사람이야!"

남자가 승우에게 주먹을 날리려 했다. 시하는 본능적으로 승우를 안았다. 잠깐 몸이 흔들릴 뿐 아픈 줄도 몰랐다.

"괜찮아요? 애 좀 달래 봐요."

낯선 여자의 목소리가 시하의 귓가에 들렸다.

"승우야, 엄마 괜찮아. 울지 마."

시하는 그 목소리가 시키는 대로 했다. 그리고 승우의 귀를 막았다. 순간 사람들의 날카로운 비명이 들렸고 남자는 누군가에 의해 제압된 채 땅바닥에 엎어져 절규하고 있었다. 사이렌 소리가 울리자 시하는 자꾸만 정신이 아득해져 갔다.

"경찰입니다. 괜찮으십니까?"

"시하야! 시하야! 이게 무슨 일이야?"

시하는 뒤죽박죽 섞이는 여러 목소리 중에 박 약사에게만 반응했다.

"언니…… 헉헉헉…….."

"아아아아…… 으아아아아아……."

승우의 울음보가 다시 터졌다.

"이제 괜찮아, 승우야. 괜찮아."

박 약사는 아이들을 안고 깊은 늪에 빠져버린 시하를 바라보았다. 가슴이 터질 것만 같았다.

다음 날 아침, 병원에서 겨우 눈을 뜬 시하는 박 약사가 있는 곳으로 고개를 돌렸다.

"시하야, 나 보여? 내가 누구야?"

"언니…… 승우는! 시우는!"

"엄마라고 눈 뜨자마자 새끼부터 찾네."

시하는 박 약사의 시선을 따라갔다. 아이들은 옆 침대에서 자고 있었다.

"한숨 푹 자는 게 약이야. 너는 좀 어때? 어디 불편한 곳은 없어?"

"온몸이 다 쑤셔."

"당연하지. 미친놈하고 상대하는 게 어디 보통 일이야? 그 새끼 주취 폭력 전과가 있었어. 왜 남의 동네 와서 지랄인건지. 아니야, 기도하는 입으로 욕하면 안 되지. 하나님 용서해 주세요."

박 약사는 흥분을 가라앉히려 눈을 감았다.

"하나님이 용서해 주신대요?"

"응?"

"나는 왜 용서 안 해 주실까요? 이거, 벌 받는 거죠? 내가 뭘 그렇게 잘못했길래…… 정말 죽고 싶어."

"그런 생각 하지 마. 이 거지 같은 현실이 두려운 거 알아. 하지만 그것도 선하게 바꾸시는 하나님을 바라봐야 해. 우리에겐 그 시간도 은혜의 시간이야. 모든 것을 그분께 맡기고 기도하고 기다려보자, 응?"

시하는 고개를 돌렸다. 남편의 사고 이후 박 약사에 이끌려 교회에 다니기 시작했지만 하나님이 원망스러울 뿐이었다. 이게 무슨 은혜라는 건지 도무지 박 약사가 하는 말을 이해할 수 없었다.

"그래. 이게 다 나 때문이야. 내가 얼마나 후회한 줄 알아? 내가 당할 일을……."

박 약사는 참았던 눈물을 쏟아냈다.

"내 팔자가 사나워서 그런 거예요. 그러니까 언니 잘못 아니라고요."

"우리가 뭘 잘못했어……. 가다가 똥 밟았는데…… 길거리에 똥 싼 놈이 잘못했지. 넌 그냥…… 건강해질 생각만 해. 알았지?"

박 약사는 자꾸만 나오는 눈물을 닦아냈다. 두 사람은 한동안 말이 없었다.

"언니, 나 기억이 잘 안 나요."

"무슨 경황이 있었겠어. 게다가 기절까지 했잖아."

"언니 보는 순간 안심이 돼서 그랬나 봐. 근데 승우가 왜 거기까지 온 거예요?"

"네가 안 오길래 재활용장에 가봤지. 온 사방에 닭강정이 떨어져 있는 거야. 통은 깨져 있고. 그래서 다시 밖으로 나갔는데 승우가 호신 인형 소리를 듣고 먼저 뛰어가게 된 거야."

"나는 승우가 다칠까 봐 미칠 것 같은데 아무도 안 도와줬어요. 너무 무서웠어."

시하는 모든 감정이 되살아나는 것 같아 눈을 꼭 감아 버렸다.

"진정해, 시하야. 물 좀 먹어."

박 약사는 시하에게 따뜻한 물을 주었다. 그리고 뜸을 들이며 말했다.

"많은 사람들이 너희 모자를 목숨 걸고 지켰어. 좀 안정되면 내가 다 얘기해줄게. 지금은 아무 생각 말고 쉬기나 해."

"그게 무슨 말이에요? 말해줘요, 제발."

시하는 의아한 표정으로 박 약사를 보았다.

"그럼, 내가 말하는 것보다 직접 보는 게 나을 거야."

박 약사는 휴대폰에서 CCTV 영상 하나를 보여 주었다. 첫 장면은 시하가 쪽방촌 골목에서 빠져나왔을 때부터 시작했다.

남자의 폭행과 피해 가는 사람들.
호신 인형의 꼬리를 잡아당기는 시하.
약국 쪽에서 달려와 남자를 마구 때리는 승우.
카페에서 뛰어나와 두 모자를 감싸 안는 여자.
주머니에서 칼을 꺼내 그 여자의 등을 찌르는 남자.
그럼에도 온몸으로 막고 있는 여자.
도망가는 사람들.
텅 비어 버린 인도.
카페에서 나온 젊은 남자의 날아 차기에 제압당하는 남자.

긴 밀대를 들고나오는 편의점 최 사장.

의자를 들고나오는 부동산 장 소장.

119. 경찰차.

다시 모여드는 사람들.

동영상을 확인한 시하는 입이 다물어지지 않았다.

"이게 뭐예요?"

"본 대로."

시하는 머리를 감싸며 눈을 감았다. 여러 가지 생각이 뒤섞여 머리가 터질 것만 같았다.

"엄마, 엄마."

늪에 빠진 시하를 건져낸 건 잠에서 깬 승우의 목소리였다.

"승우 잘 잤어? 엄마 이제 괜찮아. 하나도 안 아파, 진짜야."

"엄마, 경찰 아저씨가 나쁜 아저씨 잡아갔어요. 내 말이 맞죠? 엄마 지켜준다고 했잖아요. 내가 그 나쁜 아저씨 혼내줬어요."

"그래. 고마워."

시하는 또다시 눈물을 글썽였다.

"아이고 부러워라. 애틋해서 못 봐주겠네. 찾는 이 없는 이 몸은 밥차나 마중 나가야겠다."

박 약사는 병실 문을 열고 두리번거리더니 이내 식판 2개를 들고 들어왔다. 그 뒤로 배선원이 나머지 식판 2개를 가져다주었다. 병실 안이 부산해지자 시우도 잠에서 깨어났다.

"시우야, 잘 잤어?"

"엄마······."

시하는 또 차오르는 눈물이 앞을 가렸다.

"안 되겠다. 얘들아, 우리 병원 놀이할까?"

박 약사는 하루 종일 분위기를 담당해야 할 것 같았다. 다행히 아이들은 호기심을 보였다.

"어떻게요?"

"응, 아침 먹는 놀이부터 하자."

"엥? 그게 뭐예요? 재밌겠다."

시우는 놀이에 진심인 여섯 살이었다.

"언니, 무슨 병원 밥이 호텔 조식처럼 나와요?"

시하는 네 개의 식판을 이리저리 살피며 말했다.

"나중에 설명할게. 너도 놀이 시작해야지. 자, 다들 시작하면 맛있게 먹기다. 시이-작!"

아이들의 입에 밥이 넘어가는 걸 보니 시하의 목구멍도 조금씩 열렸다. 그들은 양치하고 세수하는 놀이까지 이어 나갔다.

"친정 언니네."

시하는 시우 머리를 만져주고 있는 박 약사를 보며 작게 중얼거렸다.

"어?"

"친정 언니 같다고요."

"치. 그게 뭐 별거야? 언제든지 해줄 테니까 넌 건강이나 챙겨. 시우야, 거울 봐봐. 맘에 들어?"

"네, 예뻐요."

시우는 손거울로 이리저리 살폈다.

"이것 봐. 딸은 이 맛에 키우는 거지?"

똑똑. 때마침 병원장이 병실 문을 열고 들어왔다. 그의 가운에는 '김정훈'이라는 이름이 새겨져 있었다.

"윤시하 씨, 밤엔 잘 주무셨어요?"

"네. 새벽에 깼다가 다시 잠들긴 했는데 좀 설쳤어요."

"시간이 지나면 괜찮아지실 겁니다. 며칠 더 경과를 보죠. 그리고 승우는 상담 후에 심리 치료를 진행하도록 할게요. 그게 좋아요, 아셨죠?"

"감사합니다. 선생님."

"엄마가 건강해야 애들도 잘 자랍니다. 그리고 이건 용감한 승우에게 주는 선물. 내가 제일 아끼는 걸로 가져왔어."

그는 주머니에서 스파이더맨 피규어를 꺼내 승우에게 주며 말했다.

"와아."

승우는 피규어를 이리저리 살피고 만져 보았다.

"선생님도 스파이더맨 좋아해요?"

"완전 좋아하지."

"그런데 왜 저 주세요?"

"얘가 승우랑 친구 하고 싶대. 해줄 거지?"

"네."

승우의 얼굴은 미소로 가득 찼다.

"우리 집에 승우 친구들 많아. 나중에 한번 보여줄게."

그는 승우의 머리를 쓰다듬고는 병실을 나갔다.

"어머, 무슨 의사가 저렇게 다정해? 잘생기신 분이 성격도 좋아. 저런 남자 있었으면 벌써 시집갔을 거야."

박 약사는 조금 상기된 목소리로 말했다.

"언니, 그분 소식 좀 알고 싶은데."

"그분? 아아, 수술은 잘되셨대. 가볼래?"

"이 병원에 계셔요?"

"바로 옆 방. 이 VIP 병실도 그분들이 마련해줬어. 왜 그 동영상에 어떤 남자가 날아 차기 해서 그 자식 제압하는 거 기억나지? 그 남자가 하나하나 다 챙겨주더라. 이 신세를 어떻게 갚아야 할지 모르겠어."

시하는 박 약사가 가르쳐준 대로 2000호 병실 앞에 서서 긴 한숨을 내쉬었다. 살며시 문을 두드리자 젊은 남자가 나왔다. 박 약사의 말대로라면 그는 범인을 제압한 사람이었다. 그의 안내로 병실로 들어간 시하는 병원장 김정훈과 눈이 마주쳤다.

"손님이 오셨네. 좀 이따 다시 올게."

"됐어. 오지 마."

영상에서 본 그녀는 귀찮은 듯 말했지만 둘 사이는 아주 친해 보였다. 그는 시하에게 가볍게 목례하고 방을 나갔다.

"어머, 이게 누구야? 몸은 좀 어때?"

시하는 반갑게 맞아주는 그녀를 향해 다가갔다. 그리고 손을 잡고 한참을 오열했다.

"고맙습니다. 저를…… 이렇게까지 도와주셔서…… 감사합니

다."

시하는 목이 메었다.

"아이구 울다가 또 쓰러지겠어. 자기 때문이 아냐. 내가 하고 싶어서 그랬어."

그녀의 담담한 목소리에 시하는 감정이 더 북받쳐 올랐다.

"나 안 죽어. 그렇게 고마우면 병문안 좀 자주 와 주든가. 안 심심하게."

"그래도 돼요?"

"나야 고맙지. 내일부터는 예쁘게 하고 있을게."

"네. 그럴게요. 힘드실 텐데 좀 쉬세요."

"진짜 놀러 올 거지?"

"……네! 저는 윤시하라고 합니다."

"나는 마리아야."

* * *

거지랜드는 야간 개장을 시작했다. 대형 스크린에서는 화려한 퍼레이드 영상이 한창이었고 그들은 마치 오래된 이웃처럼 한때를 보내고 있었다.

"두 분 감동의 재회는 잘 봤어요. 그 슈퍼 우먼이 누군가 했더니 리아 누나였어."

도연은 어두워진 마당에 줄 조명을 밝히며 말했다.

"슈퍼 우먼?"

"여기 살던 한주 형이 그랬어요. 짜잔! 하고 나타나서 도와줬다고."

"언니는 정말 사람 놀라게 하는 덴 최고야. 오랜만에 화장했는데 울어서 망했어. 이게 얼마짜린데."

"진짜 엉망이다."

"언니!"

시하는 소리를 지르면서도 행복했다.

"병아리 씨! 잠깐만."

옥탑방에 있던 기타가 창문을 열고 리아를 불렀다. 시하도 그녀를 따라 움직였다.

"나 여기 와서 밉상 됐어."

"누구한테요?"

리아는 턱짓으로 기타를 가리켰다.

"지금 나 욕 했지?"

눈치 빠른 기타는 방으로 들어오는 리아를 보며 확신에 찬 어조로 말했다.

"우리 언니 어디 가서 밉상은 안 받는데."

"그런 사연이 있는지 몰랐잖아. 늦었지만 이제라도 환영이야."

"알았어. 환영 받아줄게. 근데 왜 불렀어?"

"아니, 주인이 없으니까 뭘 찾으려고 뒤지기가 그래. 옆에 좀 있어."

"내 집이다 생각하고 열어 봐. 거기 찾는 게 있을 거야."

"내 집? 우리 오늘 처음 봤어. 생각을 너무 일차원적으로만 하는 거 아냐?"

"제 눈엔 벌써 절친으로 보이는데요."

"저도 헷갈려요. 예전에 알던 사람인가 싶어서."

"사람을 대하는 언니만의 방식이라고 할까요? 아무나 못 하죠."

"내 방식대로 해봐? 그렇다면…… 오늘 캠핑하자."

"캠핑이 그렇게 쉬운 건 줄 알아? 텐트 있어? 캠프파이어는?"

"다 있어. 그런 의미에서 저기 좀 갔다 와."

리아는 창문 밖으로 보이는 창고를 가리켰다.

"안 돼. 나 이 옷 입고는 일 못 해. 다른 사람 시켜."

"괜찮아. 창고 안에 작업복도 있어."

"참. 할 말 없게 만드네. 알았어. 가면 될 거 아냐."

기타는 투덜거리며 마당에 있던 도연을 불러 창고로 향했다. 거기에는 텐트, 양철통, 장작, 각종 농기구들과 공구 등이 선반 위에 가지런히 놓여 있었다.

"이 공구들 좀 봐. 여기 너무 좋은데? 이 정도면 작은 가구들은 다 만들 수 있어."

"우리 도연이 물 만났네. 그 철기 시대들은 나중에 인사하고 텐트나 들고 나가자."

"그래. 여기 더 있다간 홀딱 밤새겠어."

어둠이 계속 내리자 마당은 제법 캠핑장 분위기를 내었다. 성유와 승우는 모닥불을 피우는 데 성공했고 텐트는 원터치 설치 방식이라 별 어려움 없이 마당 중간에 세워졌다. 모닥불이 소리를 내며 타기 시작하자 그들은 옥상 한가운데서 아날로그 감성에 흠뻑

젖어들고 있었다.

"다들 정말 감사해요. 하늘 아래 남편과 저만 있는 줄 알았는데 오늘은 마음이 완전 부자예요. 막 든든한 거 있죠. 그리고 언니 진짜 건강해야 해요."

"건강하십시오. 누나."

성유가 굵은 목소리로 말했다.

"얘들이? 무슨 칠순 잔치해?"

"칠순 잔치도 내가 해줄 거예요. 언니 약속에 대한 내 약속이에요."

"약속이요?"

"네, 도연 씨. 저 때문에 다치신 거니까 병간호라도 하고 싶어서 매일매일 병원에 갔었거든요. 근데 제가 더 힐링한 거 있죠. 아이들 장난감이며 옷, 먹는 거까지 다 신경 써 주셔서 병원 가는 길이 즐거웠어요. 가끔 거기서 자고 아침에 학교 간 적도 있었다니까요. 그러다 보니 퇴원하는 날 은근히 섭섭하더라고요. 언니가 그런 제 맘을 알았는지 다시 보자고 새끼손가락을 걸어주셨는데 그것도 약속이라고 이사까지 오셨네요. 저 오늘 너무 든든한 거 있죠. 어제도 통화했는데 아무 말 없었잖아요. 언니는 뭐가 이렇게 쉬워요?"

"난 그냥 쉬워."

"좀 그래 보여."

기타가 고개를 끄덕였다.

"아직 몸 상태가 안 좋은 거죠? 움직일 때 좀 불편하신 것 같던데."

"아직 팔 드는 건 아파. 성유가 도와줘서 고마워."

"아파 보이더라니. 말을 하지. 난 또 정신이 아픈 줄 알았네."

"말도 마요 기타 씨. 의사 선생님이 바보 아니냐고. 다른 사람 같으면 진통제를 달고 산다고 했어요."

"확실히 바보가 맞아. 나도 그 영상 보고 이 여자 바보야 뭐야? 그랬잖아."

"사실 난 다친 줄도 몰랐어."

"뭐래, 칼이야, 칼. 그걸 어떻게 몰라. 사람 맞아?"

기타는 흥분하며 옆에 앉은 리아의 얼굴을 보며 말했다.

"그것 봐 언니. 기타 씨도 똑같은 말 하네. 수현 씨 화내는 거 당연해요."

"걔는 요즘 화를 잘 내. 장가를 빨리 보내든지 해야지."

"울 엄마도 맨날 하시는 말씀인데."

"울 엄마도!"

성유와 도연은 아주 쿵짝이 잘 맞는 듯 서로를 쳐다보았다.

"그러게 다들 장가 좀 가."

"말만 하지 말고 소개라도 시켜줘 보던가."

"그럴까?"

"진짜죠? 무르기 없기입니다. 힘든 거 있으면 언제든지 전화 주세요. 대환영이에요."

도연은 적극적으로 호감을 표현했다.

"저 자식 벌써부터 아부는. 직장 다니는 놈이 언제든지가 말이 되냐? 너는 가만있어도 여자들이 붙잖아. 찬물도 내가 먼저 마시니까 나부터."

기타는 리아의 휴대폰을 낚아채 전화번호를 저장했다.

"성유는?"

리아는 별 반응이 없는 성유를 보며 말했다.

"전 괜찮아요."

"너 지금 그 반응은, 혹시 있어? 그런 거야?"

기타가 다그쳐 물었다.

"아냐."

"뭐야, 다들 여자 얘기 나오니까 얼굴에 생기가 돋네? 처음부터 이 작전을 썼어야 했는데."

리아는 아쉬워했지만 이 정도면 기대 이상으로 연대감이 생긴 것 같아 나름 만족했다.

"기타 저 표정 오랜만에 봐. 이러다 오늘 명곡 나오는 거 아냐?"

도연의 말이 끝나기가 무섭게 기타는 벌떡 일어나 옥상 문으로 나갔다.

"쟤 어디가?"

"예술 하러 가나 봐요. 곧 오겠죠. 누나, 종이랑 연필 있어요?"

"있지. 그림이라도 그려줄 거야?"

"네."

"진짜? 이왕이면 크게 그려줘. 아주 크게."

"그렇게 큰 종이가 집에 있어요?"

"응, 저기."

리아는 마당을 둘러싸고 있는 벽을 가리켰다. 도연은 그녀가 시키는 대로 숯으로 변해버린 나뭇가지 하나를 골라 벽에 그림을 그렸다. 아이들은 삼촌이 하는 것을 신기하게 바라보더니 이내 벽화 그리기에 동참했다. 기타를 메고 다시 돌아온 기타는 아이들과 함께 크리스마스 캐럴과 애니메이션 OST를 불러 흥을 돋우었다. 때마침 대형 스크린에서 화려한 불꽃이 터졌다.

"얘들아, 고구마 먹자!"

성유는 옥상 곳곳에 흩어져 있는 식구들을 불러 모았다. 그들은 석탄처럼 생긴 군고구마를 앞에 두고 어찌할 바를 몰랐다. 포일에 싸지 않고 모닥불 속에 넣은 고구마는 새까만 돌덩이 같았다.

"뭘 그렇게 멀뚱거리고 서 있어? 생긴 건 이래도 속은 하나도 안 탔으니까 걱정 마. 뜨거우니까 다들 장갑 하나씩 껴."

리아는 군고구마를 반으로 갈라 김이 오른 누런 속살을 보여주었다. 그러자 가장 먼저 아이들이 호기심을 보이며 다가왔다. 그들은 작은 것들만 골라 그릇에 옹기종기 담았다.

"나만 그런가. 이 고구마가 뭐라고 정말 좋네요. 껍질이 이렇게 얇은데 상당히 불에 강한 녀석이었네."

성유는 천진난만한 표정으로 군고구마를 신기하게 쳐다보았다.

"요즘 많이 힘들어 보이더니 곰돌이가 오랜만에 감성에 젖었네."

기타는 얼굴에 숯검정을 묻힌 채 말했다.

"네 얼굴도 감성 충만해. 그대로 있어봐."

도연은 벽에 그리던 숯을 가져와서 기타의 얼굴에 큰 점을 만들었다. 멋지게 노래하던 그의 모습은 온데간데없었다.

"저도요. 작가님 잘 부탁드립니다."

리아가 얼굴을 내밀자 도연은 장난스러운 표정으로 손을 바쁘게 움직였다.

"엄마, 이모 봐. 콧물이 까매. 깔깔깔……."

"아, 배 아파. 그만 웃겨요."

시하는 걱정이라곤 없는 사람처럼 맘껏 웃었다. 그녀의 마음에 바위처럼 얹혀 있던 남편이 처음으로 자리를 비켜 주었다. 그는 내일이면 다시 돌아올 것이다. 하지만 그녀는 더 이상 남편이 무겁지 않다. 오늘 실컷 웃고 반갑게 그를 맞아줄 것이다.

4

맛있는 김밥 가족

4. 맛있는 김밥 가족

 도연은 계속 울려대는 휴대폰 벨 소리에 겨우 정신이 들었다. 어제 회식 때 마신 술이 여전히 그의 뇌를 지배 중이었다.
 "아으…… 머리야."
 밖이 여전히 깜깜한 걸 보니 리아의 커피 콜은 아닌 게 분명했다. 그것이 더 불안했다. 전화 발신인을 확인하자마자 통화 버튼을 눌렀다.
 "네, 사장님. 네? 형한테 연락은 해보셨어요? ……지금 갈게요."
 도연의 뇌는 점점 주인을 찾아갔지만 양말 공장의 주인은 바뀌었다. 어제 회식 때 급히 자리를 뜨던 순일의 모습이 떠올랐다. 더 이상 생각할 겨를도 없이 모자로 나갈 채비를 마치고 계단을 후다닥 내려갔다.
 "깜짝이야. 누나?"

1층 현관에서 그의 앞을 막아선 것은 리아였다.

"이 새벽에 어딜 가?"

"공장에 일이 생겨서요."

"아직 어두워. 조심해서 다녀."

"네."

그는 세워둔 자전거의 자물쇠를 열었다.

"잠깐만 도연아. 자전거 차에 실어. 어제 회식해서 늦게 들어와 놓고선. 잠도 못 자고 그렇게 돌아다니다가 사고 나."

"어유, 울 엄마도 모르는 내 사생활을."

리아는 거지빌라 앞에 서 있던 흰 트럭을 보며 손짓했다. 차에서 내린 사람은 새벽 찬 공기에도 반팔 티를 입은 수현이었다.

"누나랑 수현 씨는 이 시간에 뭐 하시는 거예요? 흠흠, 술은 안 마신 것 같은데."

"하아, 됐냐?"

리아는 도연의 얼굴에 입김을 불었다.

"누나!"

"정상적으로 생각하면 안 된다고 했죠? 늘 당한다니까."

수현은 그들 앞으로 걸어오며 말했다.

"내가 방심했어요."

"공격은 다음에 언제든지 받아주마. 수현아, 같이 좀 가."

"갑시다, 도연 씨."

자전거만 덜렁 실린 트럭이 샹젤리제 거리를 내려갔지만 백미러 속 리아의 모습은 그대로였다.

맛있는 김밥 가족 75

"안 들어가고 뭐 하시는 거지?"

도연은 백미러를 보며 말했다.

"우리가 안 보이면 들어가실 거예요."

"이모가 아니라 엄마 같네."

"이모요?"

"술도 안 드신 것 같은데 이 새벽까지 뭐 했어요? 또 이 트럭은 뭐고."

"배달이요."

"배달을 뭐 오밤중에 가요?"

그들은 동년배였지만 말을 놓기엔 아직 어색했다.

"그렇네요. 하하하…… 나중에 도연 씨 그림 좀 볼 수 있을까요?"

"그림 좋아하시는구나. 제 SNS 계정 알려드릴게요. 거기에 다 있어요."

그들은 대화하면서 서로 성격, 입맛, 취미, 혈액형까지 비슷하다는 걸 알았다. 수현의 근육질 몸만 빼곤. 도연은 잠시나마 걱정을 잊을 정도로 대화에 푹 빠져들었다.

"더 얘기하고 싶은데 벌써 도착했네요. 덕분에 잘 왔습니다."

도연은 차에서 자전거를 내리고 곧장 공장 안으로 들어갔다. 고개를 떨군 순일의 모습이 보였다.

"사장님."

"왔냐……."

탁자 위에는 빈 소주병만 보였다.

"어떻게 된 거예요? 뭘 알아야 길이라도 찾죠."

"자식이 그 짓을 했는데 길은 무슨. 너는 디자인만 하고 나는 공장만 죽어라 돌렸지. 나머지는 동현이가 하니까 믿고 맡긴 거고. 우리 양말이 히트 상품이 되니까 이 녀석이 돈에 눈이 멀었나 봐. 공장만 안 넘겼어도……. 다행인 건 직원들은 그대로 있는 걸로 계약했대. 나만 나가면 돼. 자식도 잃고 공장도 잃고 내 인생도……."

"여기 있지 말고 집에 가요. 제가 모셔다드릴게요. 사모님이 해주시는 뜨뜻한 밥 드시고 잠 좀 주무세요. 제가 그동안 좀 알아볼게요, 아셨죠?"

도연은 순일을 일으켜 세우며 말했다.

"안 가. 그냥 여기서……."

도연은 그에게서 어릴 적 아버지의 모습이 떠올랐다. 사업 실패로 그렇게 강하시던 아버지도 한순간에 폐인이 되었다. 이젠 성인이 되었지만 이럴 땐 어떻게 해야 하는지 그때나 지금이나 여전히 풀기 어려운 문제였다. 그는 취한 순일을 달래서 겨우 집으로 데려다주고 자전거를 타고 한강 공원으로 향했다. 고요한 새벽녘 한강은 객관적 사고를 할 수 있는 최적의 장소였다. 그는 새벽이슬에 젖은 벤치에 앉아 지훈에게 전화를 걸었다.

"형, 안 와도 돼. 동현이 형이 공장까지 판 거 맞아."

―뭐? 진짜야? 아저씨는?

"술만 드시지 뭐. 방금 집에 모셔다드렸어. 돈만 가져가지, 공장은 왜 파냐? 사장님은 어떻게 살라고."

—이 새끼가 미쳤나. 미쳐도 한참 미쳤네. 혹시 그건가? 무슨 코인 얘기를 하긴 했어. 나한테도 하라고 엄청 열내긴 했었는데. 친구들한테 수소문해 봐야겠어. 뭐라도 나오면 연락할게. 도연아, 어쨌든 너한텐 미안하게 됐다. 친구랍시고 믿고 널 소개해 줬는데.
　"난 괜찮아. 형이 좀 알아봐 줘."
　—그래. 너도 들어가서 눈 좀 붙여.
　"알았어, 형."
　하늘은 밝아졌지만 도연의 마음은 더 어두워졌다. 아버지의 모습이 계속 떠오르면서 불안의 씨가 급속히 발아되는 것 같았다.

　자전거의 속력은 점점 빨라져 어느덧 가난동 사거리에 들어섰다. 혹시나 하는 마음으로 눈을 돌려보니 '얀' 카페 창문으로 리아와 기타의 모습이 보였다. 그는 자전거를 세우고 카페 안으로 들어갔다. 기타는 재밌는 건수라도 생긴 듯 그에게 카메라를 들이댔다.
　"저리 치워."
　"자, 계산대로 가서 커피를 시킨다."
　기타는 영상을 찍으며 도연에게 지시를 내렸다.
　"아이스 아메리카노 한 잔 주세요."
　"샌드위치도 시킨다."
　"그러네. 샌드위치도 주세요."
　"오늘은 아리차로 드릴게요. 조금 더 깔끔하실 거예요."

카페 사장인 지수는 장난치는 두 사람을 보며 슬며시 웃었다.

"좋죠. 그래서 커피 향이 달랐구나. 지수 씨가 내려 주시는 커피는 늘 맛있어요."

"감사해요. 준비되면 자리로 가져다드릴게요, 도연 씨."

"오오. 이 분위기 뭔가요."

"그만 찍어. 아주 그냥 너어."

"제목은 썸남의 아침."

기타는 지수의 눈치를 보며 도연에게 귓속말로 속삭였다.

"영상 올리지 마."

"내 맘이다. 왜?"

그들은 주문을 마치고 리아가 있는 자리로 돌아왔다.

"야, 지수 씨가 내 이름 말하는 거 너도 들었지?"

도연은 의자에 앉으며 낮은 목소리로 물었다.

"그래. 좋겠다, 자식아."

"뭐가 좋아? 새벽에 급하게 나가더니 그건 해결된 거야?"

"첫 번째 질문은 패스. 두 번째 질문은 저도 몰라요. 사장님 아들이 사고 쳐서 공장이 넘어갔고, 사장님은 마음이 많이 아프시고."

"넌 어떻게 하고 싶어."

"제가 어떻게 한다고 해결이 되는 것도 아니고……"

"해결 말고 네 생각 말야."

"저야 지금처럼 사장님이랑 같이 일하고 싶죠. 좋으신 분이거든요. 사실 제가 이 일에 비전을 가지게 된 것도 사장님 덕분인데."

"됐네, 그럼. 그렇게 해봐."

"어떻게요?"

"너 하고 싶은 대로."

도연은 리아와 더 얘기하고 싶었지만 트레이를 들고 오는 지수를 보고 자리에서 벌떡 일어섰다.

"무거운데 저 부르시지. 이리 주세요."

"아침이 늦으신 것 같아서 좀 더 만들어 봤어요."

"고마워요, 지수 씨."

도연은 샌드위치 두 개를 보며 미소를 지었다.

"짜식. 얼굴색부터 달라진 것 봐. 빨간 리본이라도 받았어? …… 어라, 오늘 새벽에 진짜 빨간 리본 떴다는데?"

기타는 휴대폰으로 기사를 보며 말했다.

"뭐가?"

"빨간 리본 말이야. 알지?"

"응. 들어는 봤어."

리아는 시큰둥하게 대답했다.

"난 말야. 이 사람들 되게 맘에 든단 말이지. 좀 별난 단체지만 그게 또 매력이거든. 젊은 사람들한테는 일할 수 있도록 공부시켜 주지, 직업훈련 받게 해주지, 계속 살길을 열어 주는 거, 그게 진짜라고 생각해. 게다가 자기들을 드러내지도 않아요. 이런 사람이 대선 후보로 나와야 하는데 말이야."

"잘해주면 의심부터 해야지 엎어지기는. 됐고, 저녁에 우리 집에서 밥 먹을 사람 6시에 올라와."

"무슨 날이야?"

"날이 아니고 일 좀 하자. 그날이 그날이면 초딩이 일기 쓸 맛이 나겠어? 승우가 주인공이니까 주변 인물은 너희가 좀 해. 그냥 신나게 놀아."

"본인이 놀고 싶어서 그런 거 아냐? 매일 승우, 시우 등하교시키는 것도 재밌어서 하는 거지?"

"어떻게 알았어?"

"누나는 참 독특해. 애들하고 숙제하고, 같이 밥 먹고, 책 읽고, 자장가도 불러준다면서요."

"같이 놀면 얼마나 재밌는데. 그 녀석이 사고 이후로 시하 껌딱지였잖아. 엄마 지켜야 한다고. 요새는 친구들이랑 놀러도 다니고 밤에 오줌도 안 싸. 어제도 병원 가니까 많이 좋아졌다고 하고. 역시 아버지 말씀 듣길 잘했어."

"누나 아버지가 무슨 말씀을 하셨는데요?"

"힘들 때 돕고 살라고 하셨지. 그게 사랑이라고."

"그 사랑 엄청나네요."

"너희들도 애썼어."

"나야 앉아서 그림만 가르치면 되는데 기타가 제일 힘들었을 거예요. 애들이랑 방방이 타고 와서 맨날 뻗었거든요."

"이젠 끄떡없어."

"그게요, 누나가 이사 오기 전에는 생각만 하고 있었는데 지금은 직접 뭔가를 하고 있더라고요. 아, 누나가 아까 한 말이 이거였구나! 공장도 그렇게 하란 거죠? 이상적인 생각은 그만 닥치고 행동해 보란 말이죠?"

"이제야 알아먹네. 그런 의미에서 오늘 저녁도 재밌게 마무리해 보자고."

"그거랑 이거랑 무슨 상관이야? 자세히 들으면 엉망진창이야."

그녀가 오고부터 확실히 일상이 분주해졌다. 집으로 돌아온 도연은 잠시 눈을 붙이기 위해 영화 '액션 조선'을 자장가로 선택했다. 도포 자락이 허공 위에서 펄럭일 때쯤 그의 눈이 스르르 감겼다.

퇴근하려면 아직 이른 시간임에도 불구하고 성유는 택시를 타고 샹젤리제 거리로 들어섰다. 그는 원 여사의 노점 앞에 내렸다.

"할머니, 안녕하세요? 오늘 많이 파셨어요?"

성유는 일부러 목소리를 높여 말했다. 바닥에는 김, 진미채, 멸치, 황태포, 말린 표고버섯이 놓여 있었다.

"그래요. 동네 사람들이 일부러 좀 사준 거 같아요. 나 일찍 들어가라고."

원 여사는 백발에 쪽머리를 하고 품위 있는 말투를 썼다. 동네 사람들이 여사님이라고 부르는 것도 이 때문이었다.

"그랬구나. 목도리 잘하셨네요. 이제 저녁 되니까 추워지더라고요. 감기 조심하셔요."

성유는 그 목도리가 익숙했다.

"고마워요. 뭐가 필요해요?"

"김이랑 진미채 좀 주세요."

원 여사는 굵고 주름진 손으로 물건을 담았다. 그리고 주머니에서 손수건을 꺼내 성유의 피 묻은 입술을 닦고 상처 난 손을 싸매 주었다. 그는 울컥한 마음을 도닥이며 집으로 들어왔다. 한 손에 검은 비닐봉지를 그대로 든 채 거실 바닥에 대자로 누웠다.

잠에서 깬 도연은 널브러져 있는 성유를 보더니 다시 방으로 들어갔다. 한 시간을 기다린 후 기타가 들어오는 소리를 듣고서야 거실로 나왔다.

"얘 왜 이러냐."

기타는 누워 있는 성유를 내려다보며 말했다.

"배고파."

"그 얼굴을 하고 밥은 먹을 수 있겠어?"

"먹어야지. 살려면."

"리아 누나가 밥 먹으러 오라는데 넌 힘들면 여기 있어."

도연은 성유를 걱정스럽게 바라보더니 그의 손가락에 걸려 있는 비닐봉지를 들고 주방으로 갔다.

"나도 갈래."

성유는 애써 태연한 얼굴로 옷을 갈아입고 4층으로 향했다. 도연과 기타는 걱정스럽게 그의 행동을 지켜보기만 할 뿐이었다.

"삼촌!"

승우와 시우가 무서운 속도로 뛰어와 성유에게 안겼다. 아이들이 반겨주자 온몸을 감고 있던 쇠사슬이 스르륵 풀리는 것 같았다.

"성유 일찍 퇴근했네?"

"네. 뭐 하시는 거예요?"

"김밥 좀 하려고."

"저랑 통했네요."

"공주님, 왕자님. 이제 내려오셔서 앞치마 좀 하셔야 합니다만."

리아는 어린이용 앞치마와 두건을 들고 애걸하고 있었다.

"그럴까? 삼촌이 도와줄게."

"이거 안 하면 안 돼요?"

승우는 입술을 삐죽거리며 말했다.

"싫으면 안 해도 돼."

"답답하단 말이에요."

"그렇구나. 삼촌은 하루 종일 쓰고 있는데 보여줄까?"

성유는 휴대폰으로 요리사복 입은 사진을 보여주었다.

"삼촌 모자 정말 커. 완전 멋져요."

"멋지기도 하지만 머리카락이 음식에 들어가면 안 되니까 모자도 쓰고, 옷도 더러워지지 말라고 앞치마도 하는 거야."

"아아, 저도 할래요."

승우는 언제 그랬냐는 듯 앞치마와 두건을 썼다. 리아는 그들 앞에 어묵과 나무 꼬챙이를 내주었다. 기타와 도연도 아이들 옆에 자리를 잡고 나무 꼬챙이에 어묵을 꽂았다.

"나 좀 잘하는데? 이번 겨울에 어묵이나 팔아볼까?"

"안 돼요. 기타 삼촌은 다른 거 해요."

"왜, 승우가 하려고?"

"삼촌이 이거 팔면 내 친구 엄마는 돈 못 번단 말이에요. 안 돼요."

"아, 친구 엄마가 어묵 파시는구나."

"삼촌들은 제 친구 가게에서 사서 드세요."

"너는 그 집 영업도 하냐?"

"영업이 뭐예요?"

"아, 설명하기 좀 어렵네. 쉽게 말하면 여기 좋은 거 있으니까 많이들 와서 사가세요, 뭐 이러는 거."

"나도 영업할래요."

"그래? 한번 해봐. 삼촌이 들어보게."

기타는 어묵을 잠시 내려놓고 승우를 쳐다보았다.

"네. 제가 영업하고 싶은 곳은 바로바로 여기, 이모 집입니다. 여기에 오면 이상하게 막 웃게 돼요. 우리 엄마도 그랬어요. 그러니까 웃고 싶은 사람들은 빨리 오셔서 이모 집 웃음을 사가세요!"

"그렇지! 우리 승우 잘한다."

기타는 승우의 손을 잡고 제자리에서 뛰며 신나게 웃었다.

"어쩜 저렇게 수준 차이가 안 나냐."

"어, 내가 웃을 일이 뭐가 있냐. 너처럼 썸 타는 사람도 없는데 이렇게라도 웃어야지."

성유는 떠들썩한 분위기와 무릎에 앉은 시우 때문에 조금씩 긴장이 풀렸다. 승우 말대로 여기 있으니 괜히 웃음이 나왔다. 마음이 한결 가벼워진 그는 리아를 도우러 옥탑방으로 슬그머니 들어갔다.

"애들 손이 엄청 귀여워요. 저 작은 손으로 어묵 만지는 거 보니까 딴 세상에 있는 것 같아요."

"그래서 기분이 좀 나아졌어?"

"오늘 최악이었는데 여기 오니까 다 잊히네요. 승우 말이 맞아요. 자꾸 웃게 되고……. 이것도 준비했어요? 애들 진짜 좋아하겠다."

성유는 전기 어묵 조리기를 이리저리 둘러보며 말했다.

"그거나 좀 들어주라. 예전 같으면 일도 아닌 건데."

"이런 건 이제 우리한테 맡겨요. 조금 있으면 추워지니까 목도리도 하고 나와요."

"그럴까?"

리아는 옷장에서 얇은 패딩 조끼를 꺼냈다.

"목도리도 하라니까요."

"그거? 잃어버렸어."

"아, 잃어버리셨구나. 그럼 원 할머니한테 가서 누나 거라고 다시 뺏어올까요?"

리아는 아무 말도 못 하고 멀뚱거리며 서 있었다.

"잘했어요. 덕분에 할머니 따뜻하실 거예요. 대신 본인 몸도 아끼세요, 제발. 그 거짓말 애들도 알겠네요."

"아이고 네네. 너도 쫄지 마. 잘했어."

리아는 그의 어깨를 툭 치며 말했다.

"그죠? 잘했죠?"

"그럼, 아주 속이 시원하다. 나가자."

성유가 하루 종일 듣고 싶었던 말이었다. 리아가 어떤 의도로 한 말인지는 중요하지 않았다. 그는 더 이상 이 불안감에 자신을 내주지 않겠다고 다짐했다.

"승우야, 이리 와서 국물 좀 부어 줄래?"

승우는 리아가 건네준 육수 병을 들고 어묵 조리기 안에 조심스럽게 부었다. 리아는 미리 손질한 파와 무를 꺼내 그 안에 넣었다.

"그런데 이모, 무랑 파는 왜 넣어요? 으, 이건 맛없는데."

"그건 말이야. 혼자 놀면 재미없는데 같이 놀면 재밌잖아? 얘들도 하나씩 먹으면 맛없는데 같이 넣어서 먹으면 더 맛있어져."

"아, 그렇구나."

"누나 혹시 이 재료들 원 할머니한테서 사신 거예요?"

"어떻게 알았어? 이름이라도 적혀 있는 거야?"

"아뇨. 김 포장지 보고 알았어요. 저도 그거 샀거든요."

"이젠 둘이 사재기하는 거야? 할머니 돕는 것도 좋은데 건어물만 먹고 싶지 않아. 다른 건 좀 안 파시나."

기타가 마지막 어묵을 나무 꼬챙이에 꽂으며 말했다.

"내 생각엔 일부러 건어물 종류로 파시는 게 아닌가 싶어. 일단 가볍잖아."

"역시 요리사의 안목, 대단해. 아직 먹어 보진 못했지만 네가 만든 음식은 다 맛있을 것 같아. 궁금해."

"그 말은 나도 인정. 굳이 꼽자면 성유표 무 스파게티가 딱 내 스타일이긴 해. 이거는 오디션 보는 날에도 먹을 수 있어. 소화가 잘되거든."

"엥? 여기 있는 무 말이에요?"

맛있는 김밥 가족 87

승우는 어묵 조리기 안에 있는 무를 가리키며 말했다.

"승우야, 삼촌한테 무로 만든 요리 해달라고 하자. 이모도 먹고 싶어."

"삼촌 저도 먹고 싶어요. 해주세요, 네?"

승우는 곧바로 성유에게 조르기 시작했다.

"성유 들었지? 언제 해줄 거야?"

"내일 저녁에 다들 저희 집으로 오세요. 저도 이제 시간 많아요."

"와, 신난다. 내일은 삼촌 집이야."

"이 녀석 되게 좋아하네. 자주 불러야겠어."

아이들은 성유가 시키는 대로 쟁반 위에 놓인 꼬치를 어묵 조리기에 하나씩 넣기 시작했다. 승우는 요리에 집중하느라 시하가 들어오는 소리를 놓쳤다.

"나 안 늦었죠?"

시하가 가쁜 숨을 쉬며 말했다.

"엄마다!"

시우가 그녀에게 달려가 안겼다.

"안 늦었어. 내가 못된 시어머니야? 뭘 그렇게 헐떡거리면서 와."

"언니가 시어머니면 좋겠다."

"시누이라야 맞죠. 안 그래요, 누나?"

리아는 도연의 질문에도 아랑곳하지 않고 행주로 테이블만 닦았다.

"승우는 이제 엄마 아는 척도 안 하네."

"이것 좀 보세요. 내가 만들었어요."

승우는 어묵꼬치를 들고 흔들며 말했다. 시하는 딴청을 부리는 승우를 보며 오히려 마음이 놓였다. 이제 남편만 깨어나면 모든 것이 제자리를 찾게 된다.

"여러분, 김밥 재료가 왔어요."

성유는 부엌에서 트레이를 끌고 나왔다. 거기에는 기본 김밥 재료 외에 돈가스, 참치, 불고기, 연어, 새우튀김, 명란, 아보카도가 더 있었다.

"역시 언니 손은 커. 다 넣고 싸다간 김밥 옆구리 터지겠어요."

"아, 이걸 그냥 먹긴 아까운데…… 누나, 김밥 대회를 해보는 건 어떨까요?"

"오, 재밌겠다. 그럼 네가 사회를 봐."

리아는 도연의 제안에 박수를 치며 말했다.

"음음. 다들 주목해 주세요. 지금부터 거지빌라 제1회 김밥 대회를 실시하겠습니다!"

"상금은 없나요?"

기타는 작은 먹잇감을 본 땅늑대처럼 눈을 번뜩이며 말했다.

"문화 상품권 오만 원?"

리아는 엉겁결에 말하면서도 기타의 눈치를 살폈다.

"에이. 좀 더 써."

"십만 원?"

"십만 원 좋다. 내가 받아야지."

기타는 의욕이 넘쳤지만 뒤늦게 1, 2등이 정해져 있다는 걸 깨달았다.

"우리만 먹기 아깝다. 수현 씨는 집에 갔어요? 같이 먹으면 좋을 텐데."

"새벽에 봤다고 그새 챙기는 거야?"

"저랑 많이 닮았어요. 아무튼 수현 씨 진짜 대단해. 매일 여기로 출근하는 것도 그렇고."

"언니 지키려고 애쓰는 건데 좀 조심해요."

"내가 그렇게 걱정되면 장가나 갈 것이지."

리아는 못마땅한 표정으로 휴대폰을 꺼내 번호를 눌렀다.

"네가 좋아하는 김밥 했어. 올래? 사연이는? 알았어."

"뭐야. 통화 끝났어?"

기타는 시시하게 끝나버린 통화가 놀라운 듯 말했다.

"사연이는 피곤해서 못 온대. 수현이는 오케이 했어."

"수현 씨 보기보다 쉬운 남자네."

"그런 소리는 기타한테 처음 들어. 수현이가 어려운 남자란 얘기가 들려서 말이야. 그래서 아직도 여자가 없나."

"오늘 얘기해 보니까 여자들이 엄청 좋아할 스타일이던데 걱정마세요."

"그게 한 번 사귀면 통 오래 가질 않더라고."

"엄마, 이제 만들면 돼요?"

마음이 급해진 승우 덕분에 수현의 개인사는 더 이상 열리지 않았다.

"그럼. 엄마가 가르쳐 줄까?"

"네!"

"이렇게 김발 위에 김을 놓고."

시하가 먼저 시범을 보이며 말했다.

"당근이랑 야채도 다 넣을 거예요."

"웬일이니? 너 야채 싫어하잖아."

"맛없는 것도 같이 먹으면 맛있댔어요. 나는 이모 집에서 다 같이 노는 게 정말 재밌어요. 혼자 있으면 안 돼요. 그래서 야채 친구들도 혼자 두지 않을 거예요."

"그랬구나. 야채 친구들이 승우 덕분에 신나겠는데."

여러 사람의 손길로 만들어진 각양의 김밥은 다섯 개의 피라미드 모양으로 쌓였다. 그들은 상기된 얼굴로 바라보며 만족한 미소를 지었다.

"다 됐으면 이거 텐트 안으로 옮길까?"

"네! 이모."

그들은 텐트 안으로 들어가 둥글게 자리를 잡고 앉았다. 살짝 비좁은 감이 있지만 나름 아늑했다.

"한 식구 같네."

리아는 그들을 흐뭇하게 바라보았다.

"우리 애들까지 있으니까 삼대가 모인 것 같네요."

"에이, 삼대까지는 아니지. 그럼 리아 누나가 할머닌데?"

"맞아, 도연아. 나 할머니야."

리아는 덤덤하게 말했.

"뭔 소리래. 이러고 있으니까 거지랜드 첫 개장 날이 생각나네. 솜사탕 또 만들고 싶어."

"돈 벌어서 더 크게 만들 거니까 조금만 기다려."

"그럼 난 부자 누나한테 딱 붙어 있어야겠다."

도연은 엉덩이를 리아 옆으로 움직이며 말했다.

"사람이 응? 돈 따라 막 움직이고 그러는 거 아니다. 그러다 패가망신해요."

"꼭 할아버지 같은 소리 하네. 기타 할아버지!"

도연은 아이들이 웃어대자 더 신난 목소리로 소리쳤다.

"내가 왜 할아버지야! 자꾸 그러면 무서운 할머니 데리고 올 거야."

"할머니는 기타 할아버지가 괴팍해서 집 나갔어. 없어."

"내가 할아버지면 그럼 당신은 뭐야?"

기타는 약이 올라 리아에게 쏘아붙였다.

"난 네 엄마지. 애비야 엄마한테 소리 지르는 거 아니다. 어여 김밥이나 먹어."

"언니랑 기타 씨 은근 잘 어울리는데요?"

"그러게요. 한주 형이 없어서 기타가 심심할 줄 알았는데 괜한 걱정이었어요."

성유는 그릇에 어묵 국물을 차례로 부으며 말했다. 그는 그릇 위로 화려하게 피어오르는 수증기마저 특별해 보였다.

"똑똑. 저 왔습니다!"

텐트 밖에서 익숙한 목소리가 들렸다.

"수현 씨, 어서 와요. 여기 앉아요."

성유가 엉덩이를 옆으로 밀며 자리를 내주었다.

"애비 친구 왔니? 애비야, 뭐 하니. 숟가락 하나 더 얹어라."

"네, 어머니."

기타는 순순히 상황극을 이어갔다.

"그간 안녕하셨죠? 자주 좀 불러주세요."

수현은 언제나 그랬듯이 능숙하고 노련하게 스며들었다.

"그래. 네가 10남매 키우느라 고생이 많지? 어여 먹어. 제일 맛있는 김밥에 투표하는 것도 잊지 말거라. 잘해. 상금이 걸려 있으니까."

"언니 그만해요. 웃겨서 김밥이 안 넘어간단 말이에요."

"아무리 그래도 나이 서른에 애가 열 명이 뭐예요. 빨리 정정해요."

수현은 김밥을 통째로 베어 먹으며 말했다.

"내 희망 사항이야."

"저도 병원에 갈 때마다 언니가 저렇게 장난쳐서 당황했잖아요."

"그때 리아 누나 역할이 뭐였어요?"

"도연 씨, 말도 마요. 세 살짜리 제 딸이었어요."

"맞아요. 이모가 제 동생 했어요."

시우는 작은 입을 오물거리며 말했다.

"그것도 보고 싶은데."

"모르는 게 좋아요. 김밥 잘 먹고 토하고 싶지 않으면."

수현은 도연에게 손사래까지 치며 말렸다. 평범한 하루가 특별해 보이는 건 그들이 함께였기 때문이었다. 김밥처럼.

"시우 졸린 모양이네. 승우야, 우리 더 늦기 전에 일기 쓰러 갈까? 벌써 8시가 넘었어."

"네, 엄마."

승우는 기분이 좋은지 흔쾌히 대답했다.

"아, 나도 일기 쓸 맛 나네."

"기타 너 일기도 써?"

"일기도가 뭐야? 나 매일 써."

"맞아요. 얘 싱어송라이터잖아요. 글 잘 써요."

도연은 엄지를 치켜세우며 말했다.

"나도 오늘부터 써볼까? 승우야, 우리 나중에 교환 일기 해볼래?"

"그게 뭐예요, 이모?"

"네가 쓴 일기랑 내 일기랑 딱 바꿔보는 거지."

"와 재밌겠다. 언제 해요?"

"음, 한 백 밤 자고?"

"좋아요!"

"김밥 1등도 축하해. 승우가 만든 김밥 가족처럼 우리도 행복하게 잘 살자. 알았지?"

"네!"

죽을 것처럼 힘들어도

많이 부족해도
정말 미워도
행복하게 살아내야 한다.
그게 이기는 거다.

5

너와 나

5. 너와 나

 성유는 눈을 감고 있었지만 사실 한 시간 전부터 깨어 있었다. 도연은 소파에 앉아서 물을 마시고 있었고 기타는 방금 화장실에 들어갔다. 그는 발소리만 들어도 누가 무엇을 하는지 알 수 있었다.
 "성유야, 준비해. 모닝커피 마시러 가자."
 도연의 목소리에 성유는 기다렸다는 듯이 벌떡 일어나 거실로 나왔다.
 "맨날 죽으라고 일만 하던 놈이 어차피 잘 됐어. 좀 쉬어."
 "내가 일어난 거 알았어?"
 "같이 산 지가 6년이야. 얼른 준비해. 병원 늦겠다."
 "카페 가는 거 아녔어?"
 "거기가 카페이자 병원이거든. 미친놈처럼 웃게 해주는 곳이야."

"이상한 데 아냐?"

성유는 살짝 불안했지만 친구들을 따라 처음으로 '얀' 카페에 들렀다. 먼저 도착해 있던 리아와 수현은 포옹으로 그를 반겼다. 거지빌라 식구들은 조용히 자리에 앉아 게임을 하며 단체 문자로 대화를 주고받았다.

"뭐야, 진짜."

성유는 그들의 행동을 유심히 보며 말했다.

"도연아, 지수한테 가. 빨리."

리아가 고갯짓하며 말하자 도연은 계산대로 향했다.

"지수 씨, 이건 제가 들고 갈게요."

"그럼 하나만 부탁할게요. 고마워요."

지수는 작은 트레이를 들고 먼저 걸어갔다.

"주문하신 브런치 메뉴와 음료 나왔습니다."

그들은 그제서야 휴대폰을 테이블 위에 올려놓고 눈을 마주쳤다.

"지수 씨, 저 직원 맘에 안 들어요. 잘라요."

기타는 서빙을 하고 있는 도연을 가리키며 말했다.

"저희 직원 어디가 맘에 안 드나요? 저는 맘에 드는데요."

그녀는 말이 끝나자마자 빈 트레이를 들고 계산대로 발걸음을 옮겼다.

"야야야야, 지금 뭐냐. 그니까 대놓고 네가 맘에 든다는 거잖아."

기타가 도연에게 속삭이자 다들 귀를 쫑긋 세웠다.

"맞아 이 등신아. 자꾸 미적대니까 지수가 답답해서 그런 거 아냐. 네가 선물로 준 양말도 신고 있잖아, 지금."

"아하하하! 아, 미안, 미안. 내가 너무 크게 웃었지? 리아 누나 말투가……."

성유는 스스럼없이 말하는 리아를 보며 웃음이 터졌다.

"그건 리아 누나가 쓰는 강렬한 사랑의 언어지."

"너는 그 사랑의 언어로 지수한테 언제 사귀자고 할 거야?"

"지금 할까요?"

"미쳤어?"

"그럼 어쩌라고요."

"준비해."

"어떻게요?"

"그걸 왜 나한테 물어?"

"준비하라면서요."

"그냥 도연 씨 하고 싶은 대로 해요. 물어볼 사람한테 물어야지. 영 번지수를 잘못 찾았어요."

수현은 커피를 한 모금 마시며 말했다.

"지수 씨가 여기 사장님 이름이구나. 너랑 잘돼가는 분위긴데?"

성유는 상황을 파악하고 또 한 번 미소를 지었다.

"아직 분위기만 잡고 계신다. 참 성유야, 사연이 좀 만나 봐."

"무슨 일인데요?"

"요리 관련이겠지. 언제가 좋아?"

"오늘도 좋아요."

"아니 자꾸 옆길로 새지 말고요. 저부터 해결해 주셔야죠."

"이제야 정신이 들어? 너 마지막 연애가 언제였어? 왜 이렇게 버벅대."

"기억도 안 나요. 그러는 누나는요?"

"난 지금도 열렬히 사랑하고 있는 중이야."

"에이, 도연이보다 더 오래됐을걸? 한 10년 전쯤일 거다. ······아냐? 그럼 20년 전?"

기타는 리아의 무반응에 놀란 듯 머그잔을 내려놓았다.

"갑자기 빵이 확 당기네. 도연아, 네가 갔다 와."

리아는 손가락으로 지수를 가리키며 말했다.

"제가요?"

"쫄기는. 우리 도연이가 어쩌다 저렇게 됐냐? 정말 사랑하면 바보가 되는구나."

리아와 기타는 일어서는 도연의 뒷모습을 보며 능숙하게 연애 중계를 시작했다.

"아 말이죠, 도연 선수 어깨 좀 펴야 하지 않을까요? 어깨가 많이 좁습니다. 운동을 하던지 말입니다."

"네 그렇습니다. 용감한 자가 미인을 얻는다고 하잖아요? 어깨는 망했지만 당당할 필요가 있습니다. 해설위원님과 한집에 사시잖아요. 집에서 운동 좀 시키셔야겠습니다."

"아 말씀드리는 순간 지금 지수 씨가 웃고 있습니다."

"돌발 상황입니다. 도연 선수가 계산대 안으로 들어가고 있네요. 무슨 일일까요?"

"어떻게 된 일인지 궁금하군요."

"아! 도연 선수 활짝 웃고 있습니다. 황금색 어금니까지 보입니다."

"아, 어금니가 금니군요."

"많이 썩었다는 거죠."

"썩은 이는 빨리빨리 치료해야죠."

"아니, 둘이 맨날 이러고 놀아요?"

성유는 또다시 웃음보가 터지기 시작했다.

"네. 환상의 콤비죠. 예전엔 사연 이모랑 저러고 놀더라고요."

"수현 씨, 우리도 이제 말 놓죠. 맨날 얼굴 보는 사인데."

기타는 연애 중계를 멈추고 수현을 보며 말했다.

"그럴까요? 아니, 그러자."

"수현이는 이렇게 젠틀하고 정상인데 가만 보면 둘이 너무 달라. 피 한 방울 안 섞인 완전 남 같단 말이지."

"기타 눈썰미가 보통이 아니네. 우리도 이제 커밍아웃할까요?"

수현은 리아를 보며 의미심장한 미소를 띠었다.

"그러자. 이제 식구니까."

"엄마야…… 내 엄마."

리아는 아이들이 올 시간이 되자 서둘러 아파트 현관문을 나섰다. 엘리베이터 앞에는 옆집 수현이가 서 있었다.

"학원 가는 거야?"

리아는 수현의 학원 가방과 동시에 얼굴의 상처도 보았다.

"네."

"같이 내려가자."

그녀는 수현의 어깨에 팔을 두르고 엘리베이터에 탔다.

"오늘 저녁에 게임 할 수 있어? 지난번엔 아줌마가 져서 말이야."

"좋아요."

"어제도 혼자 잤어?"

"네."

수현은 고개를 숙였다. 1층에 도착한 그들은 공동현관문 앞에서 헤어졌다. 리아는 아파트 정문 쪽을 보면서 곧 도착할 학원 차를 기다렸다. 그때 중년 여성의 앙칼진 목소리가 아파트 한편에서 들렸다. 민현 엄마였다. 민현이는 큰아들 건희의 친구이고 학원도 같이 다닌다. 그리고 그 앞에 고개를 푹 숙이고 있는 아이는 방금 헤어진 수현이었다. 민현 엄마의 목소리는 계속 높아졌고 결국 수현의 몸을 밀쳤다. 그 모습을 본 리아는 수현을 향해 뛰기 시작했다.

"민현 어머니, 왜 그래요. 무슨 일이에요?"

"성질 같아서는 한 대 확 패주고 싶어. 너 이 자식, 자꾸 민현이 괴롭히면 그땐 학교도 못 다닐 줄 알아! 하긴 뭘 보고 배우겠어. 아비가 그 꼴이니 애 잘못도 아니지. 그 피가 어디 가겠어? 온 동네가 그냥 이 집 때문에 수군수군."

"그만하시죠. 애 들어요."

"내가 전에도 얘기했지? 아홉 살밖에 안 된 놈이 하는 짓은 아비 닮아서 툭하면 때리고. 아으! 속상해. 어제도 맞고 들어왔다니까. 내가 집에 가도 문도 안 열어주고 말이야. 너 일부러 그런 거 다 알아 이 새끼야. 순 깡패 집안 꼬라지 하고는. 너희 아빠도 곧 경찰에 잡힌대. 새엄마도 집 나갔다며?"

"민현 어머니! 그만하세요!"

리아는 수현을 자신의 옆으로 세우고 한 손을 꼭 잡았다.

"아니, 건희 엄마는 왜 소리 질러?"

"애한테 너무하시잖아요!"

리아의 언성도 같이 높아졌다.

"건희도 한번 처맞아 봐. 그 말이 나오나."

"애들끼리 싸우고 그러면 사이좋게 노는 것도 가르쳐야죠. 애도 맞았어요. 얼굴 못 봤어요?"

"우리 애는 어디 가서 시비 걸 애가 아니야. 쟤가 문제라고! 그리고 당신이 뭔데 나서? 쟤 엄마라도 돼?"

"엄마면요? 좀 따져도 될까요?"

"어휴, 이것도 또라이 아니야? 너도 이혼녀라는 소문이 있던데, 그새 얘 아비랑 붙어먹었냐? 어?"

민현 엄마는 수현에게 한 것처럼 리아의 어깨도 밀쳤다. 바로 그때 리아가 그 손을 잡고 꺾었다.

"아! 아야. 아아아악!"

"사과하세요! 손댄 건 민현 어머니가 먼저입니다."

"이게 돌았나. 아아!"

리아는 손에 힘을 더 주었다.

"미안! 미안하다고!"

"앞으로 수현이한테 볼일 있으면 저한테 연락하세요. 제 번호는 아시죠?"

리아는 아주 침착하게 말했다. 민현 엄마는 꺾인 팔목이 아픈지 연신 주물렀다. 그사이 노란 학원 차가 107동 앞에 정차했다. 민현, 건희, 상희가 차례로 내렸다.

"엄마아!"

아이들이 소리를 지르며 달려왔다.

"진짜 재수가 없으려니 별 미친 것들한테 원."

민현이는 화난 엄마의 손에 그대로 끌려갔다.

"엄마, 왜 그래요?"

막내 상희가 리아를 올려다보며 말했다.

"으응. 아무 일도 아니야. 얘들아, 우리 올리브 스테이크 갈까? 수현이는 어때? 학원 선생님한테는 아줌마가 얘기할게."

"좋아요! 수현아, 어서 대답해."

장남 건희는 수현의 팔을 잡고 흔들었다.

"……네."

"그러면 지금 바로 갈까?"

리아는 아이 셋을 앞세우고 길을 걸었다. 화단 벽에 기대어 그들의 모습을 유심히 바라보던 이 형사가 봉고차에 황급히 올라탔다.

"팀장님, 올리브 스테이크로 가야겠습니다."

"뭐 좀 알아냈어?"

"넵. 수현이가 어제 민현이라는 친구와 싸웠고, 학원도 땡땡이 치고, 지금 올리브 스테이크로 간다고 했습니다. 일단 가시죠, 팀장님."

"이 자식아, 많이도 알아냈다. 으이그."

"혹시 압니까? 백민기가 거기 나타날지. 잠복도 하고 배도 채우고 일석이조 아닙니까. 이제 김밥 안 먹을 거예요. 아니, 라면도 안 먹습니다. 안 가실 거예요? 이러다가 백민기 놓치면 다 팀장님 탓입니다."

"여기에 나타나면?"

"에이, 중요한 건 여기가 아니라 아들이죠, 백수현이. 그래서 우리가 여기서 잠복하는 거 아닙니까. 수현이가 움직이니까 우리도 따라가는 수밖에요."

"그래 가자, 가."

이 형사는 웃음기를 가득 머금고 시동을 걸었다.

"팀장님, 저 아줌마 말입니다. 팔 꺾을 때 깜짝 놀랐잖아요. 보통 실력이 아니었습니다."

"얼굴 봤어?"

"모자를 쓰고 있긴 했는데 둥근 얼굴형에 귀염상이라는 정도? 우리가 모자 쓴 사람은 더 유심히 보잖습니까? 그러고 보니 좀 수상하긴 하네요. 큰 덩치에 팔 꺾는 기술이 평범하진 않단 말이죠."

"그거 말고 또 있어?"

"없습니다."

"거기 가서 먹는 데만 정신 팔지 말고 수현이 행동 잘 살펴. 저 아줌마도."

"네. 걱정 붙들어 매십시오. 제가 또 멀티 플레이어잖습니까. 수현이, 아줌마, 밥 어느 하나 빈틈없이 완벽하게 해내겠습니다."

"나는 이 형사가 큰소리칠 때마다 불안해 어째."

"팀장님은 괜찮으시겠습니까? 거기는 애들 좋아하는 것밖에 없는데 말입니다."

"나 애들 입맛이야."

"에이, 맨날 국밥만 드시면서."

"내 눈에는 국밥집밖에 안 보이던데?"

"보고 싶은 것만 보인다고 했습니다. 이젠 다른 것도 보고 사십시오, 제발."

"이 형사가 보면 가르쳐줘."

"진짜죠? 딴말하기 없습니다."

"그렇게 좋냐? 내가 좀 심했나."

"이제야 아셨습니까? 우리가 뭔 재미가 있어요. 매일 범인 잡느라 생고생인데. 경찰 하면서 먹는 게 큰 기쁨이 될 줄이야. 아주 위로가 된단 말입니다."

"알았어. 앞으론 신경 쓸게."

차는 벌써 레스토랑 주차장으로 들어왔다.

"동네 참 좋아. 바로 코앞이 번화가라니. 여기 집값이 만만찮지?"

"알면 뭐 하시게요. 우리는 백날 일해도 못 삽니다."

"그래, 백날천날 일만 하자. 나 먼저 내릴 테니까 넌 우리 뒤에 따라오는 저 검은색 차량 조회 좀 해봐. 아파트에서 본 찬데 좀 찜찜해서 말이야."

"네. 알겠습니다."

무경은 마침 검은색 차에서 내린 중년 여성과 엘리베이터 앞에 나란히 섰다. 지름길로 걸어온 리아와 아이들도 곧 뒤따라 들어왔다.

"엄마, 밥 먹고 수현이랑 우리 집에서 놀면 안 돼요?"

"대신 숙제하고."

"당연하죠."

"있잖아, 수현아. 아빠 오실 때까지만 우리 집에서 잘까?"

리아는 허리를 숙여 수현에게 말했다.

"네!"

수현은 드디어 함박 미소를 지었다.

엘리베이터가 1층에 도착하자 먼저 탄 무경이 4층 버튼을 눌렀다. 상희는 고개를 들고 그를 빤히 쳐다보았다.

"아, 미안. 아저씨가 실수했어."

그는 다시 버튼을 눌렀다. 상희는 엄마의 눈치를 한번 보더니 짧고 가는 손가락으로 4층 버튼을 꾹 눌렀다.

"상희야, 이럴 땐 어떻게 해야지?"

"감사합니다."

상희는 무경에게 배꼽 인사를 했다.

"아니야. 아저씨가 좀 눈치가 없어. 멋진 아들은 몇 살이야?"

"일곱 살이에요."

"학교 가서도 똑 부러지게 잘하겠네."

엘리베이터 문이 열리자 입구에 서 있던 직원이 그들을 응대해주었다.

"어서 오십시오. 여섯 분 자리 안내해드리면 될까요?"

"저희는 네 명인데요?"

"죄송합니다. 일행분이신 줄 알았어요. 이쪽으로 모실게요."

리아는 아이들을 데리고 직원을 따라갔고 무경과 중년 부인도 다른 직원의 안내를 받았다. 그들은 리아 가족을 중간에 두고 나란히 창가에 앉게 되었다. 무경은 이런 곳이 처음이라 이 형사가 오기만을 기다렸다. 시선은 엘리베이터 쪽에 고정되어 있었지만 귀는 바로 뒷자리의 소리에 집중했다.

"뭐 시키셨어요?"

그사이 이 형사가 자리에 앉으며 말했다.

"나는 봐도 모르겠으니까 네가 시켜. 오늘부터 수현이 저 아줌마 집에서 잔대."

"그래요? 다행이네요. 애가 무슨 죕니까. 그리고 검은색 차량은 아파트 주민 차량이 맞습니다. 특이점은 아직 없어요. 혼자 식사하러 오셨나 봐요. 그런 동네잖아요."

이 형사는 메뉴를 시킨 후 샐러드를 가지러 가면서 주위를 살폈다.

"얘들아, 식사할 때는 조용히 하는 거 알지? 여기 다른 사람들도 있으니까."

"에이, 엄마도 참. 우리도 아홉 살인데 그 정도는 알아요."

"힝. 형아는 좋겠다. 나는 아직 한참 남았는데. 근데 엄마, 저는 몇 밤 자야 형아처럼 돼요?"

"보자…… 우린 상희는 칠백 밤은 지나야지?"

"하아. 그렇게나 많이요? 오늘부터 매일매일 숫자세기 할 거야. 그럼 형아보다 더 빨리 어른이 될 수 있어."

"너 겨우 십까지밖에 못 세잖아."

"건희가 동생 좀 가르쳐 주렴. 상희도 가르쳐 주면 잘해."

"너 내 말 잘 들어. 안 그럼 꿀밤이다."

"싫어 싫어. 난 아빠한테 배울 거야."

"아빠는 미국에 계시잖아. 바보야."

"아빠 집에 살 때는 엄마를 못 보고 엄마 집에 살 때는 아빠를 못 보고."

상희는 갑자기 시무룩해지더니 눈시울이 붉어졌다.

"상희야, 우린 놀이방 갈 건데 같이 가자."

수현은 상희의 손을 잡고 놀이방으로 향했다. 리아는 그런 수현을 보면서 아버지가 백가파 보스라는 사실이 믿기지 않았다.

"애기 엄마."

앞 테이블에 있던 중년 부인이 리아에게 다가와 말을 걸었다.

"네."

"이 옷, 애들 거죠? 화장실 앞에 떨어져 있었어요."

"맞아요. 감사합니다."

중년 부인은 수현의 점퍼를 건넨 후 바로 자리를 떴다. 아이들은 그 뒤로 1시간을 더 놀다가 집으로 돌아왔다. 리아는 또다시 보드게임 판을 꺼내 드는 아이들에게 어쩔 수 없이 잔소리를 했다.

"숙제하기로 약속했지? 빨리하면 놀 수 있는 시간이 더 생기는데 어떡할래?"

건희가 눈웃음을 치며 애교를 부렸다.

"한 게임만 하고 할게요. 딱 한 게임만요, 네?"

"좋아, 너희가 선택해. 지금 숙제하면 두 시간 놀 수 있어."

"지금 게임 하면요?"

"한 시간."

"오, 숙제부터 할래요!"

아이들이 고분고분 숙제를 시작하자 그녀는 안방으로 들어와 가습기를 틀고 전화기를 들었다.

"잘 도착했나…… 와 우노…….'"

―그라믄 안 울게 생겼나. 니도 겨우 애들이랑 살게 됐는데 울 엄마 수술비까지. 돈도 다 뺏겨서 없는데 내가 너무 미안하잖아.

"야가 남처럼 와 이라노. 니 엄마도 내 엄마다."

―지랄. 내가 니한테서 빠져나갈 수가 없다.

"당연하지. 빠져나가는 날이 제삿날인 줄 알아라."

―고맙다, 리아야. 어떤 일이 있어도 이제는 후회 안 한다.

"그래. 여기는 걱정하지 말고 엄마 병간호나 잘해라. ……오야, 알았다."

리아는 협탁 위에 놓인 CD 플레이어를 틀고 눈을 감았다. 스피

커에선 바흐의 골드베르크 협주곡이 흘러나왔다.

오랜만에 과식을 한 탓인지 잠복하던 이 형사는 자꾸 하품이 나왔다.

"오늘도 허탕인가? 어우, 2시간이나 먹어댔더니 배도 부르고 잠도 오고."

"수현이 옆집 여자 말이야. 낯이 익어."

"왜 그러십니까?"

"신경 쓰이는 여자야. 꼭 저런 오지랖 넓은 사람들이 당하더란 말이지."

"네? 무슨."

"아니다. 너 먼저 자. 새벽에 나랑 교대하자."

"넵."

이 형사는 귀에 이어폰을 꽂고 잠을 청했다. 무경은 계속 13층을 주시했다. 술에 취한 남자들이 아파트 안으로 들어가는 것 외엔 특별한 움직임은 보이지 않았다. 새벽 1시가 되자 목이 결려오기 시작했다. 그는 밖으로 나와 스트레칭을 했지만 꽤 쌀쌀한 새벽 공기 탓에 다시 차 안으로 들어왔다. 담요를 덮고 히터를 켜자 금세 따뜻해진 공기가 그를 노곤하게 만들었다.

잠시 후, 휴대폰 알람 소리에 눈을 뜬 무경은 몸살이 오는 것처럼 몸이 무거웠다.

"아이씨, 잠들었네. 이 형사야, 일어나."

그는 이 형사의 팔을 흔들며 말했다.

"네에. 하아압…… 티, 팀장님. 팀장님!"

13층에서 타오르는 불길을 본 이 형사가 하품을 하다 말고 소리쳤다. 그들은 밖으로 나와 아파트를 향해 달렸다.

"이 형사 119!"

"네!"

이 형사는 휴대폰을 두고 나온 것을 알아차리고 다시 차로 뛰었다. 무경은 아파트 안으로 들어가 엘리베이터 13층 버튼을 눌렀다.

"왜 왜 왜! 자고 지랄이야. 으이!"

무경은 머리를 치며 답답해했다.

"빨리 가라 좀! ……11, 12, 13!"

엘리베이터 문이 열리자 연기가 시야를 가렸다. 그는 손수건을 꺼내 입과 코를 막고 자세를 낮추었다. 현관문 밖으로 리아와 수현이 쓰러져 있었다. 그때였다. 퍽! 무경은 그대로 정신을 잃었다.

오전 6시. 한국병원 응급실은 최지와 그 누나들의 소동으로 시끌벅적했다.

"최건희! 최상희! 어딨습니까."

최지는 떨리는 음성으로 응급실 간호사에게 물었다.

"최지 씨 되십니까? 강남경찰서 강력계 이세기 형사입니다."

대기 중이던 이 형사가 그에게 다가오며 말했다.

"형사님, 우리 애들은요. 네?"

"진정하십시오. 안타깝게도 간밤의 화재로……."

"아니야. 아니죠? 형사님!"

최지는 눈을 부릅뜨고 이 형사의 팔을 붙잡고 흔들었다.

"안타깝게도 사망했습니다."

"아유 이게 무슨 소리야! 지야, 어떡해! 어떡해! 어어어……."

"언니, 어떡해. 우리 종손을…… 아아아아!"

두 자매는 바닥에 철퍼덕 주저앉아 넋 놓아 울었다.

"아니야. 그럴 리가 없어. 내가, 내가 확인해 볼 거야. 형사님 우리 애들 어디 가면 만날 수 있습니까?"

"박 형사, 안내해드려."

"네. 가시죠."

이 형사는 최지를 보내고 두 자매를 겨우 달래서 의자에 앉혔다.

"그년은, 살았어?"

언니 최영은 이 형사를 노려보며 말했다.

"마리아 씨 말입니까?"

"살았어?"

"네. 다행히 회복 중에 있습니다."

"그러니까 애들은 죽고 어미년은 살았단 말이지? 그 재수 없는 년을 그냥……. 마리아! 네 이 녀언! 어딨어! 천벌을 받아도 모자란 년이! 처음부터 들이는 게 아녔어!"

자매는 있는 목청껏 소리를 지르며 기세등등하게 응급실 안으로 들어갔다.

"이 년! 나와! 애새끼 죽인 년이 어디 편히 자빠져 자고 있어?

어!"

자매는 병상 커튼을 하나씩 열고 뒤지기 시작했다.

"언니! 여기!"

리아를 먼저 발견한 동생 최진이 소리쳤다.

"이 녀언! 너도 죽어! 죽으라고!"

최영은 의식이 없는 리아의 얼굴을 주먹으로 사정없이 내리쳤다. 리아는 입술이 터져 피가 흘렀지만 여전히 미동도 없었다. 이 형사는 다급히 최영의 팔을 붙잡고 매서운 눈빛으로 보았다.

"여기에서 소란 피우시면 안 됩니다. 두 분 다 저 보세요."

자매는 아직 분이 안 풀렸지만 소정의 복수를 한 터라 확실히 기세가 한풀 꺾였다.

"좋습니다. 일단 밖으로 나가시죠."

자매는 밖에서 대기하고 있던 차를 타고 어디론가 사라졌다. 이 형사는 한숨을 돌리고 응급실로 발걸음을 옮겼다. 인생무상이라는 말이 머릿속을 계속 맴돌고 있었다. 한 여자의 평범했던 하루가 무참히 파괴되었다. 그녀는 잔해만 남은 터 위에 살아남을 수 있을까. 그는 무경이 누워 있는 병상의 커튼을 젖혔다.

"팀장님! 언제 깨셨어요?"

"아까 그 여자들은 누구야? 덕분에 정신이 확 들었어."

"시누이들입니다. 아, 그 옆집 아주머니는 마리아 씨란 분이고, 전 남편이 누군지 아시면……."

"최지?"

"어떻게 아셨습니까?"

"설마설마했는데."

"무슨 말씀이시죠?"

"나중에 얘기해."

"그리고 마리아 씨와 백수현만 살았습니다."

무경은 눈을 감고 이마에 팔을 올렸다.

"팀장님 괜찮으십니까? 죄송합니다. 제가 좀 더 빨리 갔어야 했는데."

"내가 방심했어. 이 형사, 내 휴대폰 좀 찾아주고 나가서 전화해. 여긴 듣는 귀가 너무 많아."

"휴대폰은 제가 가지고 있었습니다. 여기."

이 형사는 다시 밖으로 나간 후 차 안에서 무경에게 전화를 걸어 왔다.

―그게 말입니다. 사망자 중에 백민기가 있었습니다.

"뭐?"

무경은 이 형사의 목소리에 더 귀를 기울였다.

―그런데 밖에 나와 있던 마리아 씨 손에 칼이 쥐어져 있었고, 백민기는 흉상을 입은 채 아이들 방에서 죽어 있었습니다. 정확한 건 부검 결과가 나와 봐야 알 것 같습니다. 아, 진짜 그림이 잘 그려지지 않습니다.

"그 시간에 제3의 인물이 있었나 확인해 봐."

―네? 화재 현장에 말입니까?

"결과 나오면 바로 보고하고. 이 형사, 조용히 알아봐."

무경은 눈을 감고 오늘 새벽의 기억을 차근차근 더듬어 보았다.

내가 본 건 마리아와 백수현이 쓰러져 있었다는 것뿐이다. 만약 마리아가 백민기를 죽였다면…… 조폭 두목 백민기를? 그럼 나를 가격한 사람은 누구지? 아니면 치명상을 입은 백민기가 마리아를 제압하고 다음 나도 제압하고 다시 아이들 방으로 들어가 죽음을 맞이했다? 아니야. 제3의 인물. 증거가 필요해 증거가…….

"저기요! 여기 환자 깨어났어요!"

리아의 작은 신음 소리를 들은 맞은편 보호자가 소리쳤다. 응급실에 있던 의사가 그녀에게 다가와 말을 걸었다.

"환자분, 정신 드세요? 여기 병원입니다."

"최건희…… 최상희…….”

리아는 퉁퉁 부은 입술을 움직여 아이들의 이름을 계속 불렀다. 겨우 눈을 떴지만 세상은 어지럽게 흔들리고 있었다. 골드베르크 협주곡이 뇌리에 가득 울려 퍼지면서 격렬한 경련과 함께 구역질이 시작되었다. 의료진들의 손길이 분주하게 움직였다. 그녀의 몸은 모든 것을 알고 있는 것처럼 맹렬히 반응했다. 그 소용돌이 가운데 최지는 실성한 사람처럼 리아 앞에 나타났다.

"헉헉헉…… 아아아아악! 마리아! 애들이! 애들이…… 차가워. 차갑다고!"

그는 무릎을 땅에 꿇고 오열했다. 리아에게 그의 울부짖는 소리는 아득해져 갔지만 차갑다는 말은 더 큰 메아리가 되어 돌아왔다. 그녀는 순식간에 어둡고 끝이 보이지 않는 짙은 안개 속으로 빨려 들어갔다.

"마리아 씨! 마리아 씨! 정신 차리세요!"

너와 나

의사가 다급하게 불러보지만 다른 목소리는 커튼 밖으로 새어 나오지 않았다. 맞은편 환자의 보호자가 정적을 깨며 말했다.

"에휴, 어째. 차라리 깨어나지나 말지."

"저 여자, 그 여자지? 바람나서 자식 버리고 도망간 전처?"

"운전기사랑 바람이 났다지?"

"저런 남편을 두고도 미쳤지."

"벌 받았나 봐."

사람들의 수군거리는 소리가 병원에 자자하게 퍼졌다. 다음 날 일반병실에서 눈을 뜬 그녀는 옆 침대에 누워 있는 아이를 보고 맨발로 저벅저벅 걸어갔다.

"건희야."

그녀는 아이의 얼굴을 확인한 후 가슴을 치며 울부짖었다. 링거 바늘이 빠지는 바람에 그녀의 얼굴과 팔로 피가 흘러내렸다. 그 아이는 건희가 아니라 수현이었다. 소란 속에서 잠이 깬 수현은 눈앞에 보이는 흉측한 형상을 보고 소리를 질렀다. 비명을 듣고 달려온 최 간호사는 재빨리 수현을 부축하며 밖으로 데리고 나갔다. 잠시 후 수간호사가 바닥에 주저앉아 있는 리아를 침대에 앉혔다.

"많이 힘드시죠? 필요한 거 있으시면 말씀하세요. 제가 도와드릴게요."

"꿈이 아닌 거죠……."

"네."

"우리 애들…… 진짜 죽었나요?"

"화재가 났던 것 같습니다."

"그럴 리가 없어. 아니야…… 아니죠?"

리아의 얼굴에서 피와 눈물이 뒤섞여 흘러내렸다. 신경이 고장 났는지 눈물샘이 터진 건지 뜨거운 무언가가 하염없이 흘러내렸다. 수간호사는 그녀를 화장실로 데려다주었다. 거울 속에는 분노에 찬 죄인이 매섭게 노려보고 있었다. 리아는 죄인을 향해 미친 듯이 주먹을 날렸다. 또다시 칠흑 같은 안개가 그녀를 에워쌌다. 한 치 앞도 보이지 않는 길을 맨발로 조심스럽게 내딛고 있었다. 얼마쯤 걸었을까. 어디선가 아이들의 맑은 웃음소리가 들렸다. 순간 그녀를 감싸고 있던 안개가 걷히면서 구름 위에서 놀고 있는 아이들의 모습이 보였다.

"얘늘아…… 건희야, 상희야."

그녀의 떨리는 목소리가 들리지 않는지 아이들은 신나게 놀기만 했다. 더 가까이 다가갔지만 여전히 몰라볼 뿐이었다. 손을 뻗어 만져 보아도 소용없었다.

"아빠, 아빠!"

그제야 아이들이 한 곳을 보며 말했다. 그녀의 시선도 따라 움직였다.

"허허, 이 녀석들. 이제 집에 가야지. 이리 오렴."

얼굴에 강렬한 빛이 나는 남자가 아이들을 향해 무릎을 굽히고 불렀다.

"아빠, 엄마가 아직 안 왔어요. 엄마 오면 같이 가요."

"엄마는 할 일이 있단다. 일 다 하면 오실 거야. 이리 오렴."

너와 나 119

남자가 팔을 벌리자 아이들은 그의 양 팔에 안겨 구름 저편으로 사라졌다. 뜨거운 눈물이 미소를 띤 그녀의 얼굴을 타고 내렸다. 리아는 눈가가 젖은 채로 잠에서 깼다.

"마리아 씨? 처음 뵙겠습니다. 이세기 형사입니다. 좀 어떠십니까."

리아는 다시 생지옥 속에서 숨 쉬고 있는 자신을 발견했다.

"물 한 잔 드시죠. 잠시만요."

이 형사가 사라지자 그의 뒤로 휠체어를 타고 있는 남자가 보였다.

"저는 강남경찰서 김무경입니다. 힘드시겠지만 아이들을 위해서라도 협조 좀 부탁드리겠습니다."

리아는 이 형사가 가져온 물로 목을 축이고 그들을 마주 보고 앉았다.

"저도 이런 말 하는 거 편치 않습니다. 힘드시겠지만 들으셔야 합니다. 저희는 백민기를 잡으려고 잠복하고 있었습니다. 어제 새벽에 화재가 난 걸 보고 올라갔지만 보시다시피 저도 당해서 이렇게 환자복을 입고 있습니다. 언론에서 보도한 내용은 그러니까 두 분이 내연의 관계이고, 전 남편의 자식들을 데려온 것에 불만을 품은 백민기가 홧김에 불을 질렀다는 건데요. 최지, 백민기, 마리아 세 분 너무나 유명하신 분들이죠. 벌써부터 밖이 떠들썩합니다."

"하아…… 으으으으……."

그녀는 고개를 저으며 서글프게 울었다.

"지금 모든 상황이 리아 씨에게 불리하지만 범인을 잡는다면 곧 진실은 드러날 겁니다. 전 당신을 믿습니다. 예전에도 그랬지만 지금도 정 많고 의리 있는 사람이더군요. 레스토랑에서 저를 보셨을 겁니다."

리아는 올리브 스테이크의 엘리베이터 안에서 있었던 일과 앞 테이블의 남자 둘을 기억해 냈다.

"제 심증이지만 범인은 저를 친 놈입니다. 제3의 인물이 있습니다."

"어떻게 이런 일이……."

"믿기 어려우실 거라 생각합니다. 그런데 우리가 싸워야 할 대상이 더 있습니다. 권력을 가지고 흔드는 자들, 최씨 종가 말입니다. 벌써 흔들어대느라 바쁘더군요. 또 당하지 않으시려면 저희를 도와주셔야 합니다. 기억나는 게 있습니까?"

그녀는 북받쳐 오르는 감정을 진정시키기 위해 크게 숨을 내쉬었다.

"누워 있었는데…… 흐릿하게 어떤 남자의 모습이 보였어요. 그때 전…… 이미 움직일 수 없었고 정신을 잃어가고 있었어요."

"범인이 누구든 미리 잠입했을 가능성이 높군요. 혹시 누가 방문한 적 있습니까?"

"열쇠 구멍이 망가져서…… 기사님이 오셨어요."

"그렇지. 이 형사, 열쇠 수리 기사 좀 알아봐 줘."

"네. 걱정 마십쇼."

"그리고 리아 씨 옷은 국과수에 보냈습니다. 결과를 기다려보죠. 또 사건 전후로 기억나시는 게 있으면 저에게나 이 형사에게 말씀해 주십시오. 저는 1007호에 있습니다. 그럼."

그들이 나가고 난 후 그녀는 창밖을 초점 없이 바라보았다. 여긴 어딜까…… 모든 게 낯설어. 내가 살던 세상이 사라져 버렸어. 발이 땅에 닿질 않아…… 분명한 건 아이들이 없는 이곳은 생지옥일 뿐이라는 거야. 이럴 순 없어. 어떻게 이럴 수가 있어…… 신이 있다면 이건 미친 짓이야. 나한테 왜 이러는 거야 대체……. 애들이 너무…… 너무 그립고 보고 싶어……. 가슴이 터질 것 같아. 이 고통 속에서 나갈 수 있는 방법은 한 가지뿐이야. 애들이 있는 곳으로 가야 해…….

그녀는 무작정 창가로 발걸음을 옮겼다. 곧바로 병실 바닥이 얼굴까지 올라왔지만 그 어떤 감각도 느끼지 못했다. 그녀는 다시 깊은 안개 속으로 들어갔다. 이젠 이 안개가 익숙한 듯 성큼성큼 발을 내딛고 있었다. 저 멀리 보이는 작은 불빛을 향해 홀린 듯이 걸어갔다. 거기엔 나무 한 그루가 불타고 있었다.

"리아야."

불타는 나무 사이로 목소리가 들렸다.

"리아야."

"누구세요……."

천둥과도 같은 그 목소리는 더 이상 들리지 않았고 불타는 나무도 사라져버렸다. 이번에는 얼굴에 강렬한 빛이 나는 남자가 아기를 안고 나타났다. 그 아기는 리아 자신이었다.

* * *

리아는 창문으로 들어오는 햇빛을 받으며 눈을 떴다. 신기하게도 터질 것만 같았던 머리가 한층 개운해졌다.

"일어나셨어요? 기분은 좀 어떠신가요?"

수간호사가 차분하게 안부를 물었다.

"링거 좀 빼 주세요."

"많이 불편하신가요?"

"……애들한테 가봐야 해요."

"그럼, 잠시만 기다려 주세요."

수간호사는 트레이를 들고 다시 병실로 들어왔다. 그녀의 팔에서 주삿바늘을 빼고 반창고를 여러 겹 붙였다.

"선생님께서 허락해 주셨어요. 잘 다녀오셔야 해요."

"네."

리아는 정신을 차려 보려 애썼다. 화장실로 가서 얼굴과 머리를 정리했다. 거울 속에는 여전히 죄인의 모습을 한 그녀가 서 있었다.

"준비는 다 되셨어요?"

이 형사가 병실로 들어오며 말했다.

"간호사님이 얘기했군요."

"아직은 용의자시니까요. 아, 잠시만요."

이 형사는 점퍼를 벗어 그녀의 어깨에 둘러주었다. 장례식장으로 이동하면서 어지럼증을 느낀 그녀는 이 형사의 부축을 받아야 했다.

"다 왔어요. 저기예요."

"혼자 갈게요."

"괜찮으시겠어요? 그럼 전 여기서 기다리겠습니다."

장례식장 3호실로 가는 복도는 근조 화환으로 넘쳐났다. 그녀는 아이들이 예쁜 꽃을 보며 아프지 않게 가기만을 빌었다. 조문실로 들어서자 접객실에 앉아 있던 몇몇 사람들이 수군거리기 시작했다. 눈치 빠른 기자들이 조문실로 우르르 몰려와 플래시를 터트렸다. 번쩍이는 불빛 사이로 해맑게 웃고 있는 영정 속 아이들이 보였다. 그 순간 그녀는 펄펄 끓는 용암에 온몸이 스러지는 고통을 느꼈다.

"네 이년! 애들 잡아먹은 게 어디라고 들어와! 너 오늘 여기 잘 왔다. 죽어봐라. 죽여도 시원찮을 년!"

최영과 최진은 리아를 보자마자 짐승처럼 달려들어 그녀의 팔과 손가락을 물어뜯고 소주병으로 머리를 내리쳤다. 사람들의 비명 소리에 이 형사는 3호실로 뛰어갔지만 이미 리아의 얼굴에선 피가 흐르고 있었고 상의는 벗겨진 채 바닥에 엎어져 있었다.

"잠깐만요! 더 이상 폭행하시면 제가 모두 연행합니다!"

"뭐야! 이 새끼는, 같잖은 게 어디서 협박질이야! 개똥만도 못한 새끼가 어디서 감히! 서장한테 전화해서 이 새끼도 모가지 자르라고 해!"

최영은 손가락으로 이 형사의 머리를 쿡쿡 찍으며 말했다.

"네. 그러시죠."

이 형사 역시 눈 하나 깜박 안 하고 받아쳤다.

"이 새끼가 어디서 눈알을 치켜뜨고! 네까짓 게 뭘 어쩔 건데! 어!"

최영은 이 형사의 따귀를 후려쳤다. 조문객들의 탄식 소리가 여기저기서 들렸다. 이 형사는 순간 욱하는 마음이 치밀어 올랐지만 자신의 다리를 강하게 붙드는 손길을 느꼈다.

"좀 도와주세요."

한 여자가 눈가가 붉어진 채 바닥에 앉아 애원하고 있었다. 이 형사는 치민 화를 누르고 의식이 없는 리아를 등에 업었다. 장례식장에서 병동 입구까지 호랑이굴을 벗어나듯 달음박질을 했다.

"어유 씨발! 뭐 저런 개 같은 집구석이 다 있어? 짐승들도 아니고 말이야."

"조용히 가세요. 당신도 저 사람들한테 걸린 것 같으니까."

그녀는 흐느끼며 말했다.

"누구시죠?"

"리아 친구예요. 양사연이라고 합니다."

"저는 이세기 형삽니다. 혹시 최지 씨 옆에 있던 여자, 누군지 아세요?"

"새 부인이요."

병실에 도착한 이 형사는 리아를 눕혀놓고 복도에 있던 무경에게 급하게 걸어갔다.

"어떻게 된 거야?"

너와 나 125

"그 시댁, 최씨 종가 말입니다. 정말 대단합니다. 씨발, 사람을 순식간에 짐승처럼 물어뜯어 놨어요. 전남편이란 작자는 모른척하고. 그리고 새 부인 말입니다. 한고그룹 장 회장 큰딸이라면서요. 그 난리에도 뭐가 웃긴지. 어으 소름 끼쳐."

이 형사의 말을 듣고 생각에 잠겨 있던 무경은 휴대폰 벨 소리가 울리자 서둘러 통화 버튼을 눌렀다.

"네, 서장님. 네. 네. 주의하겠습니다. 서장님, 그건……."

통화를 마친 그는 숨을 크게 내쉬었다.

"구린 냄새가 나. 너랑 나 이 사건에서 손 떼란다. 그리고 석 달 정직."

"뭐 석 달이나요? 그 집구석 정말 대단하네. 모가지 날린다더니 빠르다 빨러. 씨발, 나도 가만있지 않는다고!"

"네 얼굴이 왜 그런지 말 안 해도 알겠다. 섣불리 이빨이나 발톱 드러내지 마. 지금은 몸을 낮출 때야."

"팀장님이 입에 달고 다니시는 그 하나님 말입니다. 저런 사람들을 벌줘야 되는 거 아닙니까. 그게 공의죠. 속에 천불이 난다구요."

"……기다려보자."

무경은 병실에서 나와 복도 끝 공중전화로 향하는 사연을 유심히 쳐다보았다.

"저분은 누구셔?"

"친구라고 했습니다. 최씨 종가에 대해서도 잘 아는 것 같던데요?"

짧은 통화를 마친 사연은 곧장 이 형사 앞으로 다가왔다.

"저기, 염치없는 부탁이지만 리아 좀 지켜주실 수 있나요? 저희 어머니가 위독하셔서 가봐야 하거든요. 제발 저 인간들이 우리 리아를 못 건들게 해주세요. 네? 부탁입니다."

"최선을 다해 보겠습니다. 이 형사, 그러지 말고 모셔다드리고 와. 어차피 여기 있는 거 들키면 또 시끄러워져. 리아 씨는 제가 잘 보고 있을게요. 걱정 마세요."

무경은 서둘러 그들을 보냈다. 그러곤 어디론가 전화를 걸었다.

"어, 경환아. 오랜만이야. 부탁이 있어서 말이야……."

이 형사는 톨게이트를 빠져나갈 때까지 사연에게 한마디도 걸지 못했다. 그러던 중에 먹다 만 초콜릿이 눈에 보였다.

"이것 좀 드실래요? 너무 우시면 탈진 옵니다. 친구분 생각해서라도 힘을 내셔야 합니다."

사연은 더 꺼이꺼이 울었다. 이 형사는 들었던 초콜릿을 다시 놓았다. 두 번째 휴게소가 보일 무렵 그녀의 울음소리가 겨우 잦아들었다.

"죄송합니다."

"어우 아닙니다. 두 분 친한 친구신가 봅니다."

"네. 제가 가장 사랑하는 두 사람, 우리 엄마 그리고 리아예요. 오늘 두 사람 다 삶과 죽음의 경계에 있네요. 겁이 나요. 둘 다 잃을까 봐. 형사님, 리아 좀 도와주세요. 걘 누명을 쓰고 있어요. 뉴스에 나온 말 그거 다 거짓말이에요. 제가 알아요."

"죄가 없으면 걱정할 필요 없습니다. 잘될 겁니다."

"죄가 없어도 힘이 없으면 그렇게 돼요."

"그게, 기분 나쁘게 들리셨다면 미안합니다."

이 형사는 고속도로를 달리는 동안 최씨 종가의 비리에 관한 얘기를 들었다. 그들이 재산을 축적하는 방법, 스무 명이나 숨진 마을버스 사고 때 책임자들이 법망을 피해 갈 수 있었던 이유, 한고 그룹과 사돈을 맺기 위해 리아를 쫓아낸 일들이었다. 그 중심에는 최지의 아버지 최동호가 있었다. 세 시간을 듣고 나니 어느새 '인하마을'이 적힌 갈색 표지판이 보이기 시작했다.

"거의 다 온 거 맞죠?"

"그러네요. 초면에 정말 감사합니다. 다시 올라가면 꼭 찾아뵙겠습니다."

"저도 시켜서 하는 일인데요."

"어쨌든 형사님 덕분에 임종은 지킬 수 있게 됐어요. 그리고 리아가 나쁜 생각 안 하게 좀 지켜봐 주세요. 제가 갈 때까지만요. 저렇게 실신이라도 하지 않으면 무슨 짓이라도 할 겁니다. 리아에겐 애들이 전부였어요."

"최선을 다하겠습니다."

이 형사는 그녀를 병원 앞에 내려주고 바로 무경에게 전화를 걸었다.

"네, 팀장님. 다시 올라가는 중입니다. ······이미 조용히 알아냈습니다. 바로 올라가겠습니다."

리아는 새벽 두 시가 훌쩍 지나서 눈을 떴다. 소파에 기댄 무경의 모습이 보였다. 금세 얼굴 피부가 땅겨왔고, 왼손 새끼손가락은 붕대로 칭칭 감겨 있었다. 두 발을 바닥에 딛고 일어섰지만 곧 주저앉고 말았다.

"괜찮습니까?"

잠에서 깬 그가 놀라며 다가왔다.

"저도 소파에 앉고 싶어요."

그의 부축으로 겨우 자리에 앉은 리아는 창 너머를 바라보았다.

"실례가 되지 않는다면 잠시 계실 곳을 찾았어요. 거기서 쉬시다가 다시 집으로 가시는 게 어떨까 싶은데요."

"감사하지만 그러실 필요 없어요. 저도 가족이 있어요."

"양사연 씨요? 이미 다녀갔어요. 어머니 임종을 지키러 내려갔습니다."

"임종이요?"

"두 사람 지금 다 힘들 겁니다. 누구라도 먼저 힘을 내야 버텨낼 수 있어요. 곧 최씨 종가에서 당신을 가만두지 않을 겁니다. 충분히 살인자로 만들 수 있어요."

"차라리 죽여줬으면 좋겠어요."

"죽는다고 끝나지 않습니다. 제가 지금 도와드릴 수 있는 건 거처를 봐 드리는 것밖에 없습니다. 저희도 미운털이 박혀서 꼼짝 못 하게 됐거든요."

"뭐가 뭔지 모르겠어요. 어떻게 해야 할지도······."

"지금 많이 힘들겠지만 어쩌면 더 내려가야 할 수도 있습니다.

발이 바닥에 닿으면 그때 생각해 봅시다. 올라올 방법을요. 그때가 언제인지는 리아 씨만 알 수 있어요."

리아는 그날 밤 병실의 작은 창밖을 오래도록 바라보았다. 현실을 마주할 자신이 없었다. 죽고 싶은 충동이 그녀를 짓누르고 있었지만 아이들의 억울한 죽음을 밝히는 게 먼저였다. 또다시 답답함이 몰려왔다. 그녀는 병실을 나와 복도의 안전 바를 잡고 천천히 걸었다. 여섯 바퀴쯤 돌고 나니 땀이 나기 시작했다. 문득 잊고 있었던 한 사람이 떠올랐다. 그녀는 천천히 간호사실 앞으로 향했다.

"선생님, 저랑 같이 있던 수현이라는 남자아이 어디에 있을까요?"

"잠시만요. 지금 7층 709호실에 있네요."

간호사는 모니터 화면을 보며 말했다.

"왜 옮긴 거죠?"

"환자분이 너무 힘들어하셔서 옮겼어요. 수현이도 안정이 필요하고요."

"보호자와 같이 있나요?"

"아뇨. 지금 안 계신 걸로 알고 있어요."

그녀는 엘리베이터를 타고 7층으로 내려갔다. 709호실 명단에서 백수현이란 이름을 확인하고 조용히 병실 문을 열었다. 리아와 눈이 마주친 수현은 곧장 맨발로 달려와 그녀의 품에 얼굴을 묻고 서럽게 울었다. 아이의 뜨거운 흐느낌에서 슬픔과 고통이 그대로 전해졌다.

"미안해……."

수현의 울음은 쉽게 그치지 않았다. 이 아이도 생지옥 속에 갇힌 걸까. 리아는 겨우 진정된 그의 손을 잡고 10층 병실로 향했다.

"여긴 아무도 없어. 울고 싶으면 더 울어."

"얼굴이 왜 이래요? 꺽꺽……."

그들은 불빛이 환한 병실에서 서로를 바라보았다.

"좀 다쳤어."

수현은 그녀의 얼굴에 손을 대었다.

"약 발라야 되는데. 꺽꺽……."

"약 발랐어. 왜 안 자고 있었어?"

"무서워서 깼어요. 아빠가 죽었대요. 그리고…… 아아아 아아아아……."

사람들이 그랬어요. 건희, 상희가 죽었는데 우리 아빠가 그랬대요. 그래서 아줌마가 아빠를 죽였대요. 절대 절대 아니에요. 그쵸? 근데도 아줌마랑 같이 있고 싶어요. 제발…… 나를 버리지 마세요…….

경찰 아저씨가 그러는데 너랑 내가 원수지간이 되었대. 그치만 널 이렇게 안고 있으니 놓고 싶지가 않아…….

"리아 씨."

둘 사이의 정적을 깨고 들어온 사람은 평상복 차림의 무경이었다.

"지금 바로 나가야 합니다. 가면서 얘기해 드릴게요."

리아는 수현의 손을 꼭 잡았다. 그들은 의료진의 눈을 피해 비상구 계단으로 내려가 지하 주차장에 도착했다. 그들 앞으로 비상 깜빡이를 켠 차가 급하게 멈춰섰다.

"리아 씨, 타시죠."

무경은 주위를 경계하며 리아에게 말했다. 그들은 낯선 차를 타고 조심스레 병원을 빠져나갔다.

"다들 괜찮으시죠?"

운전석에 앉은 사람은 모자를 깊게 눌러쓰고 마스크를 쓴 이 형사였다.

"사연 씨가 이 형사한테 연락했다는데요. 상 다 치르자마자 당신 잡아 오라는 종가의 명령이 떨어졌다고 합니다. 거기 갔다간."

"죽어야 나오겠죠."

리아는 하염없이 깜깜한 창밖만 보았다. 그들이 탄 차는 어느 골목에 정차했고 바로 앞에서 기다리고 있던 차에 다시 옮겨 타야만 했다.

"경환아, 고마워."

"내가 고맙지. 중요한 작전을 맡겨줘서. ······처음 뵙겠습니다. 구경환입니다."

그는 백미러를 보며 뒷좌석을 향해 인사를 건넸다.

"네······."

"조금 더 가야 하니까 눈 좀 붙이셔도 됩니다. 우리 학생은 이름이 뭐야?"

"백수현."

"수현이. 이름처럼 잘생겼구나."

리아는 그들이 나누는 대화마저 낯설게 들렸다. 아이들과 지냈던 평범한 일상이 뇌리를 스치고 지나갔다. 그럴수록 그녀는 온몸이 타들어 가는 듯한 고통을 느꼈다. 이대로 한 줌의 재가 되어 사라져 버렸으면……. 수현은 그런 그녀를 우주의 전부인 양 꼭 붙어 있었다. 이 작은 손에서 전해진 온기는 그녀를 더욱 심란하게 했다. 건희, 상희의 손이 사무치도록 그립고 만지고 싶었다. 매정하게 달리던 차는 어느새 목적지에 다다랐는지 멈춰섰다. 그녀는 차에서 내려 새벽이슬을 맞고 축축해진 흙길 위에 발을 내디뎠다. 흙냄새가 풍겨오자 본능적으로 깊은숨을 들이쉬었다. 온몸 구석구석 닿도록.

"자 이쪽으로 오시죠."

경환은 직접 지은 황토 기와집으로 그들을 데려갔다. 집안으로 들어서자 금세 발바닥으로 따끈한 황토의 온기가 전해졌다.

"뭐 해?"

"어제 여기서 수확한 늙은 호박으로 만들었거든? 맛이 기똥차. 출출하지? 먹고 좀 쉬고 있어."

"맛있어 보이네."

"강 트리오 이모들 솜씨가 보통이냐 어디? 수현이도 배고팠지?"

경환은 쟁반에 호박죽과 차를 담아 원목 좌탁 위에 놓았다.

"잘 먹을게."

"무경아, 손님들 좀 챙기고 있어. 난 새벽기도 갔다 올게."

경환은 수현의 머리를 쓰다듬고는 밖으로 나갔다.

"조금이라도 먹어둬요. 당분간은 저도 여기서 지낼 겁니다."

"……여긴 어디죠?"

"경기도 화정에 있는 엄지농장이에요. 여기는 안전하니까 안심하셔도 됩니다. 그리고 저 친구는 군대 동긴데 여기서 목사 겸 농장을 관리하고 있어요."

무경이 말한 농장은 면적이 대략 삼천만 평이라고 하니 고향인 인하마을도 여기에 비하면 티끌에 불과했다. 농장은 웬만한 도시보다 컸지만 사유지라 외부인은 출입 허가가 필요하다고 했다.

"우리 병원비도 안 내고 도망 온 건가요."

"그건 저도 마찬가집니다. 곧 처리하겠습니다. 그리고 제가 된다고 할 때까지 금융 거래는 절대 하시면 안 됩니다. 그쪽에서 알 겁니다."

"신세만 지네요."

"아닙니다. 마리아 씨를 모시게 돼서 영광이죠. 리아 씨는 왼쪽 방을 쓰세요. 거기가 더 커요. 수현인 제가 데리고 자겠습니다."

"싫어요!"

수현은 리아의 팔을 붙잡고 바짝 붙어 앉으며 말했다.

"괜찮아요. 제가 데리고 있을게요."

그들은 환자복을 입은 채 절절 끓는 방바닥에 나란히 누워 사흘 내내 먹고 잤다. 지친 영혼들은 요새와 같은 이곳 엄지농장에서 조금씩 기력을 회복해 가고 있었다. 리아는 종종 산책하며 밭에서 들리는 노랫소리를 따라 걸었다. 세 명의 중년 여성들이 노동요를 부르며 밭일을 하고 있었다.

"처음 보는 새댁이네. 이름이 뭐꼬."

맏언니 석학이 그녀를 부르며 물었다.

"마리아예요."

"리아라꼬? 얼굴도 예쁜데 이름도 예쁘다 예뻐."

"우리 엄마도 좀 예쁜 이름으로 져 주지 말년이가 뭐꼬."

"나는 돌선이."

"느그는 부르기라도 쉽잖아. 나는 석. 학. 이래 힘주고 불러야 되거든. 이름 말하라 하믄 눈에 힘부터 드간다 마. 내 처녀 때 좋아하는 동네 오빠야가 있었거든. 그 오빠야가 내 이름 부를 때 사레가 들려가지고 얼굴이 시뻘게졌다 아이가. 내가 그때부터 미희라고 이름을 바꿨지."

리아는 슬며시 그들 옆에 앉아서 잡초를 뽑았다.

"리아야, 밥은 묵었나."

막내인 말년이 리아에게 싹싹하게 말을 걸었다.

"네."

"한 그릇 뚝딱 안 하믄 안 끼워준데이. 맞제, 큰언니야."

"당연하지. 야야, 배고프면 성질도 더럽고 얼굴도 못나지드라. 참, 우리 소개도 안 하고 떠들어댔네. 우리는 강 트리오라고 고향 안강서는 모르는 사람이 없었데이. 다 옛날얘기지만서도. 리아는 고향이 어디고?"

너와 나

"인하마을에서 살았어요."

"옴마야, 우리 옆 동네 사람 아이가. 반갑데이. 근데 고향 떠나온 지도 오래돼가꼬 여기가 더 고향 같고 그렇다."

석학은 하던 일을 멈추고 리아의 눈을 맞추며 말했다.

"갈 데 없으면 여기서 정붙이고 살아도 된데이. 우리 같은 사람들이 여기 여든은 더 된다. 여기서는 다 가족이나 다름없다. 마, 고향 사람 만나서 기분도 좋은데 한 곡조 뽑자. 야들아, 준비됐나! 원, 투, 아 원, 투, 쓰리, 포!"

리아는 그렇게 시작된 트로트 메들리를 들으며 한 시간 동안 잡초를 뽑을 수 있었다. 땅에서 솟아오르는 흙냄새는 이마의 땀으로 다시 배어 나왔다. 잠시나마 머리가 개운해졌지만 이내 현기증을 느낀 리아는 그대로 누워버렸다. 하늘 위로 할머니가 보였다. 할매, 할매는 거기 가니까 좋나. 내 좀 데려가믄 안 되나. 사는 게 와 이래 힘드노……. 시간 지나면 진짜 살아지나. 살아지냐고……. 리아는 묻고 또 물었다.

이곳에 들어온 지 일주일째 되던 날, 오랜만에 외부인의 차가 뿌연 먼지를 일으키며 흙길을 달려오고 있었다. 리아는 수현을 데리고 집 안으로 들어가 창밖을 엿보았다. 차에서 두 사람이 내리는 것을 본 그녀는 얼른 커튼 뒤로 몸을 숨겼다.

"마리아! 마리아!"

리아는 목소리의 정체가 사연임을 알고 맨발로 뛰어나갔다. 두 사람은 아무 말 없이 부둥켜안고 울기만 했다.

"우째 알았노."

"형사님한테 전화해서 니한테 가자고 했다 아이가."

"엄만······."

"잘 보내 드렸다. 울 엄마랑 느그 엄마랑 하늘에서 만났지 싶다. 우리처럼 잘 놀고 있을 끼다."

"인사도 못 드리고."

"생전에 인사 마이 했다 아이가. 그거 생각나나. 우리 고아 되면 같이 살자고. 이제 진짜 가족이다."

사연은 리아의 등 뒤에서 눈만 끔벅이고 있는 수현을 보았다. 자세히 보니 눈이 참 예쁜 아이였다. 수현은 그 눈으로 말을 하고 있었다. 리아가 왜 이 아이를 거두려고 하는지 조금 알 것 같았다.

"백수혀이!"

수현은 겁을 먹고 리아의 등 뒤로 숨어 버렸다.

"괜찮다. 겁묵지 말고 이모한테 와봐."

수현은 경계의 눈빛을 하고 슬그머니 앞으로 나왔다.

"이제부터 이모가 하는 얘기 잘 들어. 우리도 니처럼 부모님이 안 계시거든? 그래서 말인데, 니 옆에 이렇게 있어줄 테니까 이제 무서우면 우리 뒤에 숨어. 다 막아줄게. 좋나!"

"네!"

"아, 깜짝이야! 자슥이 웃기는. 그래, 웃자 웃어. 우리도 웃고 살자, 좀!"

너와 나

6

이웃이 된다는 것

6. 이웃이 된다는 것

"나 어제 잠 못 잤어. 뭔가 더 있을 것 같지 않냐?"

"음. 최씨 종가의 종부에, 이혼에, 살인자라…… 근데 이게 시작에 불과하단 거지. 중요한 패는 나중에 까는 거거든."

기타는 토스트기에 빵을 넣으며 말했다.

"만약에 말야. 누나가 진짜 살인자면, 아니 그 사건 아직 미제라며."

"도연이 너까지 왜 그래? 난 누나 믿어."

성유는 방에서 나와 주방으로 발걸음을 옮겼다.

"너 같은 사람 때문에 어른들이 그 옛날부터 잔소리를 하셨지. 믿는 도끼에 발등 찍힌다고."

"발등 안 찍혀. 토스트나 바싹 구워줘."

"당연하지. 요리사한테 뭘 해주려니까 되게 신경 쓰이네."

"진짜 요리사는 리아 누나 같아."

"뭐?"

기타는 프라이팬에 기름을 두르며 돌아보았다.

"내 감이야. 나와. 내가 할게."

"내가 해준다니까. 오늘은 그냥 먹기만 해."

"배고파서 그래. 넌 상이나 차려."

"싫어. 네가 상 차려. 백수 된 놈한테 밥 한 끼 아니 토스트 좀 해주겠다는데."

"백수 된 거 티 많이 나? 그럼 오랜만에 백수 짓이나 해볼까?"

"상은 내가 차릴게. 멀쩡한 식탁 놔두고 웬 상 타령이야."

도연은 보기 좋게 깎은 과일을 접시에 담아 거실로 나갔다.

"야, 식탁이 있어도 상에 밥 차려 먹는 게 한국 사람 정서지. 그러게 테이블 언제 만들어줄 거야. 거실에 하나 있으면 상 타령 안 하지."

"맞다. 내가 테이블 만들어 준다고 해놓고 깜박했어. 이번 주말에 할게. 누나 보물 창고도 구경할 겸."

"하는 김에 저 의자도 고쳐줘. 앉을 때마다 삐그덕거려."

"고칠 거 있음 다 내놔. 재료 살 때 참고하게."

"한두 개가 아니에요. 고쳐 달라고 한 지가 언젠데."

기타는 계란프라이 여섯 개를 접시에 옮겨 담으며 말했다.

"어어, 또 마누라 짓 하고 있네."

"그게 기타 매력이잖냐. 그런 거 보면 리아 누나도 참 착해. 꼬박꼬박 반말하는데도 다 받아주잖아. 도대체 누나 나이가······."

성유는 허공에 손가락을 까닥이며 계산하더니 이내 동작을 멈췄다.

"왜 그래, 왜."

커피를 내리던 도연의 손도 멈췄다.

"아니 수현이가 우리랑 나이가 같잖아. 그럼 누나 아이들도 우리랑 같을 거고. 잠깐, 울 엄마가 쉰넷이야."

"뭐! 진짜야? 그러니까 내가 울 엄마 친구한테 함부로 말 놓은 거네? 아니, 그 얼굴이 어떻게 오십 대야. 내 수강생들 중에 오십 대가 얼마나 많은데. 오늘 노래자랑 예선에도 같이 간단 말이야. 아이씨, 망했다."

기타는 프라이팬에서 지글거리는 베이컨처럼 정신이 없었다.

"오늘이야? 누나 오지랖도 대단해."

성유는 땅콩잼과 딸기잼을 반반씩 바르며 말했다. 그는 지금의 소소한 행복을 즐기기로 했다. 어제 두 사람의 인생을 엿보고 나니 자신이 가진 조각은 작디작은 것이었다.

* * *

도연 역시 새로운 조각을 찾기 위한 발걸음을 시작했다. 주인이 바뀐 공장은 낯선 이들의 등장으로 어수선했다.

"실례지만 누구시죠?"

나이가 제법 든 안경 낀 남자가 다가왔다.

"저는 여기 디자이너입니다."

"아, 네네. 말씀 많이 들었습니다. 최기현입니다. 앞으론 최 실장이라고 부르시면 됩니다."

그가 악수를 청하며 말했다.

"어이."

무리 중 한 남자가 최 실장에게 손짓했다.

"저기 저분이 사장님이십니다. 인사드리러 가시죠."

도연은 사장 앞으로 걸어갔다.

"차도연입니다."

"강명우요."

강 사장은 주머니에 한 손을 넣고 악수를 했다.

"괜찮으시면 사무실에 가셔서 차 한잔하시겠습니까?"

"뭐, 그럽시다."

그들 뒤로 최 실장과 젊고 호리호리한 남자, 양 비서가 따라갔다.

"저희도 갑자기 일어난 일이라 좀 당황스럽습니다."

도연은 전기 포트에 물을 올려놓고 강 사장 맞은편에 앉았다.

"뭐 그럴 필요 있나. 바뀐 건 없어. 차 디자이너도 하던 일 그대로 하면 되고."

강 사장은 다리를 꼬고 소파에 어깨를 붙였다.

"그렇죠. 사장님 말씀이 맞습니다. 파격적인 조건이죠. 노동자들의 인권을 존중하는 것이 바로 우리 사장님의 사업 철학이십니다. 네네."

최 실장은 연신 굽신거렸다.

"그래서 제가 제안 하나 드리고 싶습니다. 회사를 위해서요. 사실 양말 디자인은 저에게 큰 도전이었고 예전에 계시던 안순일 사장님도 마찬가지였어요. 처음 디자인이 나왔을 때 공장 직원들이 하나같이 안 된다고 그랬죠. 트렌드에 전혀 맞지 않았으니까요. 그래도 사장님은 저를 믿고 만드셨어요. 그분이 없었더라면 지금의 저도 없었을 겁니다."

"그건 걱정 말아. 우리도 당신 디자인에 대해선 전적으로 믿고 맡길 테니까."

그들이 대화를 나누는 사이 양 비서가 차를 가져왔다.

"죄송해요. 제가 해야 되는데."

"아닙니다. 말씀 나누십시오."

도연은 차를 한 모금 마시고 말을 이어나갔다.

"제가 드리고 싶은 말씀은 안순일 사장님과 저는 한 팀입니다. 함께 일하게 해주십시오. 이 회사에도 더 좋은 시너지가 생길 겁니다."

"아아, 하하하……."

강 사장은 야릇한 웃음을 지으며 꼰 다리를 내리고 상체를 앞으로 숙였다.

"만약 안 된다면? 차도연 씨?"

"저도 그만두겠습니다. 팀원 없이 할 수는 없으니까요."

"허! 최 실장! 나 잘못 들은 거 아니지? 이거 계약 위반 아냐? 일을 뭐 이따위로 해? 씨발."

"죄송합니다, 사장님. 제가 다시 얘기를."

"됐어! 요즘 것들은 정말이지 시건방져. 이래서 내가 잘해주면 호구 된다고 몇 번이나 말했어! 최 실장아, 다른 디자이너 구해!"

강 사장은 문을 발로 차고 밖으로 나갔다. 양 비서는 후다닥 뛰어가 차에 시동을 걸었고, 최 실장은 도연을 향해 못마땅한 표정을 지으며 뒤따라 나갔다. 그들은 공장 직원들의 인사도 받지 않고 퍼런 기운을 남기고 사라졌다. 밖에서 서성이던 직원들은 도연이 나오자 심란한 표정으로 그를 둘러쌌다.

"왜 큰 소리가 나고 그래?"

"저 잘렸어요. 다들 그동안 감사했습니다."

도연은 짧은 인사를 하고 자전거를 움직였다.

"왜? 우리는 그대로 있기로 한 거 아냐?"

"맞아요. 제가 그만둔다고 했어요."

"그니까 왜. 사장님도 안 계시는데 너까지 없으면 어쩌라고. 그리고 너는 우리 생각은 안 해? 안 하지?"

"공장장님, 죄송해요. 거기까지는 생각을 못 했어요."

"너 뭐 생각해 둔 거라도 있어?"

"아직은요. 그치만 우리 사장님 저렇게 두진 않을 거예요."

"그래야지. 그럼 넌 사장님을 지켜. 여기는 우리가 지킬게. 나도 영 마음엔 안 내키지만 어쩌냐, 먹고살아야 하는데."

"곧 좋은 소식 전해드리겠습니다. 다들 힘내십시오."

도연은 자전거를 타고 강변도로를 달렸다. 오는 내내 묘한 쾌감을 느꼈다. 그는 잠시 벤치에 앉아 윤슬과 마주했다. 퇴사 후 성유의 얼굴이 날로 좋아지는 이유를 알 것 같았다.

"안 춥냐. 왜 여기서 보자는 거야. 스산하게."

순일은 그와 나란히 앉으며 말했다.

"오셨어요? 춥고 스산한 데서 정신 좀 차리시라고요."

"미친놈. 굳이 정신 안 차려도 되겠더라. 이것도 나쁘지 않아. 맨정신보다 나아."

"한번 봐요."

도연은 그의 얼굴을 살폈다.

"술 좀 그만 드시라니까. 아주 팍 늙었네."

"지랄. 너는 왜 제 발로 그만두고 난리야? 아주 술맛 떨어지게 하려고 작정했어?"

"잘됐네요. 신이 만든 최고의 미술작품도 감상하고 해장도 합시다. 좋네, 여기."

도연은 매점에서 사 온 포장 어묵을 꺼냈다.

"쳇. 별짓을 다 해요. 아주."

그는 빈정거렸지만 이내 뜨거운 국물을 받아 들고 후루룩 소리를 내며 들이켰다.

"캬아……."

"어때요. 속 풀리죠? 제가 돈 많이 벌면 더 좋은 거 사드릴게요."

"잘린 놈이 돈을 어떻게 번다고."

"사장님이 도와주시면 되겠네요."

"내가 무슨 수로. 난 이제 아무것도 아니야. 앞이 안 보여."

"술을 많이 마셔서 머리가 이상해지셨어. 그전엔 멋있었는데 아까워."

"잔소리하지 마. 집에서 마누라한테도 듣고 왔는데."

"사모님이 오죽 답답하시면 그러실까. 아니, 전쟁 났어요? 내일 곧 죽을병에 걸려서 죽는대요? 술 핑계나 대고 비겁하게."

"그래. 나 비겁하다."

"그렇게 자랑스럽게 할 얘기가 아니거든요? 저요, 그림 그리다가 양말 디자인하는 거 첨엔 자존심 상했어요. 나름 잘 나간 거 아시죠? 돈 때문에 이 길로 들어왔지만 갈수록 좋아졌어요. 사장님 때문에요. 사장님이 그러셨죠? 작가님 작품을 우리는 이해 못 한다. 돈 되는 그림만 알지. 예술 양말 한번 만들어 보자. 그러고는 직원들 보는 앞에서 나 쫄지 말라고 꼬박꼬박 작가님, 작가님 하셨잖아요. 저를 그렇게 길들여놔서 사장님 없으면 디자인이 안 나온단 말이에요."

"더럽게 길들여놨네."

"그래서 말인데요. 우리 회사 만들어요."

순일은 입에 넣은 어묵을 뱉었다.

"너는 어묵 안 넘어가는 소릴 하고 자빠졌어."

"말했잖아요. 사장님 없으면 나 안 해요. 못해요. 사장님 회사도 아니고 내 회사도 아니고 우리 회사 만들자고요."

그는 한참을 말없이 있었다.

"나 돈 없어."

"우리 회사라니까요. 사장님만 돈 걱정하게 안 해요. 할 거죠?"

"참 말은 쉽다."

"근데 솔깃하시죠?"

"이놈이."

그는 깊은 상념에 잠겼다.

"그래. 언제는 돈이 있어서 했나. 양말 처음 시작할 땐 길바닥에서도 팔았는데."

"오오. 걸려들었다."

"아들 새끼한테도 속더니 너한테도 속는 중이냐, 지금?"

"아들은 잘살고 있을 테니까 사장님만 정신 차리면 돼요. 우리 아버지처럼 되는 거 못 봐요, 저."

"여기 앉아서 생각해 낸 게 이거야?"

"네. 지금 제 맘이 얼마나 반짝반짝한지 모르실걸요?"

"알아. 네 얼굴도 그래."

"사장님도 여기가 좀 반짝거리는 것 같죠?"

도연은 순일의 가슴에 손을 대며 말했다.

"아 쫌! 그만 만져. 나는 반짝이고 나발이고 모르겠고. 그래서 일은 언제부터 할 거야?"

"내일부터 출근하시죠."

"출근? 어디로?"

"저희 동네로 오세요. 사장님 집에서도 가까우니까 편하실 거예요."

"짜식."

"웃지 마요. 뭘 잘했다고. 우리 망할 수도 있으니까 잘해야 돼요."

"망하자마자 또 망하는 얘기부터 하냐, 넌."

그는 도연의 제의가 썩 희망적이지도 않았지만 거절할 이유도 없었다. 이제 앞을 보려면 눈 속에 박혀 있는 아들을 빼내야 했다. 온몸으로 아들 앓이를 하던 그는 두 눈을 꽉 감았다. 그를 아프게 하던 검은 단검 하나가 쑥 빠져나와 눈부신 윤슬 속으로 사라졌다.

1253#

성유는 비밀번호를 누르고 4층으로 들어섰다. 채반 속의 대추가 햇볕을 받아 반짝이고 있었다.

"어서 와요 성유 씨. 내가 어젠 바빠서 미안해요."

"괜찮아요. 저 이제 시간 많아요. 대추 말리시는 거예요?"

"다했어요. 좀 쌀쌀하네. 안으로 들어갈까요?"

성유는 창가 식탁 의자에 앉아 방을 둘러보았다.

"성유 씨, 매실차 어때요?"

"좋아요. 조금 있으면 대추차도 먹을 수 있는 거죠?"

"척하면 척이네. 젊은 사람이랑 말도 통하고 좋은데요?"

"그런 대화라면 한 달도 할 수 있어요. 리아 누난 벌써 나갔나 봐요?"

"방구석을 저렇게 해놓고 갔지 뭐예요."

"가난동 최고 꽃미남 장경 파이팅!"

성유는 침대 위에 널브러진 피켓 중 하나를 집어 읽었다. 대충 봐도 열 장은 넘는 것 같았다.

"몇 번을 쓰고 고치더니 늦었다고 아무거나 들고 갔어요. 자, 젊은이들은 차갑게 먹죠?"

사연은 매실 에이드를 건네며 자리에 앉았다.

"리아가 소화가 안 돼서 매실차를 자주 마셔요. 그게 다 종가 시집살이 때문이지."

"누나, 말씀 놓으세요. 나이를 알고 나니까 불편해요."

"그렇지? 성유 불편하면 안 되니까 나도 이제 말 놓을게."

"이런 거 물어보면 안 되지만 저희가 실수하는 것 같아서요. 나이가 어떻게 되세요?"

"쉰하나."

"그쵸?"

"표정이 왜 그래?"

"아뇨, 그렇게 까진 안 보이셨거든요. 그럼 지금부터는 이모라고 할까요?"

"누나라고 해. 난 시집도 못 갔는데 억울하잖아."

"아, 네."

"이제 본론으로 들어가 볼까? 음…… 내가 말이야, 뷔페를 할 계획인데 양식은 인연이 안 닿네. 할 만한 사람이 있을까? 소개 좀 부탁하려고."

"누나가 하시려고요?"

"같이 하는 사람들이 있어. 쿱 뷔페라고나 할까?"

"협동조합형 뷔페라. 궁금하네요. 가게는 구하셨어요?"

"응. 리안 호텔. 지금 인테리어 공사하는 중이야."

"네? 그럼 그 큰손이 사연 누나였어요?"

"소문났어?"

"큰손이 인수했다는 것 정도요. 완전 베일에 싸인 인물이라고 그랬거든요."

"큰손은 내가 아니고 리아지. 뭐 좀 생각나는 사람 있어?"

"조건을 말씀해 주시면."

"조건? 경력은 성유 정도면 돼. 그리고 성유처럼 요리를 사랑하는 사람이어야 하고, 성유처럼 업무상 위력에 의한 성폭행범을 갈겨줄 수 있는 요리사가 조건이야."

성유는 작은 눈을 연신 깜박거렸다.

"어유, 꼭 말을 해야 알지. 성유가 양식 파트 좀 맡아줘."

"……제가요?"

"여기 소문 빠르잖아. 허 셰프 소문 안 좋은 건 오래됐지. 참 어이가 없어서. 그 새끼 방송에서 이미지 메이킹 잘해서 뜨니까 쪽팔리게 성폭행이 뭐니? 너 아니었으면 말 없는 피해자만 늘어났을 거야. 자기 얼굴에 똥칠할까 봐 고소도 못 하고 있다더라. 대신 너, 이 바닥에서 일 못하게 할 거라고 벼르고 있대. 망할 자식."

성유는 어제 옥탑방에서 리아가 한 말이 떠올랐다. 그녀가 불쑥 칭찬한 이유를 짐작할 수 있었다.

"저 갈 데도 없고 찬밥 더운밥 가릴 처지도 아닌데요, 폐가 될까 봐 좀 조심스러워요."

"우리도 너 실력 알고 오라는 거야. 겸손도 지나치면 꼴 보기 싫어."

"진짜 감사해서 넙죽 받기가 부끄러워서 그래요. 꼴 보기 싫다니까 정신이 확 드네요."

"아, 할 거야 말 거야."

"네. 할게요. 최선을 다하겠습니다. 정말 감사합니다, 누나."

"리아 스타일대로 하니까 빨라서 좋네. 아까 가면서 가르쳐주고 가더라고. 나도 고마워. 리아가 독립한다고 했을 때 내가 엄청 반대했는데 이런 좋은 인연들을 만날 줄이야."

"리아 누나도 요리를 잘하시죠?"

"눈치챘어? 나는 엄마 닮아서 요리에 소질이 있는 거고, 리아는 종가에서 혹독한 트레이닝으로 만들어졌다고나 할까? 혹시 나무껍질로 요리하는 거 들어는 봤어?"

"나무껍질이요?"

"옛날 기근에 먹을 게 없잖아? 그러면 나무껍질을 벗겨내서 그걸 요리해서 먹었다고 하더라고. 리아가 산에서 껍질 벗기다가 뱀한테 물려서 고생고생했지. 시집살이를 얼마나 했는지 말로 다 못해. 남자 하나 때문에 그걸 다 견뎌낸 거야. 지금 생각해 보면 리아를 쫓아내려고 그런 거였어."

"누나가 안쓰러워요."

"그래도 지금 잘살고 있잖아. 그나저나 장 소장님은 잘하고 계시려나."

강도구 구민회관 대강당은 '싱싱노래자랑' 1차 예선을 보기 위한 사람들로 가득 찼다. 벌써 2시간을 기다린 장 소장은 자신의 순서가 다가오자 발을 동동 굴렸다.

"아직 연락 없지?"

"제가 전화해 볼게요. 이것 좀 드세요."

장 소장은 리아가 건넨 청심원 한 병을 받아 들이켰다.

"아, 저기 오네요."

기타는 가쁜 숨을 몰아쉬며 그들 앞에 섰다.

"왜 이렇게 늦었어? 떨려 죽겠어."

"갑자기 오디션을 보는 바람에. 아무튼 일이 좀 생겼어요. 어떻게 됐어요?"

"아직. 앞에 두 사람 더 있어."

"소장님, 여기 있는 사람들 떨리긴 다 마찬가지예요. 자, 저 따라 해보세요. 아랫배가 불룩하도록 숨을 크게 들이쉬고, 내쉬고, 다시 들이쉬고, 내쉬고…… 좋습니다. 노래 가사를 생각하시면서 감정을 잡아보세요."

"어어."

장 소장은 주먹을 불끈 쥐고 무대로 향했다.

"야, 너 선생님 맞네. 멋있다."

"그럼 뭘로 보였어, 요."

"갑자기 요는 뭐냐?"

"아니, 솔직히 말해봐. 나이 말이야."

"오십하나."

기타는 주머니에 손을 꽂고 노려보았다.

"나는 나보다 많아 봐야 열 살 위인 줄 알았어. 아니 나이가 그 정도면 서로 지킬 건 지키게 해줬어야지. 내가 뭐가 돼?"

"아, 그러니까 나한테 막 대했다고 속상해서 그러는 거구나? 그러지 마. 친하게 지내고 싶어서 내가 그렇게 하라고 했는데."

"친해서 좋아? 혼자만 좋냐고요."

"미안해. 사과할게."

"뭐가 또 저렇게 쿨하게 사과해. 몰라. 난 계속 하던 대로 할 거야."

"다행이다. 갑자기 존댓말 쓸까 봐 쫄았네."

"엄살은. 하여튼 오지랖도 넓어. 이사 온 지 얼마나 됐다고."

"재밌잖아. 장 소장님 인생에 오늘은 나도 껴보려고. 아, 일기 쓸 거리가 없어서 그래. 넌 왜 늦은 거야? 전화도 안 되고."

"학원에서 갑자기 오디션을 봤어. 성철이 형 선배라는데 라인 소속사 이사래. 놀러 왔다가 마침 내가 있으니까 그렇게 됐어."

"잘했어?"

"잘했지."

기타의 입가에 미소가 번졌다.

"야야야, 시작한다. 내가 왜 이렇게 떨리지?"

리아는 장 소장 차례가 되자 준비한 피켓을 들었다.

"이건 또 뭐야."

"조용히 좀 해. 소장님 시작하시잖아."

"어, 소장님 왜 저러시지?"

"왜?"

"얼굴이 경직되셨어."

"난 잘 모르겠는데."

기타의 걱정은 사실이 되었다. 그는 무대로 올라간 지 30초도 안 돼서 "수고하셨습니다."라는 불합격 멘트를 듣고 다시 계단을 내려가야 했다.

"괜찮아요, 소장님. 첫 무대는 누구나 다 긴장돼요."

기타는 장 소장의 축 처진 어깨를 두드리며 말했다.

"갑자기 멍해졌어. 왜 그런지 모르겠어."

"무대라는 게 원래 그래요. 저도 수도 없이 떨어졌잖아요."

"다음에 또 할 거야. 내가 할 줄 아는 게 이거밖에 없어."

장 소장은 들고 있던 생수병의 물을 벌컥벌컥 마셨다.

"우리 소장님, 배고프시죠? 오늘은 제가 밥 사드릴게요. 나가요."

"아냐. 리아 씨가 아침부터 고생했는데 내가 사줄게."

그들은 서로 사겠다고 실랑이하더니 결국 철이네 순댓국으로 향했다. 오늘의 승자는 장 소장이었다.

"엄마야, 소장님 어떻게 됐어?"

경자는 계산대에서 TV를 보다가 벌떡 일어났다.

"땡이야. 땡."

"떨어졌어? 자네가?"

주방에 있던 두식도 고무장갑을 낀 채 나왔다.

"그래 두식아. 우리 순대국밥이랑 파전 하나 주라."

"파전은 서비스로 줄게. 또 언제 '싱싱노래자랑'이 우리 동네에 오려나. 그게 그래도 사람들이 제일 많이 보는데. 에휴, 잠깐 기다려. 금방 해다 줄게."

두식이 주방으로 들어가자 기타는 식탁에 앉아 장 소장에게 조용히 물었다.

"말해 봐요. 무슨 사연인지. 저도 뭘 알아야 도와주죠."

"알아서 좋은 것도 아니고. 내가 부끄러워서 말이야. 그래도 자네한텐 얘기해야겠지. 사실은 내가 철이 없을 때 가족을 버렸어. 열심히 일한 돈, 보증서서 다 날리고 애꿎은 가족한테 술 먹고 화풀이를 한 거지. 못나가지고. 다 내 탓이야. 딸아이가 하나 있었는데 얼굴도 기억나질 않아. 기타 총각보다 두 살 어려. 어휴, 내가 지금 정신 차리고 살다 보니까 개가 밟혀. 돈이라도 쓰라고 주고 싶은데 찾을 길이 없지 뭐야. 그래서 TV에 나가서 꼭 얘기하고 싶었어. 용서받는 건 바라지도 않아. 아비 잘못 만난 거 보상이라도 해주고 싶어서 그래."

장 소장은 결국 고개를 떨구었다.

"그래서 '용서'만 고집하셨구나. 가사 때문에…… 참 용기 있으셔."

"용기는 무슨."

"사실 노래가 너무 처진다고 생각했는데 꼭 그 곡이어야만 의미가 있겠네요. 앞으론 소장님 자신과의 싸움이에요. 저도 진심을 다해 도울게요."

"그래 경아, 이제 시작이야. 얼굴 펴."

두식은 파전과 순댓국을 경자에게 맡겨 두고 식탁 의자를 빼고 자리를 잡았다.

"예전에 경이가 마음 못 잡고 있었을 때 우리 집에 좀 얹혀살았거든. 그때 거지빌라 주인 어르신이 저기 노점에서 물건 팔던 원 여사님이랑 경이를 교회에 데리고 갔었어. 그러고 얼마 안 있다가 경이가 맘을 딱 잡더니 공인 중개사 자격증도 따고, 그 뭐냐 집사도 되고 그랬지. 그때부터 원 여사님을 어머니라 부르면서 살갑게 대하더라고. 두 사람 다 비슷한 사연이 있어서 더 그랬을 거야. 참, 원 여사님 오늘 안 나왔더라. 어디 아프시냐?"

"그래? 어제 좀 피곤하신 것 같긴 했지. 이따가 가봐야겠네."

"철이 아빠, 얼른 주방 좀 봐줘요. 종철이 데리러 가야 해요."

경자는 앞치마에 손을 닦으며 가게 문을 열고 나갔다. 두식은 주방으로 들어가서 쟁반에 해물파전 한 접시를 담아왔다.

"두식아, 너도 같이 먹자."

"난 좀 전에 철이 엄마랑 점심 먹었어. 노래한다고 배고팠을 텐데 너나 어여 먹어."

두식은 가게 문을 반쯤 열고 밖을 두리번거렸다.

"아이구, 우리 종철이 왔어?"

"아버지, 학교 다녀, 왔습니다."

"그래그래. 수고했어."

두식은 종철을 껴안으며 말했다.

"리아, 다."

"학교 재미있었어?"

"응."

종철은 자연스럽게 리아의 무릎에 앉았다.

"나보다 더하네 더해. 리아가 뭐야. 너도 나처럼 곤란해하지 말고. 이모 해봐."

기타는 순댓국에 다진 양념을 넣고 휘저으며 말했다.

"리아야, 놀, 자."

"그럴까? 우리 집에 갈래?"

"그래, 가자, 가."

"잠깐만. 허락부터 받아야지."

"아버지, 가도, 돼요?"

"그래. 매번 신세를 져서 어쩌나. 우리 종철이가 아주 제집 드나들 듯이 가."

"신세는요. 저도 노는 거예요."

리아와 종철은 나란히 배꼽 인사를 하고 서둘러 식당을 나갔다.

"밥이나 먹고 가지."

"냅둬요, 소장님. 어디 말 들을 사람인가."

"허긴."

"참 신기하지. 우리 종철이가 저렇게 변할 줄 몰랐어. 리아 씨가 우리한텐 복덩이야. 어디 있다가 이제야 나타났어."

"인마, 하늘에서 주셨지. 두식아, 그러지 말고 교회 가자. 아버지가 새끼 기도해 주면 좋잖아."

"너나 잘 다녀. 나는 순대 팔 거야."

"이 자식 진짜 더럽게 말 안 듣네. 그래, 순대나 팔아."

장 소장은 신경질적으로 젓가락질을 했다.

"삐졌냐? 늘그막에 낳은 새끼 하나가 멀쩡하면 얼마나 좋았을까. 하나님이 우리 종철이 고쳐주면 교회 나가지. 나가고말고."

"두식아, 그렇게 기도하는 거야. 졸라보란 말이야. 막말로 돈이 들어 힘이 들어."

"나 대신 네가 하는 건 안 되냐? 난 당최 믿기지가 않아서. 난 말이야 우리 종철이만 잘되면 소원이 없겠어. 아 근데 요즘 종철이 그림 그리는 거 보고 있으면 희망이 보여. 저번에 내가 보여준 그림 봤지?"

"나 그거 보고 뒤로 나자빠지는 줄 알았잖아. 그런 재주는 누굴 닮은 거야?"

"우린 둘 다 아닌데."

"사장님, 어제 도연이가 종철이 그림 봤거든요. 가난동에서 유명한 화가 나오겠대요."

"그 큰 상을 받았다던 총각이 진짜로 그랬어?"

주방에서 듣고 있던 경자가 나오면서 말했다.

"그럼요. 그래서 리아가 아니, 누나가 책을 얼마나 읽어주는지 몰라요. 세계관을 넓혀줘야 한다나."

"처음에 우리 종철이가 리아를 보자마자 붓으로 옷에 막 칠했잖아. 우리는 미안해서 어쩔 줄 몰라 하는데 더 그리라고 팔을 벌려주더라고. 나중에는 얼굴에도 그렸지 뭐야. 시장 골목에 아기보살이 그랬잖아. 우리 애가 용의 형상을 숨긴 구렁이라고. 자폐는 문제가 안 된다고 했어. 나 그때 얼마나 위로받았는지 몰라. 열여덟부터 운이 바뀐다고 했는데 설마 그림으로 유명해지는 거 아냐?

용하네 용해. 또 가서 물어봐야지."

"제수씨, 그 돈 있으면 나 줘. 내가 봐줄게. 우리 종철이 대성하고 제 부모 잘 봉양하고 멋지게 인생 살 거야. 그러니 돈 안 드는 교회나 갑시다."

"돈이 안 들긴 뭐가 안 들어요? 십일조인가 그거 꼭 내야 한다면서요. 그리고 교인들이 접근해서 잘해줄 때는 다 교회에 데려가려고 그런 거랍디다. 말 나온 김에 물어봅시다. 왜 자꾸 교회 가자고 하는 거예요? 거긴 뭐 특별하답니까?"

"아, 불쌍하잖아. 이대로 두면 다들 지옥 갈 영혼들인데 그걸 어떻게 보고만 있냐 말이야."

"왜 우리가 지옥 가요? 나쁜 짓 안 하고 남한테 폐 끼친 것도 없이 잘살고 있는데."

"그게 예수님을 통하지 않고서는 하나님께로 갈 수가 없어요. 아무리 착하게 살아도."

"거봐. 아주 저들만 잘났다니까. 종교란 게 뭐를 믿든 마음의 평화를 누리고 잘살고 있으면 된 거 아녜요? 내가 듣기로는 교회에 사람들을 많이 데리고 와야 십일조도 받고 그걸로 교회도 번쩍번쩍하게 짓고 천국도 가는 거랍디다."

경자는 비꼬는 듯한 말투로 쏘아붙였다.

"참나 억울하네. 교회는 장사하는 데가 아니에요. 십일조는 모든 게 하나님이 주신 거라는 믿음으로 자발적으로 내는 거지. 하나님은 우리 마음을 보시기 때문에 억지로 내는 건 받으시지도 않아. 하나님은 돈이 필요하지 않으신다니까. 그건 도움이 필요한 이웃을 위해서 쓰니까 걱정 말고 와요. 꼭 이런 사람이 나중에 은혜 받아서 십이조도 하고 십삼조도 하고 그럽디다. 아 그리고, 천국은 예수님을 믿고 말씀대로 살아야 가는 거지. 십일조 잘하고 교회 봉사 많이 하고 그 뭐냐 어, 전도 많이 한다고 가는 게 아니라고."

"……아무튼 그렇게 좋으면 장 소장님이나 열심히 다니시면 되겠네요."

"여보 그만해. 경이는 자기가 좋으니까 그런 거지. 리아 씨도 얼마나 우리한테 잘해. 두 사람 보면 하나님이 있는 거 같기도 하고."

"그래, 두식아. 너도 이제야 말귀를 알아먹네."

"아니 왜 또 날 걸고넘어지냐. 말이 그렇다는 거지. 근데 리아 씨 나이가 어떻게 돼?"

"니도 몰라. 기타 총각은 알지?"

"알아도 안 가르쳐 줘요. 본인한테 직접 들으세요. 여자 나이 함부로 가르쳐 줬다가 어쩌려고요. 정신 연령은 알죠. 종철이랑 같아요."

"경아, 아무래도 낯이 익어."

"너도 그러냐?"

"하여튼 남자들은. 얼굴 좀 반반하면 어디서 본 것 같다더라."

경자는 눈을 흘기며 주방으로 들어가 버렸다.

"제수씨 왜 저러냐?"

"저도 먼저 갑니다. 더 있다간 체하겠어요."

이웃이 된다는 것

기타는 가을볕을 느끼며 샹젤리제 거리를 걸었다. 리아가 이사 오고부터 본의 아니게 가난동 사람들의 인생을 들여다보게 되었다. 그들의 삶은 가난산처럼 여러 굽이의 골짜기를 만들어 가는 중이었다. 기타는 자신의 골짜기도 그들과 함께 어우러져 있다는 것을 뒤늦게 자각하기 시작했다.

7

당신을 만난 건 행운입니다

7. 당신을 만난 건 행운입니다

 리아는 이른 아침부터 큰 종이 가방을 어깨에 둘러메고 도시락 통을 챙겼다. 2층으로 내려가 도어 록 비밀번호를 자연스럽게 눌렀다.
 "시하야, 김밥 좀 만들어 왔어. 승우는?"
 "씻으러 들어갔어요. 나 바쁜 줄 어떻게 알았어요?"
 "척하면 척이지. 옷하고 가방도 가져왔어. 입을 만한 거 있나 봐 봐."
 "진짜? 학부모 참관 수업에 옷이 이렇게 신경 쓰일 줄이야. 정말 고마워요."
 시하는 옷보다 가방을 보자 더 흥분했다. 거울 앞에서 코디하는 시하의 표정이 금방 밝아졌다. 그동안 리아는 아이들 식판에 김밥과 계란국을 올려놓았다.

"와아, 예쁘다. 엄마! 엄마!"

시우가 병아리 캐릭터 김밥을 보며 시하를 바쁘게 불렀다.

"어머머, 설마 언니가 만들었어요?"

"설마는 뭐니? 내가 했어."

"너무 예뻐서 어디서 산 줄 알았잖아요. 이건 언제 배웠어요? 나도 가르쳐줘."

"책에 있던데?"

"언니는 보면 다 하는구나."

"시집가서 배운 건 딱 하나야. 무조건 해내는 거. 오구, 우리 승우 다 씻었어?"

"네, 이모."

"잠깐 기다려. 로션 발라줄게."

리아는 승우의 얼굴에 로션을 꼼꼼히 발랐다. 가슴 깊은 곳에서 울컥하고 뜨거운 것이 올라왔다. 아직도 떠나지 않고 남아 있는 모정이 질긴 동아줄처럼 그녀를 옭아매고 있었다.

"오빠, 빨리 와."

"왜에."

승우가 식탁으로 가버리자 리아는 얼른 고인 눈물을 닦았다.

"이거 이모가 만들어 왔어."

"우와! 이모, 고양이 김밥도 할 수 있어요?"

"당연하지. 내일 아침도 기대해."

"와아, 신난다."

"얘들아, 너희 엄마 좀 봐봐."

시하가 전신 거울 앞에서 한껏 포즈를 잡고 있었다.

"옷이고 구두고 사이즈가 딱 맞아. 이거 언니 옷 아니죠?"

"당연히 아니지. 사연이 거. 넌 공주 놀이나 실컷 해. 난 애들 데려다주고 올게."

"고마워요, 언니. 승우는 이따가 보자."

시하는 분주하게 안방으로 들어가며 말했다.

"이모도 오세요."

"진짜? 진짜지? 와아, 나도 신난다."

리아는 양손에 아이들의 손을 잡고 집을 나섰다.

"아이, 간지러워."

"시우야, 왜 그래?"

"이모가 간지럽혔잖아요."

"내가 언제?"

"아냐, 이모가 그랬어요."

"헉! 설마, 이 손안에 벌레가 있나?"

시우는 살짝 겁먹은 표정으로 손을 쳐다보았다.

"아무래도 이 안에 뭐가 있는 것 같아. 펴볼까?"

그들은 조심스럽게 손을 펼쳤다. 손바닥 위에는 곰 모양의 빨간 젤리가 놓여 있었다. 학교 가는 길은 아이들의 입 안에 든 젤리처럼 말랑하고 달콤했다.

"학교 다 왔어. 헤어지기 싫은데 어떡하지?"

"이모는 좀 이따 볼 거잖아요."

"맞다. 엄마 예쁘게 해서 데리고 갈게. 시우는 유치원 친구들이랑 사이좋게 놀아."

"네. 학교 다녀오겠습니다."

아이들의 모습 위로 건희, 상희가 또다시 겹쳐졌다. 리아는 거지 빌라까지 입을 악물고 달렸다. 잡생각이 나지 않으려면 아무래도 몸을 바쁘게 움직여야 할 것 같았다. 그녀는 오랜만에 트레이닝복을 벗고 재킷에 구두를 신고 문을 나섰다.

"어디 가요?"

문을 열고 나오던 도연은 낯선 리아의 모습에 흠칫 놀라며 물었다.

"오늘 승우 참관 수업하잖아. 초대받아서 가."

"누나도 차려입으니까 멋있네요. 트레이닝복도 엄청 잘 어울리지만요."

"너는 잘돼가?"

"네. 누나 말대로 행동으로 옮기니까 일이 벌어지긴 하더라고요. 사장님 꼬셔서 같이 일하기로 했어요."

"진짜 잘 됐다."

"당분간 카페가 사무실이 될 것 같아요. 오늘은 커피 안 마셔요?"

"학교 갔다가 갈 거야."

"언니, 빨리 내려와요."

2층에서 한껏 차려입은 시하가 재촉하며 불렀다.

"헉. 두 분 뭐예요? 학교 가는 거 맞아요?"

"그럼 어디 가는 걸로 보여?"

"결혼식?"

"결혼식보다 학교 가는 게 더 신경 쓰여. 우린 이쪽으로 가야 하니까 넌 일 잘하고 있어. 이따가 카페로 갈게."

"두 분 잘 다녀오세요."

그들은 지름길로 가기 위해 성벽 길이 있는 우측 계단으로 올라갔다.

"아침에 나 좀 심란했어요. 이 학교가 보통이라야 말이죠. 거의 다가 '포르마 가난' 애들인데 우리만 딴 세상에서 온 것 같았거든요. 어쩌다 여기 살아서."

"걱정 마. 애들이 귀티가 나서 괜찮아. 그리고 가난동엔 너희가 터줏대감이지. 그쪽이 굴러온 돌이고."

"그런가? 학교가 가까워서 좋긴 한데 가끔 다녀올 때마다 너무 초라해지더라고요. 근데 오늘은 언니 덕분에 발걸음이 가벼워요. 신발이 좋아서 그런가."

"알맹이보다 껍데기가 중요한 세상은 말이야 알맹이엔 전혀 관심이 없어. 내가 가끔 껍데기가 되어줄 테니까 넌 꽉 찬 알맹이가 돼야 해."

"알아요. 언니가 아니라 하나님만 의지하라는 거죠? 사람은 사랑의 대상이지 의지하는 거 아니라고 했잖아요. 그래도 조금만 더 옆에 있어 줘요. 저는 아직 믿음이 연약하니까요."

"우린 모두가 연약한 사람들이야. 그래서 예수님 뒤를 따라가야 해. 가다가 넘어지면 손도 잡아주면서 그렇게 가는 거야. 나도 네가 필요해."

학교로 가는 길은 귀티와 부티를 장착한 학부모들로 북적였고 교실에서는 아이들과 부모들이 눈도장을 찍느라 바빴다. 칠판에는 '내가 가장 좋아하는 것'이란 글자가 또박또박 적혀 있었다.

"자, 여러분. 지난 시간에 내가 가장 좋아하는 것에 대한 글과 그림을 그려봤어요. 오늘은 친구들과 함께 이야기를 나눠볼 거예요. 화면에 자신의 그림이 나오면 자리에서 일어나서 설명해 보기로 해요."

선생님은 준비한 사진을 하나씩 넘기기 시작했고 드디어 승우 차례가 돌아왔다. 시하뿐만 아니라 리아도 덩달아 마음을 졸였다.

"승우는 만화를 그렸네요. 가장 좋아하는 것이 김밥인가요?"

"네, 선생님. 음식의 재료들은 하나일 때는 맛이 없는 것도 함께 모이면 맛있는 요리가 됩니다. 김밥처럼요. 사람들도 혼자일 때보다 함께 살면 더 재밌고 행복하다는 것을 알게 되었습니다. 김밥 가족, 김밥 친구들이 많이 많이 생겼으면 좋겠습니다."

승우의 설명이 끝나자 학부모들의 탄성과 박수가 나왔다. 리아와 시하는 그제야 안도의 숨을 내쉬었다.

"정말 마음이 행복해지네요. 승우에게는 사랑하는 사람들이 많은 것 같아요. 앞으로도 얼마나 많은 김밥 가족이 생길지 선생님도 기대가 되네요."

선생님의 칭찬에 승우도 만족한 표정을 지었다. 참관 수업을 마치고 시하는 다른 학모들에 의해 둘러싸였다. 그들은 승우의 글을 칭찬했지만 눈은 그녀의 고급스러운 옷과 가방으로 향했다. 리아는 시하에게 먼저 간다는 손짓을 하고 교문을 나섰다. 카페로 가는 그녀의 발걸음이 시우처럼 가벼웠다.

"오늘 진짜 멋진데요."

지수는 카페로 들어서는 리아를 훑어보며 말했다. 계산대 한쪽에는 아메리카노, 바닐라라테, 유자차가 담긴 종이 캐리어가 놓여 있었다. 리아는 매일 커피나 음료를 동네 상가에 배달한다. 짧은 시간에 동네 사람들과 친하게 된 것도 이 때문이었다.

"금방 다녀올 테니까 내 커피도 바로 내려줘."

리아는 미리 주문해둔 음료를 들고 바로 약국부터 들렀다. 박 약사와는 동갑내기로 시하를 통해 친구가 되었다.

"자혜야, 오늘 승우 진짜 잘했어. 완전 인기 짱이야. 사진 보여줄까?"

"그래. 빨리 보여줘."

박 약사는 휴대폰으로 찍은 사진을 보다가 고개를 갸우뚱거렸다. 손가락을 벌려 사진을 확대하고는 한쪽 입꼬리를 올리며 웃었다.

"이 옷 뭐야?"

"사연이가 작다고 시하 주라고 하던데?"

"가방도?"

"어."

"넌 거짓말하는 스킬이 어째 그러니? 이 옷이랑 가방, 올해 라헨느 F/W 신상이잖아. 그리고 딱 봐도 사연이가 시하보다 사이즈가 작구만."

"어떻게 알았어?"

"조금만 관심 있으면 다 알아. 나도 젊었을 때는 명품 좋아했어. 사실은 럭셔리란 단어가 명품이 아니라 사치품이라고 해야 맞는 거 아냐? 참, 상술도 좋아. 묘하게 명품 이미지를 더 강조하고 말이야. 아무튼 나도 돈 쓸데가 없어서 참 많이 갖다 바쳤어. 그런데 5년 전 겨울인가, '포르마 가난'에 사시는 사모님이 약국에 오셨는데, 그분이랑 쪽방촌 할머니랑 패딩이 같은 거야. 그 사모님이 어찌나 황급히 나가시던지. 당연히 쪽방촌 할머니 패딩은 '빨간 리본'이라는 단체에서 받은 거였어. 그날 그 투 샷이 잊히지가 않아. 묘한 카타르시스도 느껴지고 말이야. 그래서 그 일이 있고부터는 명품이 시시해지더라. 그나저나 학모들 좀 술렁거렸겠어. 자기들도 어렵게 사는 걸 시하가 하고 왔으니 안 봐도 뻔해. 아무튼 이 동네가 요지경 동네야."

"요지경 동네 약사님, 제가 잘못했으니까 그만하시고 이거나 보세요."

박 약사는 리아가 촬영한 동영상을 두 번 연속으로 보았다.

"어머머, 뭐가 이렇게 감동적이야. 우리 승우 똑똑하게 발표도 잘하네. 나도 그 김밥 안에 속하겠지?"

"아마 넌 계란 정도 되지 않을까?"

"내가? 너 아니야?"

"나는 색깔만 비슷한 단무지? 아무렴 어때. 같이 있는 게 중요하지. 나 또 배달 가야 하니까 이거 받아. 오늘도 힘내 친구야."

리아는 박 약사에게 아메리카노를 건네며 말했다.

"조심해서 가. 다칠라."

"네가 있는데 뭘 걱정. 다치면 약 발라 줘."

그녀는 약국에서 나와 다음 배달지인 사랑 부동산으로 들어갔다.

"소장님, 달달한 다방커피 왔어요. 어머, 집사님도 계셨네요?"

사무실에는 장 소장과 원 여사가 마주 보고 앉아 있었다.

"건강은 좀 어떠세요?"

"예에, 괜찮아요."

원 여사는 좀 수척해 보였다.

"소장님은 다방 커피, 집사님은 유자차 드릴까요?"

"마침 잘됐네. 어머니, 감기에 유자차가 좋아요."

"두 분 진짜 모자 사이 같아요."

"장 집사가 날 엄마처럼 대해 줘서 얼마나 고마운지 몰라. 어제는 나 아프다고 고기도 사 갖고 왔더라고 글쎄."

"어머니 아프시면 제가 철렁해요. 건강하셔야 우리 꿈도 이루지요."

"그 꿈 이루시는 거 저도 보고 싶어요. 뭔지는 모르지만 응원합니다."

"왜 몰라. 내가 어제 얘기했는데."

"아, 따님 찾으시는 거요?"

"내가 실수만 안 했어도."

"괜찮아. 하나님이 다른 길을 열어주실 게야. 자네나 나나 그 뺄밖엔 없잖나. 그때까지 살아 있기나 했으면……."

"아유 어머니도 참. 앞으로 백세는 거뜬하실 겁니다. 제가 옆에서 꼭 지켜드릴 테니까 걱정 마셔요."

"저도 꼭 기도할게요. 그날이 오면 같이 기뻐하게 해주세요. 잔치는 제가 담당하겠습니다."

"진짜? 그 말 들으니까 이미 딸내미 찾은 거 같은데?"

"그럼 말씀들 나누세요."

"조심해서 다녀. 자나 깨나 몸조심. 알지?"

"명심하겠습니다."

장 소장은 가난동의 믿을만한 소식통이었다. 부동산으로 배달을 가는 날이면 동네 경조사부터 간밤에 누가 아팠는지, 어떤 어려움에 처했는지 낱낱이 알 수 있었다. 오늘은 왠지 동네가 조용해 보였다. 카페로 들어서는 리아의 표정도 덩달아 평온했다.

"딱 맞춰 오셨네요. 방금 내렸어요."

지수는 금테가 둘린 커피 잔을 소서 위에 올리며 말했다.

"음…… 향 좋다. 이렇게 훌륭한 진통제가 있을까?"

"커피를 진통제로 먹다니. 약 먹으러 카페 오는 사람은 언니밖에 없을 거예요."

"노노노. 우리 예쁜 바리스타 보러 오는 거야."

"이젠 그런 말 안 해도 돼요."

"진짜야. 자기는 커피를 닮았어."

"……제가 들어본 말 중에 최고예요. 설레는데요?"

"그래? 이럴 줄 알았으면 도연이한테 멘트 파는 건데. 크으 아깝다. 혹시 도연이가 무슨 말 안 했어?"

"아니요?"

"너도 눈치챘지?"

"아무튼 언니는 정말 이상한 사람이야. 손님이랑 사생활까지 터놓을 줄이야."

"보기보다 꾸물거리네. 도연이는 당분간 사무실이 여기라며?"

"잘 됐으면 좋겠어요. 이런 말 해도 되나? 여기서 일하는 모습 보니까 예전에 몰랐던 남성미가 좀 느껴진다고 할까요?"

"그렇지? 자기 일 열심히 하는 사람들 은근 섹시한 구석이 있잖아. 퇴근하고 약속 없으면 우리 집으로 와. 저녁이나 먹자."

"좋죠. 거기 테라스에 저 홀딱 빠졌잖아요. 해 질 녘은 정말 외국 휴양지에 온 것 같다니까요. 근데 저 사장님 자꾸만 이쪽을 보시네. 언니 보는 것 같기도 하고."

순일은 그들의 시선에도 신경 쓰지 않고 노골적으로 쳐다보았다.

"아니겠지. 아닐 거야."

순일은 고개를 가로저으며 말했다.

"뭐가요?"

"누구랑 닮아서 그래. 그건 그렇고. 그니까 여기 카페 사장을 네가 좋아한다고? 짜식, 그래서 여기서 보자고 한 거구나. 일도 하고 연애도 하고? 똑똑한 놈, 음흉한 놈."

"아직 안 음흉하거든요?"

"곧 그럴 거면서 발끈하기는."

"리아 누나!"

도연은 갑자기 리아를 향해 손짓했다.

"너 뭐 해?"

"사장님도 나 놀렸으니까 무서운 누나한테 당해 봐요."

리아는 커피를 들고 합석했다.

"안순일 씨, 이분은 마리아 씨입니다. 인사하세요."

"마리아 씨요?"

순일은 티 내지 않게 놀라는 중이었다.

"네, 처음 뵙겠습니다. ······저기 도연아, 지수랑 우리 집에서 저녁 먹기로 했으니까 네가 알아서 해."

"네?"

"그래. 너 인마 일은 잘하는 놈이 연애는 왜 그렇게 미적거려. 오늘 할 일도 없으니까 점심 먹고 일찍 퇴근하자고. 리아 씨, 같이 가시죠. 밥은 도연이가 산대요."

"그러죠. 어디로 갈까요, 누나?"

"난 순대국밥이 좋은데."

"오우 좋죠. 해장하기 딱 좋네요. 일어나시죠."

"사장님 어제 술 드셨어요? 술은 안 돼요."

"아니 말이 그렇다고. 우리 나이가 되면 술 안 먹어도 해장이 필요해."

순일은 말을 마치기가 무섭게 가방을 싸서 일어났다.

"사장님, 같이 가요."

"빨리 따라 나와. 꾸물거리기는."

도연은 부랴부랴 가방을 어깨에 메고 카페에서 코 닿을 거리에 있는 순댓국 가게로 들어갔다. 경자는 도연을 보자마자 팔을 붙잡으며 살갑게 맞았다.

"아유, 우리 화가 선생님도 오셨네. 오늘은 방으로 들어가요. 내가 허리 지지느라 불 올려놔서 바닥이 아주 뜨끈뜨끈해요. 우리 화가 선생님은 갈수록 잘생겨지시네. 여자 친구 있지?"

"하아, 네."

"한창 좋을 때야. 그리고 우리 종철이 그림 가르쳐줘서 고마워요."

"종철이가 그림에 재능이 있어요."

"어머! 그래? 전문가가 그렇게 말해주니까 왠지 믿음이 가. 내 정신 좀 봐. 식사 준비할게요. 조금만 기다려요."

"네."

도연은 방으로 들어가려다 말고 전화를 받으러 밖으로 나갔다. 순일은 그 틈을 타서 리아에게 말을 걸었다.

"저기, 그 마리아 씨 맞죠? 저 진짜 팬입니다. 이렇게 뵙다니 정말 영광입니다. 그러니까 도연이랑 같은 빌라에 사시는 거죠?"

"네."

"요즘은 어떻게 지내시는지."

"잘살고 있어요."

"아, 다행입니다. 저희 같은 팬들이야 소식을 알 리 없으니 그저 속만 탔습니다. 사실 그때라도 최씨 종가에서 나오신 거 정말 잘하신 것 같습니다. 요즘 그 집구석 돌아가는 거 보면…… 아, 미안합니다. 제가 괜한 얘길 했습니다."

"괜찮습니다."

"도연이는 모르던 눈치던데 저도 모르는 척하겠습니다. 아깐 표정 관리하느라 혼났습니다. 정말 반갑습니다."

"언제 봤다고 반갑대요?"

"어 그러니까, 너한테 얘기 많이 들어서 아는 사람 같아서 그랬지."

순일은 방으로 들어오는 도연에게 시치미를 떼며 말했다.

"오늘 술은 안 돼요. 국밥집 왔다고 안 봐줘요."

"안 시켰어. 밥만 먹고 갈 거야. 그나저나 내일 몇 시에 가냐?"

"아침 8시에 출발할 거예요."

"어디 가?"

"파주에 괜찮은 공장이 있어서 보러 가기로 했어요."

"잘될 거야. 사장님이 계셔서 든든하네요."

"어이구, 제가 더 배웁니다. 요즘 애들이 워낙 똑똑해서요. 하하하……."

주방에 있던 경자는 요리하다 말고 급하게 밖으로 나갔다. 두식은 아내가 신경 쓰였지만 손님상이 더 급했다. 종철을 예뻐해 주는 도연과 리아를 위해 모둠 순대를 정량보다 더 올렸다. 경자는 그들이 식사를 마치고 나갈 동안에도 돌아오지 않았다.

리아와 도연은 식당에서 나와 샹젤리제 거리 초입에 자리한 꽃집 앞에 섰다.

"고백에 꽃이 빠지면 섭섭하지."

"당연하죠. 지수 씨 닮은 글라디올러스. 괜찮죠?"

"그래, 많이 닮았네."

당신을 만난 건 행운입니다 179

"하늘 씨."

리아는 꽃집 문을 열며 반갑게 사장을 불렀다.

"어, 네. 어……."

하늘은 평소답지 않게 매우 당황한 얼굴로 휴대폰을 서둘러 내려놓았다.

"안녕하세요, 사장님. 처음 뵙겠습니다. 저도 거지빌라에 살아요. 덕분에 여기 거리가 정말 예뻐요."

"저야 뭐 돈 받고 일하는 거라서요. 다 성주님 덕분이죠. 아, 저희끼리는 그렇게 불러요."

"우리 주인 할아버지요?"

"네. 거지빌라가 큰 성 같잖아요."

"우린 할배라고 하는데."

"하하하…… 할배도 잘 어울리네요. 아무튼 아주 특별하신 분이세요. 처음에 정원 부탁하실 때 가슴이 막 뛰었어요. 플로리스트하면서 이렇게 큰일은 처음이었거든요. 나름 자부심 가지고 일해요, 저."

"이번엔 아치형으로 꽃길을 만드셨던데요?"

"말도 마세요. 제가 그래도 군에서 잔뼈가 굵은 놈인데 100미터를 이어가려니까 이건 좀 힘들더라고요."

"SNS에 난리도 아니던데요. 주말에 또 사람들 붐비겠어요."

"벌써 다음 시즌이 고민입니다."

"전 빛 정원을 제일 좋아하거든요. 올해도 기대가 되는데요?"

"좋게 봐주셔서 감사합니다. 이번엔 크리스마스 마을 장식을 해

보려고 해요. 산타 인형도 세우고, 병정 호두까기 인형도 세우고."

"와, 애들이 엄청 좋아하겠어요."

"성주님한테 감사해야겠죠. 이 모든 걸 가능하게 하시니까요."

"벌써 마음이 행복해지려고 하는데요? 그렇죠, 누나?"

리아는 꽃 냉장고 앞에 미동도 없이 서 있었다.

"맘에 드는 거라도 있어요?"

"이거 어때?"

"전 첨 보는 꽃인데 누나가 좋아하니까 이걸로 하죠."

하늘은 투명한 포장지에 플루메리아를 둘둘 말아서 건넸다. 리아는 한 아름의 플루메리아를 아기처럼 안고 옥탑방으로 왔다.

"이 꽃, 꽃말이 뭔 줄 알아? 당신을 만난 건 행운입니다."

"오, 꽃이 말을 하는 것 같네요."

"서로가 서로에게 행운이길 바라. 네가 지수 초상화 다 그렸다고 해서 오라고 했어. 당장 보고 싶다만 주인공이 먼저 봐야겠지?"

리아는 테이블 위에 종이로 포장된 캔버스를 보며 말했다.

"갑자기 직장을 잃으니까 사귀자고 하는 것도 조심스러웠어요. 어쨌든 누나 덕분에 여기까지 왔네요."

"어이구 누가 들으면 중년인 줄 알겠어."

"전 쉽게 사귀고 헤어지는 거 싫어요. 무슨 액세서리 바꾸는 것도 아니고."

"오오, 드문 청년일세. 어쨌든 난 약속 지켰다."

"약속? 설마 전화번호 저장하던 날? 난 또 아는 사람이 많은 줄 알았잖아요. 기타가 잔뜩 기대하고 있는데 이런 식이면 곤란해요."

"또 잔소리 늘어지겠지. 나머진 알아서 준비할 수 있지?"

"불편하게 해 드려서 죄송해요. 성유한테 얘기해 놨으니까 저녁도 드세요."

"나야 성유 밥 먹고 좋지 뭐."

리아는 플루메리아에 한 번 더 시선을 돌렸다. 가장 행복했던 추억의 잔상들이 눈앞으로 지나갔다. 그녀는 자신도 모르게 미소를 지으며 3층으로 들어섰다.

"성유야, 나 왔어. 너희는 비밀번호 안 바꿔?"

"뭐 하러요. 아는 사람도 없는데."

"내가 알잖아."

"에이, 누나가 남인가요."

"나중에 뭐 없어졌다고 내 탓 하기만 해봐. 뭐 하고 있었어?"

리아는 거실 바닥에 놓인 책과 노트를 보며 물었다.

"사연 누나가 메뉴 좀 정해 보라고 해서요."

"잘돼가? 사연이 많이 도와줘."

"제가 도움받는걸요. 양식 코너를 맡겨주셔서 완전 감동 먹었잖아요."

"아직 일러. 갈 길이 멀다."

"그렇죠. 모과차 드실래요?"

"좋지. 아침부터 좀 설쳤더니 달달하고 따뜻한 게 당기네."

"학교 간다고 너무 긴장하신 거 아녜요? 안 하던 화장에 정장도 입으시고."

성유는 달인 모과를 손잡이가 큰 머그잔에 반쯤 부었다. 모과향이 금세 코끝을 스치고 지나갔다.

"난 역시 트레이닝복이 딱이야. 모과차 오랜만이네."
"전에 누나 집에 살던 한주 형이 보내 주셔서 담가 봤어요."
"맛있겠다."
"향은 좋은데 아직 깊은 맛은 없어요."
리아는 따뜻한 모과차 한 잔에 몸이 스르르 녹아내렸다.

* * *

샹젤리세 거리의 가로등이 켜지고 어둑해질 무렵, 기타는 삼겹살 세 근을 사 들고 집으로 들어섰다. 성유는 자고 있는 리아를 가리키며 입술에 검지를 갖다 대었다.

"왜 여기서 저러고 있대?"

기타는 식탁으로 와서 속삭였다.

"도연이랑 누나랑 잠깐 집 바꿨어. 오늘 고백할 건가 봐."
"배가 아픈 건지 고픈 건지. 빨리 저녁이나 먹자. 고기 사 왔어."
"좋지."

그들은 조심스럽게 고기를 구웠지만, 불판 위에서 지글거리며 타는 소리는 마치 소낙비처럼 크게 들렸다.

"야아아…… 나 안 깨우고 너희만 먹는 건 무슨 경우냐."

리아의 목소리가 잠긴 듯 거칠게 나왔다.

당신을 만난 건 행운입니다 183

"내 말이 맞지? 고기 굽는 냄새 나면 무조건 깬다니까. 빨랑 와. 무슨 여자가 방귀를 뽕뽕 뀌면서 자?"

"미안. 넌 언제 온 거야?"

리아는 퉁퉁 부은 얼굴로 식탁으로 걸어오며 말했다.

"오늘 무슨 날이야? 화장하고 그 옷은 또 뭐래?"

"누나 오늘 바빴어."

"암. 안 봐도 알지. 이번엔 경조사야?"

"아."

리아는 식탁 의자에 앉아서 아기 새처럼 입을 벌렸다.

"참 가지가지 해요."

기타는 투덜거리면서도 고기를 후후 불어 입 안에 넣어주었다.

"이제 눈은 떠지는데 숟가락 들 힘이 없네."

"덩치는 성유만 하면서 골골거리기는. 자, 이게 마지막이야."

기타는 아주 큰 상추쌈을 싸서 입에 넣어주었다.

"뭐 이러케 큰거를 주구 날리야. 턱 빠지게."

리아는 눈을 이리저리 굴리며 우걱우걱 씹었다.

"잠깐, 지금 몇 시야? '독신남녀' 봐야 하는데."

"누나도 그거 봐요?"

"장가갈 나이에 그런 거 보면 결혼 못 해."

"그건 그래. 처음엔 재미로 봤는데 지금은 결혼이 두려워. 근데 또 해야 할 것 같기도 하고. 누나는 어떻게 생각해요?"

"나는 결혼을 고민하질 않았어. 그냥 좋아했으니까. 플루메리아 꽃으로 청혼하니까. 그걸 어떻게 거절해."

리아는 무심하게 말했다.

"그 나이에 뭘 생각을 하겠어. 용기가 있는 건지, 겁이 없는 건지. 참, 집에 아이스크림 좀 남았어?"

"없어. 사 놓는다는 게 깜박했어."

"아이스크림 하나 딱 먹으면서 봐야 제맛인데."

기타는 아쉬운 듯 젓가락을 입에 물었다.

"내가 갔다 올게."

리아가 자리에서 벌떡 일어섰다.

"지금?"

"지금 가야 시간 맞춰 보지. 자고 일어났더니 좀 걷고 싶기도 하고."

"좀 더 먹고 가. 그 시간은 되잖아."

"사실은 낮에 고기 같은 거 먹었어. 순대국밥. 지금은 달달한 아이스크림이 더 당겨. 금방 갔다 올게."

"밖에 바람 많이 불어. 이거라도 입고 가."

기타는 의자에 걸쳐 놓은 바람막이 점퍼를 건넸다.

"딱 맞네. 고마워."

입동이 지나자 밤공기가 확연히 쌀쌀해졌다. 바람막이 안으로 찬기가 스멀스멀 파고들었다. 가난산에서 불어오는 바람과 꽃 정원의 진한 국화 향이 리아의 머리를 상쾌하게 만들었다. 가벼워진 발걸음으로 편의점에 들렀지만 평소답지 않은 최 사장의 냉대가 그녀의 기분을 다시 흩트려 놓았다. 리아는 잠시 벤치에 앉아 보라색 아스타 국화를 보며 생각에 잠겼다. 그때였다. 퍽퍽! 퍽! 벤치

뒤 성벽 길에서 들리는 소리는 분명 살과 살이 부딪쳐 나는 소리였다. 그녀는 생각할 겨를도 없이 계단을 뛰어 올라갔다. 마운트 포지션. 바닥에 누운 남자는 얼굴이 피로 얼룩져 있었지만 때리는 남자는 아랑곳하지 않았다.

"이봐요. 이러다 사람 죽겠어요."

그 남자는 들리지 않는 듯했다. 그녀는 그들 사이로 비집고 들어갔다. 강력한 주먹은 대타라도 봐주지 않았다. 남자의 힘이 빠질 무렵 사이렌 소리가 점점 가깝게 들렸다. 그는 거친 숨소리를 몰아쉬며 일어섰다.

"씨발 왜 껴들어. 죽고 싶어? 헉헉……."

"그런 말 할 시간이…… 없을 텐데."

계단 아래에서 웅성거리는 소리가 들리자 남자는 주위를 살피기 시작했다.

"저쪽 계단으로 내려가. 오른쪽은 막다른 곳이니까 왼쪽으로 빠져. 딱 일주일만 기다릴 거야. 이 동네 버스 정류장 옆 카페 얀으로 와. 할 말 있어."

"씨발."

남자는 씩씩거리며 어둠 속으로 사라졌다. 잠시 후 플래시 불빛이 누워 있는 리아를 비추었다.

"괜찮습니까? 경찰입니다. 이런…… 최 형사! 구급차 호출해."

리아는 사람들의 말소리가 제대로 들리지 않았다. 귀에서 피가 흘러내렸다.

"선생님! 선생님! 정신 차리세요!"

경찰은 소리치며 그녀의 몸을 흔들었지만 이미 기절한 후였다. 거리를 가득 울린 사이렌 소리에 동네 사람들이 서성이기 시작했다. 구급대원들은 쓰러져 있는 남자와 리아를 들것에 실어 구급차에 옮겼다.

"여보, 저 사람들 죽은 거 아냐?"

"아이 이 사람이. 쓸데없는 소리."

"아니, 얼굴에 피 좀 봐요. 별일 없어야 할 텐데. 조용하던 동네가 왜 자꾸 우환이 생기는 거야."

경자는 혀를 차며 말했다. 뒤이어 성벽 길에서 경찰과 군인 한 명이 내려왔다.

"어, 자네 진우 총각 아니야?"

징 소장이 먼저 진우를 알아보았다.

"네. 잘 지내셨습니까."

"전역했어?"

"아닙니다. 말출 나왔습니다."

"그랬구나. 자네가 저렇게 한 거 아니지?"

"어유, 큰일 나게요. 제가 신고했습니다."

"무슨 일이래?"

"싸움이 난 것 같습니다."

"왜들 싸우는지 원. 오느라고 수고했을 텐데 어서 가봐. 자자, 우리도 들어갑시다."

장 소장은 떠나는 구급차를 물끄러미 바라보았다. 소란했던 거리가 다시 잠잠해지자 진우는 거지빌라로 발걸음을 재촉했다.

당신을 만난 건 행운입니다 187

띵동띵동.

"뭐야, 갑자기 벨은. 아이스크림 만들어서 와?"

기타가 벌컥 문을 열며 말했다.

"야! 야! 너!"

"이 형님이 드디어 말출 나왔다!"

"이 새끼가……. 놀랐잖아."

"당연하지. 내가 이거 해보려고 입이 근질거려도 참았는데. 배고파. 밥 줘. 흠흠…… 아, 얼마만의 고기 냄새냐."

"먹을 복 있는 놈. 앉아. 삼겹살 구워 줄게."

"조금만 더 일찍 오지. 같이 먹었으면 좋았잖아."

성유는 주방에서 나와 진우를 반겼다.

"그럴 뻔했는데 요 밑에 사고가 났어."

"아까 사이렌 소리가 그거였어? 교통사고야?"

기타는 삼겹살을 꺼내 불판 위에 놓으며 말했다.

"아니. 큰 길이 아니라 여기 샹젤리제 거리."

"빨리 말해 봐."

기타는 갑자기 불길한 예감이 몰아쳐 왔다. 그는 두 눈을 부릅뜨고 진우를 쳐다보았다.

"왜, 왜 그래? 아니, 내가 샹젤리제 거리를 올라오고 있었는데 성벽 길 쪽에서 싸움 소리가 나서 이렇게 보고 있었거든. 근데 벤치에 있던 어떤 여자가 그쪽으로 막 뛰어가는 거야. 그래서 나도 덩달아 따라갔지. 그 여자가 싸움에 껴서는 둘 다 의식을 잃고 병원에 실려 갔어. 팬 놈은 도망갔고. 나는 말출이라서 몸조심해야 하니까 신고만 했지."

"그 여자, 인상착의 기억나?"

"얼굴이 온통 피라서…… 아, 그 여자 옷이 네가 아끼는 그 잠바 있잖아. 그거랑 똑같던데."

"아이씨!"

기타와 성유는 그대로 밖으로 뛰어나갔다.

"야! 왜 그래? 같이 가."

진우는 육즙이 그대로 나온 삼겹살을 아쉽게 바라보며 다시 군화를 신었다. 그들은 성벽 길에서 진우가 말한 곳을 쉽게 찾을 수 있었다. 휴대폰 손전등으로 비춘 곳에는 핏자국과 함께 비닐봉지 밖으로 나뒹군 아이스크림이 있었다.

"아, 미치겠다 진짜. 다 내 잘못이야. 내가 아이스크림 얘기만 안 했어도."

"누나가 아닐 수도 있잖아."

"그럼 왔어야지! 아직도 안 오고 있잖아. 전화, 전화해 보자."

기타는 리아에게 전화했지만, 발신음만 계속 들렸다. 그는 다시 떨리는 손으로 수현에게 전화를 걸었다.

"……이레병원? 알았어."

그들은 택시를 타고 이레병원으로 이동했다. VIP 병실에서 수현을 만난 기타는 리아부터 찾았다.

"누나는?"

"검사 중이야. 앉아."

"다 내 탓이야."

"기타야, 엄마는 늘 그래왔어. 그건 엄마의 선택이고 다시 일어나실 거야."

1시간 후, 병원장 김정훈이 밀고 온 이동식 침대에는 피멍이 든 채 누워 있는 리아가 있었다.

"아우……."

기타는 심장이 쿵쾅거리고 눈물이 차올랐다. 성유는 창 쪽으로 고개를 돌렸다.

"수현아, 왜 이렇게 자주 보냐. 단골손님이야, 아주."

"죄송해요."

"너 힘으로 안 되는 거 내가 더 잘 알지. 좀 별나야 말이지. 나도 이런데 너는 오죽하겠어?"

"이번에도 괜찮겠죠?"

"늘 하늘이 돕는다. 귀 뒤쪽이 찢어져서 꿰맸고, 뇌도 검사상으론 이상이 없어 보이니까 좀 지켜보자."

"고마워요, 삼촌."

"고맙긴 가족끼리. 나도 여기 있을 테니까 걱정 마."

병실에는 뒤늦게 도착한 도연까지 다섯 남자가 밤을 지새웠다. 리아는 새벽녘이 돼서야 깨어났다.

"아이…… 씨발."

"엄마 괜찮아? 정신 들어?"

"드럽게…… 아퍼…… 아아이스……."

"아이스크림? 찾았어. 걱정하지 마. 힘드니까 말하지 마……."

기타는 그녀의 얼굴을 차마 보지 못하고 고개를 떨구었다.

"울어? ……나 괜찮아."

"안 괜찮아요. 귀도 찢어지고 얼굴도 퉁퉁 부어서 못 알아보겠 단 말이에요."

수현은 화를 억지로 참으며 말했다.

"못났어?"

"다 낫기만 해봐요. 이번엔 가만 안 있을 거야."

"우리 아들…… 화났구나."

"당연히 화나지. 나도 화났어."

리아는 정훈의 목소리가 들리자 머리를 돌리고 눈을 감아 버렸 다.

"나는 무서워? 어휴 미워할 수도 없고 내 명만 짧아지지. 여기서 며칠 쉬었다 가. 돌 머리라 그런지 아무 이상 없대."

"집에 갈래."

"안 돼."

"이상 없다며…… 할 일 있어."

"알았어. 당신 고집을 누가 꺾어. 대신 조건이 있어. 내가 퇴근 하고 당신 집으로 갈 거야. 완전히 나을 때까지."

"약은 놈……."

"약은 놈은 이제 갈 테니까 수현아, 여기 손님들 집에 가서 좀 쉬시게 해."

"네."

3층 식구들은 수현이 시키는 대로 국밥을 꾸역꾸역 먹고 집으로 돌아왔다. 기타는 핏물째 말라버린 삼겹살을 보고 속이 울렁거렸다. 차라리 이 모든 것이 꿈이길 바랐다. 그는 죄책감으로 혼란스러운 마음을 다잡고 침대에 누워 눈을 감았다.

띵동띵동 쾅쾅쾅!
띵동띵동 쾅쾅쾅!
"불이라도 난 건가. 도연아, 좀 나가 봐."
진우는 이불을 끌어올려 얼굴을 덮었다. 오후 2시가 다 되었지만 다들 잠에서 깨어나기엔 충전이 모자란 시간이었다. 도연은 겨우 눈을 비비며 현관문을 열었다.
"소장님……."
"어제 사고 난 사람이 리아 씨라며?"
"소장님은 어떻게 아셨어요?"
"좀 전에 약국 가서 들었어. 지금 오고 있다는데?"
"누나가요?"
"승우 엄마가 통화했다고 하더라고. 근데 좀 나와 봐. 아무래도 자네들이 도와줘야겠어. 사람들이 난리도 아니야."
장 소장이 내려가자 도연은 방마다 돌아다니며 자고 있는 친구들을 깨웠다.
"지금 잘 때가 아니야. 밖에 난리 났대."
"네가 더 난린 거 알아? 휴가 나온 지 아직 하루도 안 지났고 네 시간밖에 못 잤는데 뭔 일이 이렇게 많아. 비상이야?"

밖은 그야말로 비상이었다. 동네 사람들이 격앙된 얼굴로 거지빌라 앞을 에워싸고 있었다.

"총각들 마침 잘 나왔어. 자기들도 그 살인마 년한테 속았지?"

"네?"

"마리아 그년, 눈에 익다 싶더니 최씨 종가에서 쫓겨난 며느리였어. 아, 어제 우리 집에 밥 먹으러 왔었잖아. 저년이 하는 말 주방에서 다 들었어. 그 집에서 살려는 줬다더니 어쩌다 여기까지 들어와서 동네 물을 흐리게 하냔 말이야. 안 봐도 뻔하지. 총각들한테도 엄청 잘해줬을 거야. 남자 꼬시는 덴 선수라니까. 우리도 첨엔 저런 천사가 어딨나 했지이. 옛말 틀린 거 하나 없어. 잘해줄 때는 다 뭔가가 있지. 사람은 아무나 죽이나. 그 뭐냐, 사이코야 사이코."

"경자 말이 맞아. 총각들도 조심해. 피를 부르는 여자야. 어우, 무서워. 경자가 알려주지 않았으면 어쩔 뻔했어. 이 동네가 얼마나 좋은 동네야. 오늘 당장 확답을 받자고. 벌써부터 피비린내를 풍기고 지랄이야."

과일 가게 주인인 옥희는 허공에 손가락질을 해대며 말했다.

"뭔가 오해가 있으신 것 같은데요. 언니가 그런 사람은 아니에요. 아시잖아요. 저도 구해줬고 어제도 도와주다가 그런 건데."

"승우 엄만 그 여자를 몰라. 당하기 전에 손 떼. 지금 저 여자가 멀쩡히 돌아다니는 것도 시댁에서 덮어줘서 그런 거야. 애들 때문에. 쯧쯧…… 애들이 무슨 죄야. 어미 잘못 만나서 명대로도 못 살고."

"철이 엄마, 무슨 말 같지도 않은 소릴 하고 그래요. 사람 그렇게 모함하지 말아요."

"원 여사님도 같은 교인이라고 감싸시면 안 되죠. 그러고도 남을 인간이라니까요. 뉴스에서도 그랬어요. 안 그럼 전 남편이 왜 버렸겠어요? 세기의 결혼식을 치른 사람들이."

"원, 사람들도. 어여 장사들 하러 가요. 여기 있지 말고."

"그 여자 쫓아내기 전까진 안 되죠! 우리도 안전하게 살 권리가 있다고요!"

경자는 악다구니를 쓰며 원 여사에게 맞섰다.

장 소장, 박 약사, 시하, 원 할머니는 오른편에서, 편의점 최 사장, 순댓국 사장 내외, 꽃가게 사장 하늘, 과일 가게 사장인 옥희는 왼편에서 서로 맞서고 있었다. 하필 그때 수현의 차가 샹젤리제 거리를 천천히 오르고 있었다.

"저 차 아냐? 오냐, 오기만 해봐라."

경자는 팔을 걷어붙였다. 리아가 차에서 내리자 왼편에 있던 사람들이 그녀를 가로막았다.

"어림도 없지. 우리 동네를 뭐로 보고 말이야. 너 같은 년이 들어올 자리는 없어! 그리고 우리 종철이한테 얼씬도 하지 마!"

"경자 언니, 오해예요."

"언니라고 부르지도 마! 오해는 무슨. 이 동네 나갈 때까지 우린 한 발짝도 못 움직여!"

"아이 여보, 일단 리아 씨 좀 나으면 얘기해. 응?"

"그래, 제수씨. 아픈 사람이잖아. 비켜줘."

"허! 지 아픈 게 대수야? 살인자를? 편들 걸 편들어요. 이것 봐, 남자들은 하나같이 저년 편든다고. 그때도 저 여자 얘기만 나오면 부부싸움이 대판들 나고 그랬어. 동네 다니면서 이 사람 저 사람한테 꼬리 살랑살랑 흔들고 말이야. 왜 그러겠어? 사람 변하지 않지 암! 이 여자가 깡패 두목도 죽였잖아."

"말씀이 좀 심하십니다."

잠자코 있던 수현이 정색을 하며 말했다.

"심하긴. 증거를 안 남길 만큼 영악한 여잔데. 애들 때문에라도 안 되지. 동네 시끄럽게 하지 말고 나가! 나가라고!"

옥희의 언성이 점점 높아졌다.

"그럼요. 알면서 그냥 있기는 그렇죠."

편의점 최 사장도 소심하게나마 거들었다.

"아 이 사람들아, 누가 살인자야. 그럼 감방에 있어야지 여기 왜 있어?"

"장 씨 아저씨도 속고 있는 거야. 이 여자가 교회 다닌다고 다들 같은 편이구만? 아이고, 우리 종철이가 자폐라고 젤 만만하게 봤어."

"무슨 말씀인지 알겠습니다. 제가 좀 나으면 다시 얘기하시죠. 그래도 안 되면 원하시는 대로 이사 가겠습니다."

"다들 들었지? 언제!"

"한 달 뒤에요."

"한 달은 무슨. 1주일!"

"한 달요. 이런 몸으로 제가 뭘 하겠어요."

"그래, 여보. 한 달은 기다려주자."

"……약속했어! 그때 가서 헛소리하면 내가 끌어낼 줄 알아!"

그들은 경멸의 눈초리로 단단히 경고한 뒤 각자 일터로 내려갔다. 오른편에 있던 사람들이 리아 앞으로 모여들었다.

"고생했어. 리아야."

"언니, 괜찮아요? 올라가요 어서."

"다들 미안해요. 소란스럽게 해서."

"어유, 다쳐서 어쩌누. 다른 건 신경 쓰지 말고 몸조리나 해요. 어여 들어가."

리아는 원 여사의 손길이 평소보다 따뜻하게 느껴졌다. 친할머니라면 응석이라도 부리고 싶었다. 그러나 동네 사람들의 미움을 가득 받은 만큼 안간힘을 더 내야 했다. 그녀는 수현의 부축을 받고 4층으로 들어와서야 겨우 한숨을 돌렸다.

"대체…… 여기 무슨 일이 있었던 거야!"

진우는 처음 보는 옥상 테라스에 눈이 휘둥그레졌다. 그는 곳곳을 기웃거리며 사진을 찍었다.

"오늘 같은 날은 여기가 딱이네."

리아는 유리 온실 소파에 몸을 기대며 말했다.

"누나, 병원에 더 있지 그랬어요."

도연은 소파에 놓여 있던 담요를 덮어주었다.

"이 정돈 아무것도 아냐. 공짜라서 불편해. 너흰 또 왜 따라왔어……."

"물가에 내놓은 애도 아닌데 맘이 조마조마해요. 처음 여기 왔을 때 수현이가 왜 그랬는지 이해가 돼요."

"알아줘서 고맙다, 도연아."

"근데 저분은 소개 안 해줄 거야?"

리아는 유리 온실 안으로 들어오는 진우를 보고 말했다.

"네, 저는 김진우입니다. 제가 군에 늦게 가서요. 이제 곧 전역합니다."

"군인 오빠시네요. 반갑습니다."

"어? 진우한텐 왜 말 안 놔요? 친해지기 싫으신 건 아니죠?"

도연은 의아한 표정으로 리아를 보았다.

"군인은 특별 예우 대상이야. 진우 씨, 우리 첫 만남이 꽤 강렬하죠?"

"제 생애 가장 특별한 만남 같습니다. 이런 말 하기는 그렇습니다만 왠지 재밌습니다."

"재미라…… 엄마랑 잘 맞을 것 같은 이 불길한 예감은 뭐지?"

"어제부터 스크린 안에 있는 것 같았습니다. 영화는 초반이 흥미로워야 관객의 관심을 확 끌 수 있거든요. 지금이 딱 그래요."

"진우 씨 전역하면 저도 더 재밌을 것 같네요. 가만, 쟤는 또 왜 말이 없어? 어디 아파?"

리아는 기타의 잔소리가 들리지 않자 허전함을 느꼈다.

"쉬어 좀."

기타는 풀 죽은 목소리로 겨우 한마디하고 3층으로 내려갔다. 리아는 초저녁달이 슬며시 올라올 때까지 유리 온실에서 잠이 들었다. 그동안 도연은 테이블에 색을 입혔고 수현은 그의 보조로서 사뭇 진지한 표정으로 붓질을 했다. 성유는 웍에 불을 내가며 요리하느라 여념이 없었다. 테라스는 오랜만에 역동적인 에너지로 가득 찼다.

"여기 전망 정말 그립더라."

진우는 디지털카메라를 목에 걸고 필름 카메라로 샹젤리제 거리를 찍었다.

"진우 씬 전역하면 뭐가 제일 하고 싶어요?"

"에이, 친구끼리 '씨' 하면 섭하지. 전역하면 단편영화 하나 할 거야."

진우는 수현의 얼굴을 디지털카메라에 담으며 말했다.

"진우랑 울 엄마랑 왠지 닮았어."

"칭찬인 거지? 뭐야, 수현이 사진발 되게 잘 받는데? 자알-생겼다."

진우는 셔터를 계속 눌렀다.

"그만 찍으면 안 되냐? 붓질이 어색해지잖아."

"이걸 어떻게 멈출 수가 있어. 셔츠 좀 살짝 벗어 봐."

"싫어. 안 돼."

"예술을 위해 한 몸 바쳐보자. 제발 응? 부탁이다."

"다른 걸로 예술해. 벗기는 거 말고."

"넌 뭘 몰라. 사람 몸이 얼마나 아름다운데."

"그럴수록 감춰두는 거지. 보물처럼."

"쳇. 애늙은이처럼 왜 그래? 작품 하나 나올 뻔했는데."

그들은 놀이터에서 시간 가는 줄 모르고 노는 아이들 같았다.

테라스는 조금씩 어스름이 내리고 있었지만 다들 집에 갈 생각이 없어 보였다. 게다가 옥상 문으로 시하와 박 약사까지 들어오면서 놀이터는 더 복작복작하게 생겼다.

"삼촌들, 아직도 여기 있었어요?"

"밀린 일들이 좀 많아야죠."

"도연 삼촌은 못 하는 게 없어."

"승우 책상 의자는 이제 괜찮죠?"

"네. 리폼까지 해주셔서 승우는 새로 산 줄 알아요. 어머, 이 테이블 색깔 좀 봐. 진짜 예술이야."

"거봐. 안 벗어도 예술이라잖아."

"뭘 안 벗어요?"

"아니에요. 엄마가 계속 주무시네요. 깨울까 봐요."

"그건 저희가 할게요. 여기 죽도 가져왔거든요."

시하와 박 약사는 분홍색 보따리를 들고 일부러 소란스럽게 유리 온실로 들어갔다.

"……왔어? 그건 뭐니?"

"언니 깼어요? 원 할머니가 약국으로 가져오셨더라고요. 죽이래요."

"난 너 약 발라 주려고 왔고."

"약국 문 닫을 시간 아니잖아. 너 요즘 일 하기 싫어? 자주 농땡이야."

"인생 뭐 없더라. 난 너무 갇혀 있었어. 그래서 그런가. 너 사는 거 보면 내가 다 짜릿해. 너한테 할 말은 아니지만."

"리아 언니 말이야. 갱년기라서 그런 거 아녜요? 그땐 막 슈퍼 우먼이 되고 싶고 그런가?"

시하는 리아가 아닌 박 약사를 보며 말했다.

"왜 나한테 물어. 나 아직 갱년기 아니야."

박 약사는 새초롬한 표정으로 그릇에 죽을 담았다.

"아직 따뜻해. 먹어 봐."

"어머, 녹두죽이네. 음…… 우리 할매가 해주시던 맛이랑 똑같아."

"이거 녹두죽이야? 너는 모르는 게 뭐야. 나는 약만 아나 봐."

박 약사는 소파에 깊숙이 앉아 유리 온실 너머의 사람들을 살펴보았다. 가족도 없이 다섯 평 남짓한 약국에서 평생 일만 했다. 계속 이대로 살다간 어딘가가 막혀 버릴 것 같았다.

"리아야, 나도 여기 놀러 오면 안 될까?"

"뭘 물어. 비밀번호 알지?"

"진짜? 진짜지? 와아, 나도 아지트가 생겼어. 뭐부터 해야 할까? 터프팅으로 거울을 만들어 볼까? 꽃꽂이도 괜찮겠어. 아니면, 공주 잠옷을 만들어 보는 거야. 이게 좋겠다. 너랑 나랑 똑같은 걸로."

"너 말이야, 빨간 머리 앤 같아. 나이 든 빨간 머리 앤."

"이참에 빨갛게 염색이나 할까?"

박 약사는 상상만으로도 흥분이 돼서 저절로 웃음이 나왔다.

"엄마, 삼촌 출발했대요. 꼼짝 말고 기다리래요."

수현이 붓을 든 채 유리 온실 문을 열며 말했다.

"솔직히 말해 봐요. 둘 사이 뭐 있죠? 지난번에도 느꼈는데 확실해. 김 원장님 눈에서 언니를 보는 눈빛이 아주 반짝거리던데."
"뭐 없어. ……우린 그냥 전우야. 전우."

리아가 엄지농장에 온 지도 두 달이 되었다. 이곳에선 매일이 평온했다. 시공간이 다른 어느 행성에 떨어져 있다는 착각도 들었다. 농장은 규모가 매우 커서 아직까지 안 가본 곳이 더 많았다. 오늘은 자전거를 타고 농장 끝까지 가보리라 마음먹었지만, 중간에 타이어가 터지는 바람에 다시 돌아와야 했다.

"수현이는?"
리아는 좌탁에 앉아 있는 사연을 보며 말했다.
"딤장님이 데리고 목욕 갔다 아이가. 벌써 갔다 왔나."
"아니, 자전거 타이어가 터졌다. 니는 뭘 끄적이고 있노."
"내가 말이다 생각을 좀 해봤는데, 계속 여기 있기도 그렇고 벌써 들어온 지도 두 달이 다 됐더라. 나가서 먹고살라면 뭐라도 해야 안 되겠나. 그래서 말인데 내가 식당 같은 거 하면 어떻겠노."
"그거 니 꿈이었잖아."
"그라니까 우리 그거 하자. 수혁이도 학교 가야하고 인제는 내가 니 먹여 살릴 끼다."
"내 마이 묵는데."
"그래 마이 묵게 해주께. 일단 돈을 아껴야 하니까 작은 밥집이나 분식집부터 하면 안 되겠나. 니한테 종갓집 레시피도 있잖아."
"그거는 못 쓴다. 종갓집 특허 있다."

"그라믄 내가 여기 있는 동안에 요리 개발 좀 해보께. 벚꽃 차랑 벚꽃 비빔밥은 봄 메뉴로 무조건 할 끼다."

"그거 아직도 기억하고 있었나."

"당연하지. 그걸 우째 잊어 먹겠노. 근데 돈은 니가 좀 대라."

"맘대로 써라. 이젠 얼마 없다."

"최지 아부지가 하여튼 나쁜 놈이다. 시집갈 때 돈 다 뺏었다 아이가. 투자는 무슨. 순진한 우리가 당한 기라. 생각하니까 또 울화가 치미네. 니가 어떻게 번 돈이었노. 그것만 있어도 평생 먹고사는데…… 하이고, 옛날 생각해가 뭐 하겠노. 리아야, 우리 이제 앞만 보고 가자. 니 옆에 내랑 수혀까지 있다는 거 잊지 말고. 알았제."

"알았다."

"이제는 이 엄지농장이 우리한테는 비빌 언덕이다. 나는 여기 교회 나가는 게 은혜 갚는 길이라고 생각한데이. 우리도 나름 기독교 고등학교 출신인데 월요일마다 예배 본 게 허사는 아이드라. 참 리아야, 니는 요즘 무슨 기도하노."

지난 두 달 동안 리아의 기도는 단 하나였다. 아이들과 다시 살 수만 있다면 그것이 죽음의 강 건너편에 있다 해도 기꺼이 가겠다고 기도했다. 차마 입 밖으로 꺼낼 수 없는 말이기도 했다. 그녀는 무심히 좌탁 위에 놓인 성경책을 펼쳤다. 한 장 한 장 넘길 때마다 얇고 바스락거리는 소리가 자꾸만 페이지를 넘기게 했다. 그녀가 기억하던 성경책의 내용은 판타지였다. 말로 세상을 만들고 흙으로 사람을 만들더니 급기야 죽었던 예수님이 부활하기도 했다.

"하아……." 그녀는 책장을 넘기다 말고 깊은숨을 내쉬며 가슴을 움켜잡았다. 잊었던 그날의 꿈이 생생하게 다가왔다.

"야, 리아야. 와그라노."

"잠깐 좀 다녀올게."

리아는 5분 거리에 있는 예배당까지 달렸다.

"목사님……."

리아는 문을 벌컥 열고 경환을 찾았다.

"어서 오세요, 리아 씨. 무슨 일 있습니까?"

그녀는 가쁜 숨을 몰아쉬며 들고 온 성경을 펼쳤다.

"여기요."

"신명기네요. 음, 그러니까 이건 하나님이 불을 사용하셔서 자신을 보여주시는 겁니다. 리아 씨, 괜찮으시면 자리에 좀 앉으시죠."

경환은 리아의 표정을 살피며 미리 우려 둔 작두콩 차를 내왔다.

"드셔보세요."

리아는 유리잔을 두 손으로 잡고 잠시 숨을 골랐다.

"부끄럽지만…… 제가 병원에 있을 때 죽으려고 했어요. 그편이 덜 고통스러울 것 같았어요. 이미 전 죽어 가고 있었지만요. 그때였어요. 갑자기 안개 속으로 빨려 들어갔는데 얼마 지나지 않아 활활 타고 있는 불이 보였어요. 거기에서 제 이름을 부르는 소리가 들렸고, 어디서 나타났는지 눈이 부실 정도로 빛이 나는 남자가 제 아이들을 데리고 갔어요."

"그때 기분이 어땠나요?"

"한 번도 느껴보지 못한 편안함이었어요. 병원에 있을 때 몇 번 그런 꿈을 꿨어요. 거긴 아주 포근하고 아늑한 곳이었어요. 아이들과 이별이 슬프지도 않았고요. 그래서 제가 지금까지 버텼는지도 모르겠어요. 이 책에서 다시 그 꿈을 만나게 되다니 믿기지가 않아요."

"여기 오시고 처음으로 속마음을 터놓으시네요. 잘 오셨어요. 혹시 리아 씨 꿈에 나온 하나님이 궁금하신 건가요?"

"네. 학창 시절 때 조금 배우긴 했지만 모르는 거나 마찬가지예요. 알고 싶어요."

"그래요. 우리는 하나님에 대해 궁금해야 합니다. 이왕 오신 김에 얘기 좀 해볼까요? 음…… 제가 질문 한 가지 할게요. 리아 씨는 본인의 노력으로 지금 이 상황을 해결하실 수 있습니까?"

"아뇨. 그전에는 열심히만 하면 뭐든 이겨나갈 수 있었는데 지금은 너무 절망적이에요. 내 힘으로는 절대 안 된다는 걸 알았거든요."

"그렇죠. 내 힘으로 안 된다고 인정할 때, 비로소 하나님은 우리를 향해 놀라운 일을 하십니다. 하나님만 의지하라는 거예요. 들으셨겠지만 엄지농장에는 리아 씨 팬들이 많이 있습니다. 저도 그렇고 무경이랑 농장주 어르신도요. 리아 씨에게 안타까운 상황들이 생길 때마다 빨리 하나님을 만나게 해달라고 기도했습니다. 무경이가 이렇게 모시고 올 줄은 정말 몰랐고요. 여기 이 자리에 오기까지 모든 게 하나님의 계획안에 있었던 겁니다."

"계획이요?"

"네. 리아 씨를 향한 하나님의 계획이죠. 성경에 이런 말이 있어요. 하나님이 세상을 이처럼 사랑하사 독생자를 주셨으니 이는 그를 믿는 자마다 멸망하지 않고 영생을 얻게 하려 하심이라. 이 구절을 이해하시려면 먼저 하나님을 아셔야겠죠? 성경책 첫 장을 펴보세요. '태초에 하나님이 천지를 창조하시니라' 이렇게 되어 있습니다. 그렇죠? 하나님은 창조주십니다. 그러니까 세상도 만들고 사람도 만드셨어요. 그런데 사람을 만든 목적이 있어요. '이 백성은 내가 나를 위하여 지었나니 나를 찬송하게 하려 함이니라'라고 또 성경에 나옵니다. 우리는 그분의 은혜를 기리고 찬송하고 영광을 돌리며 살아야 하는 존재입니다."

"그런 얘기는 처음 들어봐요."

"이상하죠. 우리가 하나님의 영광을 위해 만들어졌다니요. 이건 좀 이해가 어려우실 거예요. 하나님이 우릴 얼마나 사랑하시는지 먼저 믿어져야 이해되실 테니까요. 계속 얘기해 볼게요. 하나님은 세상과 사람을 만드시고 정말 좋아하셨어요. 그런데 사람에게 죄가 들어오게 되면서 그분과의 관계가 멀어지게 됩니다. 하나님은 죄와 함께하실 수 없으시거든요. 그 후 인간은 이기심과 증오심 때문에 서로를 비난하고 살인도 서슴지 않게 됩니다. 그래서 지금까지도 수많은 죄를 지으며 고통과 두려움, 시련 속에서 살고 있는 거예요."

"죄가 들어오기 전에는 그런 일이 없었단 말인가요?"

"그럼요."

"도대체 무슨 죄를 지었길래."

"그러게 말입니다. 무슨 죄인지 한번 볼까요? 하나님이 처음 만드신 인류를 아담이라고 해요. 들어보셨죠? 아담은 에덴동산에서 하나님과 함께 행복하게 살았어요. 이때까지만 해도 하나님과 친밀한 관계였죠. 그리고 하나님은 그를 돕는 배필로 하와도 만드셨죠. 그러던 어느 날, 하나님이 동산에 있는 선악과를 먹으면 죽는다고 먹지 말라고 했는데 하와가 뱀에게 속아 자기도 먹고 아담도 먹도록 한 겁니다. 말씀드렸듯이 우리와 하나님은 창조주와 피조물의 관계라서 절대적으로 복종해야 하는데 그만 하나님의 말씀을 어긴 거예요. 선악과를 먹게 되면 선과 악을 판단할 수 있게 되는데요, 옳은지 그른지의 판단은 하나님만이 하실 수 있는데 이젠 스스로 판단할 수 있게 된 겁니다. 한마디로 내 마음대로 살겠다고 하는 것이 죄입니다. 그 결과 하나님과의 관계가 단절된 거예요. 그것은 곧 죽음을 의미합니다. 다행히 하나님은 우릴 이대로 내버려 두시지 않고 죄와 죽음의 문제를 해결해 주십니다. 그분의 아들을 보내주셨어요. 예수님을요. 그리고 너무나도 사랑하는 그 아들을 죽음에 내어주셨습니다."

"우리를 위해서 아들을요?"

"네. 그래야지만 우리가 사니까요. 이를테면, 리아 씨 죄를 대신해서 예수님이 돌아가신 거죠. 그리고 리아 씨를 살리신 겁니다."

"그렇게까지……. 하나님의 사랑은 좀 무섭네요."

"왜냐하면 죄에 대한 하나님의 형벌을 우리는 견뎌낼 수 없어요. 그래서 죄 없는 사람인 동시에 완전한 하나님이신 예수님이 감당해 내신 거죠. 우리 죄를 깨끗이 씻어 주셨고 하나님과도 다시 사귈 수 있게 해주셨어요. 그런데 이야기가 여기서 끝이면 시시하죠. 반전이 있습니다. 예수님은 죽은 지 사흘 만에 부활하십니다. 리아 씨도 들어본 적 있으시죠? 예수님의 부활로 우리도 죽는 게 끝이 아니라 예수님처럼 거룩한 상태로 부활이 돼서 천국에 갈 수 있다는 소망이 생기게 됐어요. 선악과를 먹지 않은 이전의 상태처럼 하나님과 영원한 교제를 나누는 삶으로 회복시켜 주신 겁니다. 이것이 바로 하나님이 예수님을 통해 우리에게 그토록 주시고자 했던 영생입니다. 그리고 영생은 천국에서의 삶뿐만 아니라 예수님을 믿기만 하면 이 세상에서도 누릴 수 있는데요, 그럼 우리 믿음의 선배들은 예수님을 믿고 어떤 삶을 살았을까요?"

"그게 사실이라면 저처럼 아등바등 살진 않았겠네요. 걱정도 없었을 것 같고."

"네, 맞아요. 하나님만 바라보고 사는 삶은 그런 거예요. 그래서 다시 사랑하며 살게 되었어요. 욕망대로 살지 않아도 된다는 걸 알게 된 거죠. 이 땅의 삶이 전부는 아니니까요. 어때요? 하나님과 함께 살아가는 삶, 멋지지 않나요? 만약 리아 씨가 예수님의 죽음과 부활을 목격했다면 믿으시겠어요?"

"직접 봤다면, 글쎄요…… 모르겠어요."

"그래요. 이성적으로 납득하기 어려운 건 당연해요. 그런데 말이죠, 그 믿기 어려운 예수님을 믿어야 우린 멸망하지 않고 구원을 얻게 돼요."

"우리 건희, 상희는 예수님을 몰라요. 그럼 구원을 못 받나요?"

"그건 하나님의 영역입니다. 그분만이 아시는 거죠. 하나님은 인격적이셔서 강제로 믿으라고 하시지 않아요. 먼저 다가와 주시길 바라시죠. 리아 씨도 예수님을 알게 되었으니 한번 믿어 보시겠습니까?"

"지금의 저는…… 선택의 여지가 없어요. 죽은 거나 마찬가지니까요. 제가 살아야 하는 이유가 있다면 그건 우리 아이들 때문이에요. 천국이라는 곳에 아이들이 있을 수도 있으니까요. 예수님을 믿어 보려구요. 그래서 하나님이 아들을 죽게 하실 만큼 우릴 사랑하시는지, 그 영생이라는 게 뭔지도 확인하고 싶어요."

"좋습니다. 하나님은 리아 씨를 감싸고 있는 고통, 아픔, 슬픔들을 통해서도 일하고 계십니다. 지금은 알 수 없겠지만 그 고난 뒤에 주시는 기쁨이 있어요. 기다려봅시다. 영생도 알고 싶으시다고 하셨죠? 그럼 하나님께 리아 씨를 맡겨 보세요."

"어떻게요?"

"나 자신을 의지하지 않고 하나님만 의지하는 것이죠. 내 뜻대로 사는 게 아니라 그분의 뜻대로 사시는 겁니다. 더 쉽게 얘기하면, 하나님께 먼저 물어보시고 모든 일을 해 나가시면 됩니다."

경환은 성경책에 나오는 수많은 이야기를 리아에게 계속 들려주었다. 그녀는 자신의 존재와 삶에 대한 자각이 들었다. 왜 태어났으며 왜 이런 고통 속에 살고 있는지 말이다. 하나님을 알지 못하고 살아온 내 인생이 잘못되었단 말인가. 그토록 치열하게 살아왔는데. 도대체 하나님의 그 지독한 사랑은 가능하기나 한 것일까.

"······리아 씨?"

"죄송해요. 온갖 생각이 다 들어서."

"그러실 겁니다. 이제 리아 씨도 신분이 변했어요. 하나님 아버지가 생긴 거예요. 리아 씨가 잘나서, 자격이 돼서, 대단한 사람이라서 주신 구원이 절대 아닙니다. 조건 없고 값없는 사랑으로 주셨다는 걸 아셔야 합니다. 그래서 리아 씨도 그 사랑을 이웃에게 나눠줘야 합니다. 하나님이 리아 씨를 얼마나 사랑하시는지 앞으로 지켜보세요. 리아 씨 말대로 거짓말인지 아닌지 확인할 일만 남았네요. 오늘이 창세 전부터 리아 씨를 만나려고 계획해 놓으신 그날이 아닌가 싶습니다."

리아의 눈시울이 조금씩 붉어졌다. 곧 근원을 알 수 없는 감동이 온몸을 사로잡았다. 강력하게 솟구쳐 오르는 뜨거운 눈물과 땀이 그녀를 당황하게 했다. 다시 예배당 문을 나섰을 땐 공기마저 새로웠다. 그녀는 눈을 감고 횡격막과 갈비뼈를 벌려 아랫배까지 부풀리도록 숨을 쉬었다. 온몸의 세포 하나하나가 살아 움직이는 것을 느꼈다. 집으로 오는 길에 마주한 흙, 나무, 잡초, 바람은 예전의 그것과는 달랐다. 황토방으로 들어온 리아는 사연에게 다가가 와락 끌어안았다.

"와 이카노."

"사연아, 이제 올라갈 일만 남았다. 찾았다. 구름판이 되어줄 바닥 말이다."

"무슨 일이고. 말을 해봐라."

리아는 사연의 어깨를 꽉 잡으며 똑바로 쳐다보았다.

"내가…… 아버지를 만났다."

* * *

그로부터 한 달 뒤. 엄지농장에도 작은 변화가 있었다. 무경은 다시 경찰서로 복귀했고, 또 다른 남자가 농장에 눌러앉았다.

"리아야, 어제 인사했던 그 새로운 양반 있잖아. 김정훈."

"와."

"그 사람 아부지가 이레병원에 병원장이고, 엄지농장주 아저씨가 병원 이사장이라 하더라. 두 사람은 호형호제하는 사이고, 김정훈은 한마디로 잘 나가는 집 아들인 거지. 근데 엄마가 병으로 돌아가시고 병원장 아부지하고 사이가 안 좋아져서 집 나온 거라던데."

"니는 어디서 들었노."

"내 소식통 있다 아이가. 강 트리오."

"그 나이에도 집을 나오나."

"아부지하고 안 맞는데 나이가 뭔 상관이고. 내가 본 남자 중엔 최지가 제일로 잘났지만 그 사람도 잘생겼더라. 성격도 고울라나?"

"저 성격 안 곱습니다."

때마침 정훈이 불쑥 들어오며 말했다.

"아이고 깜짝이야. 그게 아니고예."

"저는 이거 가지러 왔습니다."

그는 능숙하게 주방 싱크대 수납장에서 다기 세트를 꺼냈다.

"뒷담화해서 미안합니다."

사연은 쭈뼛거리며 말했다.

"아닙니다. 괜찮으시면 저랑 앞담화 하시겠습니까? 제가 한잔 대접하겠습니다."

그는 다기를 깨끗하게 씻어서 좌탁으로 들고 왔다.

"여기 잘 아시는가 보네예."

"원래 제가 쓰던 방이었죠. 한발 늦었네요."

그는 주머니에서 한지로 포장된 녹차를 꺼냈다. 따뜻한 물을 다관에 붓고 녹차를 툭툭 털어 넣었다.

"마침 팀장님이 나가셔서 이 방 비었는데예."

"그 말온 저보고 이 집에서 같이 지내자는 말로 들립니다."

"뭐 어떻습니까. 우리도 얹혀사는데예. 원래 여기서 지내셨다니까 저희도 미안하다 아입니까. 맞제 리아야."

리아는 말없이 고개만 끄덕였다.

"그럼 사양 안 하겠습니다."

그들 사이에 잠깐의 정적이 흘렀다. 그는 차가 우러나자 찻잔을 옮겨가며 조금씩 따랐다.

"저도 리아 씨 팬입니다. 일부러 차 한 잔 드리려고 왔고요. 이렇게 보게 될 줄은 몰랐지만요."

리아는 그가 건네준 찻잔을 멍하니 내려다보았다.

"제가 오빠니까 말 놓겠습니다. 리아야, 사연아, 잘 지내보자."

"예? 예."

"리아는 원래 말이 없어? 대답해야지?"

"……네."

어색한 분위기를 깬 것은 가오리연을 들고 온 볼 빨간 수현이었다.

"네가 수현이구나. 삼촌도 여기서 지낼 거야. 반갑다."

수현은 그가 내민 손은 보지도 않고 리아 앞으로 갔다.

"오늘 많이 놀았나 봐. 얼굴이 빨개. 연 날렸어?"

"엄청 높이 올라갔어요. 보여줄게요. 나가요, 네?"

"그래? 삼촌도 보러 가도 돼?"

"네."

밖으로 나온 그들은 일렬로 서서 수현이 날리는 연을 바라보았다. 수현은 가오리연이 바람을 잘 탈 수 있도록 얼레를 감기도 하고 풀기도 하였다.

"야, 수현이 대단한데? 내일은 삼촌이랑 같이 날릴까?"

"네. 좋아요."

그날 밤 수현은 방패연과 가오리연을 네 개나 만들고 그의 방에서 잠이 들었다. 좀처럼 리아에게서 떨어지지 않던 수현의 첫 분리였다.

"4단."

정훈은 효자손을 들고 누워서 말했다.

"2단, 3단은요?"

"그건 쉽잖아. 뭐 해? 4단 시이-작!"

"사일은 사, 사이 팔, 사삼…… 십이, 사사 십육, 사오 이십, 사륙 이십사, 사칠 이십팔! 사팔에…… 삼십이, 사구…… 사구, 삼십…… 육!"

"좋았어. 짜식 좀 하는데. 이번엔 6단."

"아, 삼촌! 5단은 왜 또 안 해요오."

"야 인마, 양심이 있어야지. 5단은 눈 감고도 하잖아."

"나 오늘 여기서 안 잘 거예요. 이모한테 갈래."

"아아, 알았어. 또 삐졌어? 아이스크림 줄까? 삼촌이 어제 초코 맛 사다 놨는데."

"치이."

"우리 삐돌이는 먹는 거엔 약해 아무튼."

수헌은 순순히 정훈의 목말을 타고 냉동실 문을 열었다.

"이건 내 거. 삼촌은 무슨 맛 드려요?"

"나도 초코."

"우리는 바닐라."

옆방에 있던 리아와 사연이 거실로 나왔다.

"둘이서 깨가 쏟아지네예."

"아이스크림도 쏟아진다. 사연아, 받아!"

그는 수헌에게서 받은 바닐라 아이스크림 두 개를 던졌다.

"수현아, 구구단 재밌어?"

리아는 아이스크림 포장지를 벗기며 말했다.

"재밌어요. 삼촌이 매일매일 가르쳐줘요."

"수혁이 진짜 열심히 했는가베. 얼굴이 벌겋다. 오빠야가 아를 잘 키우네. 노총각이."

"그건 우리 사연이가 할 말은 아니지."

"오빠야, 내가 여기서 나가야 무슨 남자를 만나든가 하지."

"너흰 언제 나갈 거야?"

"오빠야는?"

"너희 나가는 날 나가려고."

"왜요?"

"그래야 너희 집에서 수현이랑 같이 살지. 여기서 보낸 한 달이 제일 행복했거든. 아들 같은 수현이랑, 사투리 겁나 잘 쓰는 너랑, 내 연예인 리아랑…… 뭐랄까 이보다 더 좋을 순 없다."

"하여튼 저 넉살은 참 가관이다. 우리 리아도 한 넉살 하는데 한 수 위네. 아니 백 수 위다. 그래서 내가 친오빠인 줄 착각하고 산다니까."

"몰랐어? 그게 내 계획이었는데."

"그래놓고 빌붙을라꼬예. 아니, 돈도 많다면서 와 자꾸 남의 집에 얹혀삽니까."

"그건 내 돈 아니고, 여긴 남의 집도 아니고."

"그럼 돈을 벌어야지 남자가. 의사면 돈 많이 벌잖아."

"의사로 돈 벌기 싫어서. 너흰 식당 한다고 그랬지? 나도 투자할 테니까 같이 하자, 응?"

"이 오빠야 안 되겠네. 그 좋은 머리로 사람 살려야지 식당은 무슨."

"먹어야 살지. 그것도 사람 살리는 거야. 리아는 어때. 좋은 생각 같지?"

"사연이 의견이 제 의견입니다."

"넌 주체적 사고는 안 해?"

"예."

"그럼 사연이가 죽으라고 하면 죽을 거야?"

"예."

"어쩌다 나는 저런 어리바리를 내 연예인으로 삼은 거야 참."

겉으로 보기에 가족 같은 그들은 아이스크림을 먹으며 시답잖은 얘기로 저녁을 즐기고 있었다.

"다들 안에 있어?"

밖에서 농장 주인인 김영모의 목소리가 들렸다.

"대장님 목소린데?"

그는 벌떡 일어나 문을 열었다.

"언제 오셨어요?"

"좀 전에. 이렇게 있으니까 한 식구 같구먼. 수현이 잘 있었어? 이거 선물이야."

김영모는 수현에게 레고 블록이 담긴 상자를 건넸다.

"와아, 고맙습니다. 할아버지."

수현은 상자를 들고 방으로 들어가 문을 닫았다.

"아이스크림 먹고 있었어? 나도 하나 줘."

"무슨 맛으로 드려요?"

"딸기 맛 있어?"

"네. 있어요."

정훈은 냉동실을 뒤적거리다 구석에 있는 딸기 맛 아이스크림 하나를 찾았다.

"경환이가 요즘 신났던데. 리아 씨 덕분에."

김영모는 아이스크림을 입에 넣고 우물거리며 말했다.

"네? 제가 뭘."

"새벽기도부터 성경 공부까지 아주 열심히 한다던데?"

"말도 마이소. 아침에 눈 뜨고 저녁에 잘 때까지 성경책을 손에서 안 놓는다 아입니까. 벌써 다 읽어 갑니다."

"리아 씨 같은 초신자들이 모락모락 익어가는 거 보면 나도 막 설레. 그나저나 둘이 곧 나갈 거라면서? 너무 서두르지 않아도 돼. 보내려니까 섭섭해."

"언제까지 있을 순 없죠. 사연이가 준비되는 대로 나가려고요."

"사연 씨는 준비 잘돼가?"

"네. 강 트리오 언니들한테 도움 많이 받고 있습니다?"

"넌 그냥 사투리 써. 그게 끝에만 올린다고 표준말이 아니야. 너희 둘은 좀 심해. 그래도 리아는 좀 나아."

"리아는 연애를 해서 빨리 고친 거고."

"그럼 넌 뭐 하느라 연애도 못…… 아악!"

사연은 정훈의 팔을 힘껏 꼬집었다.

"허허, 둘이 똑같아서는. 참 정훈아, 그 최씨 종가에서 사건을 덮을 건가 봐."

"옴마야 다행이다. 근데 덮으면 뭐 합니까. 평생 살인자 꼬리표 달고 살 낀데예. 리아는 이미 사형 선고를 받은 거나 다름없습니다. 또 무슨 꿍꿍이가 있는지."

"꿍꿍이가 아니고 최지가 아버지와 담판을 지었다고 하더군."

"모르긴 몰라도 분명 최지한테 불리한 담판일 기라예. 제 무덤을 팠네."

"정훈아, 네가 보기엔 어때. 일단 상황은 우리한테 나쁜 거 같진 않지?"

"나쁜 게 아니라 최지한테 감사할 일이죠. 억울한 건 나중에 기회가 올 때 바로 잡죠."

"다들 신경 써 주셔서 감사해요."

"어유, 그런 말 말아. 하나님이 맺어준 귀한 인연이야. 리아 씨가 기도해 달라고 해서 우리야말로 고마워."

"그래, 이세 우린 가족인데 뭐."

"이 녀석아, 네 가족도 좀 챙겨. 김 원장한테 넌 하나밖에 없는 자식이야."

"불똥이 왜 저한테 옵니까? 잔소리하려고 오신 거예요?"

"내가 왜 너한테 잔소리를 해. 눈에 넣어도 안 아픈 새낀데 알지도 못하면서. 우리 재단에 너 같은 녀석 하나만 더 있어도 편안하게 눈 감지 내가. 아버지 너무 등지지 말라고 하는 건 널 위해서 하는 소리야."

"네에. 네에."

"이 녀석이 결혼을 해봐야 부모 속을 알지 원."

"왜 오셨냐니까요."

"말 돌리긴. 콩쿠르 때문에 경환이랑 얘기 좀 하려고 왔어. 뭐 좀 사러 나갔나 봐. 오는 길이라고 연락이 왔어."

"콩쿠루가 뭔데요. 아저씨?"

"콩쿠르. 르."

정훈은 사연을 보며 입술을 좌우로 벌렸다.

"자네들은 모르겠군. 우리가 후원하는 곳인데 바제라라는 나라 들어봤지? 거기 서쪽 국경 지역에 콩쿠르가 있어. 지금 역병이 돌고 있나 봐. 무슨 병인지도 모르고 사람들은 죽어 나가고. 그곳에 갔던 의사들도 감염돼서 죽는 바람에 콩쿠르를 봉쇄했다잖아."

"주민 수가 이천 명 정도라고 하지 않았나요?"

"맞아. 사망자만 삼백 명쯤 된다지 아마?"

"다 죽일 셈인가."

"저렇게 두면 그렇게 되겠지. 그런데 말이야. 우리가 지어준 학교에 리갈이라는 아홉 살짜리가 편지를 보내왔어. 아버지와 할머니가 역병으로 돌아가시고 엄마랑 어린 여동생 두 명만 남았다고. 긴 글이지만 내용은 도와 달라는 거지."

"방법이 있을까요?"

"글쎄. 봉쇄라 누굴 보낼 수도 없고. 만에 하나 갈 사람이 있다고 해도 목숨을 걸고 가야 하는데……."

"그대로 둘 수도 없고 말이죠."

"일단 남 선교사한테 맡겨 보는 수밖에."

"선교사님도 갇혀 있는데 뭘 맡깁니까."

"그래서 의논하러 왔지. 모레 총회 때 안건으로 내보려고. 너도 와. 이젠 시간 없단 소린 못하겠지?"

"왜 또 이러실까. 가기 싫어서 핑계 대는 거 아시면서."

"그래도 이번엔 꼭 와. 의료 쪽은 네가 있어야지."

"거기 의사들 많잖아요. 그럼, 리아하고 사연이 가면 저도 갈게요."

"이놈이, 회원도 아닌데 어떻게 총회에 참석하나."

"그니까 제가 안 간다고는 안 했죠?"

"저…… 제가 가겠습니다. 콩쿠르에."

사연은 굳은 표정으로 고개를 돌려 리아를 보았다.

"리아 씨가?"

"네. 환자 증상을 조사해서 도움이 될 만한 약을 저에게 주세요. 무슨 병인지 몰라도 뭐라도 해야죠. 옛날에도 역병이 생기면 다 그렇게 했잖아요. 소독하고 격리하고 약 먹고. 대체 요법이라도 시도해 봐야죠. 의사 선생님들이 가르쳐만 주시면 최대한 해보겠습니다."

리아의 말은 끝났지만 정적이 흘렀다.

"니 혹시…… 아직도 죽고 싶나."

사연은 고개를 숙이고 낮은 목소리로 말했다.

"아이다 사연아. 내가 왜. 이제는 안 죽고 싶다."

"그럼 와. 와 그라는데."

"해야 하는데 할 사람이 없다잖아. 내가 하고 싶다."

"그러니까 왜 니가 하는데."

"……내가 그라고 싶다."

"미친년."

사연은 두 손으로 얼굴을 감싸고 울음을 터뜨렸다.

"잠깐. 아직 결정된 거 없어. 왜 오버하고 난리야?"

"그건 오빠야가 몰라서 하는 소리다. 리아 저거 한번 마음먹으면 꼭 한다. 두고 봐라."

"리아 씨, 진심인 거야?"

"네 아저씨. 상의해 보시고 연락 주세요. 전 기다리고 있겠습니다."

"난 그만 나가봐야겠어. 괜한 소릴 해가지고……."

김영모는 서둘러 밖으로 나갔다.

"가시나…… 그럼 나도 간다."

"니는 안 된다. 수현이 챙겨라."

"우리 걱정은 되기나 하나!"

"시끄럽다. 수현이 듣겠다."

"그게 니가 할 소리가. 다 팽개쳐놓고 갈 거면서. 나는 니 없이는 못 산다 말이다."

"안 죽고 온다. 걱정 마라."

"다 죽었다 안 하나!"

"애가 편지가 왔다잖아. 아부지도 죽고 할매도 죽어서 도와 달라고 하는데 어째 안 가노. 꼭 우리 같잖아. 같이 있어 주고 싶다. 아까 하나님한테 물어봤다. 도와주고 싶은데 어떡하냐고. 그때 그런 생각이 들더라. 예수님도 콩쿠르를 보시고 계시겠구나. 그래서 나도 그 사람들 옆에서 예수님과 함께하고 싶단 말이다. 그게 다다."

"미친년. 미친년. 미친녀언! 어어어어……."

사연은 울부짖었다.

"어우."

심란해진 정훈은 머리를 헝클며 방으로 들어갔다. 수현은 레고 브릭을 손에 쥔 채 고개를 숙이고 앉아 있었다.

"수현이가 안 하면 삼촌이 할까?"

그는 다음 브릭을 찾으며 말했다.

"큰이모 못 가게 해주세요."

"나 못 이겨. 덩치를 봐. ……찾았다. 요거는 여기에."

"그럼 삼촌이 같이 가요."

브릭을 잡은 그의 손이 멈췄다.

"짜식. 삼촌이랑 살더니 내 속에 잘도 들어온다. 대신 비밀이야."

"네. 삼촌."

"너도 할 일 있어. 삼촌이 큰이모 챙길 테니까 너는 작은이모 챙겨. 할 수 있겠습니까!"

"할 수 있습니다!"

"짜식……."

그들은 2시간 동안 근사한 요새를 완성했다. 수현은 이 요새 안에 리아, 사연, 정훈을 닮은 피규어를 조심스럽게 넣었다. 그리고 주변을 무장한 병사들로 에워쌌다. 정훈도 여기에 질세라 대포와 전차를 전면에 배치하고 그물로 된 수세미를 가져와 함정도 만들었다. 이젠 아무도 이 요새를 침범하지 못할 것이다.

***

 이틀 뒤, 엄지재단 총회가 예배당에서 열렸다. 리아가 예배당으로 들어서자 회원들의 시선이 그녀에게 집중되었다. 경환은 특유의 넉살로 어수선해진 분위기를 가라앉히고 콩쿠르에 관한 회의를 진행했다. 여러 의견이 분분했지만 의료용품 지원 외에는 방법이 없었다. 콩쿠르 봉쇄 문제로 회의가 교착 상태에 빠졌을 때쯤 김영모가 자리에서 일어났다.
 "만약에 말일세. 갈 사람이 있다면 방법이 있겠는가."
 "그렇다면 B레벨 방호복이 필수입니다. 약과 방호복 외에도 필요 물품은 저희 쪽에서 지원하겠습니다."
 "홍 원장, 그 방호복이 100% 안전한가?"
 "입고 벗을 때 조심하지 않으면 감염 사고가 발생합니다."
 "마리아 씨."
 김영모는 리아를 일으켜 세웠다.
 "사실은 콩쿠르에 가겠다고 자원하셨어요. 여러분 생각은 어떻습니까."
 "마리아 씨는 의료인이 아니지 않습니까? 게다가 혼자서 말입니까?"
 홍 원장은 눈을 깜박이며 영모를 쳐다보았다.
 "저도 가겠습니다. 그곳 사정이 어려우니 빨리 준비해 주십시오."

"정훈아……."

김영모의 입술에서 난처한 목소리가 새어 나왔다.

총회는 이 안건을 투표에 부쳤다. 그 결과 반대 1표, 찬성 49표로 마리아와 김정훈의 콩쿠르 의료지원 건이 가결되었다. 총회가 끝났지만 예배당에는 아직 두 사람이 남아 있었다.

"왜 그랬어. 마리아 씨만 가도 될 일을 왜 이렇게 만드냔 말이야. 이 일은 내가 알아서 할 테니까 넌 잠자코 있어."

김영모는 정훈의 철없는 행동에 화가 났다.

"반대표, 대장님이 하신 거죠? 왜 저는 안 되고 리아는 됩니까? 다시 물어볼까요? 저는 죽으면 안 되고 리아는 죽어도 됩니까?"

"이 녀석이! 널 거기 보낼 순 없어. 그러니까……."

"리아노 사랑하는 가족이 있습니다. 그리고 이건 제 인생입니다. 의사로서 한 번도 행복한 적이 없었어요. 어머니 수술 대신 의료 봉사를 가신 아버질 이해할 수 없었으니까요. 아버지의 위선 때문에 어머니가 돌아가신 거라고 생각했어요. 그런데 리아를 보면서 깨달았어요. 위선이 아니라 사랑이라는 걸요. 저, 지금 정말 행복합니다. 꼭 살아서 돌아오겠습니다."

영모는 마음이 번우해졌다. 리아가 콩쿠르에 가겠다고 했을 때 사실 다행이라고 생각했다. 엄지재단이 이번에도 하나님이 맡겨주신 일을 해냈다고 자랑했을 것이다. 하지만 리아를 엄지재단의 도구로 여겼다는 것을 인정하게 되면서 남 선교사에 대해서도 다시금 생각하게 되었다. 우린 공동체이니 함께 이뤄가야 했다. 언제부턴가 하나님의 이름보다 재단의 이름이 더 올라가 있었다. 정훈의 말이 그의 어두워진 눈과 귀를 열어 주었다.

'주님, 주님 볼 면목이 없습니다. 늙어서도 지혜가 없는 저에게 지혜를 더하여 주옵소서. 우리가 주의 일을 하면서 점점 교만해진 것 같습니다. 누구도 눈치채지 못하게 서서히요. 주님보다 우리 재단의 이름으로 무엇을, 얼마나 했는지가 중요해졌습니다. 그저 결과만 바라보았고 습관적으로 주님을 찬양하고 은혜에도 무덤덤해졌습니다. 게다가 사람 목숨도 저울질하게 되었습니다……. 그만 물러나야 할 때가 된 것 같습니다. 주여, 저의 죄를 용서치 마옵소서…….'

그날 밤 예배당의 불은 꺼지지 않았다.

두 사람은 정확히 4일 뒤 바제라에 도착해 5톤 트럭에 짐을 싣고 콩쿠르로 향했다. 바제라 당국에선 봉쇄가 풀릴 때까지 나올 수 없다고 경고했다. 그들은 콩쿠르로 들어가 학교 앞에서 기다리던 남재범 선교사와 만났다.

"반갑습니다. 오시느라 수고가 많으셨습니다."

그는 고생한 티가 확연히 났지만 표정만큼은 편안해 보였다.

"학교가 참 예쁘네요. ……쟤들은 여기 학생들인가요?"

정훈은 운동장에서 축구하는 무리를 보며 말했다.

"네."

"애들한테 미안하네. 여긴 이제 들어오면 안 되는데."

"어쩔 수 없죠. 리갈!"

남 선교사가 손짓하며 부르자 형들 틈에서 짧은 다리로 열심히 뛰던 한 아이가 달려왔다.

"얘가 리갈입니다."

"네가 리갈이구나. 반가워. 난 마리아야. 편지 보고 빨리 온다고 왔는데 시간이 좀 걸렸어. 어머니랑 동생은 괜찮니?"

선교사는 리갈에게 통역해 주었다.

"괜찮다고 합니다. 와주셔서 정말 감사하다고 하네요. 저도 감사의 말씀을 드리고 싶어요."

"이제 여기서 축구 못 하는데 괜찮겠어?"

리아는 앉아서 리갈의 머리를 쓰다듬었다.

"축구는 꼭 여기서 안 해도 된답니다. 사람들을 빨리 낫게 해달라고 하네요."

"감, 사, 합, 니다."

리갈은 앞니 두 개가 빠진 채 수줍게 웃으며 말했다. 아이들이 나가고 동네 청년들이 분주하게 움직인 덕에 교실은 제법 병실의 구색을 갖추었다. 학교 앞 마당에는 물을 끓일 여러 개의 화덕을 놓았고 긴 장대에 빨랫줄도 걸었다. 어느덧 어두워진 하늘에 별이 보였다.

"이만하면 일할 만해. 명심해. 내일부턴 전쟁터가 될 거야."

"각오하고 왔어요."

"우리 이제 군대 동기니까 말 놓자. 정훈아, 해봐."

"……니가 먼저 하자고 했데이. 정훈아."

리아는 표정을 싹 바꾸고 그를 보며 말했다.

"아니, 사투리로 하면 어떡해?"

"왜. 안 되나?"

"왠지 내가 손해인 거 같은 이 느낌은 뭐지? 아 취소할래. 다시 원위치."

"뭔 남자 새끼가 이랬다저랬다 하노."

"뭐, 새끼……."

"흥분하지 말고 따라와 봐라. 보여줄 게 있다."

정훈은 자신의 섣부른 제의를 후회하며 리아를 따라 계단을 올라갔다. 학교 옥상엔 텐트가 덩그렇게 놓여 있었다. 텐트 안에는 엄지농장 식구들의 단체 사진이 들어 있는 액자와 카세트 플레이어가 나란히 놓여 있었다. 그는 카세트 플레이어의 재생 버튼을 눌렀다.

"이거 사연이가 저녁마다 듣는 노래잖아."

"사연이가 줬다. 집에 오고 싶을 때마다 들으라고 하더라. 그럼 집에 있는 거라고."

"사연이 요고 아주 똑똑한데."

"일만 하다 죽으면 안 되니까 여기서 쉬면서 하라더라. 그러니까 최선을 다해서 살아내라. 알겠제."

"……전우 같은 소리 하네."

리아는 옥상에서 콩쿠르 하늘을 올려다보며 가장 반짝이는 별을 손으로 가리켰다.

"보이나. 우리 황토 방 창문에서 보면 가장 반짝이는 별, 그 별이다."

"픕."

"와 그라노."

"나이는 어디로 드시나. 웬 별 타령."

"내 나이는…… 없다."

리아는 나이 속에도 인생이 들어 있다는 것을 알았다. 사람들은 서른의 여자에게 결혼은 했는지, 남편은 뭐 하는 사람인지, 아이는 몇인지 쉽게 물어보곤 했다. 그 흔한 질문에 그녀는 이제 답할 수 없었다. 바람난 이혼녀에 살인자, 게다가 아이들까지 앞세운 박복한 여자였기 때문이었다. 다만 이 박복함이 그녀가 가진 가장 강력한 무기가 되길 기도했다.

"친구 따라 강남 간다고 나는 너 따라 콩쿠르까지 왔어. 이제 어떻게 살아야 할지 보이는데 여기가 처음이자 마지막은 아니겠지?"

"그러니까 가족들 있는 곳으로 살아서 돌아가자."

리아는 밤하늘에 반짝이는 별을 보며 자연스레 사연과 수현을 떠올렸다. 이제 그녀에게 가족은 피 한 방울 안 섞인 그들뿐이었다.

정훈이 예고한 대로 아침부터 환자들이 학교로 실려 왔다. 마을에 남아 있던 환자 백여 명이 오전 중에 입원 수속을 마쳤다. 정훈은 환자 대부분이 고열, 코피, 심한 감기 증상을 보였기 때문에 수액과 감기약을 처방했다. 하루 세 번 실내 소독을 실시하고 환자들에게 마스크를 착용하게 했다. 물론 마을 주민들에게도 생수와 소독제를 공급하고 위생 교육도 했다. 그럼에도 불구하고 한 달 동안 15명이 사망했고, 신규 환자는 40명이 더 늘었다. 다행인 건

호전되어 퇴원한 사람들도 생기기 시작했다는 것이다. 잠시 쉴 시간이 생긴 정훈은 소독 중인 리아를 찾아 옥상으로 데리고 올라갔다.

"체력 좋아. 역시 마리아야."

"설마 내 힘 좋다고 칭찬할라고 불렀나."

"보고 싶어서 불렀다 왜."

"헛소리 그만하고 뭔 일인데."

"어이구 기대한 내가 잘못이지. 너 이제 한국으로 가."

"뭐라카노. 격린 거 모르나."

"그쪽에 얘기해 뒀어. 너 하나만 나갈 거라고."

"대단하네. 어째 구워삶았노."

"재단에서 손 좀 썼지. 그니까 짐 싸."

"안 간다. 아니 못 간다."

"어렵게 승낙받은 거야. 고집부릴 일이 아니야."

"수현이가 가기 전날 밤에 삼촌 꼭 지켜 달라고 했다. 같이 손잡고 오라고 했단 말이다."

"그 녀석, 나한텐 너 지켜 달라고 했다고."

"수현이한테 김정훈은 이제 가족이다. 내가 그런 사람을 놔두고 집에 가서 쳐 잘 거 같나. 대답해 봐라."

"⋯⋯아니."

"나는 하나님만 믿고 여기 왔다. 내 생사는 니가 아니라 하나님이 결정하실 일이고, 우리는 죽어도 같이 죽고 살아도 같이 산다, 알았나!"

"아니 뭐 이렇게 훅 들어와! 사나이 가슴에! 내 가슴이 얼마나 좁아터졌는데 이걸 감당하라는 거야."

"알았으면 다시는 그런 말 하지 마라."

리아는 일어서서 발걸음을 옮겼다.

"……리아야! 방호복 입고 일하는 거 많이 힘들지!"

정훈은 그녀의 뒷모습에 대고 괜스레 소리쳤다.

"뭐가 힘드노 이딴 게. 살라고 입는 건데."

그녀는 뒤도 안 보고 계단을 내려갔다.

"너, 진짜 내 가족 해라. 평생 지켜줄게."

옥상에 홀로 남은 정훈은 그녀가 들을 수 없는 청혼을 해버렸다.

* * *

"그러니까 여기 두 사람이 살아 있는 걸로 봐서는 그 역병은 사라진 거네요."

"다행히 점점 잡혀가더라고. 콩쿠르엔 거의 6개월 정도 있었어."

"그래서 언니가 다칠 때마다 김 원장님이 옆에 계신 거였구나. 주인 할아버지도 그때 농장에서 처음 만난 거고, 김 원장님이 병원장이 되신 거 보니 아버지랑 화해한 것 같던데. 그리고 언닌 결혼 전에도 유명한 사람이었고. 그쵸?"

"알면서 뭘 물어."

"언닌 뭐 하던 사람이었어요? 연예인? 가수? 탤런트? 가만있자.

설마……."

"왜 뭔데, 뭔데."

박 약사는 시하를 다그치기 시작했다.

"아니. 남자들이 죄다 팬이라고 하니까 애……."

"애 뭐."

"애로 배우?"

"뭐야, 그런 거야? 응?"

"얘들이 진짜. 나 좀 피곤해."

"그래, 들어가서 좀 눕자. 가는 동안 말해줄 수 있잖아, 어?"

"안 가르쳐 줄 거야. 실컷 궁금해해 봐."

박 약사와 시하는 호들갑을 떨며 리아와 함께 옥탑방으로 들어갔다.

"리아야, 김 원장님 좀 멋있지 않아? 그런 남자 어디 또 없나."

박 약사는 정훈이 뒤따라오는 걸 눈치채지 못하고 말했다.

"어떤 남자 말이십니까?"

"어머나. 그런 거 아니에요. 그니까…… 두 분 말씀 나누세요. 시하야, 너도 애들 저녁 해야지."

"어어 그렇지. 늦었네."

박 약사는 부리나케 시하의 등을 떠밀며 밖으로 나갔다.

"수상한데."

정훈은 그녀를 빤히 쳐다보며 머리를 쓰다듬었다.

"머리 만지지 마. 안 감아서 가렵다고."

"그래도 예뻐."

"내가 그런 말 하면."

"혀 빼버린다고 했지. 어우, 말만 들어도 혀가 빠진 거 같아. 사투리 반말이 그나마 나아."

"나 아플 때마다 왜 그래?"

"당연하지. 꼼짝 못 할 때 해야지. 그리고 너, 자꾸 사고 치는 거 나 보고 싶어서 그런 거지?"

리아는 주먹으로 그의 허벅지를 겨냥했다.

"그 주먹으로 그러는 건 반칙이지. 알았어. 장난 그만할게. …… 있잖아, 어제 당신이 도와준 그 남자 말이야. 한고그룹 장남이래."

"큰일 났네. 하필."

"너 이렇게 만든 놈 얼굴 봤어?"

"응. 경찰엔 어두워서 못 봤다고 했어. 그러면 뭐 해. 곧 장 회장이 찾아내겠지."

리아는 울리지 않는 휴대폰을 만지며 눈을 감았다.

정훈이 리아의 집에 드나든 것도 벌써 일주일이 되었다. 아쉽게도 오늘이 그녀와 약속한 마지막 날이다. 그는 양손 가득 먹을 것을 사 들고 옥탑방으로 들어갔다.

"우리 리아, 배고프지?"

"'우리'는 빼지. 네가 아빠야?"

"어차피 아빠 사랑도 못 받고 컸다며. 내가 챙겨줄 때 그냥 받아."

"……오늘은 뭐 사 왔는데."

"큰나무집 백숙. 수현아! 수현아!"

"네, 가요."

수현은 유리 온실을 정리하고 옥탑방으로 들어왔다.

"뭐 하냐. 빨리빨리 들어와야지. 너라도 없으면 내가 자꾸 흔들리는 거 몰라?"

"헉, 이걸 어떻게 사 오셨어요?"

"돈 주니까 배달해 주던데?"

"이건 가서 먹어야 제맛이죠."

"이젠 여자 친구랑 가. 우리 따라다니지 말고."

"그래, 엄만 내게 맡기고 네 인생 살아."

"아, 삼촌까지 왜 그래요?"

"나보다 네가 장가가기 쉽지 않겠어? 난 기다린 게 억울해서라도 죽을 때까지 옆에 있을 거야."

"둘 다 집에 가."

"그러면 쓰나. 밥은 먹고 쫓아내야지."

리아는 더 이상 평범한 여자의 인생을 갈망하지 않았다. 남편도 자식도 없는 박복함은 강력한 무기가 되어 그녀를 앞으로 나아가게 했다. 주어진 삶에서 이웃과 함께 하나님과 동행하는 것만으로도 충분히 행복했다. 그 삶에는 세상이 줄 수 없는 치명적인 매력이 있었다. 그중 하나가 고난을 통해 일하시는 하나님이었다. 고난의 껍질을 벗기면 축복이라는 알맹이를 맛볼 수 있는데, 그것을 먹어본 사람들은 고난을 두려워하지 않았다. 리아는 이처럼 전율을 느끼게 하는 하나님의 사랑을 사람들과 나누고 싶었다. 그녀는 정훈을 배웅하고 곧바로 샹젤리제 거리로 내려갔다. 여전히 보라색 아스타 국화는 올망졸망 탐스럽게 피어 있었다. 그녀는 그날 주먹질하던 남자를 떠올리며 휴대폰을 만지작거렸다.

"오랜만이야……"

리아에게 말을 건 사람은 뜻밖에도 20년 만에 나타난 최지였다. 두 사람은 미동도 없이 한참을 쳐다보았다. 그의 옆에 있던 정재가 일행들을 뒤로 물러나게 했다.

"차라리 날 저주하고 살아."

"……나한테 넌 그런 사람이 아니야. 내가 아는 너처럼 살아."

최지는 순간 머리를 맞은 것 같은 충격이 왔다. 그는 자신을 잃어버린 지 오래였다. 리아는 손안에 든 모래처럼 빠져나갔지만 그녀가 남긴 말은 그를 온전히 지배하고 있었다.

"……정재 형."

최지는 집으로 돌아가는 차 안에서 깊은숨을 내쉬며 어렵게 말을 꺼냈다.

"억지로라도 눈 좀 붙여. 나도 두 사람 보는데 먹먹하더라. 어떻게 길거리에서 만날 수가 있지? 끊어진 인연인 줄 알았는데."

정재는 백미러로 최지의 표정을 살피며 말했다.

"한 번만이라도 보고 싶었어."

"약해져선 안 돼. 아직 목표 이룬 거 하나도 없어. 정신 차려. 아니면 리아 씬 죽어. ……이런 말 밖에 해 줄 수 없어서 미안하다."

"형이라도 있어서 내가 살아 있는 거야."

"나도 마찬가지야. 그날이 오면 우리 그때 울든지 축배를 들든지 하자. 지금은 목표만 생각해. 할 수 있어, 넌. ……곧 도착하니까 표정 관리하고."

최지는 늘 그랬듯 완벽한 도박꾼으로 변해서 집으로 들어갔다. 그의 포커페이스는 생존의 수단이었다.

"여보, 다녀오셨어요? 나랑 찬호, 오늘 서초구 돌았잖아. 사람들 환호가 장난 아니야. 이러다 당신 사고 치겠어. 최연소 대통령! 찬호는 오자마자 뻗었어. 당신도 피곤하죠?"

지현은 그의 겉옷을 벗기려 했지만 거부당했다. 결혼 생활 내내 그는 늘 차가웠다. 먼저 룰을 깬 것은 지현이었다. 사랑하지 말아야 할 사람을 사랑하면서 그녀는 파멸의 문을 선택했다. 최지는 겉옷을 의자에 걸쳐두고 욕실로 향했다. 차가운 물로 씻어도 머릿속엔 온통 리아와 스무 살의 자신이 떠올랐다. 그의 얼굴에는 온도가 다른 물줄기가 흘렀다.

날이 밝아오자 최지는 아무렇지 않게 지현과 선거 유세장으로 향했다. 지현은 지지자들에게 완벽하고 이상적인 부부의 모습을 보여주기 위해 최선을 다했다. 기품 있는 모습은 후보 배우자들 중 단연 최고였다. 그녀는 마지막 유세장을 앞두고 정재의 차량으로 혼자 이동했다.

"하아. 이제 좀 살 것 같네. 이 비서, 어제 유세장에서 무슨 일 있었어? 대표님 기분이 안 좋아 보이던데?"

지현은 뒷좌석에 앉아 눈을 감으며 말했다.

"그분을 잠시 만나셨습니다."

"그분? 누구? 설마……."

지현은 눈을 뜨고 몸을 앞으로 세웠다.

"거리에서 우연히 만나서 10초 정도 말씀을 나누셨습니다."

"그걸 왜 지금 말해!"

"죄송합니다."

"사람 붙여 감시해. 무슨 일 있으면 바로 얘기하고. 새벽이라도 말이야. 알았어?"

"네. 사모님."

"내가 이 비서를 택한 이유는 딱 한 가지야. 그이가 가장 아끼는 사람이라서야. 모든 걸 알고 싶어 난. 이번 선거 잘 되면 고급 빌라 한 채 쏠게."

"감사합니다. 사모님."

마지막 유세를 마치고 집으로 돌아온 지현은 쓰러지듯 침대에 누웠다. 남편의 얼굴에서 마리아가 겹쳐 보였다. 그녀는 다시 몸을 세우고 어디론가 전화를 걸었다.

"주소 보낼게. 그년 손 좀 봐. ……그건 알아서 해."

그녀는 전화를 끊고 심호흡을 했다. 입가에 야릇한 미소를 흘리며 드디어 안도의 표정을 지었다.

어두워진 샹젤리제 거리. 리아는 습관처럼 그곳을 내려다보고 있었다. 가난산 생물들의 생기가 전해져서일까. 밤이 되면 생동감으로 가득한 이 거리가 신비한 매력으로 다가왔다. 두꺼운 카디건 주머니에서 들리는 전화벨 소리가 고요하던 그녀의 마음을 두근거리게 했다. 예상한 대로 지수로부터 걸려 온 전화였다. 숨을 헐떡이며 도착한 카페 앞에서 캡 모자를 눌러쓴 남자와 시선이 마주쳤다.

"왔네. 진짜."

그는 말없이 사방을 경계했다.

"따라와."

리아는 샹젤리제 거리의 오르막길을 지나 거지빌라 4층으로 남자를 데려왔다. 책을 보던 수현은 리아가 나간 것도 모르고 있었다. 그는 곧바로 차와 초콜릿을 내오며 남자를 미심쩍게 보았다.

"여긴 내 아들이야. 너도 앉아. 대신 입도 벙긋하지 말고."

수현은 조용히 자리에 앉았다. 이 남자가 누구인지 감이 왔다.

"내가 엄마 나이는 되는 것 같으니까 말 놔도 되지? 무슨 일 해?"

"택배하고 있습니다."

"얼마 받아?"

"삼백만 원."

"잘됐네. 그 회사 죽을 때까지 충성할 거 아니면 나랑 같이 일할래? 일은 경호와 배달. 배달은 가끔이니까 사백. 어때?"

"저 나쁜 거 배달 안 해요."

"당연하지."

그제야 그는 얼굴을 들었다.

"저한테 왜 그러시는 거죠?"

"일. 일하자고."

"경찰에도 한고에도 절 팔지 않으셨더라고요."

"그래서 말인데 장 회장이 널 찾아낼 거야."

장 회장이 어떻게 복수를 하는지는 10년 전에 있었던 전설적인 사건으로 짐작할 수 있었다. 아내에게 내연남이 있는 것을 눈치채자 그의 눈과 발, 중요 부위를 훼손시키고 평생 먹고살 돈을 합의금으로 주었다.

"그래서 내가 좀 알아야 할 게 있어. 장 회장 큰아들이랑은 어떻게 엮인 거야?"

"그 새끼가 6개월 전에 제 여자 친구를 성폭행하려고 했어요."

"여자 친구는 어떻게 그 사람하고 만났어?"

"세희가 클럽에 가고 싶어 했어요. 궁금하다고 해서 제가 허락해 줬는데 친구랑 갔다가 그렇게 된 거예요. 마약도 한 것 같다고 했어요."

"증거는 있어?"

"세희 친구가 찍은 동영상이 있긴 한데 그건 그냥 폭행만 한 거라."

"당분간 조심해. 조용히 있을 만한 곳도 알아봐 줄게."

"그게 세희랑 같이 살고 있어서 혼자는 못 갑니다."

"같이 와야지. 세희를 많이 사랑하는구나."

"세희랑 약속했어요. 나쁜 짓은 절대 안 하기로. 그래서 그런데 어떤 배달인지 알고 싶습니다."

"생필품들."

"그런 거라면 굳이 저한테 왜."

"주먹에 반했다고나 할까. 배달보단 경호가 주 업무가 될 거야."

"죄송합니다. 계속 걱정했어요. 어제 오려고 했는데 용기가 안 났습니다. 세희가 하루 지났지만 그래도 가보라고 해서 오게 됐습니다. 많이 다치셨습니까."

"뭐, 이 정도."

리아는 머리를 넘겨 드레싱 밴드가 붙어 있는 귀를 보여 주었다.

"죄송합니다."

"다 내가 자초한 일이지. 죄송할 건 없고 내가 네 판에 끼어든 건 그 사람 때문이 아니야.

너 때문이지. 나 좀 도와줄래? 어?"

"저한테 도와달라는 사람 처음 봐요."

그는 리아를 똑바로 보고 말했다.

"그니까 콜?"

"……네."

"우선 면접부터 봐야 하니까 내일 저녁 6시에 여기로 와. 그쪽 배달 일은 마무리해 주고. 난 마리아야. 너는?"

"이수현입니다."

"어? 우리 아들이랑 이름이 같네? 앞으로 큰 형이 잘 도와줄 거야. 그치?"

"이제 말해도 돼요?"

"언제는 하지 말랬다고 안 했어?"

"난 백수현이야. 형이라고 불러. 이수현 너, 엄마 때문에 봐주는 거야."

"죄송합니다, 형님."

"몇 살이야?"

"스물하나입니다."

리아는 처음으로 그의 옅은 미소를 볼 수 있었다. 그에게서 스물하나의 자신을 떠올렸다. 그땐 정말 어렸구나. 내가······.

다음날 리아는 테라스에서 들리는 기타 소리를 들으며 잠에서 깨었다. 정오를 넘겨 일어난 그녀는 기타가 노래하고 있는 유리 온실로 몸을 휘청거리며 들어왔다.

"괜찮아요?"

"아니. 꽉 잡아."

기타의 도움을 받아 자리에 앉은 리아는 서서히 눈을 떴다.

"기타가 기타를 치니까 네가 기탄지 기타가 너인지."

"아직도 정신이 안 돌아왔어요?"

"정신은 돌아왔는데 몸은 아직 안 돌아왔네. 이 노래 좋다."

"뭐 좀 드셔야죠."

"커피 마시고 싶어."

"대신 아침 먹고 나서요. 성유가 도시락 싸주고 갔어요. 옷 좀 따뜻하게 입어요. 감기 걸리면 여러 사람 피곤해요."

"가만, 너 왜 그래? 나 심각한 병 있다니?"

"갑자기 무슨 소리예요?"

"근데 왜 존댓말이야? 너 이거 벌써 두 번째야."

"앞으론 노인 공경 할까 합니다."

"하던 대로 해. 불편해 응? 아우, 너 때문에 귀가 더 아프잖아."

"존댓말 한다고 귀가 아플 일이…… 입니…… 아이씨……."

기타는 말끝을 흐리며 보온 도시락을 열어 리아 앞에 놓았다.

"성유 아침부터 바빴겠네. 음, 이 해장되는 느낌은 뭐지? 토마토 스튜 같기도 하고. 성유 오면 물어봐야지."

"왔네요, 저기."

마침 옥상 문으로 사연과 양손에 황금 보따리를 든 성유가 들어왔다.

"리아야."

사연은 경상도 억양으로 그녀를 애교스럽게 불렀다.

"와. 불렀으면 말을 해라."

"오늘 날씨 좋제."

"그래 죽인다. 햇빛 아래서 밥 먹으니까 살맛 난다. 이거 성유가 내 먹으라고 해준 기다. 맛 좀 볼래?"

"옴마야, 이 시뻘건 국물은 뭐꼬? 이기 이탈리아 해물탕 같은 기가. 아니지, 이거 이탈리아 해물탕이야?"

사연은 입꼬리를 올리며 성유에게 물었다.

"편하게 사투리 쓰세요. 이젠 잘 알아들어요."

"꼭 2개 국어 하는 것 같…… 아이씨, 또 꼬이네."

"기타 씨는 왜 목이 메어?"

"아니, 쟤가 갑자기 나한테 존댓말 쓰더니 부작용 생겼나 봐."

"기타 씨도 2개 국어 하는 중이네."

사연은 기타가 더듬거리는 게 웃기기도 하는 한편, 그간의 고충

이 엿보여 안쓰럽기도 했다.

"제가 조금 한국식으로 만들어 봤는데 어때요?"

"얼큰하고 국물이 진한데? 우리 메뉴에도 넣자. 가시나 니는 아프면 호강이데이."

"그래. 입이 즐겁다. 성유는 일할 만해?"

"제가 있어도 되나 싶을 정도예요. 얼마나 쫄았는지 몰라요. 중식의 대가 이효수 선생님, 일식의 대가 임국중 선생님, 한식은 사연이 누나, 거기에 저. 이게 말이 돼요?"

"말이 되지 왜 안 돼. 오늘 메뉴 품평회에서 선생님들이 얼마나 많이 칭찬했는데. 그렇게 잘해 놓고 지금 엄살떠는 거야? 그 쟁쟁하던 분들한테 인정받고 정식으로 입사한 사람이 성유 씨야."

사연은 흥분해서 목소리가 높아졌다.

"성유야, 빨리 잘못했다고 해. 나 밥 안 넘어가."

"뭐 다 먹어 가구만."

기타가 밥그릇을 슬그머니 보며 말했다.

"셋 다 저녁에 면접 좀 해줘. 수현이가 이번엔 그냥 안 넘어간대서 경호원 뽑으려고. 오늘 면접 보러 올 거야. 걔는 경호 대상이 나인지 몰라."

"드디어 수혁이 말 듣나, 다 얻어터지고 인제. 하나밖에 없는 아들 말 좀 빨리 듣지. 아들은 즈그 엄마라면 아주 끔찍하게 생각하는데."

"그건 맞아요. 우리도 첨엔 오해할 뻔했어요."

"무슨 오해?"

"아녜요. 제가 헛소리했어요."

성유가 얼른 둘러댔지만 리아는 이미 알아차렸다. 모르는 사람들은 돈 많은 여자의 연하 연인으로 보기도 했다.

"다들 놀랄까 봐 미리 말해 두는데 면접 볼 애가 얘야."

리아는 머리카락을 귀 뒤로 넘겼다.

"그 새끼라고?"

"기타야, 표정 관리 좀 해. 네가 그럴까 봐 지금 말해두는 거야. 아직 놀라긴 일러. 이름이 이수현이야."

"수현이가 둘이라고? 그라믄 큰 수현이, 작은 수현이라고 불러야 되겠다."

"다들 저녁에 면접 잘해줘. 성유처럼 쉽게 넣어주면 저럴까 봐 아주 까다롭게 해줘."

"잘됐네. 품평회하고 남은 거 좀 가져왔거든. 면접 끝나고 같이 밥 먹자. 엄살떠는 성유 요리도 있으니까 맛들 봐봐. 내가 왜 화가 났는지 알 거야."

"참 성유야, 도연이 공장은 구했어?"

"돈이 문제죠."

"돈 나올 구멍은 있는 거야?"

성유는 고개를 좌우로 저었다.

"구멍은 자꾸 쑤시면 생겨."

"말이 쉽지. 파봤자 빈 구멍이야."

"오, 너 이제 말투가 자연스러워졌어. 그래, 넌 그대로 해. 누나가 괜찮다잖아."

"어째 부러워하는 거 같다? 성유랑도 말 놓을까?"
리아는 장난스러운 눈빛으로 성유를 보며 말했다.
"성유가 잘도 그러겠네. 저는 먼저 내려갑니다."
"같이 가. 나도 가야 돼."
"늦지 말고 6시까지 와."
기타는 손을 흔들며 아래층으로 내려갔다.
"기타가 저래도 속은 여려서 마이 힘들었다. 차라리 잘난 척하는 게 낫더라."
"다들 내 때문에 고생이 많다. 니도 내 걱정 말고 일에만 신경 써라. 평생 꿈꾸던 거 아이가."
"니 걱정 안 하면 내가 무슨 걱정이 있겠노. 아가 있나 속 썩이는 남편이 있나. 니가 그랬제. 내가 벌어다 주는 돈으로 하고 싶은 거 하면서 살고 싶다고. 그 말 듣고 얼마나 기뻤는지 아나. 내가 그래 만들어 줄기다."
사연은 코를 훌쩍였다.
"와 이카노. 니도 늙어가나 보네. 춥다. 들어가자."
돌아서는 리아의 눈가도 촉촉하게 젖어 들었다.

백수현은 이수현에게 아주 안전한 숙소를 제공했다. 그들은 엄지농장의 황토 기와집으로 거처를 옮기고 오늘 있을 면접을 위해 양복을 사고, 이력서를 썼다. 그의 동선엔 항상 백수현이 있었다.
"오빠, 떨려? 손이 차."
세희는 차 안에서 이수현의 손을 꼭 잡으며 말했다.

"면접 볼 때 편하게 해. 여기 잡아먹는 사람 없어. 다 왔어. 내리자."

백수현은 운전석에서 뒤돌아보며 그들을 안심시켰다.

"아닙니다, 형님. 안 입던 양복을 입어서 그런지 옷이 좀 불편해서 그렇습니다."

"다음엔 맞춤으로 하자. 너 몸이 좋아서 기성복이 불편할 거야."

백수현은 앞장서서 거지빌라 계단을 올랐다. 그들이 4층으로 들어서자 리아가 문 앞에서 기다리고 있었다.

"엄마, 이 동넨 산불 나면 큰일 나겠어요. 사고만 나도 완전 정체야."

"그래도 시간 맞춰 왔네. 저기로 가자."

그들은 리아를 따라 유리 온실로 걸음을 옮겼다.

"저희 왔습니다."

"아이고 오느라 수고 많았데이."

"소개할게요. 여기는 오늘 면접 볼 이수현 씨고, 이분은 금세희 씨입니다."

이수현은 허리를 깊게 숙여 인사했다. 양복을 입고 머리를 깔끔하게 손질한 그는 체격에 비해 귀여운 얼굴이었다. 그 옆에 머쓱하게 서 있는 세희는 고양이상의 매력적인 아가씨였다. 그녀는 배가 살짝 나온 예비 엄마였다.

"자, 이수현 씨는 앞에 앉으시고 면접관들도 자리해 주시기 바랍니다."

"수혀이가 수혀이한테 말한다야. 그라고 보니 느그 둘이 닮았

다."

"저기 이모, 잡음 좀 넣지 마. 애 긴장하잖아."

"나는 긴장 풀라고 한 건데. 저기, 이수현 씨? 면접 보기 전에 우리한테 궁금한 거 뭐 없습니까."

"그러면…… 형님 이름 뜻이 궁금합니다. 이름이 같으니까 알 수 있을까 해서요."

"나도 뜻이 없어. 사실은 '최수현'이란 영화배우 이름에서 딴 거야. 우리 아버지가 그분 팬이셨거든. 어쩌나 도움이 못 된 것 같은데."

"아닙니다. 이름을 그렇게도 짓는 줄 몰랐습니다. 학교 다닐 때 다들 거창하게 말해서."

"그기라면 나도 할 말 많다. 내 이름은 양사연. 친구들이 사연 많다고 놀렸다 아이가. 우리 엄마 돌아가시기 전에 이름 뜻이나 물어볼걸. 작은 수혀이는 부모님한테 안 물어봤나?"

"저는 보육원에서 자랐습니다."

"아, 그렇나. 내, 리아, 백 수혀이도 비슷한 사정이 있데이. 절대 기죽지 마라."

이수현은 그들에게 한 번 더 눈길이 갔다.

"이제 면접 시작하겠습니다. 양사연 면접관님은 표준말로 부탁드립니다."

"그러죠. 그거야 쉽지. 이수현 씨, 정장이 참 잘 어울려요."

"형님께서 사 주셨습니다."

"우리 백 이사가 골라준 겁니까?"

"여자 친구가 골라주고 형님이 사 주셨습니다."

"아주 적절한 콜라보네요. 주 업무가 경호하는 일인데 경호가 뭐라고 생각하십니까?"

"제가 생각하는 경호는 몸도 다치지 않게 해야겠지만 마음도 편안하게 해드리는 것이라고 생각합니다."

"그렇습니까. 꼭 그렇게 해주시기 바랍니다. 끝."

"끝나셨습니까?"

백수현은 눈을 깜박이며 사연에게 물었다.

"나는 그것만 알면 되는데? 몸과 마음을 다 경호하겠다는데 더 들어볼 말이 있겠습니까?"

"……네. 그럼 다음, 황기타 면접관님 질문하시죠."

"이수현 씨, 노래 좋아해요?"

"네. 좋아합니다."

"특별히 좋아하는 장르가 있습니까?"

"장르보단 제 스타일에 맞으면 가리지는 않습니다."

기타는 옆에 세워둔 기타를 들어 다리에 올렸다.

"요즘은 무슨 노래 들어요?"

"'그 자리'입니다."

"인디 밴드 '강과 돌' 노래네요. 같이 한번 불러볼 수 있을까요?"

이수현은 기타의 반주에 맞춰 노래를 불렀다. 거기에 기타의 화음이 쌓이면서 점점 곡의 완성도가 올라갔다. 수줍은 듯한 그의 노래는 관객들의 환호를 받으며 무사히 끝이 났다.

"무리한 부탁을 들어주셔서 감사합니다. 듀엣은 서로의 호흡을 느끼고 어우러지는 게 가장 중요하죠. 수현 씨가 하는 일도 그럴 거예요. 잘해 나가시기 바랍니다."

기타는 다시 한번 크게 박수를 보냈다.

"기타가 노래 선생이 맞긴 맞구나. 감동이야."

사연은 기타를 보며 엄지를 들었다.

"마지막으로 한성유 면접관님 질문하시죠."

"저는 그냥 이수현 씨가 동생 같네요. 제 막냇동생이라고 생각하니까 이 질문이 떠오릅니다. 수현 씨, 뭐가 제일 먹고 싶어요?"

"저…… 저는 엄마 밥이 제일 먹고 싶습니다."

"제가 엄마 밥은 아니지만 집밥은 해드릴 수 있어요. 꼭 합격하셔서 자주 밥 먹읍시다. 수고하셨습니다."

면접관들은 곧바로 평가서를 작성해 백수현에게 제출했다. 이수현은 세 명의 면접관 만장일치로 합격했다. 그는 처음으로 오롯이 주목을 받고 가슴이 벅차올랐다.

"리아야, 여기 정리 좀 해줘. 음식 가져올게."

사연은 저녁 준비를 위해 옥탑방으로 향했다. 성유도 그녀의 뒤를 따르고 있었다.

"고마워. 이제 척 보면 아는 거야?"

"네. 눈칫밥을 많이 먹어서 그래요."

"맞아. 눈칫밥 안 먹어보면 몰라. 이거는 가르쳐 줄 수도 없고. 아마 우리 리아가 제일 많이 먹었을 거야."

"그치이. 나 밥 잘 먹지?"

"어? 정리하라니까 와 들어 왔노."

"밥통만 들고 나갈게."

리아는 전기 코드를 뽑고 밥솥을 번쩍 들었다.

"그건 제가 할게요, 누나."

"괜찮아. 집 나간 몸이 이제 돌아왔어. 생생해."

리아가 유리 온실 안으로 전기밥솥을 들고 들어가자 여기도 놀라기는 마찬가지였다. 백수현은 밥솥을 뺏다시피 들고 식탁에 놓았다.

"못 말려 진짜."

"말리지 마."

"설마 사춘기가 이제 오는 거예요?"

"그런가? 학창 시절엔 없었으니까 그럴 수도 있겠다."

"저, 저도 도울게요. 주방이 저기인가요?"

세희가 옥탑방을 보며 말했다.

"손님은 원래 예쁘게 앉아 있는 거야. 수현이 시키면 돼. 수현아!"

"네!"

두 명의 수현이 동시에 대답했다.

"어, 우리 아들 말이야."

"뭔가 이상해. 동생이 더 큰데? 차라리 성을 앞에 붙여서 백수, 이수로 하는 건 어때? 백수야! 이수야! 입에 딱 붙네."

기타는 진지한 표정으로 두 명의 수현을 번갈아 보며 말했다.

"난 맘에 안 든다고. 백수가 뭐야."

백수현은 구시렁거리면서도 유리 온실의 조명을 밝히고, 새하얀 테이블보 위에 꽃장식과 촛대를 놓았다. 성유는 접시에 음식을 정갈하게 담아 식탁 위에 가득 놓았다.

"우와 진수성찬이네. ······뭐가 성유 메뉴야?"

리아는 식탁 위를 두리번거리며 말했다.

"여기, 여기, 여기."

성유가 정확히 가리킨 음식부터 사람들의 손길이 이어졌다.

"사연이가 화낼 만하네. 근데 너랑 이 요리랑 너무 안 어울려. 뭔진 모르겠는데 예쁘고 가슴 큰 여자가 섬섬옥수 같은 손으로 만들었을 거 같아."

"풉. 콜록콜록."

이수현은 당황해서 사레가 들렸다.

"엄마, 애들도 있는데 좀 적당히 합시다. 이수야, 며칠 있으면 적응돼. 조금만 참자."

"네, 형님."

"그럼 이 요리를 남자가 만들었다면 어떤 남자가 떠오르는데요?"

성유가 호기심을 보이며 리아에게 물었다.

"음, 일단 검정 뿔테 안경을 쓰고 하체보단 상체 근육이 있는, 그래서 걷은 팔로는 힘줄이 보여야 해."

"이해들 해. 리아는 분위기가 어색할 때 꼭 저러더라."

"우리 처음 봤을 때도 그랬잖아. 그때 되게 이상한 사람이라고 생각했어. 다음부턴 세련되다, 정성스럽다, 고급스럽다 셋 중에 하나를 써. 모르는 사람이 들으면 성희롱 발언이라고 고소할 수도 있어."

"그래. 기타 씨 말대로 해. 너 얼마 전에 머릴 맞더니 더 이상해졌어."

"컥컥."

이수현은 한 번 더 목이 메어왔다.

"야, 너는 이수 앞에서 애가 밥을 못 먹잖아."

"죄송합니다."

"아냐 아냐. 너와 난 그렇게 해야 만날 수 있었어."

"그럼, 나도 이 무거운 아이스크림 좀 내려놔도 돼?"

"당연하지. 아이스크림이 없었으면 이수는 절대 못 만났지. 기타가 제일 잘했어."

"논리는 좀 이상하지만 이제 좀 살 것 같네."

수현은 낯설면서도 정감 가는 이곳이 묘하게 끌렸다. 그러나 마음 한편에서는 그들에게 이용당하지 말라고 경고도 보냈다. 그는 농장으로 돌아와서도 들뜬 마음이 가라앉지 않아 그날 밤 계속 잠자리를 뒤척였다.

"세희야, 방바닥에 자는 거 안 불편해?"

"어젠 좀 불편했는데 오늘은 등이 따듯한 게 나쁘지 않아. 벌써 적응한 건가?"

"아기 태어나기 전에 오빠가 침대 사줄게."

"오빠, 난 저분들 좋으신 것 같아. 뭔가 우리랑 비슷해 보여."

"나도 이게 뭔가 싶어. 그래도 아직은 마음 주지 말자. 사람한테 속는 거 지긋지긋해."

"알지 그건. 근데 경호하는 거 엄청 위험할 수도 있어?"

"그럴지도. 그래서 안 가르쳐준 건가? 내일이면 알게 되겠지."

"위험하면 하지 마. 알지? 우리 사랑이를 생각해서라도."

"알아. 오빠는 너랑 우리 사랑이만 생각할 거야. 여기 있는 거 우리한테도 나쁘지 않아. 돈도 더 벌고 집 문제도 해결됐잖아. 금동아줄까지는 모르겠지만 썩은 동아줄은 아니야. 우리도 적당히 이용하면 돼. 걱정 마."

"한고는?"

"오히려 여기 있는 게 더 안전할 수도 있어. 마리아 선생님과 한고 사이에 뭔가가 있긴 한 거 같은데 알아봐야겠어. 세희 넌 건강에만 신경 써. 사랑이는 우리처럼 안 키울 거야."

그들은 새로운 환경에 잡초처럼 강한 뿌리를 또 내려야 했다. 삶은 늘 버티기의 연속이었다.

8

그녀의 왼손 새끼손가락

8. 그녀의 왼손 새끼손가락

 이수현은 서둘러 첫 출근 준비를 마치고 차를 몰고 거지빌라로 향했다. 그는 경호 대상자가 리아라는 사실을 오늘 아침에서야 알았다. 출근길 내내 머릿속이 뒤죽박죽이었다. 그들의 속셈이 무엇인지 알 때까지 정신을 바짝 차려야 했다.
"승우야! 시우야! 학교 가자."
"이모 이제 다 나았어요?"
"그럼. 이모 없으니까 심심했지."
"네! 그런데 이 삼촌은 누구예요?"
"이건 비밀인데……."
리아는 시우만 들리도록 말했다. 시우는 곧 똘망똘망한 눈빛으로 그를 쳐다보았다.
"이모 나 대상 받았어요."

승우의 말투에는 힘이 잔뜩 들어가 있었다.

"뭐어? 저번에 발표한 '김밥 가족' 말이지? 세상에! 그 어렵다던 대상을! 우리 승우가 받았다니! 이야, 신난다."

수현의 첫 업무는 리아를 가난 초등학교까지 경호하는 것이었다. 성벽 길을 지나 학교 정문까지 10분 8초 동안 어떠한 장애물도 없었다. 아이들에게 양손을 흔들며 인사하는 것은 좀 더 적응해야 하지만 비교적 쉬운 일이었다.

"커피 좋아하니?"

"아뇨."

"난 매일 오전 카페에 들러."

"혹시 거긴가요?"

"맞아. 니랑 두 번째 만났던 곳. 잠깐 팔 좀 빌리자. 내가 아직 허리가 안 좋아서 말이야. 당분간 신세 좀 지자."

"혹시 저 때문에 그런 건가요?"

"그전부터 그랬어. 신경 쓰지 마."

그들이 내리막길을 거의 내려왔을 무렵 순댓국 가게 앞에서 난데없이 물벼락이 떨어졌다.

"어머나, 어쩌나. 사람이 오는 걸 못 봤네. 쯧쯧, 이젠 대놓고 젊은 놈 하고 팔짱까지 끼고 돌아다니네."

"아주머니! 지금 뭐 하시는 겁니까!"

그는 새 양복이 구정물에 젖어 기분이 나빠졌다.

"나가기 싫어서 꾀병 부리는 거 아니지? 그랬담 봐. 두 발로 걸어 나가는 건 어림도 없을 줄 알아! 으이구 쇠심줄 같은 년! 천벌 받을 년!"

경자는 잔뜩 화가 난 채로 양동이를 들고 들어갔다.

"괜찮습니까? 죄송합니다. 제가 방심했습니다."

그는 겉옷을 벗어 리아의 어깨를 덮었다. 두 번째 업무는 망했다.

"그걸 어떻게 막아. 첫날부터 고생시켜서 미안해. 약국 가서 좀 닦고 다시 집에 가자."

리아는 물벼락을 제대로 맞은 꼴로 약국에 들어섰다.

"이게 무슨 일이야?"

박 약사는 수건을 가져와 그녀의 귀 뒤쪽 상처를 살살 닦았다.

"상처가 아물어서 다행이야. 진짜 왜들 그럴까. 너를 보고도 그런 소리가 나와?"

"그럴 만도 하지. 밝혀진 게 없잖아. 오늘은 본의 아니게 커피 배달은 없어."

리아는 박 약사에게 활짝 웃으며 말했다.

"으이구 웃음이 나오냐? 못 말려."

박 약사는 누구보다 리아를 믿었다. 소문은 그저 소문일 뿐이란 걸.

"혹시 이분이 경호원이셔?"

"응. 인사해 수현아."

"처음 뵙겠습니다."

"반가워요. 첫날부터 고생이 많아요."

"아닙니다."

"더 얘기하고 싶은데 리아가 감기 걸리면 안 되니까 잘 부탁해요."

다행히 집으로 돌아가는 길에는 물벼락이 떨어지지 않았다. 그는 리아가 어떤 사람인지 몹시 궁금해졌다. 조금 더 주의하여 그녀를 지켜보기로 했다.

"너도 옷 갈아입어. 옷장에 형 옷 있어."

"괜찮습니다. 오는 길에 다 말랐어요. 선생님이 거의 다 맞으셨잖아요."

"그랬어? 옷 좀 갈아입고 나올게. 따뜻한 차 좀 마시자."

"제가 준비할게요."

수현은 주방 서랍장에서 드립 백 커피를 찾아 내렸다.

"음…… 향기 좋네. 제대론데?"

옷을 갈아입고 나온 리아는 식탁에 앉아 커피 한 모금을 마셨다.

"제가 커피를 안 마셔서 검색 좀 해서 내렸어요. 맘에 드세요?"

"맘에 드는 정도가 아니라 잘했어. ……왜 안 물어봐?"

"뭘요?"

"커피 맛보다 더 궁금할 텐데. 내가 왜 물벼락을 맞고 다니는지."

"선생님을 돕는 일이 나쁜 거 아니라고 하셨잖아요."

"대단한데. 믿을 줄도 알고. 그리고 이왕 이렇게 된 거 오늘은 꼼짝도 안 할 테니까 일찍 퇴근해."

"제 일은 제가 알아서 하겠습니다."

"어휴 쪼끄만 게……."

"그래도 선생님보다 큽니다."

"나를 이제 선생님이라고 부르기로 했어?"

"네. 많이 보고 배우려고요."

"잘됐다. 내일 새벽에 배달 가야 하는데 형한테 가서 일 좀 배워. 오늘 경호는 이걸로 됐어."

"저도 됐습니다."

"쇠심줄은 여기도 있었네. 오늘만 일찍 가라고. 세희도 좀 챙기고. 아직은 낯설 거 아냐."

"세희 보기보다 강해요. 우리 같은 사람들은 강해야 버티니까요."

"그치 우린 그냥 잡초지. 질긴 잡초."

"선생님이 저 처음 봤을 때 할 말 있다고 하셨잖아요. 왜 그러셨어요? 혹시 표시 납니까. 고아라는 게."

"그냥. 나도 왜 그랬는지 몰라. 왜 그랬을까?"

"이런 게 인연 아닐까요?"

"짜식, 그 대답 맘에 들었어. 이왕이면 좋은 인연으로 가자. 그러니까 내 말 좀 듣고 이제 퇴근하시지?"

"네. 이번엔 제가 졌습니다. 대신 계속 연락하겠습니다."

"세희랑 점심 맛있는 거 사 먹어."

리아는 뒷주머니에 항상 들고 다니는 비상금 오만 원을 내밀었다.

"괜찮습니다. 월급으로 충분합니다."

"그건 월급이고 이건 용돈. 아 안 받아? 2차전 할까? 쇠심줄끼리?"

수현은 마지못해 돈을 받아 쥐고 퇴근했다. 리아는 약속대로 옥탑방 마당이 어둑어둑해질 때까지 외출하지 않았다. 이런 날이면 어김없이 샹젤리제 거리를 멍하게 바라보고 있었다. 엄지농장처럼 가난동은 또 어떤 고향이 될까.

새벽 2시 반. 리아는 알람이 울리기도 전에 미리 깨어 있었다. 트럭 엔진 소리가 들리자 점퍼를 걸치고 1층으로 내려갔다. 두 사람은 약속이나 한 듯 나란히 고개를 돌리고 그녀를 보고 있었다. 그들에게서 장성한 두 아들의 모습이 보였다.

"어서 오십시오, 대장님."

"대장은 너 줬잖아. 왜 또 나야."

리아는 짐이 가득 실린 5톤 트럭을 오르며 백수현에게 말했다.

"엄마가 나가고 나니까 일이 세 배는 어려워요. 대장도 아무나 못 해."

"우리 이수는 새벽부터 수고가 많아."

"몸 쓰는 건 늘 하던 거라서 괜찮습니다. 양복 입고 일하는 것보단 나아요."

"역시 엄마가 보는 눈이 있어. 이수가 덩치값 하더라고요."

"그래? 오늘 광천마을로 가는 거지?"

"아이고, 벌써 허벅지가 터지려고 하네."

광천마을은 오르막길에 세워진 판자촌이다. 중앙계단을 기준으로 좌우에 110가구가 모여 있는 곳이다. 계단 입구에는 40명의 남자들이 모자와 마스크를 착용한 채 대기하고 있었다. 리아 일행이 도착하자 그들은 서로 목례하고 익숙하게 짐을 내렸다. 쌀과 의약품, 의류, 생필품 등을 맨 꼭대기 집부터 옮겨 놓았다. 이수현은 30분이 지나자 머리에서부터 땀이 흘러내렸다. 그때 한 남자가 뭔가를 물건들 위로 던졌다. 그는 마지막 집에서 정확히 그것의 정체를 알았다. 무거운 짐을 옮겨서인지, 그 빨간 리본을 보아서인지, 심장이 쿵쾅거리고 손발이 떨려 왔다. 2시간 만에 일이 끝나자 남자들은 악수한 후 무리를 나누어 흩어졌다.

"수고했어, 다들. 가는 길에 국밥 한 그릇 먹고 갈까?"

"순이네 가죠."

백수현은 운전석에 올라 시동을 켰다.

"저 지금 너무 흥분돼서 미칠 것 같아요. 선생님, 그니까 그게 빨간 리본 맞죠? 제가 다 봤어요."

"봤다며 뭘 물어봐."

"저요, 빨간 리본 광팬이에요! 그런데 제가 감히 여기에 들어와서 이 일을 하다니요. 꿈만 같아요!"

"백수야, 애 좀 진정시켜."

"저 열심히 할게요. 계속 여기서 형님하고 선생님하고 일할래요. 저 자르시면 안 돼요. 그리고 비밀은 꼭 지킬게요."

"야, 너나 일 힘들다고 도망가지 마. 앞으로 어려운 일 많을 거야."

"네, 형님. 그런데 궁금한 게 있어요."

"또 뭐."

"빨간 리본은 보통 땐 택배나 그 동네 가게에서 배달로 물품을 보내잖아요. 오늘처럼 직접 하시는 건 뭐죠?"

"광팬 맞네. 영업 비밀인데 너도 한 식구가 됐으니까 가르쳐 줄게. '제일 힘든 건 우리가 한다.' 여기 규칙이야. 광천마을 계단 봤지?"

"아, 그렇구나. 진짜 멋지십니다."

"조심해야 할 게 있어. 우리는 그저 심부름꾼일 뿐이야. 이런 일 했다고 교만해지고 그러면 안 돼. 그땐 아주 혼날 거야. 명심해라 동생아."

동생이란 말에 이수현의 가슴에서 쿵 하는 소리가 들렸다.

"아 신짜 밥 안 먹어도 배부릅니다."

"순이네 다 왔는데 안 먹을 거야? 차 돌려?"

"아닙니다, 선생님. 그 배는 비어 있습니다."

세 사람은 새벽밥을 저녁밥 먹듯 해치웠다. 이수현에게는 꿈만 같은 시간이 흐르고 있었고 그가 잡고 있는 건 금 동아줄보다 더 귀한 것이었다.

새벽배송이 있는 날의 출근 시간은 오후 2시다. 이수현은 테라스 소파에 앉아 SNS를 확인해 보았다. 벌써 광천마을 사진이 실시간으로 올라오고 있었다.

"깨우지. 밖에 오래 있었어?"

리아는 트레이닝복에 두꺼운 외투를 입고 나왔다.

"아뇨. 방금 왔어요. 진짜 신기해요. 이것 좀 보실래요?"

수현은 휴대폰으로 기사를 보며 말했다.

"됐어."

"선생님, 예전에 사람들이 빨간 리본의 정체를 밝히려다 말았잖아요. 왜 그런지 아세요?"

"글쎄."

"희망이요. 희망을 깨고 싶지 않은 거예요. 뭔가 정체가 밝혀지면 시시해지잖아요."

"그래서 지켜주고 있는 거야? 진정한 희망은 거기서 찾는 게 아냐."

"네?"

"밥이나 먹으러 가자."

"세희가 선생님이랑 먹으라고 도시락 싸줬습니다."

"진짜? 빨리 꺼내봐."

그는 도시락을 꺼내 식탁 위에 놓았다.

"이거 세희가 다 했어?"

"물김치랑 닭발은 사연 이모님이 보내 주셨고요, 나머지는 세희가 다 했습니다."

"나는 누가 해주는 밥은 다 맛있더라. ……너, 허벅지랑 어깨 아프지 않아?"

"몸은 아파도 기분은 좋습니다."

"네가 좋아하니까 나도 좋아. 그치만 교만해지면 혼날 줄 알아."

"하루만 좀 즐길게요. 딱 하루만요. 정말 꿈만 같아서 그래요."

"잘 웃네. 더 어려 보여."

"여기 오니까 웃을 일이 많네요. 저 세희한테도 비밀로 했어요. 아 진짜, 선생님이 회장님이시라니 정말 믿기지가 않습니다."

"우리는 심부름꾼이야."

"회장님 위에 누가 더 계십니까?"

"우리 아버지."

"저도 그런 든든한 아버지가 계셨으면 좋겠습니다."

"너도 그렇게 될 수 있어. 진짜 아들."

"네? 제가요?"

"그래. 아들 되고 싶으면 형한테 말해. 그럼 도와줄 거야."

"시, 진짜요? 약속했습니다! 진짜로! 아니, 이런 걸로 거짓말하고 그러면 천벌 받습니다. 자, 약속."

리아는 그에게 왼손 새끼손가락을 걸어 주었다.

"……손가락은 다치셨습니까. 흉터가 심하네요."

그는 리아의 왼손 새끼손가락을 이리저리 돌려 보았다.

"누가 물어뜯어 놨어. 나쁜 인연을 만나면 이렇게 돼."

리아는 닭발을 뜯어먹으며 말했다.

"세희는 뭐 좋아해?"

"먹는 거는 다 잘 먹어요."

"그거 말고. 요즘 뭐 사달라고 징징대는 거 없어?"

"아, 립스틱이요. 비싼 거 있어요. 아니 제가 돈이 아까워서가 아니라 손가락 만 한 게 신사임당 한 장입니다. 세희가 제 사정 아니까 참더라고요."

"똑같은 색인데 다 다르다고 선택장애 오지 않던?"

"어떻게 아셨습니까. 제가 똑같은 색이라고 그러니까 저보고 눈 썩었냐고."

"귀엽지 않아? 여자들은 예쁜 거 귀여운 거 보면 눈빛이 달라져. 시우만 봐도 그래. 난 세희가 딸 낳았으면 좋겠어."

"저 말고 세희 닮은 딸요."

"당연한 거 아냐? 말 나온 김에 세희 선물이나 사러 가자. 밥 먹고 바로 출발할까?"

"제가 하면 됩니다."

"월급 받으면 네 눈엔 똑같아 보이지만 다른 거 그거 또 사 주란 말이야. 나도 세희한테 선물하고 싶다고오. 이 쇠심줄아."

"미안해서 그렇죠. 정말 감사합니다, 선생님."

"그 선생님 말이야. 나는 왜 이렇게 낯설지?"

"바꿀까요?"

"뭐 좋은 거 있어?"

"괜찮으시면…… 아닙니다."

"싱겁긴. 세희한테 전화해 봐."

"네."

도시는 어느새 겨울을 맞았다. 제 살점을 다 떼고 버티는, 리아를 닮은 가로수가 회색빛으로 서 있었다. 반면 백화점 앞의 가로수는 LED 장식 전구에 감겨 화려하게 도시를 빛냈다. 정작 빛 공해로 몸살을 앓을 지경이었지만 축제는 절정에 이를 것이다. 한쪽의 희생을 담보로 얻는 기쁨은 더 치명적이기 마련이었다.

"여기 와 보고 싶었는데."

백화점 1층에 들어선 세희의 눈이 바빠졌다.

"나도 처음이야. 내가 뭘 알아야지. 세희가 좀 도와줘. 크리스마스 기분 나는 거 뭐 없을까?"

"네. 당연히 있죠. 저기 있네요."

세희는 리아의 팔짱을 끼고 화장품 매장으로 들어갔다. 세희가 몇 가지 립스틱을 보여 달라고 하자 매장 직원이 테스트로 사용할 립스틱을 보여 주었다. 리아는 20년 동안 화장을 하지 않았기 때문에 립스틱을 바른 자신의 얼굴이 어색하기만 했다. 슬쩍 휴지로 입술을 닦아내고 투명 립글로스를 골랐다.

잠시 후 직원은 세희와 리아에게 각각 브랜드 로고가 새겨진 종이 가방을 내밀었다.

"아뇨. 제가 아니라."

"그건 내가 주는 선물."

"전 괜찮아요."

"세희 도시락 좀 얻어먹으려고 내가 별짓을 다 해."

"그건 제가 그냥 해드릴 수 있어요."

"여기 쇠심줄 또 있어, 이수야."

수현은 세희에게 고개를 끄덕였다.

"고맙습니다."

"고마우면 따라와. 할 게 더 있어."

그녀가 데려간 곳은 트렌치코트로 유명한 매장이었다. 정갈하고 단아한 직원이 그들을 안내했다.

"이 아가씨 입을 만한 트렌치코트 좀 보여 주세요."

직원은 세희를 훑어보더니 세 벌의 트렌치코트를 들고 왔다. 검은색 롱 트렌치코트가 그녀와 가장 잘 어울렸다. 어느새 세희의 손에는 커다란 쇼핑백이 들려져 있었다.

"얘들 표정이 왜 이래? 이렇게 하자. 이건 예물이야. 시댁에서 며느리한테 주는 선물 말이야. 세희한테 해주고 싶었어. 아기 낳고 결혼식 할 때 어차피 사 주려고 했는데 미리 하는 거야. 이제 됐어?"

"선생님, 감사합니다. 제가 더 잘하겠습니다."

수현은 상기된 얼굴로 말했다.

"나 말고 우리 아버지한테 감사드려."

"네. 꼭 뵙게 해주세요."

"당연하지. 여기까지 왔는데 아들이랑 친구 보고 갈까?"

"가시죠. 농장으로."

오랜만에 엄지농장에 온 리아는 동네 친구들을 불러 모으듯 밖에서 큰 소리로 그들의 이름을 불렀다.

"사연아! 수현아!"

안에서 저녁을 차리던 사연은 국자를 든 채 밖으로 나왔다.

"놀래라. 분명히 니 목소린데 잘못 들었나 했지. 저녁 안 먹었제."

"배고파."

"퍼뜩 들어가자. 상 다 차려놨으니까 숟가락만 얹으면 된다. 이수야, 느그도 얼른 들어가서 같이 먹자."

"네, 이모님."

리아는 집 안으로 들어오자마자 사연에게 작은 쇼핑백을 건넸다.

"뭐고 이게?"

"립스틱."

"옴마야, 갑자기 기분이 싹 올라 가삐네."

사연은 그 자리에서 포장지를 뜯어 입술에 발랐다.

"나는 말이다. 립스틱은 이게 내 입술이다 할 정도로 딱 티가 나야 한다고 생각한다. 보라색도 아니고 자주색도 아니고 요거 참 잘 만들었네. 역시 니는 내를 너무 잘 안다. 봐라, 어떻노."

"내 눈에는 니가 최고로 이쁘다."

"가시나…… 내가 맛있는 밥 해주께."

때마침 백수현이 밭에서 딴 고추를 한 움큼 쥐고 집 안으로 들어섰다.

"엄마, 언제 오신 거예요?"

"방금 왔지. 독립하니까 다른 거는 모르겠는데 혼자 밥 먹는 거랑 사연이가 만든 음식은 좀 그립더라. 옴마야, 이건 내가 좋아하는 꼬막찜이네. 이건 곱창 김에 이렇게 싸 먹어야 제맛이지. 음음……."

"갈 때 좀 싸줄게. 또 뭐 묵고 싶노."

"그럴 필요 없다. 가끔 생각난다고. 이제 세희 거 먹기로 했다."

"벌써? 어쨌든 들이대는 건 최고다."

"니가 내를 그렇게 만들었잖아. 옛날부터 지가 못하는 거 다 내 보고 시켜놓고."

"시키면 또 잘하잖아."

"잘하기는. 니랑 놀라고 억지로 했거든. 내가 친구가 어딨었노. 덩치 크다고 놀림만 받았는데. 안 놀아줄까 봐 죽을 각오로 했거든."

"그래서 내가 시집도 안 가고 놀아주고 있잖아. 우리도 강트리오 언니들처럼 재미나게 살자."

"언니들은 태국에서 아직 안 왔나."

"이번에는 한 달 살기 한다더라."

"백수야, 이모들 자주 여행 보내 드려."

"네. 난 잔소리 안 들어서 좋고 이모들은 눈이 즐거워서 좋고."

"그건 너 장가가라고 그런 거지. 이수한테 배워."

"내가 안 해서 그렇지 하면 잘해요. 농장 일, 재단 일, 나한테 다 맡겨 놓고 집 나간 사람이 누군데요. 사고 쳐서 병원엔 한두 번 있었나? 이모 새로 시작하는 사업도 잘 되는지 봐야 하고, 병원 삼촌도 놀아줘야 하는데 내가 없었으면 다들 어쩔 뻔했어요?"

"어머머? 너 없었으면 큰일 날 뻔했네. 이젠 우리 신경 안 써도 되니까 네 인생이나 살아."

"이것도 제 인생입니다."

"풉."

리아의 입에 있던 밥알이 백수현의 얼굴로 튀었다.

"아, 진짜……."

"진짜 밥알 나가는 소리 한다. 사연아, 나중에 쟤 저대로 늙으면 너나 나나 덤탱이 쓰게 생겼어. 선 자리 좀 알아봐."

"참 빨리도 알아봐 주시네요. 내가 알아서 한다고요."

이수현은 사람들 사이에 끼어 있는 게 편하기 시작했다. 그들에게는 틈이 있었다. 들어갈 틈, 마음을 열고 싶은 틈…… 리아는 밤이 더 깊어지기 전에 자리에서 일어났다. 그녀의 만류에도 불구하고 이수현과 세희는 드라이브 겸 다시 거지빌라로 향했다. 집 앞에서 리아와 헤어지고 샹젤리제 거리 끝자락에 이르렀을 때쯤 세희가 다급히 말했다.

"오빠, 이모가 싸준 반찬!"

"트렁크에 있어서 깜박했네. 다행이야 멀리 안 와서."

수현은 다시 차를 돌려 거지빌라 앞으로 왔다.

"금방 갔다 올 테니까 차에 있어."

그는 트렁크에서 반찬 가방을 꺼내 계단을 성큼성큼 올라갔다. 옥상 문 도어 록이 고장 난 채 열려 있었다. 조심스레 문을 열고 한 발짝 내디뎠을 때, 리아와 백발의 남자가 마주하고 있는 모습이 보였다. 그리고 입구에 서 있던 건장한 남자가 그를 뚫어지게 쳐다보았다.

"……이수현!"

그 남자는 주먹부터 뻗었다. 둘의 육박전이 시작되었고 수현이 한참 밀리는 상황이 되었다.

"회장님 그만하시죠. 이러시면 협상은 없습니다."

리아는 차분하게 말했지만 수현이 다칠까 봐 심장이 터질 것 같았다.

"잠시 구경 좀 하지."

장 회장은 팔짱을 낀 채 싸움을 관전했다. 수현은 남자에게 여러 번 치명타를 입고 비틀거리기 시작했다. 남자가 복부에 일격을 가하자 그는 아랫배에 강한 통증을 느끼며 바닥에 쓰러졌다. 뒷주머니에서 칼을 빼어 든 남자는 비열한 미소를 지으며 한 걸음씩 다가왔다. 바닥을 짚고 있던 수현의 손을 향해 칼을 내리꽂는 순간, 오히려 남자가 맥없이 주저앉았다. 수현이 전기 충격기를 들고 가쁜 숨을 몰아쉬고 있었다.

"네가 이수혁이가."

수현은 대답하지 않고 그를 자세히 쳐다보았다. 그 사람은 한고 그룹 장현성 회장이었다.

"손이 아주 빠르구나. 그 손으로 내 아들을 박살 내놨어."

"회장님!"

옥상 문 쪽에서 또 다른 남자가 들어왔다. 그는 혼자가 아니었다.

"오빠……."

겁에 잔뜩 질린 세희가 울고 있었다. 리아는 눈을 감아 버렸다.

"이 아가씨구만. 울지 마라. 넌 안 건들마. 오늘은 수혁이한테 볼 일이 있으니까. 우리 이야기 좀 해보까. 진작에 도와준 사람 먼저 찾았으면 더 빨랐을 텐데 그 덕에 너를 찾게 되었구나. 이수혁이, 내가 원하는 건 딱 하나다. 니 손모가지. 내 아들을 건드린 니 손모가지 말이다. 그것만 가져가면 돼. 어찌 됐건 나는, 내 새끼 건

드는 건 나에 대한 도전이라고 생각한다. 잘 알잖나. 내가 어떻게 살아왔는지. 나한테 도전하면 대가를 치러야지."

리아는 서둘러 휴대폰에서 사진을 찾아 장 회장에게 건넸다.

"이건 제가 사고 난 날 입었던 옷입니다. 아드님 피가 제 옷에 묻었거든요. 거기 보이시죠?"

장 회장의 눈이 씰룩거렸다.

"아드님 마약 하는 건 알고 계시죠? 거기에 성추행까지. 회장님께서 이번 일을 너그럽게 넘어가 주신다면 저도 이 옷은 처분하도록 하겠습니다."

"허허허허…… 그게 당신이 가진 패구만. 난 또 뭐라고. 경찰에 넘겨. 그 옷, 난 상관없어. 감방 갈 일 했으면 가야지. 말했잖나. 저놈 손모가지만 가져갈 거라고. 당신과 상관없는 일에 간섭하지 말게. 어쭙잖은 동정은 저 아이에게도 독이야."

"상관없지 않죠. 이젠 제 아들이니까요."

"그럼 엄마 노릇 해봐. 아들 대신 손이라도 내어줄 텐가. 말은 다 번지르르하지."

"드리죠. 제 손."

장 회장은 미간을 찌푸리며 리아를 노려보았다.

"아하하하! 오늘 뜻밖에 즐겁구만. 아주 즐거워. 남자들도 내 앞에선 오줌 지리는데 역시 마리아야. 자네랑 나, 개인적인 일만 없었더라면 좋았을 뻔했는데 말이야. 내 딸이 자네를 많이 싫어하잖나."

"이미 끝난 일은 미련 없습니다."

"그래야지, 암. 최지보다 나아. 그때 다치지만 않았어도……. 오른손은 내가 지켜주마. 왼손 새끼손가락 하나로 퉁 치세나. 이런 일로 다시 만나서 유감이지만 내가 잘 간직하리다."

"좋습니다."

"아…… 안 돼요. 제발…… 왜 그래요. 진짜야. 제가 한다고요. 제가요!"

수현은 얕은 숨을 헐떡이며 달려들었다.

"가만있어 넌."

그녀의 목소리에서 위엄이 느껴졌다.

"좋습니다. 여기는 제 생활 공간이라서요. 밖으로 나가시죠."

"그러지."

리아는 나가려다 말고 이수현에게 조용히 말했다.

"정신 차려. 내가 내려가면 세희 아래층에 숨겨. 비밀번호 알지?"

리아는 그의 양손을 꾹 잡으며 말했다. 수현은 처음으로 애간장이 떨어질 것 같은 아픔을 느꼈다.

"여자애는 놔줘. 마리아는 믿을 만해."

"넵. 회장님."

그들이 밖으로 나가자 남겨진 수현은 세희를 데리고 3층으로 들어갔다. 집에는 아무도 없었다.

"여기 잠시 있어. 절대 문 열지 마. 알았지? 형님한테 전화부터 해줘."

"오빠아……."

세희는 온몸을 부들부들 떨었다.

"세희야, 정신 차려야 선생님을 구할 수 있어."

수현은 지체할 시간이 없었다. 부리나케 밖으로 내려갔지만 리아의 손은 벌써 차 트렁크 위에 올려져 있었다. 남자가 리아의 왼손 새끼손가락을 절단기 안에 집어넣었다.

"잠깐만요 회장님! 제가 하겠습니다. 제가 할게요. 제발!"

수현은 장 회장 앞에 무릎을 꿇고 울부짖었지만 소용없었다. 회장의 남자들이 그의 양쪽 팔을 붙들고 끌어냈다.

"거기 지금 뭐 하는 겁니까!"

이번엔 가로등 아래로 걸어오는 기타의 모습이 보였다.

"형님!"

수현은 일그러진 얼굴로 그를 보았다.

"지금 뭐 하는, 윽!"

기타는 남자들의 발길질에 바닥으로 내동댕이쳐졌다.

"파리가 자꾸 끓는구먼. 빨리하지."

남자는 리아를 한번 쓰윽 쳐다보더니 절단기를 힘껏 눌렀다. 작은 손가락이 그녀에게서 힘없이 떨어져 나갔다.

"뭣들 하는 게야!"

영모가 잠옷 바람으로 나와 두 손을 불끈 쥐고 호통을 쳤다. 가로등 불빛으로 그의 모습을 확인한 장 회장은 넋이 빠졌다. 그사이 리아의 잘린 손가락이 수건 위에서 또르르 굴렀다. 남자는 허둥지둥 잡으려 했지만 손가락은 차바퀴 아래 하수구로 굴러떨어졌다.

그녀의 왼손 새끼손가락 273

"안 돼!"

수현은 하수구로 달려가 뚜껑을 열었다. 손가락은 이미 오수와 함께 떠내려가고 없었다.

"구급차 불러! 어서!"

영모의 호통에 정신이 든 기타는 떨리는 손으로 119에 전화를 걸었다.

"회, 회장님."

장 회장은 영모 앞에서 두 손을 모으며 말했다.

"이 호래자식!"

영모는 그의 뺨을 후려쳤다.

"네가 내 딸을 감히!"

"딸이라뇨. 몰랐습니다. 죽을죄를 지었습니다. 살려 주십시오."

장 회장은 그의 앞에 스스로 무릎을 꿇었다.

"너! 각오해야 할 게야!"

구급차가 요란한 사이렌 소리를 내며 빌라 앞까지 급하게 들어왔다.

"회장님, 다시 찾아뵙겠습니다."

장 회장은 남자들과 함께 서둘러 차를 타고 사라졌다.

"여기예요!"

기타는 차에서 내리는 구급요원을 향해 소리쳤다.

"리아야, 괜찮으냐."

영모는 그녀에게 달려와 입술을 떨며 말했다.

"네."

그사이 119 대원들이 뛰어왔다.

"자, 선생님. 손을 좀 들고 있겠습니다. 절단된 손가락은 어딨습니까?"

"저기 하수구에 빠졌는데 흘러간 것 같습니다."

수현은 연신 눈물과 콧물을 닦으며 말했다.

"찾아도 오염이 심할 텐데. 박 대원, 다시 확인해 보고 연락줘."

"네."

영모는 리아와 함께 구급차에 올라 이동하는 내내 그녀의 손을 잡고 있었다. 그는 리아 앞에 고개를 숙이고 깊은숨을 내쉬었다. 한고를 대기업으로 성장할 수 있게 발판을 제공한 것이 그였기 때문이었다.

"오늘은 어떻게 오신 거예요……."

"이제 1층 정리할까 해서 짐 좀 싸려고. 내일 아침에 너랑 밥 먹고 가려고 자리에 누웠더니…… 내가 조금만 빨리 나올걸 그랬어."

"이제 농장에서 지내시게요?"

리아는 입술을 떨며 말했다.

"그래야지. 네 말대로 한고에서 쫓아낸 판자촌 사람들 우리가 데려오길 잘했어. 나랑 나이도 비슷하고 친구처럼 좋아. 사람들이 안정을 많이 찾았어."

"회장님이 계셔서 정말 다행이에요."

"나한텐 우리 리아가 그래. 덕분에 10년간 편하게 살았지. 진작에 엄지재단을 물려줄걸 그랬어. 우리 딸은 나보다 나아. 하나님만 의지하고 살기가 어디 쉽나. 너한테 다 맡기고 난 이제 죽어도 여한이 없어."

"그런 말씀 마세요…… 아버지."

영모는 처음으로 리아에게서 아버지라는 소리를 듣고 코끝이 시큰거려 왔다.

"그 옷……."

영모는 그제야 잠옷 바람으로 구급차에 있는 자신을 알아차렸다. 그가 겸연쩍은 표정으로 머리를 정리하고 옷깃을 여미자 리아는 붕대로 감싼 자신의 왼손을 물끄러미 바라보았다. 구급차는 신속히 이레병원에 도착했다.

"이사장님, 나오셨습니까!"

줄지어 서 있던 의료진들이 영모에게 머리를 숙여 인사했다.

"신경들 써 주게나."

영모는 대기하고 있던 수행원과 함께 차를 타고 병원 밖으로 나갔다. 그 뒤로 백수현과 사연은 리아가 수술실에 들어가고 나서야 병원에 도착했다.

"죄송합니다. 형님."

기타와 함께 대기실에 있던 이수현은 고개를 숙이고 울음을 터트렸다.

"이수야, 세희는 집에 잘 데려다 놨어. 고생했어."

사연은 그의 손을 잡으며 말했다.

"아닙니다…… 저는…… 선생님이……."

"리아는 걱정 마. 자기가 하고 싶어서 하는 거니까."

"무슨 말이에요? 이모는 뭐 아는 거지? 얼마 전부터 엄마가 당장 죽어도 되는 사람처럼 너무 막살아. 혹시…… 엄마 병 있어요?"

"아냐. 리아가 언제부턴가 그런 기도를 하게 됐대. 꼭 해야 하는 일인데 아무도 안 하면 자기가 하게 해달라고. 그러니까 이수야."

"네…… 이모님."

"으이구, 이 녀석 얼굴 좀 봐. 이제 그만 울어. 나도 울고 싶단 말이야. 수술 잘될 거야. 이거보다 더 위험한 적도 있었어. 널 위해서 그런 건데 이렇게 풀 죽어 있으면 되겠니? 깨어나면 제일 먼저 널 찾을 거야."

"손가락을…… 잃어버렸어요."

"어? 없어?"

이수현은 손으로 얼굴을 가리고 아이처럼 소리 내어 울었다.

"나 때문에…… 내가 뭐라고…… 진짜 저한테 왜 그러시는지……."

"네가 그만큼 소중하니까 그런 거야. 그건 리아뿐만 아니라 우리도 마찬가지야."

이수현은 아예 무릎을 꿇고 울부짖었다. 그의 인생 속에 차곡차곡 쌓아둔 모든 설움이 눈물과 호흡으로 빠져나왔다.

리아는 수술이 끝나고 VIP 병실로 옮겨졌다. 그리고 늘 그랬듯 다시 눈을 떴다.

"리아야, 내다 사연이."

"으응…… 씨발…… 좆같네…….."

"희한하네. 야는 마취만 깨면 욕하더라. 옛날부터 하도 참고 살아서 그런가. 에고 불쌍타."

"내가…… 무슨 욕을…… 생사람 잡네."

"여기 증인이 네 명이나 되는데 거짓말했다가 그 주먹이 가만있겠나. 나는 세상 살면서 제일 무서운 사람이 니다."

"살아 있는 거…… 봤으니까…… 집에 다들 가. 이수만 남고."

"네. 제가 있을게요. 형님, 이모님 들어가세요."

"아들은 필요 없다 이거죠."

"넌 돈 벌러 가……. 그래야 나…… 용돈 줄 거 아냐."

"나는 이제 돈만 버는 아들이에요?"

"어…… 많이 벌어. 나 좀 호강하게."

"장가 안 가고 붙어살까 보다."

"너, 오른쪽으로 와 봐."

백수현이 순순히 다가오자 리아는 그의 귀밑머리를 세게 잡아당겼다.

"아아악!"

그는 귀밑머리를 비비며 호들갑을 떨었다.

"너 이 새끼…… 또 말해봐. 응? 아파? 아프지? 엄마는 더 아파. 한 번만 더 그따구로 말해."

"아이고 알았다. 백수야, 가자. 아픈 친구 소원 좀 들어주지 뭐."

"기타야…… 너도 오늘 수고했어. 네가 옆에 있어서 든든하더라."

리아는 병실을 나가려는 기타에게 말했다.

"수고하긴. 나 처맞고 아무것도 못 하고 있었어."

"나 계속 보고 있었잖아. 그래서 하나도 안 무서웠어."

기타는 눈물을 보일까 봐 황급히 얼굴을 돌리고 병실을 나갔다.

"밖에 저 사람들, 누구야?"

병실 문 앞에서 양복을 입은 건장한 남자들이 서성이고 있었다.

"할아버지께서 진짜 경호원을 보내 주셨어요."

"진짜 경호원은 또 뭐야."

"전 가짜예요. 저 때문에 선생님이 다치셨어요."

"나한텐 넌 진짜야. 네가 그런 말 하면 섭섭해. 눈은 왜 그렇게 부었어……."

"그냥요. 너무 좋아서요."

"뭐가 좋아."

"깨어나 주셔서요. 좋아서 운다고 하는 말 이제야 알겠어요. 기도했어요. 선생님 살려 달라고."

"손가락 하나 없다고 죽지 않아."

"제가 똑똑히 봤어요. 그때 선생님 얼굴 잊을 수가 없어요. 전 이제부터 선생님 새끼손가락으로 살 거예요."

"그건 어떻게 사는 건데."

"선생님 곁에 꼭 붙어 있겠다는 뜻입니다. 새끼손가락처럼요."

"내가 아니라 널 위해 목숨도 내놓으신 예수님 옆에 붙어 있어야지."

"저도 알아요, 예수님. 형님이 가르쳐 주셨어요. 선생님이 맨날 말씀하시던 아버지란 분이 하나님이시라면서요. 저도 하나님을 아버지라고 부르고 살 거예요."

"우리 이수 다 컸네. 나는 사랑하는 사람들을 힘겹게 지켜야 했어. 그런데 우리 아버지를 만나고부터는 그럴 필요가 없어졌어. 내 인생의 주인은 내가 아니라 아버지였어."

"압니다. 처음에 형님이 그렇게 가르쳐 주셨을 때 이해가 안 됐습니다. 내 인생의 주인이 왜 내가 아닌가. 그치만 그렇게 살아도 답이 없다는 걸 제가 더 잘 알고 있더라고요. 제 인생이 그랬으니까요. 한 치 앞도 모르면서 말입니다."

"그래. 아버진 우릴 너무 잘 아시지. 그분이 인도하시는 대로 우린 그냥 눈앞의 삶을 살아가면 되는 거야. 내가 가진 거 다 내려놓고."

"거지처럼 하나님 뒤만 쫄쫄 따라다니란 말이죠?"

"왜 빈 깡통도 팔에 하나 걸지 그러냐."

"그럴까요? 아무리 생각해 봐도 선생님과 제가 만난 건 하늘의 뜻인가 봅니다."

수현은 어깨에 날개가 달린 것처럼 날아갈 듯 기분이 좋아졌다.

"웃으니까 좋다. 이제 스물한 살 같네."

수현은 병실 형광등 불을 끄고 소파에 누웠다. 거대한 태풍이 지나간 자리에 파괴만 남아 있는 것은 아니었다. 한 번도 경험하지 못한 그 어떤 것과도 비교 불가한 사랑이 잉태되고 있었다. 그 사랑 때문에 그는 고난조차도 감사해하기로 마음먹었다. 과연 잃어버린 새끼손가락이 감사가 될 수 있을까. 궁금해서라도 그 길을 끝까지 가볼 것이다.

리아와 수현은 병실 문이 열리는 소리를 듣고 잠에서 깼다. 숨을 시근대며 들어온 사람은 바로 무경이었다. 그는 리아의 왼손을 보며 입술을 굳게 다물었다.

"잠은 좀 잤습니까?"

"새벽에 5시쯤 잤나 봐요."

"회장님한테 얘기 듣고 소름이 끼치더라고요. 일이 영 손에 안 잡혀서 얼굴이라도 보려고 왔어요."

"걱정하게 해서 미안해요."

"정훈이도 벼르고 있어요."

"웬일로 병실에 와서 잔소리도 안 한다 싶었는데."

"아뇨. 리아 씨 말고 장 회장을요. 농장에서 다들 회의 중입니다. 회장님도 이젠 결심하신 것 같습니다. ……그래도 여전히 표정은 밝으시네요. 당신은 알다가도 모를 사람이에요."

"저도 절 잘 몰라요. 하나님만 따라 사는 인생이라서요."

"그렇죠, 우린. 사실은 아주 어려운 일이 해결될 것 같습니다. 좋은 소식 가지고 곧 다시 올게요. 좀 쉬어요."

"네, 반장님. 늦었지만 승진하신 거 축하드려요."

"하하하…… 승진 이런 거 안 하고도 잘 살았어요. 지금에서야 반장이 된 데는 하나님의 뜻이 있을 겁니다. 그럼 몸조리 잘하세요."

무경은 옆에 있던 수현을 슬쩍 보더니 지갑을 꺼내 삼만 원을 쥐여 주었다.

"과자 사 먹어. 다음에 또 보자."

수현은 손에 들고 있던 돈을 물끄러미 쳐다보았다.

"위조지폐야? 뭘 그렇게 쳐다봐?"

"왜 저한테 이러는 건가 싶어서요."

"넌 나한테도 그러더니. 어른들이 주는 돈은 사랑이야 그냥 받아. 나중에 보면 인사 잘하고 그러면 돼."

"아, 그러면 되는구나. 모르는 사람한테 용돈 받아 본 게 처음이라서."

"이제는 사랑받고 사는 것도 배워. 그래야 베풀 줄도 알지."

"선생님 만나서 너무 받기만 해요."

"그럼 베풀어 보던가."

"좋죠. 그럼 제가 새우민트칩 하나 쏠게요. 이거 요즘 뜨는 과잔데 좀 전에 매점에 있는 거 봤거든요. 또 팔리기 전에 빨리 갔다 올게요."

수현은 병실을 나가던 중 모자와 마스크로 얼굴을 가린 남자와 마주쳤다. 그는 겉보기에도 범상치 않은 분위기를 가졌다.

"방금 들어가신 분은 누구십니까?"

수현은 문밖의 경호원에게 슬며시 물었다.

"식사라도 하시고 천천히 들어오시죠."

리아는 눈을 감고 있었지만 익숙한 우디향을 가진 그 사람을 모른 척해야만 했다. 한참 동안 얕은 호흡을 내뱉으며 정적 속에 있던 그는 리아의 왼손 위에 두 손을 포개며 흐느껴 울었다. 짧은 만남이었지만 그가 떠난 자리엔 회색(晦塞)만 남아 있었다. 수현이 병실로 돌아왔을 때야 비로소 한 줄기 빛이 막힌 것을 뚫고 들어왔다.

"어, 호빵맨이다."

"하아, 상당히 생각을 많이 하게 하는 말이네요."

"무슨 생각?"

"얼굴이 통통하고 크다는 거, 볼이 빨갛다는 거."

"둘 다야. 내 말은 보기 좋다는 건데? 목욕탕 다녀왔어?"

"네. 손님은 언제 가셨습니까?"

"봤어? 바로 갔는데."

"바로요? 저, 누구신지 물어봐도 돼요?"

"……전남편."

5일 후, 리아는 왼손에 붕대를 감은 채 퇴원했다. 이번에는 동네 사람들이 알까 싶어 아무도 모르게 집으로 왔다. 그녀는 거지빌라 3층에서 발걸음을 멈췄다.

"수현아, 먼저 올라가 있어. 기타 좀 보고 갈게."

"네."

리아는 벨을 눌렀다. 한 번 더 꾹 눌렀다.

"벨은 왜 눌러. 번호 알면서."

기타는 문을 열고 기죽은 목소리로 말했다.

"야, 이거 봐라."

리아는 붕대 감은 왼손을 들었다.

"어때? 특이하지?"

그녀의 왼손 새끼손가락

"뭐가. 붕대밖에 안 보이구만."

"앞으로 내 왼손은 손가락이 네 개야. 아주 특별해. 원래 이 새끼손가락이 예전에 한 번 나갈 뻔했었어. 결국엔 이렇게 됐지만. 많이 놀랐지?"

"나보다 이수가 더 놀랐겠지. 걔, 하수구 뒤질 때 정신 나갔었어. 좀 평범하게 살 순 없어?"

"어, 보시다시피 이젠 평범하긴 글렀어."

"미안해. 너무 무서워서…… 그런 내가 한심해서 정말."

기타는 손으로 머리카락을 마구 흩트렸다.

"너 그때 잘한 거야. 이수도 진정시키기 힘들었는데 너까지 나대면 어쩌나 걱정했단 말이야."

"그래서 우리가 흥분할까 봐 참은 거였어? 아무 소리도 못 하고?"

"그건 참겠는데 지금 배고픈 건 못 참겠어. 집에 뭐 있어?"

"김치밖에 없어."

"그럼 우리 집에 가서 밥 같이 먹자. 네가 밥 좀 해주라. 내가 이런 처지라……."

리아는 기타 앞으로 왼손을 들어 보이며 말했다. 지난번 사고에 이어 기타를 축 처지게 만든 데에는 그녀의 지분이 꽤 컸다. 그의 밉지 않은 까칠함은 당분간 보기 어려울 것 같았다. 옥탑방으로 들어온 리아는 소파에 털썩 앉아 머리를 뒤로 젖혔다.

"아, 역시 집에 오니까 좋다. 이수야, 우리 김치찌개 해 먹자. 퇴원하면 항상 자극적인 게 당기더라."

"형이 도와줄게. 너 요리 잘한다며."

"혼자 살아야 하니까 하다 보니 늘더라고요. 참, 형님은 참치파입니까, 돼지고기파입니까."

"난 둘 다 넣어."

"오, 김치찌개 취향이 저랑 같습니다. 처음 면접 볼 때부터 형님이 마음에 들었습니다."

"짜식이, 사회생활 하는 거냐?"

"네. 형님한테 잘 보이려고요."

"어쭈 이제는 대놓고?"

"형님, 저는 선생님한텐 죄인 아닙니까? 처음부터 그렇게 만났고. 이번 일도 저 때문인 거잖아요. 선생님이 정말 원하시는 게 뭘까 생각해 봤어요. 제가 행복하게 잘 사는 거더라고요. 그러니까 지금 선생님에겐 형님이 행복하신 게 약입니다."

"네가 형님 해."

"아, 진짜 그래도 됩니까?"

"해봐. 어디."

"니들은 입으로 요리해?"

"네네. 입으로 열심히 합니다요. 타닥타닥. 타닥타닥."

수현은 입으로 소리를 내면서 능숙하게 칼질했다. 그들이 분주하게 준비한 저녁상에는 김과 계란말이가 더해졌다. 화려한 만찬은 아니지만 사랑의 만찬쯤은 되었다. 최상은 아니지만 비교 불가한 것도 있기 마련이다. 리아에겐 두 사람의 밝은 목소리가 만찬장에서 흘러나오는 어떤 연주보다 아름답게 들렸다.

그녀의 왼손 새끼손가락

다음 날 아침, 수현 형제가 나란히 출근하자 리아는 배로 즐거운 아침을 맞았다. 백수현은 자리에 앉자마자 양말 공장 소식부터 전했다. 공장은 디자이너를 못 구해 일을 멈춘 상태였고, 강 사장은 소유하고 있는 다른 공장에서 현금이 돌아가지 않아 애를 먹고 있었다. 게다가 중국 원료 회사에서 비용을 더 요구하고 있어 당장이라도 양말 공장을 팔 기세였다.

"그래? 누구 정보야?"

"최기현 실장이라고 강 사장 오른팔쯤 돼요. 내가 간만에 연기 좀 했더니 싼 가격에라도 넘기겠대요."

"문제없으면 추진해 봐."

"알아보고 있습니다요. 이제 엄마 머리 꼭대기에 있어요. 속이 훤히 보인단 말이죠."

"나 없어도 되지?"

"그런 말 좀 하지 마요. 떠날 준비 하는 사람처럼 왜 자꾸 그래요. 그리고 이번 회의에 참석하래요."

"누가?"

"회원들이죠. 기다리는 사람이 이렇게 많은데 자꾸 쓸데없는 소리를 하고 그래요. 콩쿠르도 심상치 않고. 아이들이 괜찮아야 할 텐데."

"저번에 얘기하던 거?"

"지금 거긴 무법지대래요. 애들까지 납치해서 몸값을 요구하다니 나쁜 놈들."

"장 회장 쪽은, 움직임 없어?"

"곧 움직이겠죠. 그전에 할아버지가 한고 분식 회계 자료부터 넘길 것 같아요. 탈세, 주가 조작도."

"장 회장이 스스로 갖다 바친 게 목숨 줄을 죄게 되었네."

"담보가 워낙 훌륭했죠. 이제 한고는 끝이에요."

"음…… 커피 냄새 좋다."

리아는 주방에서 풍기는 커피 냄새에 잠시 말거리를 돌렸다.

"형님이 선생님 좋아하신다고 커피마을까지 가서 사 왔습니다. 조금만 기다리세요. 다 돼가요."

"엄마는 괜찮겠어요? 한고 상대하려면 최씨 종가하고도 부딪칠 수 있으니까."

"알고 있어."

"할아버지가 1층에 경호원들 더 보내셨어요."

"회장님 방에?"

"네, 할아버지 이제 엄지농장으로 아예 옮기셨어요."

"커피 나왔습니다."

이수현은 커피 두 잔을 탁자 위에 올려놓고 자리에 앉았다.

"둘이 진짜 형제 같네. 참, 이따 저녁에 거지빌라 식구들하고 회식할 거야. 이수는 나랑 시하네 데려다주고 일찍 퇴근해. 백수는 저녁에 오고 싶음 오고."

"찬밥 신세가 따로 없네. 꼭 오라는 것도 아니고."

"형님 저는 아예 들어가라고 했습니다."

"이것들이 쌍으로 지랄을 해."

"찬밥은 일하러 가겠습니다. 이수야, 엄마 잘 봐. 형님 간다."

"예, 형님. 엄마 잘 지키겠습니다."

"엄마?"

"쑥스럽긴 한데 엄마라고 부르고 싶습니다. 형님도 처음에는 큰이모라고 했다고 들었어요. 그러다 점점 엄마라고 불렀다고."

"그랬지."

"형님 말로는 그게 더 자연스러워졌다고 했어요. 지금 제가 딱 그렇습니다."

"나도 회장님한테 이제 아버지라고 해."

"그전에는 회장님이라고 부르신 거예요?"

"아니. 아저씨."

"풉. 아저씨가 뭐예요."

"우리 고향에서는 나이 드신 남자한테 다 아저씨라고 했는데 그게 그렇게 이상해?"

"듣는 아저씨 기분 나쁘죠."

"회장님은 더 좋다고 하셨는데?"

"뭐, 본인 취향이라고 생각합니다. 그럼 제 취향도 허락해 주시는 겁니까?"

"난 원래 아들이 둘이었어. 하나가 이제 돌아왔네."

리아는 약 때문인지 하루에 한 번은 꼭 낮잠을 잤다. 수현은 자고 일어난 리아의 얼굴을 호빵이라고 놀리면서도 그녀를 위해 냉찜질 팩을 해주었다. 그는 기다리는 동안 젊은 날의 리아가 문득 궁금해졌다. 짐작하기론 군인이었거나 지금도 트레이닝복을 입는 것으로 보아 운동 쪽인 것 같기도 했다. 이번 사건으로 보아 어둠의 세계에 몸담았을 가능성도 배제할 순 없었다.

"뭐? 조폭? 너 수현이 앞에서 조폭의 조 자도 꺼내지 마. 알았지?"

리아가 무슨 말을 하는지 정확히 알 수 없었지만 조폭은 오히려 백수현과 깊은 관련이 있어 보였다. 그는 궁금증을 안은 채 리아와 시하네를 데리고 뷔페 레스토랑에 제때 도착했다.

"다들 좋은 시간 되세요. 이모님, 울 엄마 잘 부탁합니다."

수현은 목소리에 힘을 주어 말했다.

"어머 수현 씨, 언니한테 엄마라고 했어요?"

"엄마, 삼촌 말이 맞아요. 삼촌 처음 봤을 때 이모가 아들이라고 그랬단 말이에요."

"시우야, 진짜야?"

"진짜예요. 근데 비밀이라고 했어요."

"이제 비밀 아니야. 맛있는 거 많이 먹고 잘 놀다 와. 아, 잠깐만."

수현은 지갑에서 만 원짜리 지폐 두 장을 꺼내 승우와 시우에게 하나씩 건넸다.

"수현 씨, 애들 안 줘도 돼요."

"저도 받은 게 많아서 괜찮습니다."

"삼촌 고맙습니다."

아이들의 인사로 으쓱해진 수현은 미소를 가득 머금고 차를 돌렸다. 뷔페 레스토랑은 크게 세 구역으로 나누어져 있었고 전 세계 음식이란 음식은 다 가져다 놓은 듯했다. 시하가 시우를 데리고 먼저 음식을 가지러 간 사이, 승우가 다가와 리아의 붕대 감은 손을 만졌다.

"이모 많이 아파요?"

"이젠 쪼금 아파."

승우는 리아의 손에 입을 동그랗게 모으고 '호호' 하고 입김을 불었다. 그 작은 온기가 손가락으로 들어가 심장을 뜨겁게 만들었다. 승우는 계속 입김을 불었다.

"똑똑. 승우가 '호' 해줘서 이모 이제 다 나았겠다. 그러니까 삼촌이랑 맛있는 거 가지러 가자."

승우는 그제야 도연과 함께 음식이 있는 곳으로 향했다.

"짜식이, 어른스러운 데가 있단 말이야."

진우는 테이블 위에 있던 냅킨으로 리아의 눈물을 닦았다.

"삼촌들, 언제 왔어요? 여기 음식 장난 아니에요. 언니, 무슨 일이에요? 왜 그래……."

시하는 양손에 음식이 담긴 접시를 들고 눈을 동그랗게 뜨며 말했다.

"우리가 도착해서 보니까 승우가 누나 손에 입김을 불고 있더라고요. 리아 누나는 울고 있고."

진우의 말을 들은 시하도 눈가가 벌겋게 변하고 있었다.

"뭐야, 울지 마. 둘 다 그러면 나 집에 갈 거야."

기타는 놀란 눈으로 주위를 두리번거리며 말했다. 그때 성유가 리아의 손에 입을 대고 '후후'하고 불기 시작했다. 리아는 성유를 한번 슬쩍 보더니 연신 손부채질을 했다.

"누나도 웃네요. 울 엄마도 내가 이러면 막 웃으시길래."

"성유 씨 덕분에 언니 눈물 쏙 들어갔어요."

거지빌라 식구들은 먹고 마시며 서로의 삶을 이해하고 함께 위로하고 있었다. 그들은 점점 이웃사촌의 면모를 갖추어 가고 있었다. 마음도 부르고 배도 부른 식사를 마치고 길 가던 승우의 발걸음을 멈추게 한 것은 다름 아닌 오락실이었다. 그들은 포만감에 힘입어 오락실 안을 놀이터처럼 놀기 시작했다. 잠시 들린 이곳에서 1시간이 훌쩍 지나 버렸다. 그사이 승우는 토끼 인형을 뽑았고 시우는 스티커 사진을 찍었다.

"밥 먹은 게 다 꺼졌네. ……잠깐만, 이거 해서 진 팀이 라면 끓이고 설거지하기 어때?"

성유는 나가려다 말고 입구에 놓인 펀치 게임기를 보며 말했다.

"완전 좋지. 승우야, 우리 팀 누구였으면 좋겠어?"

"음…… 나는 엄마랑 이모랑 요리사 삼촌."

"뭐, 나 까인 거야?"

진우는 두 손으로 머리를 감싸며 승우를 향해 슬픈 표정을 지어 보였다.

"그래 인마. 연기 그만하고 이쪽으로 와. 우리 시우 공주님도 오세요. 어쩌나 딱 봐도 우리가 이겼어."

기타는 한쪽 입꼬리를 올리며 자신만만하게 말했다.

"길고 짧은 건 대 봐야 알지. 대신 너희부터 해."

성유가 팔을 걷어붙이며 말했다.

"우리는 시우부터 할까?"

기타는 시우를 안고 같이 주먹을 뻗었다. 펀치 기계는 요란한 소리와 불빛을 번쩍이며 350점을 주었다.

"야 너 뭐야. 같이 하기 있어? 승우도 삼촌이 도와줄게."

"아뇨. 저는 혼자 할래요."

승우는 눈을 부릅뜨고 힘껏 주먹을 내리쳤다.

"우와, 320점! 승우 너 주먹 장난 아닌데?"

기타는 승우의 주먹을 만지며 호들갑을 떨었다.

"아빠 닮아서 그래요."

승우의 얼굴이 상기 되었다. 서로 차례가 지나가고 성유 팀은 리아만 남겨둔 상태에서 925점이나 뒤처져 있었다. 성유가 910점이라는 어마어마한 점수를 팀에 안겨 줬는데도 말이다.

"이모 이겨라! 이모 이겨라!"

승우는 승리를 향해 목청껏 응원했다.

"누나 안 해도 돼요. 라면은 제가 끓일게요."

"성유야, 호텔식으로 고급지게 한번 끓여줘. 역시 야식은 라면이지."

기타가 오락실을 나가며 말했다.

빠박! 심상치 않은 소리와 함께 펀치 게임기의 점수가 올라갔다. 700…… 800…… 900…… 901…… 908…… 955. 드디어 올라가던 숫자가 멈췄다. 먼저 나간 일행들이 소리를 듣고 우르르 몰려왔다. 진우는 놀라서 손으로 머리를 감쌌고 성유는 발이 얼어붙은 듯 꼼짝하지 않고 서 있었다.

"야! 우리가 이겼다. 이모 힘 엄청 세."

"다시 해봐. 못 봤어. 어? 어?"

기타가 승우처럼 조르자 모두가 한마음으로 요청하기 시작했다. 리아는 못 이기는 척 다시 펀치 게임기 앞에 섰다. 그녀는 제자리에 서서 상체의 회전을 이용해 주먹을 뻗었고 다시 나온 점수 역시 950점이었다.

"와! 미쳤다. 권투 선수야? 뭐야?"

기타는 펀치 게임기의 점수를 뚫어지게 쳐다보며 말했다.

"이제 그만 봐. 집에 가자."

이번엔 리아가 오락실 밖에서 불렀다. 그들은 집에 도착할 때까지도 진우가 찍은 동영상을 보며 감탄을 멈추지 않았다.

겨울을 맞아 리아의 옥상 마당에는 큰 텐트가 세워져 있었다. 곳곳에 랜턴이 걸려 있고 바닥에는 전기장판도 깔려 있어 나름대로 운치 있는 공간이 만들어졌다. 가스버너 위에 놓인 코펠에는 황태 조각과 콩나물을 넣은 라면이 소리를 내며 끓고 있었다.

"엄마, 저것 좀 보세요. 별이 진짜 많아요."

승우는 깜깜한 하늘을 손가락으로 가리켰다.

"어머 정말 별이 떴네? 여기 몇 년을 살아도 별 볼 일 없었는데 이게 웬일이야?"

"확실히 냄새가 나. 사람 사는 냄새. 내가 군에 있었던 동안 여기도 많이 변했어."

"군인 오빠, 라면도 지금 안 먹으면 변해. 냄새는 그만 맡고 빨리 달려들어."

그녀의 왼손 새끼손가락

"아, 낭만 파괴자."

기타의 핀잔에는 리아에 대한 애정이 듬뿍 담겨 있었다.

"크으. 뽀글이 저리 가라네. 안 먹었으면 어쩔 뻔했어. 빨리 전역하고 싶다."

"뽀글이? 뽀글뽀글 뽀글이?"

"시우야, 뽀글이 안 먹어봤지? 삼촌이 군인들만 먹는 뽀글이 만들어 줄까?"

"네! 빨리 만들어 주세요!"

깊어지는 밤이 아쉬울 만큼 세대를 초월한 만남의 행복은 훨씬 풍성하게 다가왔다. 대단한 것도 없는 일상이 점점 특별하게 느껴졌다. 아이들도 잠을 참아가며 이 특별한 행복을 맛보고 있었다.

"시하야, 애들 재워. 시우 졸리나 봐."

"그래야겠어요. 저희는 먼저 내려갈게요. 얘들아, 인사하고 가야지."

"삼촌, 이모 안녕히 계세요."

아이들은 졸린 가운데도 배꼽인사를 하고 내려갔다.

"승우 아빠야, 애들 봐서라도 빨리 일어나야지."

리아는 그들의 뒷모습을 보며 주절거렸다.

"기적이라도 일어났으면 좋겠어요. 근데 누나, 솔직히 말해 봐요. 예전에……."

"야, 하지 마."

기타가 팔꿈치로 성유를 치며 말했다.

"예전에 뭐 조폭이었냐고?"

9

파이터

9. 파이터

  33년 전. 경북 인하시 인하마을. 낮은 평지에는 백여 채의 초가들이 즐비하게 모여 있고, 언덕 위에는 큰 기와집이 자리하고 있는 곳으로 얼마 전 이 마을 전체가 세계 문화유산으로 등재되었다. 3만 평이 넘는 큰 대지의 주인은 유일한 기와집의 주인인 최씨 종가였다.

  그들은 대대로 독립운동가, 장군, 정치인, 기업가를 배출하며 권위 있는 가문이 되었다. 한국의 부자 순위 9위를 기록했지만 사람들은 그들의 재산이 그보다 훨씬 많을 것으로 추정했다.

  매년 4월, 인하마을 복사꽃 축제는 '죽기 전 꼭 한번 가야 하는 곳' 6위로 선정되면서 세계적인 관광지로 명성을 떨치고 있었다. 그때 마을 사람들은 조선시대 사람들로 변장하여 한국의 미를 보여 주었다. 가장 눈여겨볼 만한 것은 '복사화무'였다. 마을의 여자들은 이곳에서 '복사화무' 전수자들로 자랐는데, 축제 동안 연분홍 한복을 입고 다리 위에서 춤을 추며 내려왔다. 그들이 지나간 자리에는 마술처럼 복사꽃이 흩날렸다.

인하마을은 이런 전통을 유지할 사람들이 필요했기 때문에 간단한 심사를 본 후 초가집과 생활비를 주고 그 명맥을 유지했다. 리아와 사연은 그곳에서 태어나 자매처럼 자랐다. 마을버스 추락 사고로 부모를 잃은 리아는 친할머니와 살고 있었고, 아버지를 잃은 사연은 엄마와 살고 있었다. 그들은 고등학교를 인하 시내로 다니게 되면서 처음으로 큰 세상에 나왔다. 하지만 그 세상에서는 초가에 사는 인하마을 사람들을 천민이라고 부르며 놀렸다.

"야, 촌년!"

"뭐어, 느그 뭐라했노."

"왜 촌년아, 아 맞다. 노비 년들이지."

창호와 그 졸개들은 하굣길에 리아와 사연을 보자 어김없이 시비를 걸었다.

"저것들을 그냥. 명색이 기독교 학교인데 사랑은 없고 핍박하는 것만 배웠나. 아이고 기대한 내가 빙시다."

사연은 가슴을 치며 울분을 삼켰다. 사실 사연보다 리아가 더 놀림의 대상이었다. 그녀의 꽤 큰 덩치 때문이었다.

"리아야, 우리도 도시물 좀 먹어야 되겠다. 촌구석에 산다고 저것들이 무시한다 아이가. 우리도 변신을 한번 해보자."

"변신?"

"일단 살을 좀 빼고 이 앞머리를 여기 가시나들처럼 하면 니도 엄청 예쁘단 말이다. 우리 둘이 어디 가도 얼굴은 안 빠지니까 이 참에 변신을 한번 해보는 기라."

"나도 내가 뚱뚱하고 촌스러워서 그러는가 생각했다. 그라믄 뭐부터 해야 되노."

리아는 집으로 돌아오자마자 사연이 가르쳐준 대로 저녁밥을 반 그릇만 먹고 자리에 누웠다.

"리아야, 밥을 와 이래 안 묵노. 두 그릇도 뚝딱하던 아가."

"할매, 이제 밥 반만 도."

"와, 어디 아프나."

"안 아프다. 배고파서 말하기가 힘들다."

리아는 배에서 나는 꼬르륵 소리를 들으며 잠을 청했다. 그리고 아침 6시에 일어나 사연을 자전거에 태우고 1시간이 넘도록 학교를 향해 달렸다. 그렇게 버스비를 아껴 모은 돈으로 두 달 만에 미용실에 갈 수 있었다. 체중이 6kg이 빠진 것도 고무적이었다.

"어서 오이소. 학생들 뭐 해주꼬."

"요즘 유행하는 앞머리 해주이소."

사연은 손가락으로 앞머리를 둥글게 마는 시늉을 했다.

"아, 앞머리 파마도 하까?"

"네. 해주이소."

리아와 사연은 미용실 거울 앞에 나란히 앉아 잔뜩 기대감에 부풀었다. 둘은 거울에 비친 모습을 보며 피식피식 웃어 댔다. 미용사의 가위질 소리만 들어도 입꼬리가 올라갔다. 앞머리를 말은 분홍 로드는 어느새 이마에 바짝 붙어 있었다. 드라이를 끝으로 봉

굿하게 말린 앞머리가 드디어 거울에 모습을 드러냈다.

"역시 돈을 써야 한다 아이가. 와, 이 앞머리 예술인데. 이제 아무도 우리한테 함부로 못 한다. 짜슥들 딱 기다리."

"사연아, 오늘 이래가 집에만 들어가기 아깝다."

"당연하지. 시내 한 바퀴 돌고 가자. 새로 생긴 떡볶이집 죽이는 데 있다더라."

두 사람이 찾아간 곳은 인하시에 하나밖에 없는 쌀 떡볶이 가게로 여고생들에게 한창 인기를 얻고 있었다. 보통 때는 떡볶이를 먹고 바로 집으로 가지만 오늘은 머리를 한 기념으로 '청춘 음악사'에 들러 새로 나온 LP 레코드판을 구경하고 팬시점까지 들렀다.

"리아야, 콧구멍만 한 여기도 시내라고 이렇게 좋은데 서울은 더 좋다더라. 두고 봐라. 언젠가는 꼭 서울서 살다."

"할매캉 이모캉 다 같이 올라가자."

"무슨 돈으로. 최씨 종가에서 주는 생활비나 받고 사는 처지에."

"작전을 또 짜야지. 그건 머리 좋은 니가 해라. 나는 시키는 대로 다 할게."

"니가 내 쫄병이가."

"쫄병하께. 잘할 자신 있다."

"누가 니를 내 쫄병으로 보겠노."

"내가 한다는데 무슨 상관이고."

"그래? 니는 머리에 든 게 없고 나는 힘이 없고, 우리 둘이 합치면?"

"완벽하지."

"좋다 좋아. 까짓것 내가 죽이는 작전 한번 세워 보께."

사연은 호기롭게 대답했지만 하늘에서 도와주지 않는 이상 어림도 없는 일이었다. 두 사람의 마음은 벌써 서울에 가 있었지만 인하마을로 가는 버스 시간에 맞추려면 서둘러야 했다.

"오늘 그렇게 싸돌아 다녔는데도 다리가 가볍제."

"……잠깐만."

"와, 다리 아프나. 내가 업어 주까."

"아니, 저게 뭐꼬."

사연은 길가 전봇대를 향해 걸어갔다.

용호 체육관.
권투 단원 모집.
제2의 양철승, 강용국 선수가 되고 싶지 않습니까?
퍼뜩 오이소!
선착순 00명!

"내가 봤을 때 저거는 니 거다."

"뭐가 내 거고?"

"권투."

사연은 눈을 부릅뜬 채 리아의 팔을 꽈악 붙들었다.

"권투?"

"그래. 니는 내가 잘 알잖아. 태생부터가 장군의 손녀인데. 우리 엄마가 그랬다. 니는 남자로 태어났어야 했다고."

"내가 무슨…… 힘만 좋으면 다 되나."

"된다. 나머지는 배우면 된다. 내 말 잘 들어 봐라.

첫째, 일단 니는 공부로는 승부를 못 본다. 맞제. 니가 가진 이 생물학적 능력! 173cm에 80kg의 체중. 이건 신이 주신 몸이다. 내가 본 여자 중에 니가 가장 힘이 세다. 남자도 업고 뛰어다닌 거 기억 안 나나.

둘째, 학교에서 아무도 니 못 건드린다. 창호도 아마 찍소리 못 할걸.

셋째, 양철승, 강용국 선수처럼 서울서 살 수 있다.

넷째, 돈을 벌 수 있다. 일석사조다."

"참말이네. 맞는 말이다."

"우리 인생이 달린 중요한 거니까 주말 내내 생각해 보자."

"알았다."

리아는 집으로 돌아오는 길에서도 방 안에 누웠을 때도 가슴 한 곳이 벅차오르는 것을 느꼈다. 밤새 이리 뒤척 저리 뒤척 하며 깊은 상상 속에 빠져들었다. 권투 선수가 되는 건 꽤 멋진 일 같았다.

어느새 창호지 문으로 아침햇살이 스며들었다. 리아는 그대로 사연의 집으로 달려가 방문을 벌컥 열었다.

"사연아! 사연아!"

"응…… 엇! 지각이가! 오늘 첫 교시 독사 쌤인데. 큰일 났다, 큰일 났어."

사연은 갑자기 눈을 떠서 옷을 입으려고 난리를 쳤다.

"아, 아이다. 정신 차려라. 오늘 일요일이다."

"어? 가시나 놀랬다 아이가. 근데 니는 이 황금 같은 일요일에 와 깽판을 쳐쌌노."

사연은 이불을 휙 뒤집어쓰며 자리에 누웠다.

"잠이 안 온다."

"자자. 옆에 누워라. 일요일 아침에 늦잠 자는 거 제발 좀 뺏지 마라. 니는 모르겠지만 미인은 잠꾸러기라서 힘들다."

"잤는데 잠이 안 온다."

"뭐라카노."

"살다 살다 이런 기분 첨이다. 빨리 내일이 왔으면 좋겠다."

"내일은 가마 있어도 온데이."

리아는 사연을 일으켜 자신의 심장 소리를 들려주었다.

"옴마야, 니 심장 고장났나. 와 이카노."

"니가 내를 이래 만들었다 아이가. 권투 선수 말이다. 이 가슴이…… 여기가…… 여기가 막 뭐가 끓어오른다. 아 씨, 와 이래 벌렁거리노."

"진짜가. 내 말이 맞으니까 니 몸도 반응하는 거 아이가. 리아야, 우리 인생 함 걸어보까."

"응!"

둘은 앉은 자리에서 두 손을 맞잡고 소리를 질렀다.

"아이고 학학학……. 미친년 같다 우리."

사연은 너무 흥분했는지 이불 위로 쓰러지며 말했다.

"미쳐보자. 그 정도 배짱은 있어야지."

"아침부터 뭐 좋은 일 있나. 엄마도 좀 알자."

미숙은 아침상을 들고 방으로 들어왔다.

"이모, 저 왔습니다."

"아침 아직 안 먹었제. 자, 한 숟가락 떠라."

"예."

"느그 무슨 일인데."

"엄마는 몰라도 된다. 낭랑 18세라서 그런가 우리도 와 이라는지 모른다."

그들은 밥을 먹는 내내 웃음이 새어 나와 밥알이 자꾸 흘렀다. 하루 종일 붙어서 작전을 짜느라 일요일이 쏜살같이 지나가 버렸다. 리아는 오늘 밤도 설렘이 가시지 않았다. 간간이 짖어대는 백구 소리에도 미소가 나왔다.

* * *

"리아야, 일어나거라."

"으응……."

리아는 눈을 번쩍 떴다. 역시나 새벽까지 뒤척인 결과였다. 벽시계는 6시 30분을 가리키고 있었다.

"옴마야, 할매. 내 지금 늦었다. 밥 안 먹는데이."

리아는 옷만 후다닥 갈아입고 마을 입구로 뛰어갔다. 사연의 표정에서 뭔가 심상치 않음을 직감했다.

"야야, 니 안 씻었나. 꼬라지가······."

사연은 가방에서 손거울을 꺼내 보여 주었다.

"이게 뭐고? 머리가 와 이라노."

"으이그 파마를 하면 말이다. 자고 일어나면 뻥튀기가 된다 아이가. 놀림 안 받을라고 파마했더니 이거 때문에 더 놀림 받게 생겼다."

"그라믄 어짜는데?"

"저기 냇가에 가서 물 좀 적시자."

사연은 리아의 머리에 물을 묻히고 가방에서 꼬리빗과 헤어롤을 꺼내 머리를 둥글게 말았다.

"자 됐다. 거울 봐라."

"사연이 니 손은 못 하는 게 없······."

리아는 거울을 이리저리 돌려 보다 갑자기 표정이 굳어버렸다.

"맘에 안 드나. 와 그라는데."

사연은 리아 옆으로 가서 같이 거울을 들여다보았다.

"귀, 귀신!"

사연은 그 자리에 주저앉았다.

"야!"

그들의 뒤쪽에서 사람 소리가 들렸다.

"옴마야, 귀신이 말을 하나. 저거 지금 우리 부르는 소리가."

"사연아, 정신 차리고 저기 좀 봐라."

"싫다. 물귀신이 젤로 무섭단 말이다."

"귀신이 아니고 최지다."

"어? 누구라고?"

사연은 고개를 쭉 빼면서 일어났다.

"안녕."

그는 뒷주머니에 손을 찔러 넣은 채 다가왔다.

"아이씨, 깜짝 놀랐잖아. 니가 여기 우짠 일인데."

사연은 턱을 들고 퉁명스럽게 말했다.

"학교 언제 마쳐?"

"왜. 뭔 상관인데."

"심심하니까 놀아줘."

"우리가 니 종인 줄 아나. 바빠. 그라고 우리가 왜 니캉 놀아야 되노."

"우린 친구잖아."

"친구는 개뿔. 그런 놈이 연락 한번 없어 놓고. 리아는 니 살리고도 뺨 맞고 얼마나 혼났는 줄 아나."

"그땐 내가 입원하느라 몰랐어, 나중에 부모님께 말씀드렸어. 너희들 잘못이 아니라고."

"야, 우리는 최씨 종가 대를 끊어놓을 뻔한 그런 죽일 년들이 됐거든. 니가 살았으니 망정이지 우리도 느그 집에서 죽을 뻔한 거 알제."

"그랬으면 나도 너희 따라 죽었을 거야."

그가 뱉은 뜻밖의 말에 사연의 악다구니는 맥없이 끝이 났다.

"거, 뭐 그렇게까지 말하노. 어쨌든 오늘은 우리가 엄청 중요한 일이 있어서 안 된다."

"그게 뭐야?"

"니는 몰라도 된다."

그는 고개를 끄덕이더니 조용히 뒤돌아 걸어갔다.

"옴마야, 저 자슥 최지 맞나. 지도 죽었을 거라는데. 참말로 사람을 들었다 놨다 한다."

"담배도 피우더라."

"그 연기가 담배였나. 나는 또 귀신 나오면 같이 나오는 물안갠 줄 알았다. 어린노무 새끼가 벌써 담배나 피우고. 서울 가더니 애를 망쳐놨네. 저 집도 종손이 저래가 망했다 망했어. 아, 맞다. 모레가 제사라던데 그래서 내려왔구나. 누구는 좋겠다. 서울에 집도 있고 제사라고 결석도 해도 되고."

그들은 어릴 때부터 친구였지만, 그가 강에 빠진 사고를 당한 후 서울로 이사를 가면서 연락이 끊어졌다. 그 후 2년 만의 만남이었다.

리아는 오늘따라 학교 수업이 지루했다. 빨리 권투 도장에 가고 싶은 마음만큼이나 시간은 더디게 흘렀다. 늘 그렇듯 쉬는 시간엔 책상에 엎드리고 있었다. 건들지 말라는 표현이었건만 갑자기 실내화 한 짝이 날아와 머리에 부딪혔다. 안 봐도 미친개들의 짓이 분명했다. 리아는 창호와 그 졸개들을 그렇게 불렀다. 창호는 전교 1등에 할아버지가 이 학교 교장 선생님이었기 때문에 아무도 그의 기세를 꺾을 수 없었다.

"야, 촌년."

리아가 고개를 돌려 그들을 보았다.

"야이 씨발년이 어디서 눈까리를 째려보고 지랄이고. 확 째뿔까."

리아는 순간 더운 열기가 몸에서 올라왔다.

"니 뭐라했노."

"보면 어쩔 건데 응?"

그는 손가락으로 리아의 가슴을 쿡쿡 찌르며 말했다. 창호의 졸개들이 낄낄거리며 웃어댔다.

"이 새끼가!"

리아는 자리에서 일어나 그의 뺨을 후려쳤다.

"이 쌍년이!"

그는 리아의 얼굴에 주먹을 날리고 발로 가슴을 밟았다. 리아는 몸을 웅크렸지만 주먹질은 계속되었다. 졸개들은 그럴수록 더 흥분하며 소리를 질렀다. 한 번쯤 오기를 부려 대들고 싶은 마음이 굴뚝같았지만 할 수 있는 게 없었다. 고작 버티는 수밖에.

"뭐꼬."

사연은 옆 반의 소란스러움이 아주 불길했다. 요즘 좀 잠잠하다 싶었는데 혹시나 리아가 미친개들한테 맞고 있을까 봐 아이들 사이로 비집고 들어갔다.

"악! 어떡해. 저러다 죽는 거 아이가."

같은 반 여학생들이 발을 동동 구르고 있었다.

"야아아아!"

사연은 그대로 돌진해서 창호의 발길질을 헤치고 리아를 살폈다.

"이 씨발년! 촌년이 가슴만 커가지고 화냥질이나 하고 살 년이. 에잇. 퉤퉤퉤!"

"리아야! 리아야!"

리아의 코에서 난 피가 입술을 타고 흘렀다.

"리아야, 피난다, 피. 이게 무슨 일이고."

사연은 손수건을 꺼내 코피를 막으며 울부짖었다. 마침 그때 담임이 들어와서 리아를 양호실로 데려갔다.

"우리 리아 괜찮아예?"

양호실까지 따라온 사연이 울먹이며 말했다.

"어디 보자…… 다행히 찢어진 데는 없고, 약 바르면 좀 아프겠는걸."

양호 선생님은 리아의 얼굴을 소독하고 약을 발랐다.

"무슨 일이고."

담임은 뒤늦게 치료받고 있는 리아에게 물었지만 그녀는 아무 말도 하지 않았다.

"창호가……."

"사연아."

리아는 사연의 말을 가로막았다.

"선생님, 별거 아입니다. 제가 넘어졌습니다."

"그랬나. 선생님은 니 말 믿는데이. 양호 선생님, 치료 좀 잘해주이소. 저는 수업이 있어가 그만 가보겠습니다."

담임이 나가자 양호 선생님이 리아를 물끄러미 보았다.

"왜 거짓말한 거야? 이건 폭력이야. 네가 싸우지 않아도 학교에는 여러 가지 규칙이 있어. 선생님이 도와줄 테니까 말해도 돼. 너한테 이렇게 하는 친구를 그대로 두면 그 친구를 위하는 게 아니라 더 나쁘게 만드는 거야."

"친구, 아닙니더."

리아는 마지막 수업이 시작되자 양호실에서 빠져나왔다. 교문 앞에는 리아의 책가방을 든 사연이 기다리고 있었다.

"리아야, 이래 가면 할매가 놀라실 긴데. 얼굴이 엉망이다."

리아는 겉옷을 벗어 탈탈 털고는 머리에 뒤집어썼다.

"가자."

"이 꼴로 간다고."

"가기로 했잖아. 이거 나으려면 일주일은 더 걸린다. 나는 그때까지 못 참아."

"야!"

최지가 그들을 향해 걸어오고 있었다.

"가자. 중요한 일 있다면서."

"니가 뭔 상관인데."

"당연히 상관해야지. 너희들이 중요한 일 있다고 할 때마다 그건 진짜 재미있는 일이었어. 수업은, 땡땡이친 거야? 쟤는 왜 저러고 서 있어?"

그는 리아에게 다가가 머리에 덮어쓰고 있던 겉옷을 낚아챘다.

"깜짝이야. 얼굴이 왜 이래? 누구랑 싸웠어?"

"싸우긴. 우리 리아가 일방적으로 맞았지. 남자랑 싸움이 되겠나."

"남자랑?"

"말도 마라. 우리가 인하마을에서 왔다고 천민, 노예라고 놀리는 미친개들이 있다."

"학교에 얘기하지 그랬어."

"미친개 할배가 교장이다. 선생님들도 알면서 모른 척하는데 우째 얘기하노. 일 년이 넘도록 툭하면 때리고 놀리고."

사연은 왠지 그에게 말하고 나니 서러움이 복받쳤다.

"그래서 싸운 거야?"

최지는 자신이 쓰고 있던 모자를 벗어 리아에게 조심스럽게 씌워줬다.

"잘못한 것도 없는데 왜 죄인처럼 가려. 병원에 가자."

"우리 갈 데가 있다고."

리아는 최지의 팔을 뿌리치며 말했다.

"어딘지 모르지만 이런 모습으로 가는 것도 예의는 아니야. 늦지 않게 할게."

그들은 큰길에서 택시를 잡아타고 인하병원으로 향했다.

"여기 니가 물에 빠진 날 갔던 그 병원 아이가? 그때 와 보고 첨이다. 여기서 구급차 타고 서울 병원 갔잖아."

"봤어?"

"봤지 당연히. 리아가 니를 업고 병원까지 뛰어갔는데. 생명의 은인인 줄 알아라."

"미쳤어. 강에서 병원까지?"

최지는 사연으로부터 그동안 몰랐던 얘기를 듣고 자신을 둘러싼 방황의 실마리를 찾은 것 같았다. 매정한 성격의 부모 밑에서 엄격한 종가의 예법을 배우느라 늘 경직되어 있던 그는, 두 친구가 삶의 의미고 전부였다. 그의 방황은 사고의 트라우마가 아니라 그들과의 관계에서 끊어졌기 때문이었다.

"잠깐 기다려."

최지는 접수를 건너뛰고 진료실로 그들을 데리고 들어갔다.

"어서 와."

의사는 리아에게 다정하게 말했다.

"안녕하십니꺼."

"나는 안녕한데 학생은 안 그래 보이네. 일단 엑스레이부터 찍어 보자. 특별히 아픈 데는 없어?"

"예."

"뭘로 맞았는지 기억나?"

"의자, 발……."

"머리는?"

"맞았습니다."

"어지럽거나 토할 것 같진 않고?"

"예."

"음…… 나가서 엑스레이 좀 찍고 다시 보자."

리아는 몇 가지 검사를 마친 후 사연과 결과를 기다렸다. 10분 뒤 최지가 다시 나타났다.

"가자. 바쁘다고 하지 않았어?"

그는 리아의 팔을 잡고 일으켰다.

"검사 결과 아직 안 나왔는데."

"너는 머리가 많이 단단한가 봐. 뼈도 부러진 데 없고 약만 먹으면 괜찮대."

"돈도 안 냈는데."

"짜장면 먹으러 가자. 이거까지 해서 그때 빚 갚는 거야."

"뭐? 짜장면? 늦었지만 받아줄게."

사연의 말이 끝나기가 무섭게 검은 승용차 한 대가 그들 앞에 섰다. 차는 시내 영춘관 앞에 멈춰 섰다.

"형 몰래 혼자 놀려고 했는데 완전 실패야. 주차하고 와요. 곱빼기죠?"

"됐어."

"삐졌어요?"

"혼자 돌아다니다가 사고라도 나면."

"탕수육도 시킬 건데."

"알았어. 주차하고 갈게."

고추 짜장으로 유명한 영춘관은 그가 고향에 올 때마다 꼭 들르는 곳이었다.

"아주머니, 여기 고추 짜장 곱빼기 두 개랑 보통으로 하나, 그리고 그냥 짜장 하나랑 탕수육 대자 주세요."

"아이고 이게 누고. 오랜만이데이. 벌써 제사가."

주인아주머니가 주방에서 급하게 나오며 그를 맞았다.

"네."

"회장님은 잘 계시제."

"네. 아주머니도 평안하시죠?"

"그래그래. 내사마 살만 이래 디룩디룩 찐다 하하하……. 잠깐 기다리레이. 내가 맛있게 해주께."

주인아주머니는 스케치북 한 권을 들고 다시 나왔다. 그는 능숙하게 '대박 나세요'와 함께 사인을 적었다.

"니가 무슨 연예인이가."

"서울에선 내가 좀 유명해."

"옴마야, 서울 가더니 망한 게 아니라 출세했네. 아까 그 형이라는 사람 혹시 기사 아저씨가."

"나한텐 형이나 마찬가지야."

"아, 우리처럼 그런 사이구나. 좀 잘생겼더라."

"생긴 건 내가 더 낫지."

"쳇, 왕자 병은 여전하구만."

"너희도 내가 재수 없어?"

"와. 누가 니한테 재수 없다 하드나."

"내가 너무 잘났으니까. 말해봐. 오늘 어디 가는지."

"어, 권투 도장."

"거긴 뭐 하러?"

"선수 할라꼬."

"누가? 너?"

"아니. 리아가."

"왜?"

그는 흥미로운지 계속 질문을 퍼부었다.

"자, 짜장면 나왔데이. 탕수육은 특대자, 군만두는 써비스, 맛있게들 무라."

"아주머니, 여기."

그는 사인을 마친 스케치북을 건네며 말했다.

"고맙데이."

"아주머니, 저도 왔습니다. 안녕하셨어요?"

정재는 입구에 걸린 목각 구슬 문발을 걷으며 안으로 들어왔다.

"아이고 그래. 별일 없었제."

"네. 이번에는 며칠 있다가 갈 예정입니다. 서울에서도 영춘관 짜장면이 생각나서 혼났습니다. 가기 전에 부지런히 오겠습니다."

"그렇나. 제사 아니면 얼굴 볼 일 없데이. 어째 최씨 종가 제사는 가을 겨울에 몰려 있노. 계절마다 있으면 좀 좋나."

"그러게 말입니다."

"아하하하…… 어여들 먹어."

주인아주머니는 호탕한 웃음으로 감사의 표현을 대신했다.

사실 리아와 사연은 짜장면을 처음 먹어보는 거였다. 그들은 최지가 하는 것처럼 면을 비비고 나무젓가락에 휘휘 감아서 입에 넣었다.

"음…… 이런 맛이구나. 짜장면을 다 먹다니."

사연은 입안 가득 면을 넣고 볼을 불룩거리며 말했다.

"설마 처음 먹는 거야?"

"어."

"근데 내 거는 느그 거랑 다른데."

"넌 안 매운 짜장이야. 입안이 다 터져 놓구선. 지금 고추 짜장 먹었다간 병원 다시 가야 해."

그는 두 사람을 번갈아 보며 미소를 지었다. 입술에 잔뜩 짜장을 묻히고 먹는 모습이 귀여웠다.

"역시 재밌어. 너희 둘 다 얼굴 좀 봐."

사연과 리아는 서로를 쳐다보며 웃기 시작했다. 훌쩍 커버린 어릴 적 친구들. 2년의 공백도 서서히 메꾸어져 갔다. 짜장면과 탕수육으로 배를 가득 채운 그들은 뱃심 하나로 드디어 권투 도장 앞까지 왔다.

리아는 간판을 올려다보며 주먹을 불끈 쥐었다. 줄줄이 도장 안으로 들어오자 머리를 질끈 묶은 관장이 눈길을 주었다.

"어떻게 왔노."

"권투 배우러 왔습니더."

"누가?"

그는 리아 대신 최지를 쳐다보며 말했다.

"제가 할라고예."

"학생이? 여자는 안 받는다. 가봐라."

리아는 당황하며 사연을 쳐다보았다. 사연은 입을 앙다물고 한 발짝 앞으로 나갔다.

"와예? 여자는 안 된다는 말 없었는데요."

"그랬지."

"근데 왜 안 됩니꺼."

"당연히 여자 선수가 없으니까."

"없다꼬예. 업, 없으니까 만들면 되지예."

"봐라, 학생, 권투를 와 할라하는데. 느그 무슨 공주파 이런 거 해가지고 쌈박질할 거면 가라 썩."

관장은 리아의 얼굴을 유심히 보면서 말했다.

"아닙니더. 제 꿈이라예. 한번 해보고 싶습니더."

"꿈? 꿈이라고. ……얼굴은 누가 이랬노."

"같은 반 남학생이 그랬습니더."

"그 새끼들이 먼저 우리 리아를 계속 괴롭혔습니더. 오늘은 못 참고 싸운거라예."

"남학생이라고. 니는 맞기만 했나."

"저도 뺨 한 대는 날렸습니더."

"리아라 했나. 니는 이름이 뭐고?"

"양사연이라예."

"그럼 사연이가 니 친구 어깨부터 쿡쿡 세게 쑤셔봐라."

"네? 아, 예."

리아는 사연의 손이 등과 허리에 닿자 표정이 찡그러졌다.

"엎드려서 맞았나."

"네."

"머리는?"

"손으로 이렇게……."

리아는 두 손으로 뒷머리를 감싸며 말했다.

"안 아프더나."

그는 허리를 조금 구부려 얼굴을 빤히 쳐다보았다.

"참을 만했습니더."

"오늘 맞은 거 복수하고 싶나."

"아닙니더. 진짜 제가 행복해질라고 하는 겁니더."

"허어…… 참…….."

그들 사이에 잠깐의 침묵이 흘렀다.

"나는 니를 선수로 키워줄 수 없다. 만에 하나 선수가 된다 해도 다른 여자 선수가 있어야 시합이라도 뛸 거 아이가."

"그래도 하고 싶습니더. 하다 보면 길이 생길 수도 있잖습니꺼. 길이 안 생겨도 괜찮습니더. 하게만 해주이소. 가르쳐 주이소, 네?"

"난감하네. 정 그렇다면 어떻게 되는지 한번 해보자. 해봐야 알제. 자, 나는 이용호 관장이다."

관장은 손을 내밀었고 리아는 그 손을 덥석 잡았다.

"저기, 돈은 얼마 내면 됩니꺼."

"안 받는다. 니 꿈이 이뤄지면 그때 내라."

"네? 그래도……."

"이 길은 네가 만드는 기다. 내가 아니라."

"정말입니꺼. 감사합니더."

리아의 입가에서 미소가 번졌다.

"대신에 여기 청소는 제가 할게예. 아무리 그래도 공짜는 저희가 싫습니더."

"사연이라고 했나. 그래, 좋다. 안 말린다."

"뭐부터 하면 됩니꺼."

리아는 살짝 들뜬 목소리로 관장에게 말했다.

"얼굴 보니까 많이 맞은 것 같은데 오늘은 그냥 집에 가서 쉬라."

"괜찮습니더. 할 수 있습니더."

관장은 하는 수 없이 리아에게 줄넘기를 건넸다.

"최지야, 나는 청소라도 해야겠으니까 저 좀 앉아 있어라."

체육관은 한눈에 봐도 정리가 필요해 보였다. 사연은 먼지가 달라붙어 끈적해진 캐비닛과 책상 위에 굳어 있는 음식물을 보며 미간을 찌푸렸다. 그나마 벽에 걸린 빛바랜 메달과 신문 기사가 유일한 볼거리였다. 청소가 끝날 즈음 리아도 줄넘기를 멈췄다.

"생각보다 몸이 가볍네. 오늘은 여기까지만 하고 내일은 한 시간 더 늘려보자."

관장은 체육관을 나가는 그들의 뒷모습을 보며 입을 쩝쩝 다셨다.

"하필 여학생이고……."

밖은 벌써 땅거미가 깔렸다. 그들은 체육관 앞에서 대기하고 있던 정재의 차에 몸을 실었다.

"이제 집으로 가면 되지?"

"네, 형."

"아이구 얼굴은 이래 가지고."

사연은 리아의 앞머리를 정리해 주며 안타까운 목소리로 말했다.

"괜찮다. 할 만하다."

"아무튼 오늘 애 마이 썼다."

"아, 조오타."

리아는 뒷좌석에 머리를 기대며 미소를 지었다.

"참 나, 좋단다. 집에 가면 할매가 걱정하실 긴데."

"오다가 발을 잘못 디뎌서 굴렀다고 하까."

"그라까. 일단 해봐라."

"어유, 저 바보들. 잘도 속으시겠어."

"풉."

정재는 자기도 모르게 웃음이 나왔다. 그리고 말수가 많아진 최지를 눈여겨보았다. 리아와 사연은 초가들이 있는 마을 입구에서 내렸고 차는 언덕으로 계속 올라갔다. 집에 도착한 리아는 방에 말분이 없다는 것을 곧장 알아챘다. 그녀의 가슴에 있던 자석이 반응하지 않았기 때문이었다. 말분은 아무리 어두워도, 군중 속에 있어도, 그 자석이 서로를 찾을 수 있게 끌어당긴다고 말하곤 했다. 리아는 마루에 걸터앉아 멍하니 밖을 보고 있었다.

"리아야! 리아야!"

사연은 숨을 헐떡이며 달려와 리아 앞에 멈춰 섰다.

"할매가, 할매가 병원에 계신단다."

"뭐라꼬?"

"좀 전에 쓰러지셔서 울 엄마랑 병원에 가셨다는데."

"와, 와 쓰러지셨는데!"

리아는 마당에 세워둔 자전거를 타고 다시 어둠 속으로 사라졌다.

"리아야! 내일 같이 가자. 가시나…… 벌써 안 보이노."

리아는 쉬지 않고 달려 낮에 들른 인하병원으로 들어섰다.

"저기, 김말분 할매가 어느 병실입니꺼."

"잠시만요…… 311호네요."

리아는 접수실 직원의 안내를 받아 3층으로 올라갔다. 병실 문 틈 사이로 침대에 반듯하게 누워 있는 말분이 보였다.

"할매……."

"어어, 우리 리아 왔나. 니 얼굴이 와 그라노. 다쳤나?"

"아니 오다가 어두워서 굴렀다. 할매는 와 여기 있노."

리아는 눈물을 훔치며 말했다.

"배가 아파서. 결과는 내일 나온다는데 걱정 마라."

"할매……."

리아는 자꾸만 눈물이 흘러 침대 위에 얼굴을 파묻었다.

"우리 금쪽같은 새끼 눈에 눈물이나 나게 하고. 할매가 미안타."

"알았다 할매. 내 안 울게."

"우리 새끼 얼굴에 꾸정물이 줄줄 흐르네. 여기 화장실에 가면 세수하는 데가 있더라. 어여 가서 씻고 온나."

리아는 화장실 거울 앞에 섰다. 일그러진 얼굴로 울고 있는 모습이 보기 싫었다. 찬물로 연거푸 세수한 후 다시 거울을 보았다. ……리아야, 니는 할 수 있다. 질질 짜지 마라. 시작이 반이라고 안 하나. 벌써 반은 했다. 꼭 성공해서 할매랑 행복하게 살자…….

"할매, 화장실이 우리 집보다 훨씬 좋노. 오늘은 여기서 잘란

다."

"내일 퇴원할 긴데 말라고. 미숙이도 억지로 보냈는데."

"그래도 나는 할매 새끼잖아."

"으유 내 새끼. 얼굴 안 아프나."

"하나도 안 아프다. 있잖아…… 할매는 어릴 때 꿈이 뭐였노."

"꿈?"

"응. 할매가 내 나이 때 말이다."

"학교 댕기는 거."

"에이 그런 거 말고. 뭐 되고 싶은 거 있잖아."

"음…… 미용사 하까? 사람들 예쁘게 해주고 돈도 벌고 좋잖아. 우리 새끼도 꿈이 생겼나."

"응, 근데 아직 말 못 한다. 나중에 꼭 말할게."

"그래, 내 새끼."

리아는 병상에 누워있는 말분을 보며 꼭 그 꿈을 이루고 싶었다.

다음 날 아침, 미숙이 병원에 도착하고 얼마 되지 않아 그들은 진료실로 불려 갔다.

"어, 학생이 보호자야?"

어제 치료해 준 의사가 리아를 알아보았다. 다행히 그는 더 이상 아는 척하지 않았다.

"잠깐만요 선생님. 리아야, 할매 목이 마이 탄다. 가서 물 좀 가져온나."

리아가 나가자 말분은 다급하게 의사에게 말했다.

"선생님, 자가 오기 전에 먼저 말씀해 주이소. 암입니꺼? 저도 각오하고 있습니더. 말씀해 주이소."

"그러시면…… 췌장암이 의심됩니다. 큰 병원에 가셔야 할 것 같습니다."

"죽을병이네요. 우리 아버지도 그 병으로 돌아가셔서 잘 압니더."

말분은 예상했다는 듯이 담담하게 받아들였다. 그리고 한동안 말이 없었다.

"할매, 여기 물."

리아는 떨리는 손으로 말분에게 물컵을 건넸다.

"오야 고맙데이. 그러니까 선생님, 좀 피곤해서 그런 거지예."

"예, 어르신. 학생이 할머니 돌봐 드릴 수 있겠어?"

"네."

"선생님, 퇴원해도 되지예. 아프면 다시 올게예."

말분은 미숙의 옷자락을 잡고 발을 질질 끌며 진료실을 나갔다.

"리아야, 니는 학교 가라. 할매는 내가 잘 모시고 가께."

리아는 그들의 뒷모습을 멍하게 바라보았다. 갑자기 세상이 멈춰 버린 듯 고요했다. 정신을 차려 자전거를 잡아 보았지만 온몸에 힘이 풀렸다. 그녀는 점심시간이 다 돼서야 학교에 도착했다.

"사연아."

리아는 바로 사연을 찾아갔다.

"이제 왔나. 할매는?"

"괜찮다……."

"아우, 다행이다. 잠깐만, 우리 리아 얼굴이 반쪽이네. 퍼뜩 할매 나무에 가서 도시락 까먹자."

운동장에는 만발한 벚나무들이 줄을 지어 서 있었다. 리아는 말분의 머리를 닮은 벚나무를 할매 나무라 이름 지었다. 할매 나무는 올해 환갑을 맞아 더 풍성하고 멋진 백발을 만들었다. 그들은 벚나무가 바로 뒤에 있는 벤치에 앉아 도시락을 꺼냈다.

"수업 마치고 체육관 갈끼가."

"응."

리아는 점심을 허겁지겁 먹으면서 말했다.

"뭐 좀 할라 하니까 일이 마이 생기노."

"사언아, 내가 왜 어제도 줄넘기했는지 아나. 이래 쉬고 저래 쉴 거면 처음부터 시작도 안 했다."

"그래. 한번 맘먹은 거 해보자. 내가 도와줄게."

때마침 산들바람에 떨어진 벚꽃이 그들이 먹던 밥과 물컵 위로 내려앉았다.

"옴마야, 꽃눈 온다. 봐라, 야들도 좋다 안 하나. 이거는 벚꽃 밥이고, 이건 벚꽃 차다. 니는 그걸 또 먹나."

"맛있다. 먹어 봐라. 이거 누가 만들어 팔아도 되겠다."

"맞나. 나중에 내가 만들어 파까?"

리아는 밥을 꾸역꾸역 먹으며 목구멍으로 올라오는 울음을 꾹꾹 삼켰다.

***

"리아야."

6교시를 앞두고 엎드려 있던 리아는 고개를 들었다. 미친개들이 그녀 앞에 다소곳하게 서 있었다. 그들은 눈이 마주치자 느닷없이 머리부터 땅에 박았다.

"느그 뭐 하노, 지금."

"리아야, 미안하다. 정말 미안하다. 다시는 니한테 손대는 일 없을 기다. 용서해도. 용서해 줄 때까지 기다릴게."

창호는 무릎을 꿇으며 고개를 숙였다. 벌써 소문을 들은 다른 반 아이들까지 몰려왔다.

"와 이라노."

"미안하다. 용서해도. 진심이다."

"……어, 알았다."

"최지한테 잘 말해도. 내가 사과했다고."

미친개들은 모두가 보는 앞에서 용서를 빌더니 우르르 자리를 떴다. 리아는 헛웃음이 나왔다. 약골에다 울보인 최지가 처음으로 듬직해 보였다. 수업을 마치는 종이 울리자 그녀는 사연과 서둘러 교문을 나섰다.

"마리아! 양사연!"

뛰어가던 그들을 멈추게 한 사람은 최지였다.

"또 기다렸나."

"나도 방금 왔어."

"오늘 놀 시간 없는데. 리아 할매가 아프시다 아이가."

"시간은 만들면 돼. 일단 체육관부터 가자."

그의 발걸음도 바빠졌다. 체육관에는 관장과 손님 한 분이 담소를 나누고 있었다.

"왔나. 인사해라. 양철승 선수다."

"그 올림픽 금메달 양철승 선수입니까!"

사연은 놀란 눈으로 그를 바라보며 말했다.

"양 선수는 이 체육관 출신이다."

"그럼 관장님이 가르치신 거라예?"

"그렇지."

"그럼 우리 리아도 저렇게 될 수 있는 거네예?"

"형님, 실마 여학생을 가르치십니까?"

"그리됐다."

"역시 늘 한발 앞서가십니다. 요 학생입니까?"

관장은 고개를 끄덕였다.

"이름이?"

"마리아입니더."

"열심히 해봐."

"자, 준비 운동부터 하자."

리아는 관장이 시키는 대로 체육관 바닥에 앉아 스트레칭을 했다. 아픈 부위가 이완되면서 몸이 한결 가벼워졌다. 곧바로 관장이 건네준 줄넘기를 받아 들고 몸을 풀기 시작했다. 리아를 한참 지켜보던 최지는 사연에게 슬쩍 다가가 조용히 말했다.

"사연아, 리아 말이야. 호흡이 전혀 가쁘지가 않아. 어제도 그랬어."

"그게 뭐."

"뭐라니? 줄넘기해 봤으면 알 거 아냐? 벌써 두 시간째야."

"아아. 리아는 원래 타고났다. 장군의 손녀인데."

"자, 그만. 내일부터는 운동 시간을 더 늘리면 좋겠는데. 되겠나?"

사연은 청소하다 말고 관장의 목소리에 귀를 기울였다.

"관장님, 그 스케줄은 저랑 얘기하시면 됩니다. 얼마 정도 더 하면 됩니까?"

"네가 리아 매니저라도 되나."

"예. 우리는 한 팀 입니다. 리아는 운동에만 신경 쓸 거고, 다른 일은 제가 하겠습니다."

"좋다. 하루에 다섯 시간 할 수 있겠나. 주말엔 하루 종일."

"다섯 시간이라고예……."

"네! 관장님. 내일 뵙겠습니다."

리아는 사연이 머뭇거리는 사이 시원하게 대답하고 체육관을 나갔다. 사연과 최지는 서로 당황스러운 눈빛을 주고받으며 서둘러 그녀를 따라갔다.

"키도 크고, 리치도 길고, 턱이며 목도 짱짱한 저런 애는 어디서 구하셨습니까?"

철승은 줄넘기를 정리하고 있는 관장에게 다가가 물었다.

"제 발로 걸어오더라."

"남학생이면 딱 좋은데."

"나는 말이다. 자가 뭔가 할 거 같단 말이지. 그라면 뭐 하겠냐마는. 저녁이나 먹으러 나가자."

"예. 오랜만에 치킨에 맥주 어떻습니까?"

"좋지. 이모집 통닭 가까."

"당연하지요."

그들은 체육관에서 10m 정도 떨어진 이모집 통닭으로 향했다. 철승은 밖에서부터 나는 고소한 냄새를 맡으며 가게로 들어섰다.

"이모, 오랜만입니다."

"아이고 이게 누고? 철승이 아이가."

철승의 우렁찬 목소리를 들은 사장은 막 튀긴 통닭을 채반 위에 올려놓고 그를 반갑게 맞았다. 사장은 철승과 급하게 회포를 풀고 김이 모락모락 나는 통닭 두 마리를 리아가 있는 테이블로 가져갔다.

"학생들 마이 무라. 사이다는 써비스다."

"고맙습니다. 아주머니."

"리아야, 배고프제."

사연은 리아에게 나무젓가락을 갈라 주었다.

"급하게 나가더니만 배고팠나."

관장은 앞 테이블에 앉아서 뒤를 돌아보며 말했다.

"줄넘기를 세 시간이나 했는데 관장님 같으면 배 안 고프시겠습니꺼."

"그래. 내가 말을 잘못했네. 한창 먹을 나이 아이가. 닭은 단백

질이 많아서 운동할 때 먹으면 좋다."

"어째 니도 알고 온 것 같은데."

사연은 사이다를 잔에 부어 최지에게 건네며 물었다.

"그건 기본 상식이야."

"너는 말투가 여기 사람이 아니네. 잠깐만…… 혹시 최지?"

철승은 그의 얼굴을 호기심 어린 눈으로 살펴보았다.

"어머, 어떻게 아시는데예."

"야아! 쟤 아버지가 권투 협회장님이셔. 그것도 있지만 서울 살면서 최지를 모르면 안 되지. 나도 신문에서나 봤지 실물은 처음 봐. 근데 너희는……."

"아, 우리는 아주 어릴 때부터 한동네에서 자란 친구라예. 야는 제사 지낸다고 서울서 내려왔다 아입니꺼."

사연은 한 손에 사이다 잔을 들고 조리 있게 설명했다.

"고마 얘기하고 얼른 무라. 식는다."

관장은 그들을 흐뭇하게 바라보았다.

"형님 얼굴에서 꿀 떨어집니다."

"꿈이 복서라는데 그럼 이쁘지 안 이쁘겠나. 그 꿈 이루게 해줘야지. 나도 이 나이에 억수로 어려운 꿈이 생겼데이."

그사이 최지는 통닭 두 마리를 먹기 좋게 해체한 후 리아의 접시에 수북이 담았다.

"천천히 먹어. 버스 타고 가는 것보다 빨리 가게 해줄 테니까."

그는 벽시계를 보며 초조해하는 리아에게 말했다.

"그래, 걱정 마라. 할매는 울 엄마가 있잖아."

"와, 할매가 뭐라 하시나."

관장은 몰래 엿듣다가 자기도 모르게 또 끼어들었다.

"할매가 아프십니더."

잠자코 있던 리아가 조용히 말했다.

"할매 돌봐주실 분은 없나."

"할매랑 둘이 삽니더."

"그라면 당분간 연습 조금만 하까."

"아입니더. 더 시켜 주이소. 제가 열심히 해야 할매도 지켜줄 수 있습니더."

관장은 리아의 어른스러운 대답에 입을 꾹 다물었다.

"자, 맥주는 써비스데이."

"와, 이모 역시! 고향 인심이 최곱니다. 나도 인심 한번 쓰자. 이모, 후라이드 하나는 포장해 주세요. 리아야, 가서 할머니 드려. 너희 것도 계산했으니까 그냥 가면 돼."

"안 그러셔도 됩니다. 제가 계산하겠습니다."

"최 회장님한테 받기만 했는데 나도 좀 쓰자. 꼴랑 통닭이라서 그렇긴 하지만. 괜찮지?"

"네. 그럼 잘 먹겠습니다."

최지는 윗사람에게 항상 예의 바른 모습으로 대했다. 최씨 종가의 종손으로서 받아야 하는 교육의 결과였을 것이다. 그는 더 늦기 전에 리아와 사연을 데리고 정재의 차에 탔다.

"아, 좋다. 이게 웬 호강이고. 니 제사 끝나고 가면 내가 좀 섭섭하지 싶다."

"이 차야? 아님 형이야?"

"저 자슥은 한 번씩 사람 맘을 저렇게 확 무시하더라. 최지! 니가 가서 섭섭하다고!"

사연은 그의 뒤통수에 대고 소리를 꽥 질렀다.

"아, 알았어. 미안, 미안하다고."

"우리 도련님 욕먹고도 잘 웃네. 다음 제사 땐 짜장면만 먹지 말고 이번처럼 며칠 쉬었다 가야겠는걸."

최 회장은 방황하는 아들을 위해 형 같은 정재를 붙여 주었다. 최지는 그와 함께 서울 근교에서 낚싯대를 펼치고 바람을 쐬곤 했다. 담배를 물고 낚싯대를 든 사진 한 장이 폭발적인 인기를 얻게 되면서, 파파라치들이 앞다투어 그의 일상을 훔쳐보기 시작했다. 최지는 고독과 고뇌, 유약하면서도 반항미를 가진 신비한 매력으로 여성들의 모성애를 자극했다. 유명세 속에서도 그의 공허함은 늘 그 자리였다.

"일어나! 안 일어나면 둘 다 우리 집에 데려갈 거야!"

최지가 뒤를 보며 소리쳤다.

"벌써 다 왔나……. 리아야, 일어나라."

"어어……."

"니는 언제 서울 올라가노. 오늘 제사 마치고 바로 가나."

최지는 그저 웃기만 할 뿐 차에서 내려 뒷좌석의 문을 열어 주었다.

"치, 오늘 작별 인사나 하자. 서울 잘 올라가라."

사연의 인사가 끝나기가 무섭게 리아는 또 뛰기 시작했다. 집

앞에 도착했을 무렵 어둠 속에서 그녀를 부르는 소리가 들렸다.

"마리아!"

최지가 가쁜 숨을 몰아쉬며 달려오고 있었다.

"와. 내가 뭐 두고 내렸나."

"나, 내일 새벽에 서울 갈 거야."

"아, 그렇나."

"이거 입고 운동해. 받아."

"체육복은 나도 있는데."

"알아. 선수 후원하는 거야. 동네가 후져서 그게 최상이야."

"선수? 벌써 그런 말 들으니까 부끄럽다. 다음 제사 때 오면 연락해라."

리아는 뒤도 안 보고 뛰어갔다.

"뭐가 급하다고······."

그는 괜히 길바닥에 신발을 쿡쿡 찍으며 걸었다. 다시 뒤돌아봤을 때, 리아는 흔적도 없이 어둠 속으로 사라진 후였다.

"할매! 할매!"

"오야. 우리 리아 왔나."

"할매, 저녁은?"

"방금 미숙이가 밥도 해주고 설거지까지 하고 갔다. 우리 새끼도 밥 먹어야지."

"사연이하고 먹었다. 이거는 아직 못 먹겠제."

리아는 누런 종이봉투를 벌리며 말했다.

"통닭이네. 니가 샀나?"

"아니 얻었다."

"누가 주더노."

"사실은 그게…… 할 말 있다. 내가 꿈이 생겼다 했잖아."

"그래, 그랬지."

"그게 공부 잘해야 되는 꿈이 아니고…… 권투 선수."

"권투? 그거 막 맞는 거 아이가. 피도 나고 하던데."

"잘하면 괜찮다. 그래서 훈련도 한다 아이가."

"그래도 할매는 안 다치는 거 하면 좋겠는데. 다른 거 하면 안 되나."

"권투하고 싶다. 우리나라에 아직 여자 선수가 없다는데 내가 최초 할끼다. 안 다치고 하께."

"진짜제. 나는 니가 다치는 거는 못 본데이. 참…… 피는 못 속이는 갑다. 할배랑 우예 이래 똑같노."

"우리 마 장군 할배 말이제."

"그래. 할배 닮았으면 잘하고도 남지."

리아는 어린아이처럼 말분의 품에 안겼다. 그녀의 진짜 꿈은 권투 선수로 성공해서 말분과 행복하게 사는 것까지였다. 말분이 그때까지 살아 있어야 리아의 꿈은 온전히 이루어질 수 있었다.

* * *

리아는 그날 이후 더 열심히 운동에 매진했다. 그녀는 하루 2시간을 달려서 등하교했고, 주말마다 산과 바다에서 체력을 길렀다. 사연은 리아를 위해 틈틈이 물리 치료를 배웠고, 최지 또한 외국 과자와 영양제를 가지고 인하마을에 수시로 들락거렸다.

겨울이 지나고 봄의 문턱에 철승은 다시 용호 체육관을 방문했다.

"철승아, 오늘은 네가 리아 스파링 좀 해도."

"그럴까요? 리아 주특기가 뭡니까?"

관장이 철승에게 귓속말했다.

"예?"

"해봐라 한번."

"아, 예. 해보겠습니다."

"리아야, 양 선수가 오늘은 니 스파링 상대다. 실전이라 생각하고, 알았제."

"예."

리아는 심장이 쿵쾅대기 시작했다.

"관장님, 제가 와 이래 떨립니꺼."

사연은 훈련 일지를 쓰다 말고 옆에 앉은 관장에게 말했다.

"기대가 커서 그렇겠지. 나도 떨린다."

리아는 철승의 복싱 스타일을 잘 알고 있었다. 관장이 늘 그의 경기 비디오를 보며 연습을 시켰기 때문이었다. 그는 상대의 공격을 잘 막아내면서 동시에 빠른 반사 신경으로 역공할 수 있는 선수였다. 관장이 타임 벨을 울리자 철승은 리아의 공격을 적당히 받아 주면서 경기를 이끌어 나갔다. 그는 종이 울리기 1분 전에 작심이라도 한 듯 스트레이트 연타를 날렸지만 리아는 보란 듯이 다시 중심을 잡고 그에게 다가갔다. 리아는 최대한 집중력을 끌어올리고 위빙과 더킹으로 철승의 펀치를 무력화시켰다. 1라운드가 끝나자 관장은 링 위로 올라가 리아에게 곧장 다가갔다.

"어떻노."

"할 만 합니다."

"상대 선수의 움직임을 예측하고 빈틈을 노려야 한다. 보이더나."

"안 보였습니더."

"그건 링 위에 오른 네가 제일 잘 안다. 다음 라운드에선 한번 읽어봐."

사연은 그사이 숫자 2가 쓰인 스케치북을 들고 링 위를 돌아다녔다.

"뭐 해? 라운드 걸이야?"

철승은 피식 웃으며 말했다.

"TV에서 보니까 이러케 이러케 하데예."

사연은 엉덩이를 실룩거렸다.

"하하하하……."

철승은 웃었지만 리아의 표정은 굳어 있었다.

"자, 2라운드 가자."

관장은 철승에게 모종의 눈짓을 보냈다. 2라운드가 시작되자 그는 1라운드보다 더 강하게 리아의 복부를 집중적으로 강타하기 시작했다. 리아는 여전히 방어하는 데만 급급하다가 갑작스러운 철승의 리버샷을 맞고 그대로 쓰러졌다. 관장은 링 안으로 들어가 쓰러진 리아를 향해 카운트를 시작했다.

"원, 투, 쓰리 …… 에잇!"

리아는 머리를 흔들며 일어섰다.

"할 수 있겠나."

"예."

경기가 속개되자 철승은 가차 없이 달려들어 리아의 얼굴과 옆구리를 공격했다. 리아는 가드를 올렸다. 윽! 윽!…… 버텨야 해. 역시 주먹이 세고 빠르다. 기회를 찾자. ……지금이야! 빠져나가자! 그녀는 자세를 낮춰 잽싸게 라이트 훅을 날렸다. "헉!" 철승은 외마디 신음을 내며 몸의 중심을 잃었다. 리아는 그때를 놓치지 않고 안면에 좌우 훅 연타를 날렸다. 철승은 그 자리에 주저앉았다.

"됐다!"

관장은 링 안으로 들어가 리아의 한 손을 번쩍 들었다.

"잘했다, 이 자슥아."

사연은 참았던 눈물을 흘렸고 관장과 철승은 흥분된 표정으로 서로 쳐다보았다.

"자, 여기 물 있데이."

그들은 물을 벌컥벌컥 들이켰다.

"철승아, 어떻노."

"병원에 가서 사진 찍어 봐야겠습니다."

"리아는?"

"턱이 얼얼합니다."

"야 인마, 내 리버샷을 맞고도 벌떡 일어난 거 네가 처음이야."

"봐주신 거 압니더."

"그럼 니 주먹에 내가 쓰러진 것도 알겠네. 형님 말씀대로 리아가 맷집이 진짜 좋네요."

"그건 리아가 잘하는 게 맞아예. 학교 다닐 때 하도 미친개들한테 맞아 가꼬 안 아프게 맞는 법을 개발했다 아입니꺼."

사연은 손등으로 눈물을 닦으며 말했다.

"누군지 모르겠지만 미친개들이 리아 멘탈을 키워 놨구만. 그렇게 맞으면서도 리아가 버티고 달려들어서 나도 미칠 뻔했다고."

"나도 봤다. 니 당황하는 거."

관장은 뿌듯하게 웃으며 말했다.

"또 하나, 오른손 펀치가 핵 편칩니다. 여기에 걸리면 아무도 못 빠져나옵니다. 이건 관장님도 모르셨죠? 맞아봐야 아는데 최고입니다."

"내가 야 처음 봤을 때 느꼈다. 네가 증명해 줬고."

"방금 든 생각인데요, 협회에 이야기 한번 해봐야겠습니다. 요즘 올림픽 메달도 우리나라가 쓸어 담고 있지 않습니까. 지금이 딱 분위기가 좋습니다. 한국 최초 여자 복서라. 캬아, 말만 들어도 흥분됩니다. 최 회장이 알다시피 소문난 권투광 아닙니까. 리아가 인하마을 출신인 거 알면 아마 팍팍 밀어줄 겁니다, 형님."

"여자 선수가 없는데 방법이 있겠나."

"최 회장이라면 찾아낼 겁니다. 역시 그 스승에 그 제자입니다.

용호 체육관에 호랑이가 한 마리 들어왔습니다."

"호랑이가 뭐고. 용이다, 용! 하하하하……."

리아의 삶은 정말 용처럼 꿈틀거리기 시작했다. 철승의 말대로 권투협회에서는 큰 관심을 나타내었고 어렵지 않게 시합 일정을 잡을 수 있었다. 운동을 시작한 지 1년 만에 그녀의 꿈은 한 발짝 나아가게 되었다.

이른 아침부터 체육관 봉고차는 고속도로를 달렸다.

"리아야, 잘 잤나."

"관장님, 리아는 무슨 일이 있어도 잠은 잘 잡니더. 관장님이 못 주무신 것 같네요."

"그래. 사연이 말이 맞데이."

"리아야, 잠깐 내 봐봐라."

사연은 가방에서 빗을 꺼내 리아의 머리를 만졌다.

"니 뭐 하노."

"뭐 하기는. 머리가 이게 뭐고. 좀 단정하게 예쁘게 하자."

"괜찮다."

"시끄럽다 고마. 내 말 들어라. 보기 좋은 떡이 먹기도 좋다는 말 모르나. 관장님! 머리가 단정해야 되지예?"

"그렇지."

"이게 말이다. 머리를 땋으면 맞거나 해도 안 헝클어진단다. 맞는 것도 서러운데 머리까지 삐져나오면 더 불쌍하게 보인단 말이다."

사연은 리아의 머리를 양 갈래로 땋은 후 헤어롤로 앞머리를 말아 올렸다.

"사연이는 그런 거 어디서 배웠노."

"아이 관장님. 제가 매니전데 다 알아봤지예. 미용실에 가서 물어봤다 아입니꺼."

"그래. 사연이도 참 바쁘게 산다."

사연은 관장의 눈치를 힐끔 보며 가방에서 립스틱을 꺼냈다.

"야아."

리아는 놀란 표정으로 사연의 손을 잡았다.

"쓰읍. 표시 안 나게 할게. 일단 해보고 말해라 쫌."

사연은 손에 립스틱을 조금 묻혀 리아의 입술과 볼에 톡톡 두드리듯 발랐다. 마지막으로 앞머리에 있는 헤어롤을 빼고 거울을 건넸다.

"봐라, 예쁘제. 내 말을 들으면 자다가도 떡이 생긴다 아이가."

"아까부터 와 자꾸 떡, 떡 하노. 떡 묵고 싶나."

"아니다. 떡이라고 하면 안 되겠다. 떡 되면 우야노."

"내가 떡 되면 상대 선수도 떡 된다. 근데 니 손가락으로 무슨 짓했노. 이게 내 얼굴이라고?"

리아는 거울을 보며 잠시 잊었던 소녀의 감성을 느끼고 있었다.

"니는 본바탕이 예뻐서 조금만 꾸며도 막 빛이 난다 아이가."

"내가 예쁘다고? 우리 할매만 그랬는데."

"사람들이 몰라서 그라는데 니는 자세히 보면 예쁘다. ……리아야, 최지 말이다. 내가 니 대신 답장 보내면서 좀 떠봤거든. 친구

이상 감정은 아닌 거 같기도 하고."

"확실히 아니다. 가가 미쳤나. 아무하고나 사귀게."

"근데 내한테는 와 편지도 안 하노 말이다. 가뜩이나 운동하느라 바쁜 니한테만 하고. 그래 뭐 친구면 다행이다. 혹시라도 사귀자 할까 봐 무섭다야. 그런 집안하고 똥하고는 멀리 해야 된데이. 그라고 이거 서울 도착할 때까지 들어라. 없던 힘도 생기게 하는 미친 노래래."

사연은 커다란 가방에서 카세트플레이어를 꺼내 리아의 양쪽 귀에 이어폰을 꽂았다. 영화 '록키'의 주제곡 'Eye Of The Tiger'가 흘러나왔다.

"풉. 내가 못 산다, 증말. 이걸 계속 들으라고."

"그래. 빼기만 해봐라. 내가 어제 이거 녹음하느라고 애 좀 썼다."

리아는 이어폰에서 나오는 노래를 들으며 눈을 감았다. 가슴이 두근거렸다. 정말 꿈꾸던 일이 일어났다. 엄마, 아빠…… 오늘 시합에서 내 꼭 이겨야 합니더. 그래야 할매도 살리고 잘 살 수 있습니더. 오늘 한 번만 도와주이소. 할매는 좀 더 있다가 보내 드릴게예. 리아는 두 손을 모으고 간절히 기도했다.

"보자…… 양철승 체육관…… 오, 저기 있다. 리아야! 사연아! 일라그라."

그들은 관장의 들뜬 목소리를 듣고 부스스 눈을 떴다.

"벌써 왔습니꺼. 옴마야 서울아, 진짜 반갑데이."

파이터 341

사연은 창문에 바짝 붙어 눈앞으로 지나가는 서울 풍경을 바라보았다. 얼마 전까지만 해도 머릿속에서나 그려보던 모습이었지만 지금은 현실이 되었다.

"리아야, 떨리나."

"조금 긴장됩니더."

"나도 첫 시합 날 얼마나 떨었는지 모른다. 그래도 연습은 배신을 안 하는 기라. 땡 소리만 나면 몸이 저절로 움직일 테니까 네가 한 연습을 믿어라."

"예."

그들이 체육관 문을 열고 들어서자 철승은 리아의 어깨를 두드리며 상기된 얼굴로 맞았다. 리아는 컨디션 조절을 위해 가볍게 몸을 풀고 휴식을 취했다. 오후 7시가 되자 손님들이 속속 체육관으로 도착했다. 리아는 관장실 창문에서 최 회장을 엿보았다. 의식을 잃은 최지를 업고 숨을 헐떡이며 도착한 리아에게 뺨부터 내리친 그였다. 다시 그의 앞에 불안한 마음으로 서게 되었다.

"형님, 시작하십시다. 리아야, 가자."

드디어 리아와 상대 선수는 링 위에 섰다. 최 회장은 침을 삼키며 금테 안경을 올렸다. 내빈석에 앉은 권투협회 관계자들이 두 선수를 뚫어지게 쳐다보았다. 왼쪽은 마리아, 오른쪽은 류주호. 그는 남자 선수였다. 그들 사이에 서 있던 철승은 내빈을 향해 인사했다.

"안녕하십니까? 양철승입니다. 오늘 이 경기를 위해 누추한 곳까지 왕림해 주신 관계자 여러분들께 감사드립니다. 특별히 권투

협회 최동호 회장님과 한고건설 장현성 부회장님께 감사의 말씀 전하겠습니다. 그리고 마리아 선수의 기량을 비교할 만한 여자 선수가 없기 때문에 부득이하게 같은 체급의 남자 선수와 경기하게 됐습니다. 비공식적 경기라 어쩔 수 없이 오늘은 제 체육관에서 경기하겠지만, 앞으로는 마리아 선수가 장충동도 가고 올림픽에도 가야 하지 않겠습니까! 전에도 없었고 앞으로도 없을 이 경기를 잘 지켜봐 주십시오."

철승은 간단히 두 선수의 글러브와 마우스피스를 살펴본 후 경기 시작을 알렸다. 땡! 종이 울리자 리아의 눈과 주먹은 상대 선수를 파악하기에 바빴다. 그는 발이 빠르고 연타 능력이 좋았다. 순식간에 리아의 머리와 턱을 공격하며 경기 시작 1분 만에 수도권을 잡고 그녀를 코너에 몰았다. 리아는 하이가드를 취한 후 계속 블로킹을 했지만, 코너에서 빠져나오기엔 역부족이었다.

"리아! 빠져나와!"

관장은 입술이 마르기 시작했다.

"심판! 뭐합니까? 경기 중단시키세요. 호랑이라더니 고양이도 안 되는 애를……."

내빈석이 술렁이기 시작할 때쯤, 리아는 코너를 빠져나오는 대신 완전히 가드를 내리고 레프트 훅과 라이트 스트레이트를 날리며 상대 선수를 공격하기 시작했다. 마치 토네이도를 향해 정면으로 돌진하듯 그를 밀고 링 중앙까지 나갔다. 그리고 레프트 바디샷을 적중시킨 후 재빠르게 턱을 향해 강력한 라이트 훅을 날렸다. 순식간에 상대 선수는 쓰러졌고 철승은 카운트다운을 시작했다.

"원, 투 …… 나인, 텐!"

리아는 류주호를 상대로 1라운드 KO 승을 거뒀다.

"됐다! 됐어!"

관장은 두 주먹을 불끈 쥐었다. 관중석에서 박수가 터져 나왔다. 가장 크게 환호한 사람은 바로 최 회장이었다. 그는 손짓하며 리아를 불러 세웠다.

"오랜만이야. 아주 좋은 경기였어. 오늘 작전에 대해 설명해 주겠나."

최 회장은 내빈석에서 다리를 꼬고 앉아 리아에게 물었다.

"네. 상대 선수가 아웃복서고 남자라서 힘을 빼야겠다 싶었습니더. 그래서 일부러 좀 맞았고, 힘이 빠진 게 보여서 기회를 잡았을 뿐입니더."

"상대 선수의 힘을 빼려고 일부러 그랬단 말이지?"

"예."

"처음 봤을 때부터 범상치 않더라니 잘했구나. ……여러분, 한 번 보고 우리가 이 중대사를 결정하기는 그렇지 않겠습니까? 삼세판이라고 난 두 번은 더 봤으면 하는데. 다들 어떠신지요? 우리 부회장님 생각은 어떠십니까?"

"저도 같은 생각입니다. 다른 분들의 의견도 비슷할 겁니다. 날짜를 잡아 보시죠, 회장님."

리아의 시합 날짜가 즉석에서 잡혔다. 최 회장은 검증 차원이라고 했지만 남녀 대결이라는 매력적인 볼거리를 놓칠 리가 없었다.

리아는 한 달 간격으로 두 번의 경기를 더 치렀고 역시나 1라운드 KO 승이라는 믿기 어려운 일을 해냈다. 철승의 예상대로 최 회장은 리아라는 원석을 덥석 잡았고 권투협회는 그 기세를 몰아 여성복서 붐을 일으키고자 아이디어를 짜냈다. 그중 '세계복싱대회'에 리아를 데뷔시키기로 의견을 모았다. 다행히 주최국인 미국에서도 큰 관심을 보여 12월에 열리는 '세계복싱대회'의 개막 경기가 성사되었다.

최 회장은 여기에 그치지 않고 또 다른 아이디어를 냈다. 리아의 인지도를 높이기 위해 오성식품의 복숭아 음료 광고를 가져다주었다. 스타들의 성공을 나타내는 이 광고가 아무것도 아닌 리아에게 돌아가자 연예계부터 술렁였다. 사정을 알 리 없는 사람들은 오성식품 회장의 숨겨둔 딸이라는 소문이 돌기 시작했다. 화제의 음료는 예전보다 10배의 매출을 기록하며 그녀를 스타의 반열에 올려놓았다. 영화와 가수 쪽에서도 러브콜이 잇따랐지만 최 회장은 절대 허락하지 않았다.

하루하루가 기적 같았지만 무엇보다 리아를 기쁘게 한 건 인하마을에서 나와 정원이 있는 앞마당과 수세식 화장실이 있는 2층 단독 주택으로 이사를 간 것이었다. 리아는 할머니와 1층에서, 사연은 미숙과 2층에서 함께 살게 되었다. 그녀는 열아홉 나이에 어엿한 가장이 되었다.

시합 날이 잡히자 권투협회는 리아를 위해 물심양면으로 도왔다. 광고 촬영 역시 그 일환 중 하나였다. 아침 일찍부터 리아와 사연은 예정된 아이스크림 광고 촬영을 위해 서울의 한 스튜디오를 찾았다. 리아는 카메라 앞에서 온종일 행복한 표정을 지으며 가장의 역할을 충실히 했다. 밖이 깜깜해지고 나서야 마침내 촬영은 끝이 났다.

"리아야, 이제 끝났다."

사연은 큰 가방을 메고 리아 곁으로 다가왔다.

"권투보다 더 힘드노. 꼴랑 15초짜린데."

"15초에 니 몸값이 얼만 줄 아나?"

"그래서 몸은 힘들어도 표정은 죽인다 아이가."

"우리 리아가 가장 노릇 한다고 수고했데이. 빨리 나가자. 서울 왔으니까 맛있는 거 먹고 놀러 가야지."

"그라까. 퍼뜩 나가자."

"감독님! 감사합니다. 다음에 또 뵙겠습니다."

"리아 씨, 사인 고마워. 다음에도 또 부탁해."

그들은 스튜디오에서 나와 화려한 서울의 길거리를 걸었다.

"와, 이제 자유 시간이다! 리아야, 니 기억하나. 우리 꼭 성공해서 서울 가자고 했던 거. 그라고 벌써 네 가지 목표 다 이룬 거 아나. 내년에 서울로 이사 가는 거까지 말이다."

"당연하지. 그걸 어떻게 까먹노."

"권투로 성공해서 갈 줄 알았는데 거꾸로 됐다. 사람들은 니가 권투하는 줄도 모르고 광고 모델인 줄 안다 아이가. 나중에 글러브 낀 거 보면 난리 나겠다. 진짜 사람 팔자는 모를 일이네. 일이 이래 풀리기도 하는구나."

그들은 들뜬 마음으로 거리를 걸었다.

"야! 타!"

그들 앞으로 아주 익숙한 검정 세단이 멈춰 섰다.

"빨리 타. 그렇게 돌아다니다가 사람들이 알아보면 움직이지도 못해."

"내가 앞에 탈게. 리아야, 니는 뒤에 타라."

사연은 최지가 뒷좌석에 앉은 이유를 알 것 같았다.

"안녕하세요, 오빠."

"사연이 오랜만이야. 잘 지냈어?"

"네. 오빠도 잘 지내셨지예."

"사연이도 점점 예뻐져서 몰라보겠는데?"

"아, 진짜요?"

"형, 그만 좀 해. 너는 또 목소리가 왜 그래?"

"내가 뭐."

"리아도 반가워. 너 요즘 너무 유명해졌더라."

"네. 매번 감사합니더."

"감사하면 형한테 사인 좀 해 드려. 너 팬이셔."

"예. 얼마든지 해 드릴게예."

"나는 우리 리아가 이래 될 줄 알고 있었다. 신문에도 온통 리아 기사 아이드나. 어쭈, 니 오늘 신경 좀 쓰고 나왔네. 그 머리는 미장원 갔다 왔나."

"여기선 이렇게 다녀. 파파라치들 때문에."

"파파라치? 그 사람들이 예쁘게 안 하고 다니면 니한테 막 뭐라 하나."

"아니. 사진을 찍어."

"아아, 그 사람들 나도 들어봤다. 근데 지금 어디 가노."

"저녁 먹으러. 예약해 뒀어."

"공부는. 고3이 공부 안 하고 여기 올 시간이 되나."

"그건 너도 마찬가지일 텐데. 걱정 마. 미리 해 뒀으니까."

"한마디도 안 지네. 참, 니는 대학 어디 갈라고 하노."

"오늘따라 왜 이렇게 질문이 많지? 나 지금 조사받는 중이야?"

"그 정도는 알아야 친구지. 말해 봐라."

"서울대 법대 생각 중이야."

"뭐, 서울대? 니가 그 정도로 똑똑하단 말이가."

"날 뭐로 보고 진짜. 리아는 나한테 할 말 없어?"

"응? 나는 뭐, 사연이 말이 내 말이다."

"네네. 그러시겠죠."

그들은 만날 때마다 티격태격하는 게 일상이었지만 친구이기에 그마저도 즐거운 순간이었다.

"도착했습니다. 도련님은 숙녀분들 모시고 먼저 들어가시죠."

"형은 또…… 여기 집 아니거든요?"

"오케이. 주차하고 갈게."

최지가 레스토랑 안으로 들어서자 남자 지배인이 살갑게 안부를 물으며 반겼다. 그를 따라 들어간 룸에는 조명, 샹들리에, 벽에 걸린 액자까지 유럽풍 인테리어로 고급스럽게 꾸며져 있었다. 대리석 테이블 위에는 포크와 나이프들이 가지런히 놓여 있었다. 화병에 꽂힌 빨간 장미 한 송이가 분위기를 한층 더 세련되게 만들었다.

"옴마야, 여기 억수로 좋다."

"오늘은 여기로 모시겠습니다. 음식은 주문하신 대로 곧 진행해 드리겠습니다."

"저기, 화장실이 어딥니꺼."

"네. 제가 안내해 드리겠습니다. 이쪽으로 오시죠."

사연과 지배인이 나가자 최지와 리아는 마주 보고 앉았다.

"이 장미꽃 진짜 예쁘다."

리아는 화병에 꽂힌 장미를 넋 놓고 바라보았다.

"네가 더 예뻐."

"어? 그게 광고 찍는다고 화장해서 그런갑다."

"화장 안 해도 예뻤어."

"어?"

리아는 그의 말에 기분이 살짝 설렜다.

"훈련하면서 광고 찍는 거 힘들지 않아?"

"아니. 둘 다 재밌다."

"오늘도 크리스털 호텔에서 자?"

"응."

최지는 점퍼 안주머니에서 손바닥보다 작은 상자 하나를 꺼냈다.

"선물이야."

"내 거가. 사연이 거는."

"너는, 그냥 권투만 하고 살아. 눈치도 없고……."

"아까는 예쁘다며 성질은……."

리아는 인기척도 없이 불쑥 들어온 사연 때문에 얼른 핸드백을 열어 작은 상자를 넣었다.

"리아야, 여기 레스토랑 화장실 죽인다. 진짜 고급지더라. 화장실 주제에 우리 집보다 좋은 게 말이 되나."

"너희 표준말 좀 배워보는 게 어때?"

"안 그래도 앞으로 서울서 살라믄 좀 배워야겠다 싶더라. 아까 감독님이 우리 둘이 말하는 거 못 알아먹더라 아이가. 가만 보니까 이게 인하 사투리도 아니고 인하마을 사투리더라. 그것도 아주 옛날 사투리. 그걸 고등학교 다니면서 알았다 아이가. 그전에는 마을 훈장 선생님한테 배웠으니까 알 턱이 있나. 사람은 역시 큰 물에서 놀아야 된데이. 리아야, 우리도 한번 고쳐 보자. 그런 말도 있다 아이가. 로마에 가면 로마법을 따르라고 하데."

똑똑. 흰 드레스셔츠에 검정 정장 바지 차림의 남자 서버가 들어왔다. 그는 빵과 수프를 테이블에 가지런히 올려놓고 뒷걸음으로 자리를 떴다.

"서울은 종업원을 얼굴 보고 뽑나. 와 저래 잘생겼노. 손가락도 가늘고 길고. 서울 남자들은 다 저렇나."

"넌 사람 얼굴 좀 그만 봐. 형한테도 그러더니."

"우리 동네는 시골이라서 그런지 얼굴 뽀얀 남자는 없단 말이다."

"하여튼 재밌어. 먹자."

"잠깐만. 무슨 포크부터 들어야 되더라. 가정 책에서 보던 거랑 똑같긴 한데…… 학교 다닐 때 공부 안 한 거 여기서 티 나뿟네."

"웃기지 마라. 포크가 교과서에 와 나오노."

리아는 어이없는 표정으로 코웃음을 치며 말했다.

"리아는 공부랑 완전 담 쌓았구나. 사연이는 알기라도 하는데."

"리아야, 우리는 최지가 하는 거 잘 보고 그대로 따라 하면 된데이."

"왜. 내 맘대로 먹으면 안 되나."

"그게 양식에는 식사 예절이라는 게 있어. 그중 하나가 음식에 따라 포크와 나이프를 다르게 쓰는 거야."

"이게 그렇게 중요한가 보더라. 시험에도 나오고. 나는 다 틀렸지만."

사연은 좌우로 놓인 포크와 나이프를 살피며 말했다.

"시험에 낼라고 식사 예절 만든 거 아이가."

"리아야, 설마 농담이지? 너흰 어째 둘이 모여도 모자라는 거 같아."

"그거 욕이가."

"어우, 사연이 눈으로 욕하는 것 좀 봐. 당연히 애정을 담아서 하는 말이지."

"캬아. 그 말은 좀 멋지네. 그런 의미에서 다들 잔부터 들어봐라. 자, 다 들었제. 음음. 인하마을 친구들, 우리의 우정을 위하여!"

크리스털 잔이 부딪치며 내는 소리는 만찬의 시작을 알렸다. 그들의 수다는 코스 요리처럼 다채롭고 끊임없이 이어졌다.

어느덧 두 시간이 훌쩍 지나 정재가 문을 두드리고 들어왔다. 그들은 아쉬움을 뒤로 하고 다시 크리스털 호텔로 향했다. 리아는 반포대교를 건널 때쯤 창문을 내려 바람을 맞았다. 한강의 밤공기와 도시의 불빛들이 그녀를 홀리듯 지나갔다.

"금세 다 왔네. 니가 여자 친구였으면 자고 가라고 했을 텐데. 쪼매 아쉽다."

"하하하…… 영광입니다. 양사연 씨."

최지는 별말도 아닌 말에 크게 웃었다.

"잘 가라. 선물도 고맙다."

리아가 선물 얘기를 하자 최지는 난처한 표정을 하며 얼굴을 돌렸다. 그가 탄 차는 급히 호텔을 빠져나갔다.

"선물? 무슨 선물? 이거 냄새가 마이 나는데."

사연은 리아를 추궁하기 시작했다.

"그 코는 냄새도 기가 막히게 맡네."

"가시나, 뭐드노."

"나도 뭔지 모른다. 방에 올라가서 보자."

그들이 체크인 카운터로 들어서자 호텔리어가 반색하며 다가왔다.

"어서 오십시오. 반갑습니다, 마리아 씨."

"잘 계셨습니꺼."

"네. 기억해 주셔서 영광입니다. 오늘 광고 촬영은 잘 마치셨습니까?"

"예."

"2101호 객실로 예약되어 있으십니다. 여기 키 있고요. 저, 실례가 안 된다면 사인 좀 부탁해도 될까요?"

"네. 괜찮습니더."

리아는 직원이 건넨 종이에 마리아라고 정성스럽게 적었다. 엘리베이터까지 걸어오는 내내 그들의 웃음소리는 계속 새어 나왔다.

"리아야, 니 이제 스타다. 아이고 좋아라."

사연은 리아의 팔짱을 끼고 엘리베이터 버튼을 눌렀다.

"나는 니가 좋아해서 더 좋다. 기쁨도 나누면 두 배라는 말은 틀렸다. 백배는 된다."

"내가 너 고맙다. 우리 엄마캉 내캉 가족처럼 지내게 해줘서. 니가 이사 같이 가자고 해서 내가 얼마나 좋아했는지 알제."

"알지. 내 꿈이 내만 좋은 것이었으면 시작도 안 했다."

"아이고 마음씨 고운 년, 잘 될 년."

2101호실은 복도 왼쪽 끝방이었다. 카드키를 대고 들어간 사연은 저절로 목소리가 높아졌다.

"부라보 부라보! 방이 와 이래 대궐이고. 잘못 들어온 거 아이제."

사연은 처음 본 스위트룸에 마음을 빼앗긴 듯 눈을 동그랗게 뜨고 여기저기 둘러보았다.

"매번 호텔에서 신경 써줘서 고맙긴 한데 부담스럽다."

"이것도 광고라 안 하나. 니가 오면 손님들이 더 온단다. 어째 인기가 올라갈수록 호텔 방이 더 커지는 거 같노. 여기 소파에 한 번 앉아 보까. 어때, 부잣집 딸래미 같아 보이지 않니?"

사연은 다리를 꼬고 억양을 올리며 말했다.

"잠만 자기 아깝다."

"안 자면 되지 뭐가 걱정이고. 잠은 내려가는 버스 안에서 자고 오늘은 여기를 누려 보자. 그라고 그 선물 한번 꺼내 봐라."

"아, 그거 가방에……."

리아는 핸드백을 열었다.

"뭔데 핸드백에서 꺼내노. 잠깐 줘봐라. 쓰읍."

사연은 작은 상자를 뺏어서 포장을 뜯었다.

"이봐라, 내가 이럴 줄 알았다."

"와? 뭔데?"

사연은 작은 상자의 뚜껑을 연 채로 리아에게 보여 주었다.

"이거 반지 아이가?"

"어쩐지 편지 보낼 때부터 알아봤다. 일단 압수다. ……니는 최지가 사귀자고 하면 뭐라 할 건데."

"글쎄다."

"싫지는 않는 가배."

"내가 지금 최지 신경 쓸 때가. 코앞에 시합이 있는데. 니가 알아서 해라."

"연애까지 내가 대신 해야 하나."

"이제 와서 무슨 소리고. 니가 내고 내가 닌데."

"아이고 배꼽이야. 저거는 여자도 아이다. 니는 이 마음이 새콤

달콤하지도 않나."

"그게 말이다…… 아까 내보고 예쁘다고……."

"앗, 이것들이 내가 화장실 간 사이에 벌써 만리장성을 쌓았뿐 나. 그래가, 좋드나."

"어, 그게 기분이 몽글몽글하더라."

리아는 또 수줍은지 양손을 뺨에 갖다 대었다.

"큰일났다. 벌써 빠졌네, 빠졌어. 뭐, 솔직히 최지가 연예인 뺨친 다 아이가. 하, 나도 반지 한번 받아 봤으면 좋겠다."

반지를 보고 나니 사연도 덩달아 가슴이 두근거렸다. 나이 어린 그들은 밤새워 행복의 산을 오르고 있었다. 어쩌면 행복과 불행은 가장 가까운 곳에서 마주하고 있는지도 모르는데 말이다.

고향에 돌아온 리아는 본격적인 연습에 돌입했다. 한 달에 한 번은 남자 선수를 상대로 실전과도 같은 연습 경기를 치렀다. 맞아서 생기는 부상은 리아가 훨씬 많았지만 승리는 번번이 그녀가 차지했다. 스스로 혹독한 훈련 속에 자신을 가두고 5개월을 버텼다.

드디어 12월 15일, 리아의 인생이 걸린 결전의 날이 밝았다. 한국에서는 아침 9시부터 '세계복싱대회'가 TV로 생중계되었다.

—여러분 안녕하십니까. 오늘 이렇게 이른 시간에 여러분을 찾아뵙게 된 것은 예고해 드린 대로 우리나라의 마리아 선수와 미국의 자넷 보아 선수의 복싱 신인전이 치러지기 때문입니다. 저희가 있는 이곳은 미국 라스베이거스 그랜드 파라다이스 센터인데요.

아, 한국에서는 오늘이 대입 학력고사가 있는 날이지요. 고3 수험생과 학부모님 그동안 수고 많으셨습니다. 좋은 결과 있기를 기원합니다. 저희는 해설에 양철승 선수, 캐스터 김재영입니다. 양철승 선수, 오랜만에 뵙겠습니다.

―네. 반갑습니다.

―저는 오늘 이 경기 자체를 믿을 수가 없습니다.

―그렇죠. 개막 무대는 한마디로 떡잎 좋은 신인 발굴을 위한 경기라고 보시면 되는데요, 여자 경기는 역사상 처음입니다. 남자 헤비급 타이틀전 경기에 앞서 열기를 후끈 달아오르게 할 것으로 기대됩니다.

―그 어려운 경기 한가운데 우리 한국의 마리아 선수가 있습니다. 이번 경기가 어떻게 이뤄진 것인지 시청자분들께 설명 좀 해주시죠.

―네. 제가 작년에 이용호 관장님 체육관에 놀러 갔다가 처음으로 마리아 선수를 봤고, 그 후에 스파링 상대가 되어준 적이 있었습니다. 그때 제가 마 선수에게 라이트 훅을 맞고 주저앉으면서 여자 복싱의 미래를 그리게 된 겁니다.

―그런데 마 선수는 모델로 데뷔하지 않았습니까?

―아, 그거는 마 선수가 모델 같은 신체 조건에 매력적인 외모를 가진 덕분인 것 같습니다. 권투협회에는 많은 기업가분들이 후원자로 계십니다. 마 선수를 눈여겨본 오성식품에서 신인 모델을 찾던 중에 발탁이 된 겁니다.

―광고 모델은 부업이었군요. 그러니까.

―그런 셈입니다.

―아, 지금 선수들 입장하고 있습니다. 광고 때처럼 양 갈래로 땋은 머리를 하고 있군요. 한국에서는 나오기 드문 체격 조건을 갖추고 있는 마 선수입니다.

―오히려 자넷 선수가 마 선수보다 체격이 작고 나이도 다섯 살이나 더 많습니다.

―지금 말이죠. 미국 관중들의 환호성이 대단합니다. 기죽지 말아야 할 텐데요. 마 선수가 광고 모델 할 때는 여리여리한 모습을 보였단 말이죠. 오늘은 어떤 경기를 보여줄지 기대가 됩니다. …… 네! 드디어 1라운드 종이 울렸습니다!

―사실 선수들이 서로에 대한 정보가 전혀 없습니다. 공식석인 경기 영상이 없다 보니 경기를 진행하면서 상대를 파악해야 하는 거죠. 네! 자넷 선수가 선공하는군요.

―자넷 선수의 연타 공격이 계속 들어오는데요. 마 선수가 조금 밀리는 양상을 보이고 있습니다.

―마 선수는 밀리는 게 아니라 상대를 파악하는 중이라고 보는 게 맞습니다. 자넷 선수가 대담하게 공격하고 있지만 우리 마 선수 특유의 경기 운영 방식이 있기 때문에 걱정하진 않습니다.

―듣기론 마 선수의 모든 경기가 1라운드 KO 승이라고 하는데요. 물론 비공식적이긴 합니다만 오늘 경기는 어떻게 보십니까? 아! 지금 말이죠. 선수들끼리 살짝 부딪힌 것 같습니다. 한국의 마 선수 얼굴에 피가 흐르고 있네요. 큰 부상이 아니면 좋겠습니다. 네…… 심판이 경기를 중단시키는군요.

―링 닥터가 보고 괜찮으면 경기가 다시 시작될 텐데요. 아마 눈썹 위가 찢어져 피가 눈으로 들어간 것 같습니다. 지금 느린 화면으로 경기 장면이 나오고 있는데요. 아…… 버팅이 생겼군요. 두 선수가 공격을 동시에 하다 보면 상대와의 거리가 좁혀지겠죠. 그러면 머리와 머리가 부딪치게 됩니다. 화면상으론 자넷 선수의 고의성이 다분히 보입니다만 그렇다고 걱정하실 필요는 없습니다. 지금 자넷 선수는 본인의 스타일을 많이 드러내고 있거든요. 마 선수가 그걸 잘 캐치해서 경기를 진행하면 되는 겁니다.

―지금 마 선수가 링 중앙으로 걸어 나오고 있습니다. 경기가 다시 진행되는 것 같습니다. ……자넷 선수, 다시 빠른 속도로 마 선수의 얼굴을 공격하고 있습니다. 계속 피가 흐르고 있는데요 경기가 다시 중단되나요.

리아는 한쪽 시야가 가려졌지만 걱정과 달리 경기를 재개할 수 있었다. 자넷 선수가 이렇게 초반부터 비매너적인 행위와 거침없는 공격을 보이는 것은 그만큼 체력과 방어가 약하다고도 볼 수 있었다. 리아는 종이 울리기 직전까지 모든 공격을 온몸으로 막아내며 기다렸다. 드디어 자넷 선수의 호흡이 불규칙해지고 잽이 느려지자 리아는 정확하고 강력한 라이트 훅 한 방을 날렸다. 자넷 선수는 턱을 맞고 그 자리에서 기절했다.

―바로 이겁니다! 마 선수의 마지막 한 방! 결국 해냈습니다!

―아, 이게 웬일입니까! 우리에게 지금까지 복숭아 여동생으로 불린 마리아 씨. 이젠 마리아 선수죠! 놀랍습니다. 정말 시원한 핵 펀치를 저희에게 선사했습니다! 핵 펀치 소녀 복서! 제 마음을 흔

들어 놓네요. 여자 복싱의 미래! 꿈꿔 봐도 좋을 것 같습니다.

1라운드 KO 승의 역사는 계속되었다. 드디어 관중들은 동양에서 온 10대 선수에게 열렬한 환호를 보냈다. 리아의 눈에선 피눈물이 흘러 내렸다.

"아이고 죽겠다. 아이고……."

열기와 환호가 섞인 경기를 뒤로하고 호텔로 돌아온 사연은 침대에 널브러졌다.

"리아보다 사연이가 더 힘들어 보이노."

"관장님, 말도 마이소. 얼마나 용을 썼는지 어깨가 무너지는 것 같습니다."

"느그 둘, 오늘 수고 많았다."

"조용하니까 정신이 돌아오네예. 리아야, 눈 괜찮나. 우짜꼬 눈이 다 부어가지고."

"좀 안 보여서 그렇지 괜찮다. 안 아프다."

"니가 아픈 게 이상한 거지. 의사 선생님이 흉 안 지게 잘 꼬맸다고 하시더라. 내가 얼마나 울었는지 아나? 나쁜 년."

"리아야, 관장님도 이만큼 울어보기는 처음이다."

"맞습니다. 애간장이 다 녹는 줄 알았습니다. 역시 사람은 잘나고 볼 일이데이. 협회장님이 니 피곤하다고 사진만 찍고 자리 비켜주는 거 봤제."

"앞으로 리아가 가는 길이 한국 여자 복서의 길이다. 어디까지 가나 보자. 관장님도 궁금타."

"관장님, 이래 되면 선수 구하기가 더 어렵다 아입니꺼? 누가 우리 리아한테 도전을 하겠습니꺼."

"사연이 말도 맞네. 없으면 뭐 하꼬."

"광고 모델 말입니더. 이게 돈은 권투 선수보다 더 짭짤합니더. 얻어맞고 피 흘리고 버는 돈은 제가 힘들어서 못 보겠습니더. 예쁘게 샤악 웃어가며 돈 벌면 얼마나 좋습니꺼."

"이제 늦었다. 이런 선수를 협회서 놔 줄 거 같나."

"그렇지예. 리아야, 오늘은 아무 생각 말고 이 기분 그대로 즐기기만 하자. 이게 우리가 꿈꾸던 거 아이가. 서울만 가도 성공이라고 했는데 미국까지 올 줄 알았나."

"그래. 오늘은 푹 쉬라. 관장님은 철승이하고 회포를 풀어야지 안 되겠다."

호텔 방을 나가는 관장의 발걸음에 경쾌한 리듬이 느껴졌다.

"관장님 신난 거 봐라."

"신세 갚게 돼서 진짜 다행이다. 관장님 없었으면 여기까지 못 왔다."

"원래 일이 될라 하믄 삼박자가 탁 맞는 기라. 그나저나 이 호텔은 한국하고 또 다르네. 이게 최곤가 하면 또 최고가 나온다 맞제."

"니 말 잘했다. 지금은 여자들이 권투를 안 해서 그렇지 앞으로 봐라. 내보다 더 잘하는 사람 나온다."

"리아야, 그래도 니는 할 만큼 했다. 억수로 운 좋았데이."

리아의 운은 한국에서도 계속 이어졌다. 김포공항으로 마중 나온 팬들의 환호와 체육관마다 여자복서를 모집한다는 소식이 그녀의 위상이 어느 정도인지 짐작게 했다.

"날마다 호텔에서 자고 무슨 팔자가 이런 팔자가 다 있노. 그래도 내일하고 모레 인터뷰만 끝나면 드디어 집에 간다. 아, 배고파. 리아야! 우리 밥 시키까!"

사연은 여행 가방을 정리하다 말고 욕실을 향해 소리쳤다.

"그래! 나도 거의 다 씻었다!"

띵동. 띵동.

"……관장님이신가."

사연이 문을 열자 최지가 두 손가락 경례를 하며 서 있었다. 그가 거실로 들어서는 순간 수건을 몸에 두른 리아가 화늘짝 놀라며 종종걸음을 쳤다. 최지는 다른 곳을 보는 척했지만 가슴이 슬그머니 두근거렸다.

"리아가 씻고 있어서 니가 오는 줄 몰랐다 아이가. 여기 앉아라."

사연은 과일을 깎으며 미국에서 치른 신인전 경기를 실감 나게 들려주었다. 잠시 후 서둘러 옷을 갈아입고 나온 리아는 머리가 축축하게 젖어 있었다.

"다친 덴 괜찮아?"

최지는 리아의 얼굴에 난 상처를 보며 말했다.

"어, 꼬맸는데 괜찮다. 니는 시험 잘 봤나."

"아마도. 오늘 너한테 할 말 있어서 왔어."

최지는 뭔가 중요한 얘기를 할 것 같은 얼굴로 리아를 보며 말했다.

"저거는 처음 보는 표정인데. 혹시 내가 자리 비켜줘야 되나."

"굳이. 의미 없다는 거 알아. 리아야, 우리 사귀자."

바나나를 자르던 사연의 손이 멈췄다. 바나나 조각 하나가 탁자 밑으로 또르르 굴러갔지만 사연의 관심은 온통 리아의 입에 있었다.

"내가 한국말 한 것 같은데. 내가 너 트레이닝복 사줬을 때 기억 안 나? 그때부터였는데 몰랐어?"

"니가 말을 안 하니까."

"그걸 말로…… 대놓고 내 마음 다 드러냈는데 그걸 모른다고? 너 서울 올 때마다 부모님한테 거짓말하고 만났는데 반지는 받고 말은 없지. 내가 아주 너 때문에 속이 까맣게 됐어."

"사연이 말이 맞구나. 니가 나 좋아하는 것 같다고."

"그런데 왜 가만있었어?"

"내가 뭐 어떻게 해야 하나."

"어휴…… 됐다. 대답 안 할 거야?"

"생각해 봐야 하는데."

"그럼 지금부터 잘 생각해봐."

그는 한숨을 쉬며 다리를 번갈아 꼬았다.

"그게……."

"며칠 걸려? 삼일 줄게. 더는 못 기다려."

그는 겨우겨우 마음을 진정시키며 말했다.

"알았다. 생각해 볼게."

"저기, 느그 대화 중에 미안한데 나도 여기 있거든? 내가 듣고 있자니 좀 그렇거든?"

"뭘 새삼스럽게 그래? 나도 알아. 너희 둘 비밀 없는 거. 내가 쓴 편지에 답장도 네가 한 거잖아."

"어떻게 알았노."

"편지 읽는데 자꾸 너랑 얘기하는 것 같았단 말이야. 내가 진짜 어이가 없어서."

"그때는 리아가 바빠서 그랬다. 말 나온 김에 내가 확인할 게 하나 있다. 솔직하게 말해야 된데이. 혹시 느그 집에서 결혼 약속해 둔 아가씨는 없나. 우리 리아가 그런 신파극 여주인공이 돼서는 안 된다. 절대로."

"그런 건 없고 가끔 아버지 친구분들이 오셔서 사위 삼자고는 해."

"아직 정해진 사람은 없다 이거네. 만약에 리아랑 사귀다가 아버지가 정해 준 데 있으면 무조건 가야 하는 그런 상황이가."

"내가 왜 거기까지 생각해야 해? 리아가 좋아서 만나 보고 싶은 것뿐이야. 첫사랑도 결혼까지 생각하고 해야 해?"

"첫사랑이라고, 니가?"

사연은 어처구니없다는 표정으로 그를 째려보았다.

"처음으로 지켜주고 싶은 사람이 리아였어."

"이 떡대를? 야, 리아가 니를 지켜 주겠지."

리아는 지켜주겠다는 말이 꽤 달콤하게 들렸다. 3일 동안 함께 있으면서 금세 그의 매력에 빠져 버렸다. 사실 질문에 대한 대답은 이미 정해져 있었다. 하지만 왠지 모르게 아닌 척 뜸을 들인 건 자존심 한번 부려보고 싶어서였다.

"오늘이 마지막 날인 거 알지?"

최지는 약속한 날 아침부터 리아를 찾아와 재촉하기 시작했다.

"좋아. 사겨."

"어이없네. 그렇게 빨리 말할 거면서."

"3일이나 생각했는데 빨리 말하는 게 이상하나."

"아냐. 잘했어. 반지는 어딨어?"

"사연이한테."

"받아와. 그거 커플 반지란 말이야."

"어?"

"뭘 놀라? 당연한 거 아냐? ⋯⋯서울엔 언제 이사 올 거야?"

"미국 일정 끝났으니까 곧 가야지. 할매도 서울 병원이 좋을 거고."

"빨리 와. 보고 싶어 죽겠으니까."

"와 그라노⋯⋯."

"너 부끄러워할 줄도 알아?"

"그만 놀리라⋯⋯."

"나한테 관심 없는 척하더니."

"이게 진짜!"

"너어, 그 주먹으로 치려는 건 아니지? 난 기절 정도가 아니라 죽어."

"뭐? 하하하⋯⋯."

리아는 서울에 있는 동안 가는 곳마다 플래시를 받았고, 스포츠 신문 1면엔 그들의 우정에 관한 기사가 계속 실렸다. 복숭아 소녀에서 핵 펀치 소녀가 되면서 남자 팬뿐만 아니라 여자 팬도 많아졌다. 리아의 유명세가 최지를 가볍게 넘어섰다. 꿈만 같았던 시간을 뒤로 하고 리아와 사연은 다시 고향으로 내려갔다.

인하시의 자랑! 핵 펀치 마리아 선수! 환영합니다.

인하시 도로 곳곳에는 리아를 반기는 현수막이 달렸다. 그들은 터미널로 마중 나온 시청 공무원들에게 이끌려 사인회에 참석해야 했다. 10분이면 집으로 오는 길이 세 시간은 족히 걸렸다.
"할매! 할매! 내 왔다."
리아는 급한 마음에 대문을 열면서 소리쳤다.
"오야, 내 새끼들 왔나."
미숙은 꽃무늬 홈드레스를 입고 서둘러 밖으로 나왔다.
"리아 왔나. 어서 들어가자. 수고했데이."
"엄마 딸도 왔는데예."
"아이고 당연하지. 우리 딸, 니도 욕 봤데이. 장하다."
"치이."
"할매! 할매 얼굴이 와 이렇노."
"리아야, 사실은……."
미숙은 입술을 깨물며 말하기를 주저했다.
"압니더. 췌장암이란 거."

"니가 알고 있었다고?"

사연은 놀란 눈으로 리아의 팔을 잡았다.

"그때 병원 진료실 밖에서 다 들었다."

"근데 왜 내한테도 아무 말 안 했노."

"말하면 내가 무너질 것 같더라."

"그래서 그렇게 운동만 했었구나. 우린 다 니를 위해서 입을 다물고 있었다 아이가. 가시나 혼자서 얼마나……."

사연은 울컥해서 말을 잇지 못했다. 리아도 울고 있었다.

"그래도 니 덕분에 할매도 버티신 기라. 니가 효도 다 했다. 장하다 우리 리아."

미숙은 리아의 손을 잡고 눈물을 훔쳤다.

"리아야, 할매는 지금이 가장 행복하다. 니 성공하는 것도 보고 이래 좋은 집에서도 살아 보고."

"할매…… 나는…… 할매랑 행복하게…… 오래오래 살라고……."

말분은 버석한 손으로 리아의 눈가를 닦았다.

"이모 미안합니더. 할머니 돌보신다고 힘드셨지예. 다들 나 때문에……."

"그런 소리마라. 니 덕에 나도 먼저 간 느그 엄마한테 자랑할 게 생겼다 아이가."

"이제는 제가 할매 곁에 있겠습니더."

리아는 말분의 여윈 얼굴을 만지고 또 만졌다. 그녀가 없는 세상이 점점 다가오고 있었다.

다시 평범한 일상으로 돌아온 리아는 말분과 함께 앞마당에 놓인 의자에 앉았다. 볕이 잘 들어 금방 얼굴이 따끈해졌다.

"할매. 안 춥제."

"응, 딱 좋네."

"있잖아, 내가 좋아하는 사람 생겼다."

리아는 미소를 지으며 수줍게 말했다.

"아이고 그래. 맨날 전화하던 가가."

"응. 할매도 아는 사람이다. 최지."

"그 최씨 종가 종손 말이가. 아이고 어쩌다가."

"그냥 사귀는 건데 뭐."

"리아야, 할매가 살아 보니까 남편도 좋아야 하지만 시어른들도 좋아야 한데이. 할매는 그게 걸린다."

"남편은 무슨. 그냥 남자 친구."

"그래도 할매는 우리 리아가 결혼하는 것도 보고 가면 좋겠데이. 사람이 이래 욕심이 많다."

"걱정 마라, 할매. 기적은 또 일어날 기다."

"······오늘은 운동 안 가나. 할매는 좀 피곤타. 들어가서 쉴란다."

리아는 기력이 점점 떨어지는 말분을 보며 가슴이 아려왔다. 그녀를 위해 할 수 있는 일이란 이제 없었다. 리아는 말분을 방에 눕히고 사연과 체육관으로 향했다.

"야, 그거 들었나. 최지네 집에서 재개발인가 뭔가 한다고 사람들을 막 강제로 쫓아냈다 하더라. 그래서 말이 많던데 뭐라 안 하더나."

"집에 일이 좀 있다고 하긴 했는데."

"어으. 최지가 아부지 닮을까 봐 걱정이다. 리아야, 오늘 대학교 발표 나는 날 아이가?"

"걱정마라. 붙는다고 큰소리치더라."

"그래. 그 집 걱정은 안 해도 된다. 우리 할매가 걱정이지. 돈이 있어도 안 되는 게 있네. 나는 돈만 있으면 다 될 줄 알았다."

"그게 제일 못된 병이라더라."

"그 못된 거 니 주먹으로 뿌사뿌라 마."

"그라까. 고칠 수만 있다면 백번이라도 그라고 싶다."

용호 체육관은 요즘 요란한 현수막들로 펄럭이고 있었다. 사람들의 발길도 잦아져 리아의 땀 냄새만 풍기던 곳이 사춘기 남학생들의 호르몬 냄새로 가득 찼다. 리아가 체육관으로 들어서자 철승이 의자에서 벌떡 일어났다.

"야아, 우리 마 선수 악수 한번 하자. 잘 지냈어?"

"예."

"리아야, 양 선수 체육관에 여학생들이 권투 배우고 싶다고 50명이나 넘게 등록했단다."

"조금만 기다려. 내가 잘 가르쳐서 리아 시합 뛰게 해줄게."

"예. 저도 열심히 하겠습니더."

"최 회장 그 양반, 생각할수록 대단하네. 사업가는 역시 달라. 상품 만드는 데는 기가 막힌 양반일세."

"맞습니다, 형님. 지금 한국이 여자 복싱으로 들썩이지 않습니까? 막 물이 들어올 때 노를 저어야지요. 리아 잘 키워 놓으세요. 판은 제가 만들어 놓겠습니다. 참, 리아야, 내가 부탁 좀 하자. 꼭 들어줬으면 좋겠는데."

"말씀하이소. 양 관장님 부탁을 제가 어째 거절합니꺼."

"사실, 내가 여기 온 거는 아까 형님한테도 말했지만 새로 들어온 여학생들 말이야. 리아가 와서 응원해 주면 좋겠다 싶어서."

"어떻게요?"

"사인회 같은 거라고 생각하면 돼. 네가 오면 다른 체육관에서도 여학생들 데리고 온다고 했거든. 이렇게 된 김에 리아가 힘 좀 실어줬으면 해."

"그런 얘기는 저랑 해야지예."

"어, 그래. 사연이가 매니저지."

"언제예?"

"빠르면 내일 정오쯤에 할 수 있을 거야. 혹시 바쁜 일 있어?"

"요즘 리아가 할매 옆에 꼭 붙어 있는다 아입니꺼."

"그럼 내 차로 오늘 같이 올라가는 건 어때? 내일 사인회 끝나면 바로 내려가게 해줄게."

"리아야, 그게 좋겠다. 후딱 갔다 오자."

그들은 철승의 차를 타고 바로 서울 크리스털 호텔로 향했다. 리아는 룸에 들어오자마자 최지의 전화번호를 누르고 스피커 버튼도 눌렀다.

"야, 나온나."

―어딜 나오라는 거야?

"왜. 못 나오나. 그럼 말고."

―무슨 소리야? 서울 왔어?

"숨넘어가겠다. 크리스털 호텔이지."

―20분 뒤에 내려와. 지금 출발할게."

뚝.

"저 봐라. 총알같이 나올 태세다. 나는 여기 있을 테니까 둘이서 좋은 시간 보내고 온나."

"그럼 나도 안 갈란다."

"니 연애질에 나는 와 자꾸 끼워쌌노."

"안 나가면 최지가 호텔로 들어오겠제. 그냥 방구석에서 놀까."

"아니. 호텔 방에서 느그 둘이 꽁냥거리는 거 보는 것보다야 나가는 게 낫지."

최지는 통화가 끝난 후 20분이 조금 지나 호텔 정문 앞에 도착했다.

"많이 기다렸어? 추워 어서 타."

"어머, 정재 오빠 안녕하세요?"

"사연이도 잘 있었지?"

"네. 저야 요즘이 제일 잘 지내는 것 같아요."

"쟨 또 왜 저래?"

"야, 나는 리아가 협박해서 따라 나온 기다. 오해 마라."

"연극하냐? 나한테도 예쁘게 말하면 어디가 덧나냐고. 아무튼 잘 왔어. 나도 이젠 너 없으면 심심해."

"연애하더니 성격 좋아졌네. 정재 오빠가 보기엔 어때요?"

"최지는 너희가 약이야."

해만 지면 컴컴한 시골과는 달리 휘황찬란한 도시의 야경은 그들이 서울에 있음을 실감하게 했다. 어느새 목적지에 도착했는지 정재는 차를 골목 입구에 세웠다.

"저 골목길 보이지? 20m쯤 올라가면 카페가 보일 거야. 주차하고 갈게."

"알았어, 형."

그들은 차에서 내려 오르막으로 된 좁은 도로를 걸었다.

"잠잘 생각하지 마. 밤새 놀 거니까."

"안 된다. 리아 내일 사인회 있다. 새벽 3시까지만."

"그럼요. 매니저님이 시키는 대로 해야죠. 리아야, 너도 여기에 건물 하나 사두는 건 어때? 정재 형 친구가 그러는데 지금 여기 사두면 앞으로 좋아질 거래."

"그라까."

리아가 관심을 보이며 옆을 보는 순간 그는 이미 시야에서 사라지고 없었다.

"악! 악!"

지나가던 여자들이 놀라 비명을 질렀다. 리아가 뒤를 돌아보자 검은 모자를 쓴 낯선 남자가 최지를 칼로 협박하고 있었다.

"허억! 저저저…… 저거 칼 아이가."

"사연아, 빨리 경찰에 신고해라 퍼뜩."

"오야. 전화기가 어딨노. 어디로 가야 하노."

사연은 무작정 길을 따라 뛰었다.

"괜찮나."

리아는 최지를 향해 조심스럽게 물었다.

"넌 뭐야!"

"저는 야 친구입니더. 무슨 일인지 말씀해 보이소."

"시끄러워. 넌 꺼져! 최동호 그 새끼 불러와!"

"알겠습니더. 불러드릴게예. 저는 연락처를 모르니까 칼을 내려 주시면 가르쳐 드릴 겁니더."

남자는 하는 수 없이 최지의 목을 누르고 있던 칼을 내렸다.

"최지야, 전화번호."

"빨리 대답해! 죽고 싶어!"

"25-3333"

"아저씨! 전화 좀 하고 올게예."

리아는 바로 옆 상가의 문을 두드렸다. 주인은 밖을 살피며 꼭 잠갔던 문을 열고 전화기를 내주었다.

"여보세요. 최동호 회장님 좀 바꿔 주이소. 최지가 지금 협박받고 있습니더."

회장실의 비서는 곧바로 최 회장을 연결해 주었다.

—거기 어디야!

"이태원이라예."

뚝.

최 회장의 날카로운 목소리에 리아의 몸은 움츠러들었다. 강에서 최지를 업고 달려간 그날의 기억이 생생하게 되살아났다.

"경찰에 신고했으니까 곧 올 거예요. 나가지 말고 여기 있어요."

"괜찮습니더."

리아는 그제야 수화기를 내렸다.

"마리아 선수 맞죠? 어떡해요. 저놈이 우리 최지 씨 건들기만 해 봐. 경찰은 왜 아직도 안 와. 전화한 지가 언젠데."

사장의 만류에도 리아는 다시 밖으로 나갔다.

"전화 했습니더."

그때 멀리서 사이렌 소리가 들렸다.

"경찰에 신고한 거야!"

"신고 안 했습니더. 내 친구가 잡혀있는데 제기 미쳤습니꺼. 이러고 있는데 누가 했겠지예. 뭐 때문인지는 모르겠지만 말로 하입시더."

"말로 했어. 했다구! 들어 처먹질 않아. 우리 애들도 거리에 나앉게 생겼는데 제 새끼도 당해 봐야지. 오늘 너 죽고 나 죽는 거야!"

남자가 다시 칼로 최지의 목을 눌렀다. 경찰차가 골목길로 들어서는 걸 보자마자 그는 최지를 끌고 공원 안쪽으로 들어갔다. 잠시 후 그들은 어두운 탓에 발이 걸렸는지 땅바닥에 세게 고꾸라졌다. 뒤따라가던 리아는 그 틈을 타 최지의 몸을 일으키기 위해 안간힘을 썼다.

"일어나봐라, 빨리."

그 순간, 남자는 엎어져 있는 최지를 향해 칼을 들었다. 리아는 본능적으로 최지 위로 몸을 던졌다.

"안 돼! 제발……."

"가만…… 있어라. 다친다……."

리아의 체중이 점점 최지에게 실렸다.

"윽!"

남자가 칼을 떨어뜨리며 옆으로 나뒹굴었다. 정재가 숨을 헐떡이며 그의 손을 뒤로 꺾었다.

최지는 몸을 돌려 자신의 몸 위로 완전히 엎어진 리아를 안았다. 그의 두 손은 피로 흥건히 젖었다.

"리아야…… 마리아!"

최지의 울부짖는 소리가 공원을 가득 메웠다.

한국 병원 VIP 병실에는 한 무리의 사람들이 침통한 표정으로 서성였다. 사연조차도 맘껏 흐느끼지 못하고 있었다.

"으윽…… 씨발…… 최지는……."

리아의 생존 신호가 들려왔다.

"죽는 줄 알았잖아."

사연은 참았던 울음을 터뜨렸다.

"내가 누군지 알겠어?"

"양 관장님……."

"그래, 수술은 잘 됐다고 하니까 이제 몸조리만 잘하면 돼. 이만하길 정말 다행이야. 하늘이 도왔어."

리아의 시선이 마지막으로 멈춘 곳엔 최지가 서 있었다.

"니는…… 괜찮나."

최지는 눈이 퉁퉁 부은 채로 리아의 손을 잡았다.

"사연아, 할매한테는……."

"할매한테는 안 알리기로 했다. 엄마도 그러자고 하더라."

"리아야, 내가 괜히 오라고 해서……."

"아입니더. 이건 그냥 사고라예."

"고맙다. 말이라도 그렇게 해줘서. 우린 이만 가볼게. 사연아, 리아 잘 부탁해."

"예. 걱정 마이소."

철승과 병실 밖의 사람들이 떠나자 사연은 소파에 누워 TV 볼륨을 높였다.

"이거 봐라. 하루 종일 니 얘기다."

그때 한 기자가 사고 후유증으로 리아의 선수 생활이 불투명할 수도 있다고 전했다. 리아는 앞으로 다가올 거대한 그림자가 보이기 시작했다. 내가 운동을 못 한다고? 내가…… 그럴 리가 없다. 어떻게 온 길인데……. 리아는 뾰족한 벼랑 끝에 서 있는 것 같은 기분을 느끼며 눈을 감았다.

"마리아 씨?"

의사가 병실로 들어왔지만 리아는 등을 보이고 모로 누워 있었다.

"선생님, 제가 운동을 못 할 정도로 다친 겁니꺼."

"리아 씨……."

"제 몸입니더. 솔직하게 가르쳐 주이소."

"어깨 신경과 동맥, 인대가 모두 심각한 손상을 입었어요. 지금으로서는 경과를 더 지켜봐야 합니다."

"예전처럼은 안 된다는 말씀입니꺼."

"일반적인 생활은 가능합니다만 운동을 하기에는 어려울 것 같습니다. 그렇지만 긍정적인 마음으로 재활치료를 하다 보면 좋은 결과도 있을 수 있습니다."

의사의 말이 끝나자 리아는 어깨를 들썩이며 흐느꼈다.

"보호자 분, 잠시만."

사연은 눈물을 삼키며 의사를 따라 복도로 나갔다. 최지는 긴 침묵을 깨고 힘겹게 입을 열었다.

"내가…… 완벽하게 고쳐줄 거야. 그러니까 혼자 힘들어하지 마. 나랑 같이해."

최지는 모든 의지가 꺾여버린 리아를 데리고 재활 의지를 다졌다. 그는 리아가 자신을 구하려고 온몸으로 막아섰던 것을 눈앞에서 지켜보았다. 그녀는 두 번이나 목숨을 구해준 운명 같은 존재였다. 이번에는 최지의 차례였다. 그는 외국 논문까지 섭렵하며 치료에 혼신의 힘을 쏟았다. 재활치료 한 달 만에 그들은 벼랑 끝에서 한 발짝 뒤로 물러섰다.

"리아야, 안 힘드나."

사연은 치료실에서 나온 리아의 팔을 잡으며 말했다.

"힘들어도 할 만하다."

"이게 다 사랑의 힘 아니겠나. 오늘은 무슨 일인지 내한테 니를 다 맡기고 나갔네."

"병원에 한 달이나 있었잖아. 볼일도 좀 봐야지."

그들이 병실로 들어서자 이발하고 말끔하게 차려입은 최지가 화병에 꽃을 꽂고 있었다.

"사랑꾼 나셨네. 요 꽃은 이름이 뭐고."

사연은 노란 속살을 가진 꽃잎을 만지며 말했다.

"플루메리아야. 하와이에서 처음 봤는데 지나가다 보이길래."

"하와이? 혹시 그 여자들이 춤출 때 귀 옆에다가 꽂은 꽃, 그거 말이가."

"맞아."

"아, 예쁘다…… 리아야, 내 봐라."

사연은 플루메리아 한 송이를 꺼내 귀 옆으로 꽂았다.

"그렇게 하니까 진짜 하와이 여자 같다."

리아는 침대에 허리를 세우고 걸터앉았다. 최지는 그녀의 옆에 나란히 앉아 등을 쓰다듬었다.

"리아야, 이거."

그는 보라색 종이 가방을 내밀었다.

"옴마야. 이거 돈 있어도 못 산다는 그 유명한 베소 가방 아이가. 리아야 빨리 좀 열어봐라."

리아가 종이 가방 속에서 꺼낸 것은 보라색 크로스백이었다.

"이 색깔 좀 봐라. 어쩜 이렇게 고울까. 안에도 보게 한번 열어봐라."

리아는 가방을 열어 그 속에 들어 있던 카드 한 장을 꺼냈다.

마리아.
널 만난 건 행운이야.

리아는 읽고 또 읽었다.
"짧게 썼는데 뭘 그렇게 오래 봐?"
"너무 사랑스러운 말이잖아. 행운이라니."
"그건 플루메리아 꽃말이기도 해."
"예쁜 이름을 가졌구나 넌."
리아는 플루메리아를 다시 보며 미소를 지었다.
"리아야."

그녀가 고개를 돌리자 최지는 주머니에서 꺼낸 목걸이를 정성스럽게 걸어 주었다. 그리고 리아의 머리를 정리해 주며 이마에 입을 맞추었다.

"……다시 해봐."

그는 눈을 감고 입술을 맞추었다.

"……다시 해?"

"내가 언제 거기다가 하랬노."

"정해 주지도 않았잖아. 또 필요하면 말해. 언제든지 환영이야."

"이젠 잔소리도 지친다, 정말. 이것들은 내가 있든지 말든지 병실에서도 사랑은 꽃핀다, 그자? 그래, 내만 이래 썩어 간다. 나는 속도 니글한데 이거나 먹어야겠다."

사연은 검정 비닐봉지에서 포장 용기를 꺼내 테이블 위에 놓았다.

"그거 언제 사 왔노."

리아는 떡볶이를 보고 침대에서 벌떡 일어나 소파에 앉았다.

"니 옛날부터 꿀꿀하면 떡볶이 맵게 해가지고 먹었잖아. 베소 앞에서 이게 무슨 소용이고."

"무슨 말을 그래하노. 베소 만큼 좋다. 내 뱃속까지 잘 아는 우리 사연이."

리아는 서둘러 나무젓가락을 갈라 떡과 어묵을 한꺼번에 입으로 가져갔다.

"이제 살만 하나."

"어, 살 것 같다."

"진작에 사 줄걸. 얼굴에 화색 돌아온 거 좀 봐라. 내 친구지만 니는 머리가 마이 단순해."

"머리만 그런 게 아니라 내가 보기엔 몸도 그래. 분명 통증 세포가 고장 났어."

최지가 리아 옆에 앉으며 말했다.

"맞네. 니 안 아프나. 아프다 소리가 없노."

"안 아파."

"무섭다, 무서버. 그런 의미에서."

사연은 검정 비닐봉지 안에서 포장 용기 하나를 더 꺼냈다.

"이게 뭐야! 먹을 거야? 아니지?"

최지의 경악에도 불구하고 리아는 이미 자세를 고쳐 앉았다.

"우짜꼬. 니가 사랑하는 리아가 최고로 좋아하는 건데. 니도 한

번 먹어 봐라, 자."

사연은 닭발 하나를 그의 얼굴 앞으로 들이댔다.

"아 됐어."

그는 아예 고개를 돌려 버렸다.

"아이고 우리 리아 잘 먹는다. 니 솔직히 말해봐라. 베소가 좋나. 내 닭발이 좋나."

"닭발."

"아싸, 내가 이겼다!"

최지는 환호하는 사연에게 사물함에서 꺼낸 물건을 슬며시 건넸다.

"리아 주라고? 니가 줘라. 내 손 안 보이나."

사연은 양념이 덕지덕지 묻은 손을 닭발처럼 구부려 그에게 보여주며 말했다.

"싫으면 말고."

"뭐? 내 거라고. 진짜가."

사연은 화장실로 뛰어가 부리나케 손을 씻고 나왔다.

"옴마야. 이거 베소잖아."

"리아 거랑 색깔만 달라."

"진짜가! 빨간색이네. 너무 예쁘다. 근데 나는 와 주는데."

"내 마음이야. 너도 고생했어."

"오오, 짜식. 니 요즘 내 맘에 든다. 진짜 고맙데이."

그들은 하나의 유기체처럼 서로의 삶에 영향을 미치고 있었다. 리아의 상태가 회복될수록 우정 또한 돈독해졌다. 그녀는 의료진의 예상보다 더 빠른 속도로 회복했지만, 선수 생활을 이어갈 수 있을지는 의문이었다. 또 한 번의 기적이 필요했다. 리아는 남은 재활을 인하병원에서 하기로 결정하고 짐을 쌌다. 퇴원하는 날 최 회장이 비서와 함께 병실로 찾아왔다.

"리아 양."

"오셨습니꺼."

"퇴원 축하해. 내가 인하병원에 잘 말해뒀네."

"감사합니다."

"이만하길 정말 다행이야. 나도 이제 짐 좀 덜었어."

"걱정 끼쳐 드려 죄송합니다."

"너무 야박하게 그러지 말게. 필요한 것 있으면 우리 지한테 말해 두렴. 그리고 넌 입학식에 맞춰서 이 기사랑 같이 올라오도록 해."

"네, 아버지."

"다음에 또 봐요. 리아 양."

최 회장은 시종일관 온화하고 인자한 모습으로 리아를 대하고 병실을 떠났다. 리아는 오히려 그런 최 회장이 낯설고 부담되었다.

"이젠 나만 믿어."

최지는 리아에게 다가가 살포시 안으며 말했다.

"또 시작이다."

그는 사연은 안중에도 없는 듯 리아의 이마에 입을 맞추었다.

"알았다. 내 나가면 좀 해라."

사연은 포기한 듯 병실 문을 쾅 닫고 나갔다.

"사랑해."

"응?"

"사랑해."

"뭐라고?"

"사랑한다고. 사랑해. 내 마음 다 훔쳐 간 이 도둑 아가씨야."

"넌 이제 내 거야. 난 훔친 건 절대 안 돌려 주거든."

그는 가끔 리아의 박력에 가슴이 심하게 뛰곤 했다.

"가자."

최지는 리아의 손을 꼭 잡고 병실을 나왔다.

"야, 느그 기자들도 와 있는데."

문밖에 서 있던 사연은 그들의 손을 급히 떼며 말했다.

"리아는 내가 데리고 갈 테니까 니는 빨리 차 갖고 온나. 기자들 질문 많단 말이다."

"알았어."

그는 가방을 들고 엘리베이터로 걸어갔다.

"그라고 니는 질문에 그냥 웃기만 해라. 내가 대답할 테니까."

병원 입구에는 취재진들이 북적이며 모여 있었다. 리아가 나타나자 카메라 플래시가 터지기 시작했다.

"마리아 선수, 퇴원을 축하합니다."

리아는 가볍게 목례로 인사를 대신했다.

"운동하는 덴 지장이 없겠습니까?"

"아, 그거는 제가 말씀드릴게예. 아직은 재활 중이라서 치료에만 집중하겠습니다. 다들 신경 써 주시고 와 주셔서 감사합니다."

때마침 그들 앞으로 최지가 탄 차가 서서히 들어왔다. 카메라 셔터 소리가 조금 전보다 더 요란하게 들렸다.

"최지 씨와 사귀시는 게 사실입니까?"

"제가요? 아직 프러포즈 못 받았는데예."

사연의 재치 있는 대답에 기자들의 웃음소리가 터져 나왔다.

"감사합니다. 향후 일정은 곧 서면으로 알려드리겠습니다."

사연은 침착하게 리아와 함께 차에 올랐다. 멀어져 가는 기자들을 보고서야 한숨을 길게 내쉬었다.

"후유…… 기자들이 벌써 눈치챘다 아이가. 느그 어쩔래?"

"사귄다고 해."

최지는 자신감 있는 말투로 말했다.

"안 된다. 아직은 조심해라."

"으으, 사연이 무서워서 연애도 못 하겠어."

비록 사고는 있었지만 리아는 이 시간이 행복했다. 그와 함께 있을 수 있다면 재활도 문제가 되지 않았다. 그들은 이미 운명 공동체였다.

* * *

미숙은 한 시간 전부터 대문 밖에 나와 서성였다. 멀리서 차 한 대가 서서히 다가오자 마른침을 삼켰다. 차에서 내리는 리아를 보자마자 와락 껴안으며 눈시울부터 적셨다.

"아이고 리아야. 내가 얼마나 속이 탔는지 모른다. 할매도 저래 있제, 니도 그렇제."

"죄송합니더."

"니만 괜찮으면 됐다. 들어가자 여여. 할매한테는 일 때문에 미국 갔다고 했데이. 아이고, 도련님 아닙니꺼?"

"안녕하세요. 그냥 지라고 부르세요, 어머니."

"아…… 그라까. 오느라 수고했데이. 퍼뜩 저녁 준비해야겠다."

미숙은 갑자기 분주해졌다.

"오오, 좀 맘에 드는데?"

사연은 팔꿈치로 그의 팔을 툭 건드리며 말했다.

"이제야 맘에 들어? 넌 날 뭐로 보냐?"

"뭐로 보긴. 예나 지금이나 넌 우리 졸개거든. 정재 오빠, 오빠도 퍼뜩 들어갑시더. 2층에 오빠 방도 하나 마련해 놨어예."

"고마워. 집 좋은데?"

정재는 마당을 살피며 집 안으로 들어왔다.

"할매……."

리아는 방문을 열고 누워 있는 말분에게 다가갔다.

"그래 우리 새끼 왔나. 미국 좋더나."

"어 좋더라. 나중에 할매랑 같이 가까."

"비행기 타고? 할매가 오래 살아야……."

말분은 방문 앞에 서 있던 최지와 눈이 마주쳤다.

"안녕하십니까. 최지입니다. 절 받으십시오."

최지는 방 안으로 들어와 말분에게 넙죽 큰절을 올렸다. 말분은 그런 그를 찬찬히 살피며 흐뭇한 미소를 지었다.

"먼 길 오느라 시장하제. 미숙이가 아침부터 상 차린다고 바빴다. 나가서 밥부터 먹자."

말분은 오랜만에 사람들로 북적이는 상 앞에 앉았다. 오늘처럼 행복한 날은 다시는 없을 것 같았다.

"자, 다들 차린 건 없어도 마이 무라. 입에 맞을지 모르겠네."

미숙은 마치 사위가 온 것처럼 상을 차려왔다.

"아닙니다. 진수성찬입니다."

"요게 어디서 말로 점수 따는 것만 알아가지고."

"야는 와 이라노."

미숙은 사연에게 핀잔을 주며 말했다.

"이모, 괜찮습니더. 둘이 맨날 저러고 노는데요."

최지는 생선전을 조금 떼어 말분의 숟가락 위에 올렸다.

"마음 씀씀이도 어찌 이리 고울꼬. 어무이 오늘 호강하시네요."

말분은 어릴 때부터 최지를 봐왔지만 새삼 새롭게 보였다. 그를 바라보는 리아의 행복한 미소를 보고 있자니 왠지 마음이 홀가분해졌다.

"리아야, 저 새끼 와 저라노. 별꼴을 다 본다."

리아는 그저 웃기만 했다.

"친구끼리 한집에 사는 거 진짜 부러워. 그래서 너희는 가족 같구나. 비밀도 없고."

"그렇제. 리아 엄마하고 내도 둘도 없는 친구였데이. 결혼도 비슷하게 하고 아도 비슷하게 낳다 보니까 야들도 어릴 때부터 자매

파이터 385

처럼 컸다."

"네, 그렇군요. 어머니, 밥이 정말 맛있습니다."

미숙은 살갑게 대하는 최지를 흐뭇하게 보면서도 한편으로는 염려가 되었다. 그도 어쩔 수 없는 최씨 종가의 사람이기 때문이었다.

식사를 마친 사람들이 하나둘 자리를 뜨자 리아와 최지는 둘만의 시간을 가졌다. 리아의 방은 팬들이 보내준 물건들로 아기자기하게 꾸며져 있었다.

"무슨 인형이 이렇게 많아?"

"이것도 보육원으로 보내고 남은 거다."

"넌 얼굴도 예쁘고 마음도 예뻐."

그는 리아를 살며시 안으며 말했다.

"참. 대학 붙은 거 왜 말 안 했노."

"그게 뭐가 중요해?"

"우리나라에서 젤 좋은 대학 법대가 안 중요하나. 가고 싶어 했잖아."

"너보다 중요한 건 이 세상에 없어."

"가서 공부 열심히 해. 법대 공부 많다며."

"알았어. 개강하면 시키는 대로 할게."

"치이. 말은 잘 듣네."

"난 오늘부터 이 방에서 자?"

"응. 난 할매랑 자면 돼."

"나랑 자."

"쓰읍. 와 자꾸 선을 넘을라 하노. 빨리 자라 고마."

리아는 그에게 꿀밤을 먹이고 큰방으로 들어갔다. 옆으로 누운 말분의 얼굴이 편안해 보였다.

"할매. 우리 할매 예쁘다. ······할, 매, 할매!"

순간 무언가 잘못됐다는 것을 직감한 리아는 말분의 몸을 흔들었지만 그녀는 아무런 반응이 없었다. 가슴에 있던 자석도 반응하지 않았다.

"할매! 할매에!"

옆방에 있던 최지는 리아의 목소리가 심상치 않음을 느끼고 곧장 방으로 달려 들어왔다. 그리고 말분의 코에 손을 가까이 대었다.

"119에 전화해. 어서!"

말분은 119가 올 때까지 깨어나지 않았다. 그날 밤 그녀는 미소를 머금고 훨훨 세상을 떠났다. 봄날의 할매 나무처럼 환한 얼굴로······.

* * *

리아에게 그해 겨울은 시리고도 따뜻했다. 최지는 말분의 장례와 리아의 뒷바라지하느라 겨울 내내 분주했다. 3월이 되자 그는 서울로 올라갔지만 바쁜 대학 생활 가운데서도 주말마다 리아를 만나러 내려왔다. 여름 방학이 시작되자 그는 또다시 리아의 집에 눌러앉았다.

"지야."

"응, 자기야."

그는 리아에게 팔베개를 해주며 누워 있었다.

"나…… 임신했어."

"……우리 아기?"

그는 리아를 향해 옆으로 돌아누웠다.

"겁 안 나?"

"내 여자친구가 파이터인데 뭐가 겁나. 내년엔 우리 닮은 아기까지 생기고. 이젠 진짜 가족이야."

"생각만 해도 행복해."

그는 행복해하는 리아를 꼭 안아 주었다.

"나 군대 가면 혼자 아기 키울 수 있겠어?"

"사연이하고 이모도 있는데 뭐."

"자기야, 우리 결혼하면 서울 집에서 살자."

"근데 나 좋아해 주실까."

"우리 아버지 너 팬이셔. 좋아하실 거야. 이번에 올라가면 말씀 드리고 아기 태어나기 전에 결혼부터 하자."

"결혼?"

"그래. 내가 얼마나 바라던 일인데. 어디 아픈 덴 없어? 입덧 같은 거 말야."

"너무 아무렇지도 않아."

"마리아다워. 그거 알아? 자기 이제 표준말도 잘 써."

"내 남자 친구가 서울 사람인데 잘하는 게 당연하지."

지금 그들 앞엔 어떤 세상도 두렵지 않았다. 최지는 개학을 앞두고 서울로 올라가 부모님께 사실대로 말했다. 그리고 리아의 배가 부르기 전 10월에 결혼식을 올렸다.

이듬해 봄, 리아는 그녀를 닮은 아들의 손을 잡게 되었다.

10

복수는
하나님의 것

10. 복수는 하나님의 것

 이수현은 카페로 이동하기 위해 비옷과 골프 우산을 챙겼다. 그는 리아와 함께 샹젤리제 거리를 조심스럽게 내려갔다. 예상대로 순댓국 가게에서 구정물이 세차게 날아왔지만 그때를 놓치지 않고 우산을 펼쳤다. 후드득. 구정물이 우산살을 타고 흘러내렸다. 경자는 악다구니를 쓰며 양동이를 내팽개쳤다. 아마도 내일은 다른 방법을 강구할 것이다. 힘겹게 도착한 카페에는 도연과 순일이 심각한 표정으로 백수현을 보고 있었다.
 "사장님 오랜만이에요."
 "리아 씨, 몸은 좀 괜찮아요?"
 "덕분에요. 무슨 얘기를 그렇게 심각하게 해요?"
 "그러니까 얘기하다 말았네. 백수 씨, 그래서 어떻게 된 거야?"
 순일은 초조한 표정으로 두 손을 만지작거렸다.

"결론만 얘기하면 예전 양말 공장을 두 분이 다시 맡아 달라는 말씀입니다."

"아니 어떻게 이런 일이······."

"사장님! 우리 솟아날 구멍이 생겼어요!"

도연은 순일의 몸을 잡고 흔들었다.

"저희가 매물로 나온 양말 공장을 사긴 했지만 잘 운영하셔서 다시 사들이세요. 저희 계획은 여기까지입니다."

도연과 순일은 놀란 눈으로 서로 쳐다보았다.

"고마워, 백수야."

"나보단 아버지께 해."

"아, 그 하늘에 계신 아버지? 정말 감사합니다!"

"잘 됐어요. 축하는 공장 돌아가면 그때 할게요. 오늘 세 분이서 일 제대로 해보시죠. 저희는 방해 안 되게 다른 테이블로 갈게요."

리아와 이수현은 햇살이 따뜻한 창가 테이블에 자리를 잡았다.

"엄마, 어제 형님이 회의 자료를 만드시길래 도와드렸는데요, 거기는 어떻게 해야 들어갈 수 있어요?"

"회원이 되고 싶단 말이지?"

"네. 돈이 많아야 되나요?"

"아냐. 관심 있어?"

"네. 저도 여기서 서로 사랑하며 살아가는 게 어떤 건지 배우고 싶어요."

"우리 이수 마음속에 사랑이 가득하네."

"엄마도 저 처음 보셨을 때 그런 마음이셨던 거죠?"

"아마. 그날은 이상하게 그러고 싶더라. 말로는 설명 안 돼. 나도 무섭거든."

"그때 저 안 구해주셨으면…… 지금 생각하니까 아찔해요. 계속 제멋대로 살았을 테니까요. 부끄럽지만 고백할 게 있어요. 처음에 세희한테 호구 하나 만났다고 그랬어요. 적당히 이용해서 돈이나 벌자고요."

"호구?"

"죄송해요."

"이왕이면 제대로 된 호구 해야지. 이번 회의 때 너도 가자."

"정말요? 진짜, 진짜죠?"

수현은 과잉 흥분으로 인해 머리와 손에서 땀이 차올랐다. 이렇게 살아도 되는지 내가 뭐라고 이런 일이 자꾸 생기는지 그의 머리로는 알 수 없었다. 보육원에서 보낸 지난날, 분노로 가득 찼던 학창 시절, 먹어도 먹어도 배고프고 외로웠던 시절이 이젠 고민거리도 되지 않았다. 그에겐 하루하루가 새날이었다.

그날 밤, 무경은 잠자리에 누우려던 리아를 찾아왔다. 평소답지 않게 수다를 늘어놓더니 맥주 한잔하러 가자며 그녀를 데리고 조용히 계단을 내려갔다.

"……알았어. 계속 주시해."

그는 휴대폰에 대고 말했다.

"누나, 어디 가요?"

마침 진우가 2층으로 올라오면서 그들과 마주쳤다.

"음…… 하나도 놓치지 마."

그는 통화가 끝나자 허리를 손에 얹고 안도의 숨을 내쉬었다.

"리아 씨 집에 도청 장치가 설치된 것 같습니다."

"네? 누나가 또 위험한 거예요?"

그는 진우를 흘깃 쳐다보았다.

"이 친구는 괜찮아요. 말씀하세요."

"저희가 달아 논 CCTV에 놈이 들어간 걸 확인했습니다. 1층에 저희 식구들도 있습니다. 지금도 배관을 타고 올라가다가 제가 들어가는 것을 보고 다시 내려갔다고 합니다. 제가 급하게 온 것은, 20년 전 그 화재."

리아는 20년 전 그날이 떠올라 눈을 질끈 감아 버렸다.

"그때 제3의 인물이 지금 리아 씨 집에서 내려간 바로 그놈입니다. 20년 전 범인의 유전자와 그놈의 담배꽁초에서 나온 유전자가 같았어요. 화재가 난 그날, 그놈은 옥상에 연결한 로프로 당신 집으로 들어갔죠. 차량용 블랙박스에 찍혔거든요."

"블랙박스가 있었나요?"

"아파트 주민 차량의 블랙박스를 저희가 갖고 있었습니다. 우리가 처음 만났던 올리브 레스토랑 기억하시죠. 거기에 혼자 오신 중년 부인이 백민기가 심어둔 정보원이었어요. 우리가 수현이를 미행하는 걸 알고 수현이 점퍼에 위치 추적기를 달았다고 합니다. 기회를 봐서 수현이를 데리고 멕시코로 떠나려고 했다는군요. 백민기가 죽고 그 정보원이 본인 차량의 블랙박스를 가져왔습니다. 백민기의 죽음을 밝혀 달라고 하면서요."

"그럼, 왜 그때 밝히지 않으셨어요?"

"작전상 후퇴였죠. 그때 나, 이 형사 둘 다 정직 받았잖아요. 최씨 종가를 어떻게 이깁니까. 언젠가 기회가 오면 쓰려고 놔뒀었죠. 그런데 며칠 전 리아 씨 집 CCTV를 보는데 어떤 놈이 가스 배관을 타고 옥탑방으로 올라가는 게 보였어요. 딱 느낌이 왔죠. 그래서 담배꽁초를 확보해 유전자 분석을 한 거고요. 리아 씨 손가락이 그렇게 된 날도 놈이 당신 방에 들어갔습니다."

"제 방을요?"

"리아 씨한텐 말 안 했지만 놈이 칼을 침대 위에 꽂아 놓고 갔습니다."

"그럼 누가 누나를 죽이려 한단 말이에요?"

"그것보단 일종의 경고 같아 보였어요. CCTV로 확인해 보니까 그놈이 당신을 계속 미행하더군요. 등산객 행세를 하면서요. 이수현이 있어서 아마 실행에 못 옮겼을 겁니다. 그놈이 당신을 도청하고 있으니 몸조심하셔야 합니다."

"20년을 기다리다가 지금 나타난 이유는 뭘까요?"

"뭐 생각나는 연결고리가 없습니까?"

"20년…… 20년……."

리아는 뭔가가 생각난 듯 무경의 얼굴을 쳐다보았다.

"며칠 전 20년 만에 우연히 최지를 만났어요."

"그게 언젭니까?"

"……15일이네요."

"그놈이 나타난 게 그다음 날이니까 연결고리가 맞을 수도 있겠어요."

무경은 잠시 생각에 잠겼다. 그의 휴대폰이 다시 울렸다.

"음, 따라가. 눈치채지 않게. ……그놈이 여길 떴다고 합니다. 혹시 모르니까 오늘은 여기서 자지 말고 농장으로 갑시다."

"형사님, 우리도 누나한테 보험 하나 넣죠."

"보험?"

"아까 말한 그 위치 추적기요. 저한테 단추 캠이 있어요. 단편 영화 찍을 때 썼던 건데 항상 옷에 붙어 있으니까 좋죠. 혹시 모르니까 제가 내일 달아드릴게요."

"그러지. 그럼 리아 씨, 우리는 농장으로 출발합시다."

리아는 엄지농장에 처음 갔을 때가 생각났다. 그날노 오늘처럼 깜깜한 밤에 누군가의 위협으로부터 도망가고 있었다. 그러나 그땐 알지 못했다. 어둠은 절대 빛을 이기지 못한다는 것을.

"반장님, 누가 날 죽이고 싶다는 게 마음이 아프네요."

"누군지 감이 옵니까?"

"모르겠어요."

"20년 전 그 화재 때부터 이 형사랑 계속 추적했어요. 딱 한 사람을 염두에 두고요. 장지현…… 우리가 수사에 방해받지 않는 그날만 기다렸죠."

리아는 깜깜한 차창 밖을 내다보았다. 한 번도 생각해 본 적 없는 이름이었다. 그녀를 보며 원수를 사랑하고 박해하는 자를 위해 기도하라는 아버지의 말씀이 떠올랐다. 무엇을 기도하라는 것일까. 진정으로 기도할 수 있을까. 리아는 고개를 저었지만 자식으로서 마땅히 아버지를 닮아가야 했다.

이수현은 이른 아침부터 농장 야외 테이블에 앉아 있는 리아를 보고 깜짝 놀랐다.

"언제 오셨어요?"

"어젯밤에."

리아와 사연의 모닝커피 잔은 이미 비어 있었다.

"무슨 일 있으신 거예요?"

"가면서 얘기해."

"리아야. 니 무조건 조심해라."

사연은 일어서서 리아를 안아 주었다.

"내가 누구고. 걱정 마라."

리아는 이수현에게 숨어 있는 괴물의 정체가 드러나도록 미끼를 던질 거라고 했다.

"그래서 말인데 우리 영화 찍어야 해."

"네?"

거지빌라에 도착해서도 그의 표정은 굳어 있었다.

"힘 풀어. 괜찮아."

"나쁜 놈들 잡을 생각 하니까 뭐랄까 독립운동하는 그런 비장한 마음이 생기네요. 형사님들은 늘 이런 마음이겠요."

"반장님이 그러셨어. 잡아서 감옥에 보내는 게 다가 아니라고. 미란다 원칙을 고지할 때처럼 '당신은 복음을 듣고 천국 갈 권리가 있다'라고 하면 열에 한 명은 복음이 뭐냐고 물어본대. 그들도 사랑의 대상이라고 하셨어. 그게 우리 아버지의 마음이기도 해. 해

보자. 내일이 디데이가 되도록."

"그놈이 미끼를 물까요?"

"배가 고프니까 덥석 물겠지."

리아와 수현은 옥탑방 문을 열기 전에 서로 눈빛을 교환하고 안으로 들어갔다.

"집에 오니까 좋네. 사연이가 몸살이 나서 마음이 아파. 요즘 개업 준비하느라 애써서 그래."

"제가 옆에서 더 신경 쓰겠습니다. 저…… 부탁이 있는데요, 내일이 세희 생일이라서 반차를 써도 될까요?"

"가는 김에 1박이라도 해. 너 요즘 나 때문에 야근하느라 수고했어. 이제 야근 좀 쉬자. 애들은 시하가 데려다준다고 했으니까 키페나 가자."

둘은 눈으로 사인을 주고받으며 밖으로 나갔다. 오늘은 물벼락도 경자도 보이지 않았다. 리아는 장 소장에게서 어제부터 종철이가 아팠다는 소식을 전해 들었다. 경자가 아들에게 신경을 쓰느라 당분간 물벼락은 잠잠할 것으로 보였다. 카페에는 3층 식구들이 먼저 자리를 잡고 모여 있었다.

"처음에 내가 말이야, 최씨 종가 며느리 사건이라고 인터넷에 검색해 봤거든. 그때 복서가 연관 검색어에 뜨길래 동명이인인 줄 알았지. 지금 다시 검색하니까 나오네. 봐봐. 이거 완전 어릴 땐데. 이때가 언제야?"

기타는 신문에 난 사진을 리아에게 보여 주었다.

"어디 봐. 복숭아 음료 광고 때네."

"완전 연예인인데. 핵 펀치 소녀, 이대로 끝나는 것인가, 재활 실패로 은퇴 선언. 아, 안타깝다. 누나가 계속 권투를 했으면 지금쯤 세계적인 선수가 됐겠지?"

도연은 기사를 읽으며 말했다.

"궁금한 게 있는데요, 누나는 그동안 어떻게 살아오신 거예요?"

"아유, 성유 눈빛이 너무 진지해서 장난칠 수도 없고. 실은 우리 아버지가 나를 붙잡아 주셔서 지금껏 살아왔어."

"누나 아버진 돌아가셨다면서요."

"나한텐 세 분의 아버지가 계셔. 날 낳아 주신 아버지, 김영모 회장님, 그리고 하늘에 계신 아버지. 내가 말하는 아버진 늘 하늘에 계신 아버지야."

"그래도 하늘에 계신 아버지 믿고 사고 좀 치지 마. 하루 종일 신경 쓰인다고. 아니 이사 오고부터 내가 노래에 집중을 못 해, 집중을."

"난 기타 노래가 좋아. 콘서트 같은 건 안 해?"

"내가 유명하지도 않은데 누가 오겠어."

"그러니까 작은 콘서트나 버스킹 같은 거."

"하고는 싶지."

"해. 해봐야 뭔 일이라도 생기지. 이건 어때? 우리나라를 여행하면서 하는 버스킹. 시골이면 오일장 앞에서도 하고, 작은 돌다리 같은데도 좋고, 축사 앞이면 재밌을 것 같지 않니? 혹시 알아? 너 노래할 때 코러스라도 해줄지. 꿀꿀, 음메에, 음메."

"뭐야. 노래를 하란 거야 코미디를 하란 거야."

"누나 말이 맞아. SNS에 영상 올리면 괜찮겠어. 축사 앞이라…… 의외로 괜찮을 것 같지 않냐? 기타가 한다면 내가 영상 만들어 볼게. 전공 써먹어야지."

진우는 의욕에 차서 말했다.

"그럼 난 팬으로서 버스킹 후원할게. 아, 할 거야 말 거야?"

리아가 재촉하며 물었다.

"에라 모르겠다. 준비는 지겹게 했으니까 하면 되겠지?"

"오케이 한 거야. 군대 있는 동안 생각해 둔 게 많아. 기타 너 놀라지 마라."

진우는 말이 빨라졌다.

"뭐 나쁘지 않네. 내일부터 준비 좀 해봐까?"

"뭘 나한테 물어? 네가 하면 나는 바로지. 전역 기념작이 뮤직비디오일 줄은 꿈에도 몰랐어."

"그럼, 너 전역하고 바로 하지 뭐."

"그렇다면…… 나도 방금 버스킹 후원금 보냈어."

기타는 휴대폰으로 통장 내역을 확인하더니 놀란 눈으로 리아를 쳐다보았다.

"기타가 지금 어떤 마음인지 난 알지. 나도 공장 다시 찾으려고 사장님이랑 미친 듯이 일해. 근데 신기하게도 막 신이 나. 너도 사실은 신나지?"

"다들 이렇게 응원해 주는데 집 나간 생기가 돌아오지 않겠어?"

그때 지수가 딸기에 연유를 듬뿍 뿌려서 가져왔다.

"저기 기타 씨……."

"네? 저요?"

"괜찮으시면 저도 그 버스킹에 참여해도 될까요? 사실은 음악을 하다가 접었거든요. 여러분들 보면서 다시 도전해 보고 싶은 마음이 생겼어요."

6년 전, 지수는 대학에서 작곡을 전공한 후 인디 밴드에서 건반을 담당하고 있었다. 당시 보컬이 작곡한 곡이 꽤 인기가 있어 유망한 신인 밴드로 평가받고 있었다. 그러나 그 곡이 표절로 밝혀지면서 결국 팀이 해체되고 말았다. 그녀는 음악 활동을 완전히 접고 생계를 위해 카페를 열었다.

"지수 씨, 무슨 일이 있었는지 잘 모르겠지만 다시 해보겠다는 것 자체가 정말 대단해요. 지수 씨가 한다면 제가 영광입니다."

"정말요? 감사합니다. 제가 열심히 연습할게요. 폐는 안 돼야죠."

"무슨 그런 말씀을 하세요. 그런 마인드로 하실 거면 저 못 받아줘요. 음악을 즐기러 가요. 휴가 가듯이요."

"휴가요? 말만 들어도 설레네요."

"뭐야. 지수 씨 버스킹 가는 동안 나만 외롭게 생겼네."

"야 인마, 너는 그동안 일이나 해."

"안 되겠어. 빨리 일 끝내고 지수 씨 버스킹 가기 전에 실컷 놀아야지. 이 몸은 출근 시간이 돼서 먼저 일어나겠습니다. 지수 씨, 저녁에 봐요."

기타는 오늘 벌어진 일이 새콤달콤한 꿈만 같았다. 소원의 첫발은 간절한 마음에서부터 시작됐고 그 마음을 끄집어내는 데에는 작은 행동이 필요했다.

이른 새벽부터 무경은 긴장 속에 눈을 떴다. 드디어 기다리던 그날이 왔다. 20년간 묻혀 있었던 미제 사건을 이번엔 해결할 수 있을까. 그는 이것 또한 하나님이 하실 일이라고 믿었기에 형사로서 해야 할 일만 생각했다. 우선 리아의 안전을 고려하여 옥탑방에는 이 형사가, 1층에는 박 형사와 경호원들이, 거지빌라 근처 주차된 차량에는 무경과 장 형사, 진우가 잠복했다. 그리고 CCTV로 남자의 동선을 확인한 결과 남양주의 한 컨테이너 주변에도 한 팀을 배치했다. 이수현이 없는 이틀 동안 남자가 나타나야 이 작전은 성공할 것이다. 그는 최대한 자연스러운 일상을 연출하기 위해 기타와 지수를 불러 버스킹 연습을 하도록 했다.

"지수 씨, 추운데 고생했어요. 이제 일어나시죠. 겨울이라 확실히 빨리 어두워지네요."

기타는 어두워진 밖을 보며 악보를 챙겼다.

"고생은요. 온실 덕에 따뜻하네요."

"얘들아, 저녁 먹고 가."

리아가 마당으로 나오며 말했다.

"어머. 저거 드론 아니야? 별이 떠다니는 것 같아요."

"어디?"

리아는 지수가 가리키는 곳으로 두리번거렸다.

"드론이 대세네. 진우가 이번 버스킹 영상을 드론으로 찍는댔거든."

"그래? 멋있겠다. 잠깐, 이거 기름 냄새 아냐?"

리아는 드론을 보다 말고 휘발유 냄새에 집중했다.

"그런 거 같은데? 잠깐만. 지진 전조 현상인가? 내가 찾아볼게."

휴대폰으로 열심히 정보를 찾던 기타가 말문을 열었다.

"아닌데?"

"아니야? 그럼 뭐야? 너무 심하게 나는데?"

리아는 거리를 자세히 보기 위해 옥상 난간으로 갔다.

"언니, 저기 좀 봐요."

"응? 드론이 바닥에 떨어졌나?"

샹젤리제 거리 바닥에는 작은 불빛 여러 개가 모여 있었다. 그때였다. 그 불빛은 거리의 양쪽 가장자리를 따라가면서 불을 붙였다. 순식간에 불길이 타올랐다. 그들은 사람들을 돕기 위해 거리로 뛰어 내려갔다.

"반장님, 누나가 밖으로 나가는데요."

진우는 노트북으로 전송된 캠 영상을 보며 말했다.

"봤어. 우리도 가자고."

"불이 났어요! 샹젤리제 거리 전체가……."

영상을 보고 있던 진우의 입이 다물어지지 않았다.

"젠장. 박 형사, 무슨 일인지 알아봐. 우린 먼저 내려간다."

그는 무전기로 박 형사와 교신하며 차를 출발시켰다.

"반장님. 사거리에서 5중 교통사고가 났답니다. 길이 막혔어요."

"이런. 소방차 진입이 늦어지겠군. 이대로라면 주택과 상가에 있는 사람들이 위험해."

"반장님! 저기!"

장 형사가 샹젤리제 거리를 내려가기 위해 거지빌라 앞에서 우회전하는 순간, 수십 마리의 오리가 길목을 메우고 있었다.

"장 형사, 오리는 내가 정리할 테니까 뒤따라 와."

무경은 이렇게 많은 오리들이 어디서 나타났는지 알 수 없었다. 한 곳으로 몰아보지만 제멋대로 움직이는 오리 떼는 쉽게 길을 터주지 않았다. 15분이 지나 차가 겨우 순댓국 가게 앞을 지날 무렵, 길바닥에서 종철을 안고 울부짖는 경자와 원 여사에게 인공호흡을 하고 있는 장 소장의 모습이 보였다. 그곳엔 사람들의 비명과 고함 소리만 난무했다.

"반장님! 영상이 끊겼어요."

무경은 차에서 내려 소화기를 들고 있는 기타를 돌려세웠다.

"리아 씨는!"

"방금 여기 있었는데…… 지수 씨가 알 거예요. 카페로 간 게 아닐까요?"

기타는 주위를 둘러보며 말했다.

"반장님! 이것 보세요. 방금 움직였어요."

무경은 다시 차에 올라 진우의 노트북에서 리아의 위치를 확인했다.

"장 형사, 출발해."

"아마 렌즈가 깨졌나 봐요. 다행히 위치 추적은 가능합니다."

"진우 씨는 계속 위치 모니터링해줘. 장 형사야, 잘 들어.

첫째, 누군가 기름을 부어 가난동에 화재를 내고 둘째, 오리를 풀어 우리 진로를 방해하고 셋째, 때를 맞춘 듯한 교통사고로 소방차 진입이 늦어졌어. 이건 리아 씨만 납치하겠다는 게 아닌데 안 그래?"

"그죠. 가난동을 없애버릴 작정이면 몰라도."

"맞아. 놈의 목표는 리아 씨와 가난동까지였어."

"그럼 장 회장도 연결이 돼 있는 겁니까?"

"부녀가 뭉친 거야. 그 사람들도 일석이조였겠지만 우리도 마찬가지야. 다 잡자고. 제발 남양주로 가라."

무경은 진우의 노트북을 보며 범인의 차량을 계속해서 추적해 갔다.

"반장님, 방금 동부 간선 도로 방면 왼쪽 도시 고속도로로 진입했습니다."

그는 남양주에 잠복해 있는 최 형사에게 급히 전화를 걸었다.

"최 형사, 준비하고 있어."

다행히 리아가 탄 차량이 멈춰 선 곳은 남양주의 바로 그 컨테이너 앞이었다. 복면을 쓴 남자가 리아를 질질 끌고 안으로 들어갔다. 곧 승용차 한 대가 컨테이너 앞에 급하게 차를 세웠다. 여자와 남자가 차에서 내려 컨테이너로 향했다.

"최 형사, 얼굴 확인했어?"

―여기서는 확인 불가합니다.

"그래, 지금부터 긴장들 하라고. ……조금만 더 버텨, 리아 씨."

한편 컨테이너 안으로 들어온 리아는 조금씩 의식이 돌아오고 있었다. 종철이 방 안에 갇혔다는 소리에 그를 데리고 나온 것 외에는 기억이 나지 않았다. 머리가 욱신거리고 어지러웠다. 정신을 차렸을 때 그녀의 앞에는 장지현과 이정재가 서 있었다.

"당신은…… 장지현?"

"불쾌하니까 내 이름 부르지 마."

"당신이…… 우리 아이들…… 그렇게 한 거지."

리아는 마치 알고 있었다는 듯이 차분하게 말했다.

"아이들은 건들 생각 없었어. 목표는 너였지. 백민기가 모든 일을 망쳤어. 뭐 해! 끝내버려."

지현은 복면을 쓰고 있던 남자에게 명령했다.

"잠깐만. 넌 곧 영부인이 될 수도 있잖아. 이러면 안 돼."

"그건 그렇지."

지현은 영부인이라는 말에 기분이 살짝 누그러졌다.

"아직 늦지 않았어. 그러니까 제발…… 그만 멈춰. 이렇게 살면 안 돼. 이제 너의 죄를 용서받는 길은…… 예수님을 믿는 것밖엔 없어."

지현은 일어나서 리아의 입을 후려쳤다.

"시끄러워! 누가 날 용서할 수 있단 말이야? 예수 같은 소리 하네. 세상은 내가 원하는 대로 움직이게 돼 있어. 두고 보라고. 그때도 넌 내 상대가 될 수 없었어. 나로서는 이혼녀에 뱃속에 애도 있었으니까 괜찮은 제안이었지. 그런데 내가 최지를 사랑하게 될 줄 어떻게 알았겠어? 애들 핑계로 이혼한 전부인 찾아가는 거 꽤 거슬렸어. 우리 아버진 그럴 때 꺾어 버리라고 하셨지. 그나마 넌 쉽기라도 하지. 그렇게 찾았던 가난동 땅 부자가 김영모일 줄이야. 은밀한 자료까지 담보로 다 갖다 바쳤는데 그걸로 우리 뒤를 쳐? 노망난 영감탱이 같으니라고. 아버진 아무것도 못 하지만 난 달라. 너도 가난동도 다 해치워 버릴 수 있어. 거긴 한고 거란 말이야. 가난산 자락에 한고 타워가 들어서 봐. 세계적인 자랑거리가 될 거라고. 이건 나라를 위한 일인 거야. 우릴 방해하면 죽음밖에 없다는 걸 똑똑히 가르쳐 줄 거야."

"네가 뭔데 가르쳐?"

"나 정도면 가르쳐도 돼. 그때 경찰들이 왜 사건을 덮었을까? 돈, 이거 하나면 모든 게 가능해. 너는 아마 죽었다 깨어나도 모를 거야. 최지도 그래서 넘어온 거잖아, 널 버리고. 지금도 너 하나쯤 죽는다고 해서 달라지는 건 없어. 돈이 방패가 되어줄 거니까. 아! 내가 선물 하나 해주지. 당신 애들 죽인 사람 손에 너도 죽게 해줄게. 그래야 재밌지, 안 그래?"

리아는 복면을 쓴 남자를 쳐다보았다. 그의 손에서 날카로운 칼이 번쩍거렸다.

쾅!

"손들어!"

경찰들이 총을 겨누고 컨테이너 안으로 들어오자 남자는 리아의 목에 칼을 대고 소리쳤다.

"오지 마! 오면 이 여자는 죽는다!"

그때였다. 갑자기 리아가 남자에게서 빠져나와 그를 향해 라이트 훅을 날렸다. 그는 몸이 뻣뻣해진 채 그대로 바닥에 쓰러졌다.

대치 중이던 형사들이 달려와 그의 복면을 벗기고 수갑을 채웠다. 그사이 정재는 도망가는 지현을 붙잡아 무경에게 데리고 갔다.

"너 미쳤어? 감히 날 배신해?"

지현은 증오의 눈으로 노려보며 정재에게 침을 뱉었다. 그는 차분하게 침을 닦고 주머니에서 USB를 꺼내 무경에게 건넸다.

"한고그룹 비리에 관한 증거입니다."

"허! 계획적이었어?"

지현의 눈이 희번덕거렸다.

"너무 늦어서 죄송합니다. 사모님."

정재는 리아에게 다가가 고개를 숙이며 말했다. 목을 누르고 있던 그녀의 손가락 사이로 피가 흘러내리는 게 보였다. 정재는 주머니에서 손수건을 꺼내 리아의 상처 부위를 압박했다.

"젠장. 상처는 깊습니까?"

뒤늦게 리아의 상태를 알아차린 무경이 놀라서 달려왔다.

"다행히 경동맥은 안 건든 것 같습니다."

"리아 씨, 이제 다 끝났어. 조금만 버텨."

리아는 무경을 보며 고개를 끄덕였다.

아침 뉴스부터 방송사마다 속보를 보내기 시작했다.

—어젯밤 최지 후보의 아내이자 장현성 회장의 장녀인 장지현 씨가 청부 살해 혐의로 경찰에 붙잡혔습니다. 경찰은 무려 20년간 추적 수사 끝에 장지현 씨와 살인 청부업자 박 모 씨를 검거했는데요. 여기서 놀라운 사실이 밝혀졌습니다. 전 백가파 두목 백민

기 살해 사건의 범인이 장지현의 사주를 받은 박 모 씨라고 합니다. 김 기자, 당시에도 많은 화제가 됐었죠?

―네. 그때로 거슬러 올라가 보면 사건은 최 후보의 전 부인과 백가파 두목 백민기의 치정 사건으로 알려져 있었습니다만, 최 후보의 전 부인이 증거 불충분으로 무혐의 처분을 받으면서 결국 이 사건은 미제로 남게 되었죠. 종합해 보자면 장지현은 최 후보의 전 부인을 살해하라고 사주했는데, 백민기가 우연찮게 개입되면서 자신과 최 후보의 두 아들이 불의의 사고를 당하게 된 겁니다. 피의자 박 모 씨의 증언에 따르면 백민기가 자신의 아들과 최 후보의 전 부인을 먼저 구하고 다시 아이들을 구하러 갔을 때 그를 살해했다고 합니다.

―그렇게 된 거군요. 그럼 이번에는 어떤 계기로 꼬리가 밟힌 겁니까?

―장지현이 다시 청부 살인을 사주하게 되면서 수면 위로 떠오르게 되었습니다.

―아, 한 번도 아니고 두 번씩이나…… 왜 그런 겁니까?

―장지현 변호사 측에선 그녀가 심각한 망상장애를 앓고 있다고 주장하고 있습니다.

―네. 증거 불충분이긴 하나 당시에 최 후보의 전 부인은 거의 사회적으로 매장당한 수준이었는데요. 이번엔 그 누명을 벗을 수가 있는 겁니까?

―그렇습니다. 그분은 1990년 당시 핵 펀치 소녀라고 불리던 마리아 씬데요, 이번 범인 제압에 큰 공을 세운 것도 바로 그 핵

펀치라고 합니다.

─아직도 녹슬지 않았군요. 대단합니다.

─네. 그리고 앞으로 밝혀져야 할 문제가 몇 가지 있습니다. 경찰의 유착도 의심되는 정황이 있고요. 무엇보다 유력한 대선 주자의 관련 여부가 이 사건의 핵심이라고 할 수 있겠습니다.

─최 후보 진영에서는 어떤 반응을 보이고 있습니까?

─아직은 어떤 소식도 들어온 것이 없습니다. 내일이 선거일인데요. 자주당의 입장이 나오면 그때 다시 속보로 전해드리도록 하겠습니다.

병상에 누워 미동도 없이 뉴스를 보던 리아는 백수현을 나지막이 불렀다.

"백수야."

"네."

"나 때문에 백민기 씨가 그렇게 된 거였어. 정말 미안해. 내 목숨을 살려주신 분이었어."

"사실 전, 아버지가 늘 부끄러웠어요. 그래서 내가 결혼하고 싶지 않았나 봐요. 나도 아버지 피가 흐르고 있는 거니까요. 마지막이라도 좋은 일 하고 가셔서 그나마 다행이에요. 그리고 엄마도 저를 살려준 거나 마찬가지예요. 이렇게 잘 키워주셨잖아요."

"둘 다 고생 많았다. 그럼 이제 다 끝난 기가."

"그래 사연아. 다 끝났다."

"그나저나 최지는 그런 여자랑 어떻게 살았나 몰라. 어으 소름 끼쳐. 증거 잡으려고 수십 년을 참고 산 최지도 대단해. 아까 정재 오빠랑 잠깐 얘기했었는데 최 회장이 정재 오빠랑 니를 불륜으로 엮어서 쫓아내겠다고 협박했대. 아들한테. 그러니까 최지가 눈이 돌아갔지. 정재 오빠랑 니를 가장 아끼는데. 최지가 다 안고 간 거라 하더라. 야도 불쌍타 어째."

"엄마, 이모, 저기 뉴스 좀 봐요."

―네. 잠시 후 최지 후보의 기자 회견이 있을 예정입니다. 이 기자 회견으로 선거에 큰 변동이 있지 않겠습니까?

―네. 앵커님 말씀대로 유권자들은 주의 깊게 보셔야 할 것 같습니다. 아, 지금 최 후보가 단상으로 올라오고 있습니다. 잠시 보시겠습니다.

최지는 원고도 없이 자주당 단상에 서서 화면을 향해 90도로 허리를 숙였다.

―존경하는 국민 여러분. 불미스럽게도 내일 선거를 앞두고 저의 가정에 문제가 생겼습니다. 저와 저희 당은 솔직하게 국민들께 말씀드리는 게 도리라고 생각하고 이 자리에 섰습니다. 저는 아내와 자식을 지키지 못한 못난 남편이자…… 아버지입니다. 과거의 전, 가정을 지키기 위해 잘못된 선택을 한 어리석은 사람이었습니다. 제가 어리석었다는 것을 알게 된 것은 제 아이들의…… 죽음 때문이었습니다. 너무나도 늦게 알았습니다. 부모님의 잘못된 선택에 동조한 그때부터 저는…… 나락의 길로 가고 있었습니다. 아마도 아이들이 좋은 곳으로 가면서 저에게 선물을 준 것 같습니다. 이제 잘못을 바로잡고 그 일을 마무리하려고 합니다. 죄 있는 자들은 법의 심판을 받을 것입니다. 마리아 씨와 아이들에게 사죄

합니다……. 그리고 지금부터 대선 후보에서 사퇴하겠습니다. 저와 저희 당을 지지해 주신 여러분, 감사했습니다. 그리고 죄송합니다.

최지가 바닥에 엎드려 큰절하자 카메라 플래시가 요란한 소리를 내며 터졌다.

―네. 최지 후보의 해명을 들으셨습니다. 이번 대선에서 가장 흥미로웠던 건 이만섭 후보와 최지 후보의 대결이었는데요. 스승과 제자, 젊은 패기와 노련함의 대결로 유권자들의 뜨거운 호응을 얻었었죠……

리아는 최지도 이제 자신만의 길을 오롯이 가기를 바랐다. 가장 아름다웠던 시절을 함께 한 그였기에 죽음의 길에서 돌이켜 생명의 좁은 길로 산다면 길벗이라도 되어주고 싶었다. 그러나 그에게 더 이상의 감정은 남아 있지 않았다.

11

여디디야

11. 여디디야

드디어 뷔페 'DASONI'가 문을 열었다. 거지빌라 식구들은 사연의 초대를 받고 아침부터 분주하게 움직였다.

"와아, 우리 승우 정말 멋있는데? 시우 공주님도 하늘에서 내려온 천사 같아."

"언니, 난?"

"너 살 빠졌어? 예뻐, 예뻐."

"시우 공주님은 제가 안고 내려가도록 하겠습니다."

도연은 2층으로 내려오면서 시우를 번쩍 들었다.

"그럼 승우는 이 형아가 안아줄게."

"싫어요. 전 제가 걸어갈 거예요."

"아, 전역하고 나더니 매력이 떨어진 게 분명해. 다시 군복을 입어야 하나."

거지빌라 식구들은 이수현이 운전하는 20인승 버스를 타고 장 소장, 종철이네, 박 약사, 지수를 더 태워서 'DASONI'로 향했다.

"엄마, 우리 식구들 많이 늘었죠? 버스가 꽉 차요."

"다음엔 40인승으로 살까 보다."

"에효, 장모님도 계셨으면 참 좋으련만…… 조금 더 사시지. 딸도 찾았는데."

장 소장은 작게 중얼거리며 안타까운 한숨을 쉬었다.

"경아, 늦게 찾긴 했지만 그 전에 네가 얼마나 잘 보살펴 드렸냐. 가족은 역시 달라. 끌리는 게 있어. 나는 네가 왜 그렇게 원 여사님 일이라면 두 팔 걷고 나섰는지 이제야 알겠어. 두 사람이 가족이었다니 그런 거 보면 참 신기해."

"아, 우리가 교회 다니는 것보다 신기하겠어요?"

경자가 눈을 동그랗게 뜨고 말했다.

"언니, 신기한 일 또 있어요. 나도 20년 만에 누명 벗었어요. 이제 구정물 사절이에요."

"미안해. 이젠 지나가는 길에 금가루를 뿌려 줄게. 리아야, 우리 종철이 구해준 거 진짜 고마워. 난 하나님 믿어도 너처럼은 못할 거 같아."

경자는 앞에 앉은 리아를 향해 말했다.

"제수씨는 벌써 하고 있어. 목마른 사람한테 물 한 잔 주는 것도 이웃 사랑하는 거야. 등산객 중엔 종종 물만 먹고 가는 사람들 있잖아."

"아유, 아녜요. 예전엔 속으로 짜증 냈지. 이젠 순댓국 끓이다가도 손님들을 위해 기도해요. 하나님 만나서 나처럼 행복하게 살게 해 달라고."

"역시 제수씨는 하나를 가르치면 열을 알아. 사람마다 자기 자리에서 할 수 있는 일을 하면 되는 거예요."

"봉사도 좋고 일도 좋지만 무엇보다 하나님과 친해져야죠."

리아가 뒤를 돌아보며 말했다.

"그러면 자주 보고 밥도 먹어야 하는데."

"맞아요, 언니. 지금처럼 예배드리고, 기도 하고, 말씀도 읽다 보면 곧 그렇게 돼요."

"지금에서야 하는 말이지만, 교회 가면 다 세뇌시켜서 사람 정신병자 만드는 것 같았거든. 이렇게 좋은데 그땐 안 보이고 안 들리더라고."

"그래도 언닌 빨리 깨달으신 거예요."

"또 있어. 우리 종철이가 자폐로 태어난 게 꼭 내 잘못 같아서 죄책감에 시달려 살았거든. 그런데 그게 나 때문에 그런 게 아니라잖아. 요한복음 9장 3절에 나와 있어. 우리 종철이를 통해 하나님이 하시는 일을 나타내고자 그런 거라고."

"그건 또 언제 외우셨대."

"나한테 필요한 말을 들으니까 막 외워지던데? 아무튼 난 그걸 본 순간 마음이 뻥 뚫리면서 그렇게 위로가 되더라고. 그래서 그런지 우리 종철이 삶이 너무 기대돼."

"역시 언닌 똑똑해."

"아, 그래서 내가 이 사람이랑 결혼한 거잖아. 참 경아, 말 나온 김에 넌 다시 합칠 생각 없어? 장례식장에서 보니까 마누라는 잘 얻었더구만. 너도 많이 변했잖아. 그쪽에선 뭐라 말 안 해?"

"내가 무슨 염치로…… 난 바라는 거 없어. 지금처럼 멀리서 뒷바라지라도 하고 살면 돼."

"근데 원 여사님은 딸이랑 어떻게 헤어진 거야?"

"장인어른이 바람이 나서 딸만 데리고 사라졌대."

"살아서 만났으면 얼마나 좋았겠어."

"그래도 찾은 게 어디야. 화재 사고로 뉴스에 대문짝만하게 나왔지, 거기다 장모님이 딸 찾느라고 이사도 못 간 사연이 나왔으니 이렇게라도 찾은 거지. 자식이 장례라도 치러줬으니 얼마나 다행이야. 생각하니까 또 열불이 나네. 장 회장 그 집구석은 뭐 하는 인간들이야. 평생 사죄하고 살아야 해. 암!"

버스는 목적지를 앞두고 갑자기 우회해서 달리기 시작했다. 잠시 후 멈춰 선 곳에는 최지와 꽃바구니를 든 정재의 모습이 보였다. 최지는 버스에 올라 곧장 리아 옆으로 와서 앉았다.

"5분도 안 걸리는데 굳이……."

"왠지 소속감 있어 보이잖아."

"갑자기 국수가 당기네. 안 그래요들?"

장 소장은 버스에 있는 사람들을 둘러보며 말했다.

"뭐야. 날 잡았어?"

박 약사가 놀라서 큰 소리로 물었다

"날은 무슨. 넌 왜 그렇게 놀라?"

"야, 당연히 놀라지. 난 한 번도 안 갔는데."

"엄마, 날 잡았어가 뭐예요?"

"그니까 결혼식 언제 하냐고 그런 말이야."

"누가 결혼해요?"

시하는 차마 대답을 못 하고 웃음으로 얼버무렸다.

"엄마아, 누가 결혼하냐고요."

"어…… 승우가 한번 맞혀봐."

승우는 슬쩍 뒤를 돌아보더니 배시시 웃으며 시하의 귀에 대고 속삭였다.

"뭐래?"

박 약사가 궁금한지 옆으로 고개를 내밀고 물었다.

"언니, 승우도 다 알아요. 이제 어떡할 거예요?"

"다 왔어. 내리자."

리아는 급하게 버스에서 내려 'DASONI'에 첫발을 내디뎠다. 사연이 입구에서 손님을 맞고 있었지만 리아는 곧장 안으로 들어가 버렸다.

"자가 얼굴은 시뻘게 갖고 와 저라노."

곧이어 가난동 사람들의 소리가 들렸다.

"다들 오시느라 수고 많았어요. 감사합니다. 안으로 들어가면 백수랑 세희가 먼저 자리 잡고 있을 거예요. 거기 앉으시면 돼요. 참, 가다가 리아 보이면 꼭 좀 데리고 가줘요. 혼자 씩씩거리고 가더라고요."

"걱정 마세요. 언니 찾아서 잘 데리고 갈게요."

"어머, 정재 오빠……."

"사연아, 초대도 안 했는데 불쑥 와서 미안해. 축하해."

정재는 준비한 꽃바구니를 내밀며 말했다.

"무슨 그런 섭섭한 소리를 해요. 안에 들어가서 좀 앉아 계세요. 그리고 시간 괜찮으시면 마치고 잠깐 회포도 풀어야죠?"

"그래. 그러자."

"나도 왔어."

뒤따라오던 최지가 사연에게 악수를 청하며 말했다.

"니도 고생 많았다. 오늘 할 얘기가 많을 것 같네. 가지 말고 꼭 기다려."

"알았어."

가난동 식구들은 원형 테이블 다섯 곳에 나란히 자리를 잡았다.

"여기 취약 계층을 상대로 아침은 무료에, 수익금의 30%는 기부한다면서요. 아무리 점심, 저녁 식사비가 억 소리 난다 해도 이건 말이 안 돼. 누나들은 참 재밌단 말이야. 예전에도 그랬죠?"

진우는 최지에게 친한 척하며 말을 걸었다.

"그래서 나도 졸졸 따라다녔지."

"무슨 말인지 알 것 같아요. 저희도 그러고 있거든요. 어, 사장님 오셨네, 사장님!"

도연은 걸어오고 있는 순일을 향해 두 손을 흔들었다.

"반갑습니다. 제가 좀 늦었죠? 도연아, 이번 양말 대박 날 조짐이 보여. 나오다가 또 주문받았잖아. 그래서 늦었어."

"진짜요?"

"그래. 대신에 야근해야 해. 지수 씨, 도연이 제가 데리고 있어서

가 아니라 정말 좋은 놈입니다. 놓치지 마세요."

"우리 지수 씨도 대형 소속사에서 연락이 왔습니다. 도연아, 지수 씨 이제 바쁘신 몸이시다."

기타가 고개를 빳빳이 들고 지수 편을 들었다.

"나도 자네들 버스킹 영상 봤어. 그 뭐냐, 돼지들 예방접종 하는 장면이 대박이었잖아. 아직도 그 생각하면 눈물이 나. 기타 씨 노래는 슬프고 아련한데 돼지들은 주사 맞고 그런 난리도 없었잖아."

순일은 말하면서도 웃느라 눈물이 찔끔 났다.

"기타 씨, 이제 가수 된 거예요?"

박 약사는 어깨가 한껏 솟아오른 기타를 보며 말했다.

"언니, 이제가 아니라 예전부터 가수였어. 지금은 인기 가수."

"아이 뭐 이 정도에 무슨 인기 가수라고. 이번 버스킹 영상 조회수가 천만이 넘었다나 뭐라나."

기타는 엉덩이가 점점 앞으로 빠졌다.

"너 그러다 의자에 눕겠어. 완전 연예인 병 걸려가지고."

"뭐 어때요? 좀 즐기게 냅둬요. 그동안 고생했잖아요."

"그죠? 역시 시하 씨가 생각이 세련됐어. 넌 인마 사회에 빨리 적응이나 해."

"그건 나도 바라는 바야. ······어, 이제 커팅식 하려나 봐요. 누나는 안 나가요?"

"내가 거길 왜 나가."

"우리 언니는 신비주의자예요. 얼굴도 없고 이름도 없이 살고 싶어 하잖아요."

"도대체 왜 그래? 사람이 재미없게."

"그건 기타가 날 잘 몰라서 그래. 내가 잘난 척하고 으스대기 시작하면 넌 나 못 따라와."

마침 사연과 요리사들이 홀 중간으로 나오는 모습이 보였다. 그들은 나란히 오색 테이프를 잡고 진행자의 구령에 맞춰 가위로 잘랐다. 가난동 식구들은 일제히 만면에 미소를 띠고 박수를 보냈다. 오늘 돛을 단 'DASONI'는 여러 사람들과 함께 첫 항해를 시작했다.

"언니, 여기 완전 고급져요. 애들도 잘 먹는 거 봐요."

시하는 테이블에 놓인 음식들을 보며 말했다.

"궁중 요리가 기본이라서 그럴 거야."

"도연아, 우리도 여기서 회식 한번 하자."

"여기 한 끼 식사가 얼만지 아세요? 얕보면 큰일 나요."

"야 인마, 우리가 많이 벌면 되지."

"그럽시다. 돈 많이 벌면 되죠. 그럼요."

이웃들이 모여 단란한 식사를 하는 동안 시하의 가방에서 작은 진동이 울렸다.

"엄마, 전화 왔어요."

시우가 시하의 소매를 잡고 흔들었다.

"애들은 귀가 참 밝아. 난 못 들었는데. 여보세요, 네 전데요. ……네? 지금 바로 갈게요. 감사합니다."

시하는 전화를 끊고 정신없이 옷을 주섬주섬 챙겼다.

"왜 그래? 너 울어?"

옆에서 식사 중이던 박 약사가 시하를 보며 물었다.

"엄마, 울지 마……."

시우도 울음이 터지기 일보 직전이었다.

"아니야. 엄마가 좋아서 그래. 아빠가…… 깨어나셨대."

순식간에 정적이 낮게 깔렸다.

"시하야, 나랑 같이 가자."

리아가 벌떡 일어나자 최지도 의자에 걸쳐둔 외투를 입으며 따라나섰다. 그들은 곧바로 택시를 타고 병원으로 향했다. 오늘따라 신호등의 빨간 불도 잠잠히 있었고 병원 엘리베이터도 그들을 기다리고 있었다. 병실에 발을 딛는 순간 시하의 심장은 요동치기 시작했다. 장우의 눈이 그녀를 바라보고 있었기 때문이었다.

"여보…… 나 보여?"

"시하……."

"어떡해. 아아아…… 어떡해……."

시하는 쏟아지는 눈물을 어찌하지 못하면서도 장우의 손을 꼭 잡았다. 부부는 맞잡은 손으로 그간의 못다 한 이야기를 전했다. 그녀는 암흑 속에서도 한줄기 빛을 만났고 그 빛을 따라 살아야 하는 이유도 알게 되었다.

* * *

2월 1일. 한강 호텔 연회장에서 엄지재단 정기 총회가 열렸다.

백수현은 신입 회원들 소개와 콩쿠르 인질 협상에 관한 안건에 대해 설명했다. 신입 회원으로는 거지빌라 입주민 여섯 명과 최지, 이정재, 이수현이 더 있었다. 70여 명의 기존 회원들은 따뜻한 박수로 신입 회원을 맞이했다. 그들은 '빨간 리본'이라고 부르는 단체가 엄지재단이라는 것과 거지빌라 주인인 김영모가 우리나라에서 가장 큰 손인 거지선생이라는 것도 알게 되었다. 그것보다 더 놀라운 것은 리아가 엄지재단 회장이라는 사실이었다.

"젊은 사람들이 많아지니까 분위기가 너무 좋은데? 왜 이제야 왔어요? 기다렸잖아. 역시 거지빌라가 보통 집은 아니야. 우리 초대 회장님이 얼마나 좋으실까 그래."

"내가 10년을 해도 안 되던 걸 딸내미가 했어."

영모는 영부인이었던 이 여사에게 대답했다.

"우리 너무 어렵게 생각하지 말아요. 여기서 제일 무서운 사람이 저 마리아 회장님이지 우린 아니라오."

백발의 이 여사가 리아에게 시선을 돌리자 곳곳에서 웃음이 터졌다.

"맞습니다. 요즘 고집이 더 세지셔서 제가 장가도 가기 전에 흰머리가 한가득 생겼습니다."

백수현은 아차 싶었지만 이미 나온 말을 주워 담을 수 없었다.

"안 되지 안 돼. 우리 손주 장가도 가기 전에 그러면. 말만 하지들 말고 주선 좀 해 봐."

"다들 집중해 주세요. 사담 사절입니다. 다음 안건으로 넘어가겠습니다. 모든 회원님들과 회장님의 의견에 따라 이번 납치범들과 협상은 하지 않도록 결정했습니다. 신입 회원들을 위해 한 번 더 설명하자면요. 바제라 국경 지역에 콩쿠르라는 곳이 있어요. 그 지역의 무장 단체가 콩쿠르 아이들 50여 명을 인질로 잡고 저희에게 몸값을 요구하고 있는 상황입니다. 이전에도 콩쿠르 아이들을 납치해 전투병으로 양성하기도 했었죠. 우리 엄지재단에서 30년 전부터 콩쿠르에 후원하고 있었기 때문에 저희가 타깃이 된 것 같습니다. 모레까지 지불하지 않으면 아이들을 사살할 거라고 발표했습니다. 인질 구출은 논의 중에 있고요, 확인되는 대로 진행 상황을 알려드리도록 하겠습니다."

"그래. 애들은 살려야지. ……건의할 게 또 있네. 아니 우리 회장님 경호를 더 늘려야지 뭐 해. 심장이 쫄려서 내 명에 못 살 것 같아. 평생 경호원도 빨리 만들어 봐. 아들은 뭐 해. 엄마 더 늙기 전에."

"네, 할아버지. 제가 생각이 짧았습니다."

"그래. 이 안건은 긴급으로다가 처리해."

"최대한 빨리 진행하도록 하겠습니다. 그리고 잠시 후에 식사가 나올 텐데요, 오늘은 신입 회원들과 함께하시면서 축하해주시길 바랍니다."

최지는 총회를 지켜보며 리아의 삶을 유추해 낼 수 있었다. 같은 아픔을 가지고 있었지만 날카로운 고통 속에 있던 그와는 달리 리아는 삶을 아름답게 살아가고 있었다. 그것을 가능하게 해준 하나님은 도대체 어떤 분이시길래…… 그의 질문에 대답이라도 해주려는 듯 전화벨이 울렸다. 그는 리아와 함께 대통령 집무실로 향했다.

"아마도 콩쿠르 아이들 때문인 것 같은데, 대통령께서 당신을 찾는 이유가."

"가보면 알겠지."

그들은 입구에서 검문을 받은 후 대통령이 있는 집무실로 안내되었다.

"처음 뵙겠습니다. 마리아 씨."

이만섭 대통령은 그녀에게 악수를 청했다.

"앉으시죠. 빨간 리본이 마리아 씨 단체라니 깜짝 놀랐습니다. 저도 비밀 지키겠습니다."

"형. 나도 아는 척 좀 하지?"

"넌 인마, 알아서 앉아. 내가 지금 너까지 챙길 여유가 어디 있냐? 아, 오해 말아요, 리아 씨. 저놈이랑 나는 이런 사이예요. 제가 제일 아끼는 놈이죠. 그래서 더 마리아 씨가 남 같지 않습니다."

"형, 본론부터 말해."

"나도 쉽게 말 못 꺼내겠으니까 그러는 거 아냐."

"괜찮습니다. 말씀하세요."

"사실은 바제라에서 연락이 와서 긴급하게 모시게 됐습니다. 그곳 무장 단체가 국가를 세우려고 한다는데 바제라 당국이 보고만 있지 않겠죠. 리갈, 누군지 아시겠습니까?"

"네. 리갈의 편지 덕분에 콩쿠르에 간 적이 있어요. 그 후에 리갈도 납치된 걸로 알고 있는데요."

"그가 바로 바제라에 정보를 제공한 내부자예요. 리갈은 그곳에

여디디야 427

서 전투병으로 키워졌다가 핵심 인물이 되었어요. 도와주면 대장 모스타피오를 제거하고 그 땅을 지키겠다고 했다더군요. 문제는 무장 단체가 억류하고 있는 아이들인데요. 리갈이 세운 작전에 당신이 필요하다고 합니다. 모스타피오가 당신 단체에 몸값을 요구하고 있기 때문이죠."

"우린 테러 단체와 협상하지 않습니다만 방법은 있어요. 제가 회장직에서 물러나고 개인적으로 가는 건 가능합니다."

"마리아! 안 돼."

최지는 그녀의 마음을 알아차렸다.

"계속하시죠. 대통령님."

"리갈은 당신과 아이들의 인질 교환을 시도할 겁니다. 모스타피오는 돈이 목적이기 때문에 당신이 인질이 되어도 상관이 없는 거죠. 아이들의 안전이 확보되면 모스타피오 사살 작전이 시작될 겁니다."

"리아의 안전은요?"

"그들을 믿어 보자고. 사실은 미국에서 지원요청이 들어왔어. 그쪽에서도 움직일 거야."

"리아야……."

"난 내가 해야 할 일만 할 뿐이야. 결과는 아버지께 맡길 거야. ……언제 가면 되죠?"

"정확한 것은 지금 통화를 해 봐야 압니다. 리아 씨가 결정해 주셔야 모든 게 진행되니까요."

"전화하시죠."

만섭은 리아의 허락이 떨어지자 자리에서 일어났다.

"잠깐만 형! 널 이대로 못 보내. 어떻게 다시 만났는데 이건 말이 안 돼."

"날 위해 기도해줘. 그거면 충분해."

전화가 연결되자 만섭은 10분가량 통화를 하고 굳은 표정으로 그녀를 보았다.

"리아 씨, 그들이 당신과 아이들을 내일 저녁 7시에 교환하기로 했어요. 무사히 인질이 구조되면 바제라 특공대와 리갈이 당신을 구할 것입니다."

"형!"

"넌 언제까지 리아 씨 앞에서 징징거릴 거야! 나는 뭐 마음 편한 줄 알아? 내가 사지로 보낸 것 같아서 마음이 안 좋다고!"

"아…… 이건 아니야."

최지는 머리를 감싼 채 소파에 털썩 앉았다.

"리아 씨, 미안합니다. 제가 해줄 수 있는 게 없어서 화가 나네요. 사안이 중대한 만큼 저희 공군 수송기로 바제라까지 모시겠습니다. 다음엔 그쪽 특공대가 당신을 데리러 올 거예요. 우리 수송기는…… 1시간 뒤 이륙할 겁니다."

"그럼 여기서 바로 출발하겠습니다."

"리아야……."

최지는 붉어진 눈시울로 그녀를 바라보았다.

"금방 다녀올게. 그리고 엄지재단 회장 사임한다고 꼭 전해줘."

"내가 같이 갈게!"

"넌 자격 없어. 심부름 다녀오는 거야. 그렇게 생각해."

잠시 후, 노크 소리가 들렸다. 그들은 비서와 함께 대기하고 있던 차를 타고 서울 공항으로 갔다. 이동하는 내내 최지는 말이 없었다. 수송기를 앞에 두고 두 사람은 마주 보고 섰다.

"너한테 다시 프러포즈할 거야. 그러니까 꼭 돌아와."

"……갈게."

최지는 수송기가 구름 속으로 사라질 때까지 시선을 떼지 못했다. 천신만고 끝에 다시 만난 그녀를 눈앞에서 또 놓쳤다. 이 상황에서 할 수 있는 일이라곤 리아가 부탁한 기도밖에 없었다. 그는 처음으로 하나님 앞에 무릎을 꿇었다.

리아가 떠난 지 3일 후, 진우는 한 인터넷 사이트에서 영상 하나를 찾았다.

"이것 봐!"

진우는 영상을 보며 기타에게 소리쳤다.

"뭔데."

"혹시나 해서 콩쿠르 지역 무장 단체가 올린 영상을 찾아봤거든? 10분 전에 올린 거야. 제목이…… 처형이야. 난 못 보겠어. 어떡해, 응?"

"아닐 수도 있잖아."

"그렇지? 앞에만 살짝 볼까?"

진우는 떨리는 손으로 플레이 버튼을 눌렀다. 영상 속에서 너무나도 분명한 리아의 얼굴이 보였다.

"어떡하지? 형님한테 연락해야겠어."

최지가 진우의 전화를 받고 황망한 모습으로 거지빌라에 도착했다.

"형님, 괜찮으시겠어요?"

"영상 틀어봐, 어서."

최지는 마른침을 삼키며 화면을 똑바로 바라보고 있었다. 화면 속 리아는 무장한 무리에게 둘러싸여 있었다. 유일하게 복면을 쓰지 않은 남자가 바로 리갈이었다. 그의 지시에 따라 한 남자가 소속에 관한 질문을 했다. 남자는 리아의 대답을 들은 후 언성을 높였다. 리아가 엄지재단 회장직에서 사임했다고 말했기 때문이었다. 약속대로 아이들을 풀어 줬지만, 약속을 어긴 것은 리아의 잘못이라며 모든 책임을 그녀에게 돌렸다. 의자에 앉아서 모든 상황을 주시하던 리갈이 남자를 향해 고갯짓을 하자 그는 리아를 바닥에 쓰러트렸다. 잠시 후, 남자는 참수된 머리를 들어 올렸다. 영상은 여기에서 끝이 났다. 최지의 귓가에는 리아의 컥컥거리는 소리만 메아리처럼 울렸다.

* * *

햇살이 좋은 5월, 거지빌라 옥탑방에서 아기 울음소리가 우렁차게 들렸다. 아기 리아의 백일잔치를 위해 오랜만에 사람들이 모였다. 사연은 야외에 마련된 테이블에 하얀 공단 천을 펼쳤다. 범보 의자를 중간에 두고 3단 백설기 케이크와 과일을 앞에 놓았다.

조금 전 마당에서 뽑은 아이리스는 꽃병에 꽂아 테이블 가장자리에 세웠다.

"누가 들으면 남자 아인 줄 알겠어요. 리아 누나 닮아서 씩씩하긴 해요."

진우는 사진기를 세팅하느라 분주한 채 말했다.

"그럼. 그러라고 이름 지었는데."

"아이리스가 포인트네요. 그러고 보니까 온 마당이 아이리스 천지야."

"리아가 작년 11월쯤에 많이 심었지. 진우 씨, 리아랑 내가 언제 인생이 폈는지 알아?"

"권투할 때잖아요. 그때 잘 나갔으니까."

"아니야. 아이러니하게도 엄지농장에 들어갔을 때야. 그때 우린 둘 다 거지였어. 리아는 옷도 없이 환자복 입은 채로 들어갔으니까. 거기서 하나님 만나고 인생 2막이 시작됐지. 곧 농장에서 나올 줄 알았는데 갑자기 아저씨가 리아를 붙잡는 바람에 20년이나 거길 살았지. 뭐랄까 좋긴 한데 나가고 싶기도 하고. 그래서 아이리스를 심기 시작했어. 꽃말이 좋은 소식이거든. 봄이 되면 좋은 소식 들려 달라고 심었던 게 연중행사가 돼 버렸어. 오늘따라 보고 싶네. 나쁜 년……."

"누나를 다시 볼 수 있다면 그거보다 더 좋은 소식이 없는데, 그쵸?"

"나는 이상하게 리아가 살아있는 것 같단 말이야. 장례를 안 치러서 그런가. 하아…… 촌구석 인하마을에서 태어나 권투 선수에,

엄지재단 회장에, 자식 잃고 처형까지 당하고……. 우리 리아는 한 편의 영화처럼 살다가 바람과 함께 사라진 것뿐이야. 난 그렇게 믿고 싶어."

"누나 인생은 뭔가 전쟁 같기도 해요."

"그게 리아 할아버지가 독립운동하셨던 마석구 장군이셨어. 리아가 할아버지를 많이 닮았다고 했지. 그 피가 어딜 가겠냐."

"무슨 얘기를 그렇게 심각하게 해? 끙-차! 뭐야, 쪼꼬미들 그새 많이 컸네."

기타는 승우와 시우를 양손으로 안으려다 실패했다.

"그러다가 허리 다쳐 조심해."

장우는 시하와 손을 잡고 걸어오며 말했다.

"제가 힘이 없어서 그렇죠. 아마 성유는 될걸요."

"그럴까? 삼촌이 안아 줄게. 이리 와."

성유는 양팔에 아이들을 안고 가뿐하게 일어섰다.

"이야, 힘쓰는 건 이제 성유한테 부탁해야겠는걸."

"염려 마세요, 형님."

"이건 뭐야. 몸이 장난 아닌데? 왠지 옷태가 나더라니."

기타는 장우의 이두근을 주물럭거리며 말했다.

"그러냐?"

"저 지금 자극받았어요. 병원에 오래 누워 있었던 사람 맞아요?"

"말도 마세요. 이 사람 밥 먹고 운동하는 게 하루 일과예요."

시하는 장우를 바라보며 흐뭇한 미소를 지었다.

"삼촌, 삼촌."

"승우 왜?"

기타는 무릎을 굽히고 눈높이를 맞췄다.

"내 친구들이 삼촌이랑 누나 사인받아 오래요."

"진짜? 삼촌 인기 좋아?"

"완전 좋아요!"

"승우도 학교에서 인기 짱이에요. '김밥 가족'을 승우가 작사한 거 반 친구들이 다 알잖아요."

시하는 승우의 머리를 쓰다듬으며 말했다.

"맞아. 지수 씨도 바빠져서 나랑 데이트할 시간도 없어. 오늘 겨우 얼굴 보는 거라고."

"인마. 데이트가 대수야? 지수 씨 유명해져서 너 찰지도 몰라. 저러다 지붕 쳐다보는 개 되는 거 아냐? 왈왈! 왈왈!"

사람들의 웃음소리 사이로 아기 리아가 세희에게 안겨 그 모습을 드러냈다. 분홍색 한복에 조바위를 쓴 사랑스러운 모습으로 사람들의 감탄을 자아냈다. 그 뒤로 이마에 땀이 송골송골 맺힌 이수현이 옥탑방에서 걸어 나왔다.

"이리 와봐. 너 보니까 아빠 되는 거 보통 일이 아닌 거 같아."

백수현은 그의 이마를 손수건으로 닦으며 말했다.

"형님, 저 살 좀 빠진 거 같죠."

"벌써 리아가 속 썩여?"

"그게 아니라 하루 종일 보고만 있어도 배부릅니다."

"그래서 밥 안 먹었어?"

"네."

"완전 딸 바보 됐네."

"저는 딸 바보가 아니라 리아 바보입니다. 나란히 사진 남기고 싶었는데."

"너 괜찮아? 얼마 만이지?"

"석 달 정도 됐어요. 엄마가 콩쿠르 가시고 아기가 태어났으니까요. 여기 오는 게 두렵더라고요. 막상 오니까 생각보다는 괜찮네요. ……형님, 제가 엄마를 보면 가장 먼저 보는 곳이 있어요. 왼손이요. 다른 사람은 모르겠지만 전 거기만 보여요. 엄마가 그걸 아시고는 예수님과 십자가만 바라보라고 하셨어요. 그곳에 능력과 기쁨이 있다고 하시면서요. 이제야 그 말의 의미를 알 것 같아요. 저에겐 이렇게 좋은 식구들과 예수님이 있는데…… 바보같이 굴었어요."

"이해해. 나라도 새끼손가락 없는 그 왼손만 보였을 거다. 다 컸네, 내 동생."

"저도 이제 아빠잖아요."

이수현은 범보 의자에 앉은 아기 리아를 바라보며 입술을 깨물었다.

"여러분! 줄 맞춰서 빨리 서 주세요. 공주님 성격이 급하셔서 언제 폭탄 터질지 몰라요."

진우는 카메라를 세우며 사람들을 불러 모았다. 아기 리아는 연신 방긋 웃으며 진우의 손길을 바쁘게 했다. 때마침 중절모와 스카프로 멋을 부린 영모와 말끔한 수트를 입은 최지의 등장으로 백일 사진은 막바지에 이르렀다.

"두 분 들어오시니까 여기가 무슨 시상식장 같잖아요. 이럴 줄 알았으면 나도 드레스 입을 걸 그랬나?"

"오늘 주인공은 아기랑 엄마입니다. 누난 맛깔 나는 조연 부탁 드려요. 자, 마지막 사진입니다. 다들 웃어요!"

진우는 자동으로 카메라를 맞춰 놓고 후다닥 뛰어가서 자리를 잡았다. 사진 속 아기 리아는 반달눈을 하고 활짝 웃고 있었다.

백일잔치가 무르익을 무렵, 이수현은 옥탑방으로 다시 들어왔다. 책꽂이에 세워 둔 리아의 노란색 일기장이 눈에 띄었다. 그는 그것을 꺼내 천천히 넘겼다. 일기는 노트의 중간 부분까지 기록되어 있었지만 '거지빌라 식구들'로 시작하는 마지막 페이지가 더 남아 있었다.

거지빌라 식구들……
다들 잘 지내시죠? 저도 잘 지내요.
저는 또 다른 가난동에 왔어요. 우리가 함께했던 날들이 그립네요. 지금은 잠시 헤어져 있지만 하나님만 따라가다 보면 다시 만날 수 있을 거예요.
사실 엄지는 최고라는 의미가 아니에요. 엄지손가락만 다른 손가락을 도와서 일할 수 있잖아요. 여러분이 그런 엄지가 돼서 서로 돕고 사랑해 주세요. 연약해도 괜찮아요, 아무것도 아니면 어때요, 날마다 기뻐하고 감사하고 기도로 살아가기만 하면 돼요. 그러면 마음이 백만장자인 진정한 부자로 살 수 있어요. 리치거지빌라에 사시는 여러분…… 잊지 마세요. 우리는 하나님이 사랑하시는 사람들이라는 걸요.

이수현은 노트 위에 쓰다 만 글자를 어루만지며 생각에 잠겼다. 한참 뒤 휴대폰을 열어 그동안 차마 볼 수 없었던 그 영상과 마주했다. 그는 담담하게 재생 버튼을 눌렀다. 죄수복을 입고 있는 리아의 얼굴이 보이자 이상하게도 반가움이 먼저 앞섰다. 문제의 참수 장면이 지나가고 영상은 끝났지만 그는 한참 동안 휴대폰을 이리저리 돌려 보았다.

　"하나, 둘, 셋, 넷, 다섯…… 하나, 둘, 셋, 넷…… 다섯!"

　그는 문을 박차고 마당으로 나갔다. 거지빌라 식구들은 담소를 나누며 여유로운 한때를 보내고 있었다. 그는 감정이 복받치는 듯 가쁜 숨을 식식대며 소리쳤다.

　"왼손 새끼손가락이 있어요! 손가락이 다섯 개라고요 다섯 개! 아하하하!"

리치거지빌라

리치거지빌라

발행 2024년 10월 31일

지은이 나주희
책임편집 우인영 ✧ **편집** 김영주
표지 일러스트 정지아
표지 및 내지 디자인 우인영

펴낸곳 북시그니처
펴낸이 김영주
주소 대구광역시 수성구 노변로 55
전자우편 booksignature@naver.com

ISBN 979-11-989338-0-5(03810)

* 이 책의 판권은 지은이와 북시그니처에 있습니다. 이 책 내용의 전부 또는 일부를 재사용하려면 반드시 양측 서면 동의를 받아야 합니다.